Dahab - Geschichten aus Gold

Von der Autorin ebenfalls erschienen:

Praxisbuch Pranayama: Atemübungen für Yogis, Apnoe-Taucher und schwangere Frauen

BoD 2. Auflage 2014, ISBN-13: 978-3848202287

Ashtanga Yoga. Praxis, Theorie und Philosophie.

BoD 2. Auflage 2018, ISBN 978-3732263134

Bibliografische Information der Deutschen Nationalbibliothek.
Die Deutsche Nationalbibliothek verzeichnet diese Publikation in der Deutschen Nationalbibliografie; detaillierte bibliografische Daten sind im Internet über http://dnb.d-nb.de abrufbar.

Jana A. Czipin

DAHAB - Geschichten aus Gold

2. Auflage 2019

© Jana A. Czipin

www.janafish.jimdo.com

Herstellung und Verlag:

BoD- Books on Demand, Norderstedt

ISBN 9783748181941

Zutiefst dankbar bin ich Werner Schandor
für seine unablässige Geduld, Unterstützung und
Aufmunterung.
Ich danke auch meinen Freunden
Andrea Ghoneim, Sabine Püskül und Peter Emch
für ihre fruchtbare Kritik und hilfreichen Anregungen.

Wer träumt ihn nicht manchmal, den Traum vom Aussteigen? Von einem sorgenfreien und einfachen Leben am Meer, unter Palmen und mit ewigem Sonnenschein? Wie aber ist so ein Leben ohne Sicherheitsnetz, ohne Pensionsabsicherung und Urlaubsanspruch, ohne Montagmorgenbitterkeit und Freitagabendenthusiasmus in Wirklichkeit?

Das Buch "Dahab - Geschichten aus Gold" beantwortet diese Fragen, beschreibt aber auch das Leben von Ägyptern und Beduinen am Anfang des neuen Jahrtausends, als sich nach Jahrzehnten des Stillstandes mit dem Arabischen Frühling ein Funken Hoffnung auf Veränderung entzündet.

In Dahab, einem ägyptischen Taucher- und Windsurferparadis am Sinai, leben Ausländer aus fünf Kontinenten mit Ägypter und Beduinen zusammen, vermischen sich und bleiben für sich. Zwischen der biblischen Bergwüste und dem Roten Meer erfüllen sich ihre Schicksale in den Jahren vor der ägyptischen Revolution von 2011, und diese sind - egal ob Baby oder Rentnerin - immer außergewöhnlich.

Jana A. Czipin ist Österreicherin, gerade noch vor der Mondlandung und Woodstock geboren und studierte Publizistik und Geschichte in Wien. Seit 1992 veröffentlicht sie sporadisch Texte auf Papier und im weltweiten Netz. Nach zahlreichen Reisen ließ sie sich im sonnigen Spanien in einer Stadt am Meer nieder und veröffentlichte zwei Bücher über Yoga (Ashtanga Yoga und Praxisbuch Pranayama). Dahab - Geschichten aus Gold - ist ihr erster Roman.

Jana A. Czipin

DAHAB

Geschichten aus Gold

Inhaltsverzeichnis

Dahab - Karte

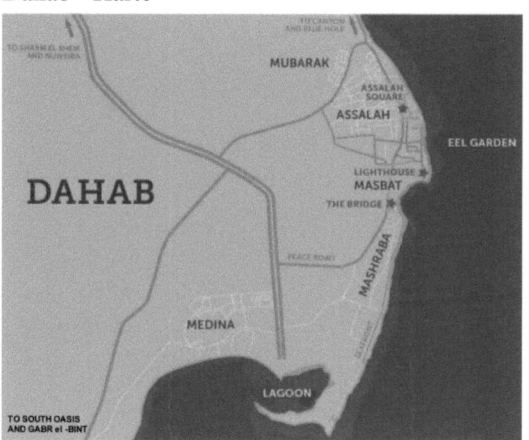

Dahab - Tauchplätze

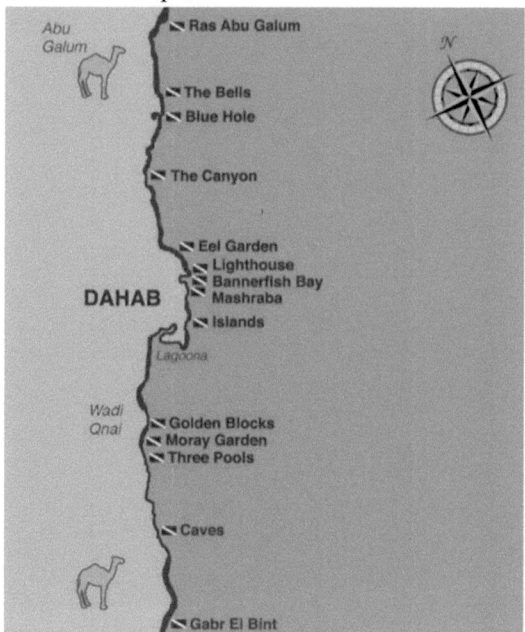

Neuanfang

1. Unter Wasser

Als Nicole bis zu den Knien im Wasser der flachen Lagune stand, die Taucherbrille ihrer Tochter Jasmin in der Hand, um sie aufzusetzen, durchfuhr sie der Schock einer Erkenntnis. Die magisch im Sonnenlicht flirrende Wasseroberfläche blendete ihre Augen, sie hob den Blick zu der sandigen Anhöhe hinter der Lagune, über die eine jetzt asphaltierte Straße zur Südoase führte. Dort oben auf dieser Anhöhe hatte sie sich in Dahab verliebt und dort unten in der Südoase wäre sie vor neunzehn Jahren beinahe gestorben.

In diesem Moment, als sie gerade dabei gewesen war, sich die Brille über den Kopf zu streifen und mit einem kleinen Sprung unter Wasser zu tauchen, wurde ihr klar, dass es gar nicht so erschütternd war, nach dieser langer Zeit wieder in Dahab zu sein, sondern dass sie einfach so, ohne weiter darüber nachzudenken, ins Wasser hatte springen wollen, ganz so, wie sie es früher leidenschaftlich gern getan hatte. Aber seit dem Erlebnis damals in der Südoase war ihr das unmöglich gewesen. Allein der Gedanke den Kopf unter Wasser zu stecken, hatte ihr Herzrasen, Panik und Atemnot verursacht. Seltsamerweise war sie jetzt ganz ruhig. Sie hatte es tun wollen und wollte es immer noch. Untertauchen, sich Fische ansehen, bizarre Korallenformationen bewundern, schwerelos im Wasser schweben, eins sein mit allem. Neunzehn Jahre lang war ihr niemals dieser Wunsch gekommen, aber die alte Magie Dahabs schien auf einmal wieder zu funktionieren. Sie konnte sich sogar an jenen zweiten Tauchgang erinnern, ohne das Gefühl zu bekommen, jemand habe ihr eine Plastiktüte um den Kopf geschlungen, und ihr ginge die Luft aus.

Damals an ihrem allerersten Morgen in Dahab, als sie nicht in einem schicken Viersterne-Hotel wohnte, sondern in einem kleinen Strohbungalow, und es keine asphaltierten Straßen gab, sondern Sand unter ihren Sandalen knirschte, war sie unter dem Rauschen von Palmenblättern hinunter an den Strand gegangen und hatte gedacht: Das ist das Paradies.
Nicole hatte in der unirdischen Stille des Ortes so gut geschlafen, dass sie beinahe zu schweben schien, obwohl ihre Gummisandalen über den Boden schleiften. Bei der Baracke der Tauchschule angekommen, die neben dem simplen Beduinencafe lag, stellte Nicole überrascht fest, dass der Verschlag noch herunter geklappt und mit einem altmodischen Vorhängeschloss gesichert war. Am Vortag hatte das Mädchen an der Rezeption gesagt, sie würden um neun Uhr zur Südoase fahren, um dort zwei Tauchgänge zu machen, deshalb solle sie gegen halb neun da sein. Nicole war nach deutscher Manier pünktlich gekommen, jetzt kontrollierte sie ihre Tauchuhr und erinnerte sich genau daran, dass sie wegen der Zeitverschiebung die Uhr schon gestern bei der Ankunft umgestellt hatte. Wo waren die Leute? Nicole sah sich suchend um. Nebenan im Beduinenrestaurant war nur ein Junge damit beschäftig, die Spuren der Party vom Vortag zu beseitigen. Ein paar Bierflaschen, halbleere Teetassen und schmutzige Teller

standen auf den Tischen, und er räumte das Geschirr langsam schlurfend in die Küche. Er schien seine Tätigkeit im Halbschlaf auszuführen und schenkte Nicole keine Aufmerksamkeit. Sie ging die wenigen Schritte hinunter zum Strand und sah sich dort um: Die halb steinige, halb sandige Bucht, in der sie gestern schon schnorcheln gewesen waren, lag etwas weiter nördlich und endete bei einem kleinen Leuchtturm. Zu ihrer linken Seite erstreckte sich ein weitläufiger Palmenhain, in dem verstreut Baracken, Zelte und einige Steingebäude versteckt waren. Hinter ihr zog sich ein langes Stück Saumriff bis hinunter zu der großen Lagune. Auf einem flachen Stück Strand standen einige Baracken, von denen manche Restaurants waren, andere einfache Strohhütten oder Schuppen. Ihre Wände waren meistens nur aus Bambusmatten und mit Plastikplanen oder großen Decken windsicher gemacht, die Dächer waren entweder aus Palmenblättern oder aus Blech gefertigt. All diese Hütten wirkten wie aus Versatzstücken zusammengesetzt, ohne Plan roh zusammengezimmert. Nur die Polizeistation und die Tankstelle waren richtige Steinhäuser mit verschließbaren Holztüren und Glasfenstern.

Nicole ließ den Blick über das Meer schweifen und fühlte sich sofort leichter, obwohl sich hier nicht wie in Thailand der unendlichen Blick über das Wasser anbot. Stattdessen wurde der Golf von Aqaba auf der anderen Seite von den sandfarbenen Bergen Saudi Arabiens begrenzt. Als sie im Jahr davor in Thailand tauchen gewesen war, hatte sie die

Kombination Dschungel-Meer nicht so fasziniert wie der Gegensatz von Wüste und Meer, der jetzt vor ihren Augen lag. Zwar sah es hier unter Wasser nicht so toll aus wie in den tropischen Korallenriffe Thailands, aber das Riff hier entlang der Küste war voller Fische und anderer Meerestieren. Das Rote Meer und ganz besonders der Golf von Aqaba waren so schmal, dass die Wassertemperatur wärmer war als in anderen Meeren auf diesem Breitengrad, was das Korallenwachstum förderte. So hatte sie das im Reiseführer gelesen und jetzt wollte sie es mit eigenen Augen sehen.

Sie brannte darauf, endlich mit einer Tauchflasche auf dem Rücken eine Stunde unter Wasser abzuhängen, aber in Dahab lebten offensichtlich keine Frühaufsteher. In einiger Entfernung sah Nicole ein paar vermummte Gestalten am Strand liegen, die dort wohl ihren Rausch ausschliefen, aber außer einigen weißen Reihern und Möwen konnte sie keine waches Lebewesen entdecken. Am Abend zuvor hatte ihr jemand erzählt, man würde diesen Teil von Dahab Masbat nennen, was Schlafplatz bedeute. Jetzt wurde Nicole klar, wieso der Platz so genannt wurde. Sie hatte angenommen, sie würden sofort ihre Kisten mit der Taucherausrüstung packen, sie ins Auto verfrachten und losfahren. Jetzt zweifelte sie, ob das Ganze überhaupt zustande kam.

Nicole ging zurück zur Tauchschule, wo immer noch keiner zu sehen war. Unschlüssig blieb sie vor der Baracke stehen und wusste nicht, was sie tun sollte.

Zurück in den Bungalow gehen, wo Petra, ihre beste Freundin,

mit der sie hier war, noch selig schlief? Oder besser mit
Schnorchelbrille und Flossen, die sie ohnehin schon in der
Hand hatte, wieder an den Strand gehen? Das wäre zumindest
eine Abkühlung, denn es war schon recht warm, obwohl sie im
Schatten der Palmen stand und ein leichter Wind wehte.
Während sie noch überlegte, kam dann doch Linda
angeschlendert, eine junge Französin, die ihr gestern an der
Rezeption Auskunft gegeben hatte. Ihre Augen waren klein und
verschlafen, sie trug ein kurzes Hippiekleid, das mit großen,
farbkräftigen Sonnenblumen bedruckt war, und die
Plastiksandalen, wie sie hier fast jeder an den Füßen hatte. Ihr
langes dunkelbraunes Haar war nur oberflächlich gekämmt,
und sie kaute an einem Kaugummi.
„Ach", sagte sie gedehnt, wie jemand, der noch nicht lange
wach war, "du bist schon da."
"Du hast gesagt, wir fahren um neun!" Nicole konnte den
ungehaltenen Ton in ihrer Stimme nicht verhindern.
"Tja," grinste Linda, "hier in Ägypten ist Zeit ein dehnbarer
Begriff. Ich sage den Leuten immer eine frühere Zeit, damit sie
dann wenigstens rund um neun antanzen."
Tatsächlich trudelte jetzt allmählich einer nach dem anderen
der Gruppe und ihr Tauchführer Said ein. Während die Leute
langsam ihre Tauchanzüge, Trierjacken, Flossen und
Tauchbrillen zusammensuchten und in Kisten packten, und
dabei miteinander tratschten, saß Nicole gelangweilt bei einem
Nescafe auf einer Bank, und versuchte, die Leute mental zur
Eile anzutreiben. Sie selbst war in fünf Minuten mit ihrer

Tauchkiste fertig gewesen, natürlich hatte sie mehr Erfahrung als die anderen Tauchgäste, aber sie war als Deutsche auch effizienter und immer gut organisiert. Es fiel ihr schwer, Trödelei zu akzeptieren und dabei gut gelaunt zu bleiben. Viel zu langsam füllte sich die Ladefläche des alten weißen Pickups mit Tauchflaschen und vollgepackten Kisten. Einige der Gäste wollten auch noch einen Tee oder Kaffee trinken, den ihnen der verschlafene Beduinenjunge aus dem Restaurant nebenan auf einem silberfarbenen Tablett servierte. Endlich war alles fertig, die Tauchgäste stiegen hinten auf und setzten sich auf die Seitenwände der Ladefläche.

„Willst du bei mir vorne sitzen," fragte Said Nicole mit einem Augenzwinkern. „Da kannst du mir mehr von Thailand erzählen."

„Ja, gern," sagte Nicole, mit einem Schlag wieder mit der Welt versöhnt.

Said war ein ausgesprochen schöner Mann, der eine römische Adlernase und schokoladenbraune Haut besaß, und in dessen dunklen Augen man wie in einem großen weichen Bett versinken konnte. Er hatte schon gestern mit ihr geflirtet, und sie war einer Fortsetzung nicht abgeneigt.

Es war eng auf der Vorderbank des Pickups und Nicoles Bein berührte Saids, sie lehnte sich sogar ein wenig Halt suchend gegen ihn, als sie das Dorf hinter sich gelassen hatten, und der Fahrer in halsbrecherischen Tempo über die unebenen Piste bretterte. Die Leute hinten auf der Ladefläche wurden kräftig durchgeschüttelt und hielten sich verzweifelt fest, während

Nicole es ziemlich bequem hatte. Der Fahrer nahm die Geschwindigkeit auch dann kaum zurück, als die Schlaglöcher größer wurden, aber er kutschierte den Wagen gekonnt durch ausgewaschene Fahrrinnen und Sandverwehungen. Said erzählte ihr gerade stolz, er sei einer der ersten Beduinen, die als Tauchführer arbeiteten, da erklomm der Pickup eine Anhöhe und ihnen eröffnete sich das Panorama über die riesige halbkreisförmige Lagune, die Berge und den Golf. Nicole blieb bei dem Anblick der Mund offen stehen. Das Wasser in der Lagune leuchtete türkis und das offene Meer dahinter war stahlblau. Auf ihrer rechten Seite türmten sich steil die blanken rotgelben Berge des Sinai auf. Der Gegensatz der Farben und das Fehlen jeder Art von frischem Pflanzengrün war bizarr und fantastisch. Hin und wieder standen vereinzelt ein paar Dattelpalmen herum, deren Blätter von einer gelben Staubschicht bedeckt waren. Sie zeugten davon, dass man auch in der Wüste überleben konnte, wenn man wusste, wo Wasser war.

Je weiter sie nach Süden kamen, umso näher rückten die Berge an den Strand heran, und desto schroffer richteten sie sich auf. Die Landschaft war karg wie die Mondoberfläche, doch während Bilder vom Mond immer blassgrau waren, schillerten die Berghänge hier rot und gelb, es gab auch Gesteinseinschlüsse in zartrosa und dunkelbraunen Schattierungen. Nicole versuchte all die Farben zu benennen, die sich im Fels in wilden Zacken und Kurven hochwanden und hernieder stürzten, safrangelb und honiggelb, smaragdgrün und schiefergrün, altrosa und rostrot, und dann gab es auch schwarze Lavastreifen, die dem übrige Gestein Richtung und Kanten gaben. Kahle Landschaften wie diese wirkten normalerweise abweisend, doch jetzt, wo sie die Lagune jetzt hinter sich gelassen hatte, bildete die Stille und Erhabenheit der Berge einen starken Kontrast zu dem durch den Wind aufgeworfenen Meer, das weiter draußen mit weißen Rüschenkämmen besetzt war. Das Wasser über dem Saumriff ersetzte das fehlende Pflanzengrün mit einem Farbenspiel von marineblau bis opalfarben.

„Beeindruckend, nicht?" sagte Said, als er merkte, dass sie ihm nicht zuhörte.

"Surreal," sagte sie. Seine irritierten Augen machte ihr klar, dass er mit dem Wort nichts anfangen konnte, also sagte sie: „Spektakulär."

"Ja," lachte Said. "Es ist, als habe Gott hier seinen Farbtopf ausgeschüttet."

Sie lachte mit ihm und nahm für einen Moment die Sonnenbrille ab, damit er tief in ihre olivgrünen Augen schauen konnte. Er starrte ihr länger als nötig in die Augen, bis sie ihre Brille wieder auf die Nase schieben musste, weil das Sonnenlicht zu stark blendete. Stattdessen rollte sie eine Strähne ihres rotblonden Haares um den Finger und knabberte kokett daran.

Später würde sie gerne erzählen, dies sei der Moment gewesen, in dem sie sich verliebt hatte, in den Mann, in Dahab, in die Berge, in die Wüste: Sie würde sagen, es sei der Moment gewesen, der ihr ganzes weitere Leben bestimmt habe. Aber jetzt, als sie fast zwanzig Jahre später wieder hier war, im flachen Wasser stand und untertauchen wollte, wusste sie, das war nicht die ganze Wahrheit. Sicher, die Geschichte nahm in diesem Moment ihren Anfang, doch ausschlaggebend war schlussendlich der zweite Tauchgang gewesen.

Sie würde nie vergessen, wie sie kurze Zeit später aufgeräumt und fröhlich in der Südoase am Strand gestanden und ihre Ausrüstung für den ersten Tauchgang zusammengebaut hatte. Endlich ging es los, und da hatte sie gedacht: Das könnte es sein. Das könnte mein Leben sein.
Sie dachte schon länger daran etwas radikal zu ändern, und das hier war eine Möglichkeit. Keine täglichen Staus und schlecht gelaunte Bürokollegen mehr, nicht mehr nur einmal im Jahr tauchen, sondern jeden Tag die Taucherausrüstung zusammenbauen. Jeden Tag schwerelos im Wasser hängen, die unglaubliche Unterwasserwelt bewundern und Abenteuer erleben, die von keinem Sciencefictionfilm übertrumpft werden konnten. Nicht einfach nur arbeiten, um Geld zu verdienen, sondern Spaß an der Arbeit haben, lebendig sein, glücklich.
Es war einfach so, dass sie unter Wasser an einen Ort gelangen konnte, wo sie sich zu Hause fühlte, wo Schweigen herrschte, und Ruhe, und sie endlich Gelassenheit fand.
Darum war der Moment, als sie ins Wasser watete, etwas, das ihr Blut automatisch mit Glückshormonen überflutete. Sobald sie den Kopf unter die Oberfläche tauchte und in die blaugrüne

Welt blickte, war sie eins mit dem Universum, sogar wenn diese Unterwasserwelt wie hier nur aus einer langen Sandbank und ein paar Felsen bestand.

Es gab keinen Tauchpartner für Nicole und deswegen hatte Said vorgeschlagen, sie könnte doch allein das Schlusslicht bilden, während er die Gruppe führte. Jetzt signalisierte sie ihm mit einem Handzeichen, dass alles ok war, und er tauchte nach rechts ab, die Gruppe folgte. Nicole freute sich, dass sie nicht auf einen unerfahrenen Tauchpartner achten musste, sondern sich ganz auf Nacktschnecken und Garnelen konzentrieren konnte, die zu ihren Lieblingstieren gehörten und schwer zu finden waren. Sie konnte so langsam oder so schnell tauchen, wie sie wollte, denn Dank ihrer professionellen Flossen, die sie von zu Hause hierher mitgeschleppt hatte, konnte sie die Gruppe von Sonntagstauchern jederzeit einholen. Die meisten waren Tauchanfänger, es waren sogar zwei dabei, die erst ihren dritten Tauchgang im Rahmen des Anfängerkurses machten. Darum hatte Said wohl diesen simplen Tauchplatz ausgesucht, aber Nicole hatte nichts dagegen, dass ihr erste Tauchgang nach fast einem Jahr wahrscheinlich ein wenig langweilig werden würde. Sie hatte noch eine ganze Woche, um aufregendere Orte wie das berühmte Blue Hole oder den Canyon zu betauchen. Für den Moment genügte das hier vollkommen.

Das Wasser war tatsächlich kristallklar, wie es der Reiseführer versprochen hatte. Der hohe Salzgehalt, der zweithöchste nach dem Toten Meer, machte die Sicht unter Wasser spektakulär, weil das Sonnenlicht hier bis auf hundert Meter vordringen konnte. Nicole staunte über die enorme Sichtweite von gut dreißig Metern. Das erlaubte ihr, noch weiter zurück zu bleiben, denn sie konnte die Gruppe leicht im Auge behalten. Der Tauchgang ging einfach die Riffkante entlang und wieder zurück, wie Said bei der Einführung am Strand erklärt hatte. Sie kamen an schönen, mit Weichkorallen bewachsenen Felsen vorbei und bewunderten einige große Tischkorallen, unter denen sich leider nichts Interessantes versteckte. Dann entdeckte Nicole einen ungewöhnlich großen Schwarm von Rotfeuerfischen, die normalerweise einzeln oder nur in kleinen Gruppen unterwegs waren. Die zwanzig bis vierzig Zentimeter großen Fische fielen durch breit gefächerte Brust- und Rückenflossen auf, die in langen, fast freistehenden und mit starkem Gift gefüllten Stacheln endeten. Das Gift war für Menschen zwar nicht tödlich, aber äußerst schmerzhaft, darum war es besser, diesen fliegenden Drachen nicht zu nahe zu kommen. Die meisten waren rötlich braun oder schwarz-weiß gestreift, die breiten Querstreifen dienten als exzellente Tarnung, weil sie die Körperlinien auflösten. Der ungewöhnlich große Schwarm von mehr als fünfzig Tieren schwebte wie eine Flotte bizarrer Raumschiffe vor einer Felswand und ließ sich von der nahen Brandung hin und her schaukeln. Nicole hatte diese Fischart schon in Thailand beobachtet, aber niemals in solcher Menge und Vielfalt. Sie hätte den Schwarm gerne länger zugesehen, doch sie musste hinter der Gruppe hereilen, die schon umgedreht hatte und wieder in Richtung Strand unterwegs war. Nicole kontrollierte ihre Konsole und sah, dass ihre Flasche noch halb voll war. Sie könnte noch gut eine halbe Stunde länger auf dieser flachen Tiefe tauchen, aber offensichtlich ging einigen der Anfängern schon die Luft aus.

Trotz des kurzen Tauchgangs stieg Nicole zufrieden mit sich und der Welt aus dem Wasser, legte wie die anderen ihre Tauchflasche mit der daran befestigen Tarierjacke auf die Ladefläche des Pickups und trottete noch im Neoprenanzug hinter der Gruppe her zu einem der beiden Beduinenrestraurants, die man im sicheren Abstand zum Wasser angelegt hatte. Wie in allen Restaurants in Dahab gab es dort keine Stühle, sondern nur bunte Flickenteppiche, schmale und dünne Matratzen zum Sitzen und darauf gestreuten Kissen, die um wadenhohe Tische aus roh zusammengezimmerten Holz angeordnet waren. Eine Holzkonstruktion stützte ein flaches Palmenblätterdach, und abgeholzte Baumstämme dienten als Rückenlehnen. Sie waren in viereckigen Sitznischen angeordnet, in denen es sich die Taucher gemütlich machen konnten. Hinten hinaus gab es eine gemauerte Küche und etwas abseits ein Abort mit Holzwänden, die einen vor neugierigen Blicken schützten. Es war ein simples Plumpsklo, was Nicole auf fast romantische Weise urig fand, obwohl es erbärmlich stank und von Fliegen belagert war. Sie bestellte ein in dünnes Fladenbrot gewickeltes Thunfischsandwich, andere nahmen Huhn mit Tomaten und Salat. Mehr gab es auf der Speisekarte nicht. Dazu tranken sie stark gesüßten Schwarztee mit frischen Minzblättern, den Nicole ungemein lecker fand. Said machte ihr während des Essens dezente, aber doch charmante Komplimente über ihre Tauchfähigkeiten und ihr Aussehen. Nicole, immer noch high vom ersten Tauchgang, flirtete zurück, glücklich in diesem herrlichen Raum des Nicht-Seins zu schweben, in den sie nur auf Reisen oder unter Wasser gelangen konnte.

Das könnte es sein, dachte sie wieder. So könnte mein Leben jeden Tag aussehen. Das wahre Leben, ein echtes Leben, nicht die tote Hülle, als die sie sich zu Hause empfand.

Meist nahm sie sich die ihr zustehenden vier Wochen Urlaub am Stück, damit sie eine längere Reisen machen konnte, und jedes Mal starb auf der Heimreise ein Stück ihrer Seele. Jedes Mal, wenn sie nach Hause zurückkehrte, war ihr, als sperre man sie in ein Gefängnis. Schon seit mehr als sechs Jahren arbeitete sie in dem selben Job als Sekretärin bei einer Ingenieursfirma, wo jeder Tag gleich langweilig war, jede Woche, jedes Monat dasselbe passierte, und sie jetzt schon sagen konnte, was sie in sechs Monaten oder in einem Jahr tun würde, wenn sie weiterhin in der Sicherheit einer festen Anstellung blieb. Sie konnte dort ihren frühen geistigen Tod voraussehen und wollte so nicht weiterleben. Sie wollte nicht wissen, was der nächste Tag brachte, nicht wissen, wie ihr Leben in zehn Jahren aussah, sie wollte Überraschungen, die vom Himmel fielen, und Möglichkeiten, die sich in jedem Moment eröffnen konnten.

Wenn sie auf Reisen ging, geschah genau das. Dann öffnete

sich eine Tür ins Wunderland, und für diese kostbar kurze Zeit lebte sie ohne Zukunft und Vergangenheit, lebte das Leben vollendet im Augenblick, vollgestopft mit Abenteuern und Aufregung. In diesen Kurzurlaub im Herbst, für den sie Zeitausgleich genommen hatte, war sie mit dem Vorsatz geflogen, eine Entscheidung zu treffen. Sollte sie tatsächlich ihre gute Arbeitsstelle aufgeben und den den Divemasterkurs machen, damit sie einen Beruf hatte, mit dem sie durch die Welt reisen konnte? Ein Leben ohne Sicherheitsnetz, ohne Pensionsabsicherung und Urlaubsanspruch, ohne Montagmorgenbitterkeit und Freitagabendenthusiasmus? Trotz ihrer Angst vor dem Unbekannten war sie davon überzeugt, dass jedes andere Leben besser wäre, als jenes, das sie führte. Sie war schon siebenundzwanzig, wenn sie nicht jetzt etwas unternahm, wann dann? In ein paar Wochen könnte sie nach Dahab zurückkommen, in drei Monaten Divemasterin sein und später als Tauchlehrerin in der Karibik, in Australien oder Madagaskar arbeiten. Sie könnte jeden Tag unter Palmen sitzen, man würde sie dafür bezahlen, tauchen zu gehen, sie könnte es immer warm haben und in einen wolkenlosen Himmel blicken. Obwohl es Anfang November war, kletterte das Thermometer um die Mittagszeit auf fast dreißig Grad, während es zuhause in Hannover tagsüber kaum mehr als zwölf Grad hatte.

Voller glücklicher Ideen für ihre Zukunft machte Nicole sich für den zweiten Tauchgang bereit. Wieder quetschte sie sich in den jetzt nassen Tauchanzug, schraubte den Lungenautomat an eine volle Tauchflasche und legte den Bleigurt an. Während sie sich die Tarierweste mit dem schweren Gewicht der Stahlflasche gekonnt auf den Rücken schwang, scherzte sie mit Said und stapfte dann mit Flossen und Taucherbrille in den Händen und mit einem breiten Lächeln im Gesicht ins Wasser, um die andere Seite der Riffes zu erkunden.

In Momenten wie diesen war es gut, dass man nicht wusste, was die nächste Stunde brachte. Es war gut, dass man sich nicht ständig bewusst war, wie flüchtig Glück und Seratonine waren, sonst würde man verrückt werden. Es sollte der letzte Tauchgang ihres Lebens werden.

"Du kommst aber spät," knurrte ihre Freundin Petra, als Nicole am späten Nachmittag zurück in den Bungalow kam. Petra lag auf dem Bett, hatte beide Hände demonstrativ auf den Bauch gedrückt und sah sehr leidend aus.

"Ich habe den Tag auf der Toilette verbracht," informierte sie Nicole, die ihre Tasche in eine Ecke warf, dann da stand und nichts zu sagen wusste. Petra sah sie erwartungsvoll an, aber Nicole konnte sich nicht konzentrieren. Sie griff wieder nach ihrer Tasche, drehte sich um und ging hinaus, sie konnte keine Gesellschaft gebrauchen. Immer noch ohne klaren Gedanken im Kopf spazierte sie den schmalen Pfad zwischen den Palmen hinunter in Richtung Strand, denselben, den sie am Morgen noch so hoffnungsvoll gegangen war, und entdeckte eine Hängematte, die zwischen zwei schlanken Palmen gespannt war. Im Restaurant unten am Wasser aßen einige Leute schon zu Abend. Ein Beduine, der ein Kamel an einer Leine führte, trottete den Strand entlang. Die ersten Lampen wurden angezündet. Es roch nach gegrilltem Fisch, offenem Feuer und Sand. Sie nahm das alles wahr und konnte doch nichts empfinden. Sie wollte niemanden sehen, mit niemandem sprechen, sie konnte nicht einmal sich selbst erklären, was geschehen war. Nicole legte sich in die Hängematte, verschränkte die Arme hinter den Kopf und starrte hoch in die Palmenblätter, die zusammen mit der leichten Brise ein sanftes Konzert gaben. So blieb sie den Rest des Abends und die halbe Nacht liegen. Sie konnte einfach nicht aufstehen, sie war unendlich erschöpft von der Aufgabe des Überlebens, und die Knie waren immer noch so weich, dass sie zu keinem Schritt fähig gewesen wäre. Sie lag nur da, starrte die Umrisse der Palmenblätter über ihren Kopf an, hörte dem Wispern der Insekten und dem Murmeln der Menschen zu. Hin und wieder fuhr irgendwo im Hintergrund ein Wagen vorbei und erleuchtete ihre dunkle Ecke für einen Moment. Manchmal kam jemand auf dem Pfad vorbei, grüßte sie und ging dann seiner Wege. Aber Nicole konnte sich nicht auf die Gegenwart konzentrieren. Im Kopf ging sie immer wieder diesen zweiten Tauchgang durch, ohne dass sich das drückende Gefühl in ihrer Brust lösen ließ.

Auch beim zweiten Tauchgang war sie hinter der Gruppe geblieben, war etwas tiefer als die anderen auf fünfundzwanzig Meter gegangen, was bei der großartigen Sichtweite und ihrem niedrigen Luftverbrauch kein Problem gewesen war. Der Hang zum Strand hin stieg sanft an und war komplett mit Korallen zugewachsen. Es sah aus wie eine riesige grüne Wiese, nur war sie voller kleiner Höhlen und Nischen, in denen sich Fische, Muränen und Garnelen gut verstecken konnten. Nicole stellte sich ab und zu auf den Kopf, damit ihre Flossen keine der empfindlichen Korallen abbrechen konnten, und guckte unter Korallentafeln und Überhänge. Dann entdeckte sie in dem Labyrinth von Weich- und Hartkorallen eine Kopfschildschnecke, die im Roten Meer einzigartig war. Nicole liebte Meeresnacktschnecken wegen ihrer bunten und bizarren Formen, und diese Art hatte sie noch nie gesehen. Es war eine kleine, samtschwarze Schnecke, deren langgezogener Körper mit einigen blitzblauen Punkten verziert war. Ihr Kopf war wie bei einem Hammerhai rechteckig ausgeformt und das Ende des Körpers lief in zwei ungleich langen Schwänzen aus. Entzückt verfolgt Nicole den Weg der Schnecke und vergaß für eine kleine Weile alles andere um sich herum.

Als sie sich endlich wieder in die Horizontale begab, bemerkte sie, dass ihre Tauchgruppe verschwunden und auch sonst niemand zu sehen war. Sie machte sich keine Sorgen, die anderen konnte nicht weit sein, vielleicht waren sie nur hinter einem größeren Felsen verschwunden, der in all den Korallen nicht hervorstach. Nicole stieg etwas auf, um einen besseren Überblick zu bekommen, drehte sich suchend im Kreis herum, aber sie konnte weder Luftblasen noch bunte Flossen ausmachen. Immer noch war sie nicht beunruhigt, schließlich war sie eine erfahrene Taucherin, eher verspürte sie Ärger über sich selbst. Sie hatte die Grundregel, nie alleine zu tauchen, gebrochen und weder auf die Gruppe noch auf den Tauchführer geachtet. Said würde sauer sein, wenn sie später als die anderen aus dem Wasser kam oder ganz woanders auftauchte. An einem Saumriff kann man eigentlich nicht verloren gehen, dachte Nicole, man taucht an einer Seite entlang und kommt denselben Weg nur auf geringerer Tiefe wieder zurück. Aber jetzt musste sie zugeben, dass sie die Orientierung verloren hatte. Sie musste wohl oder übel den Hang entlang aufsteigen, dann in der Nähe des Strandes den Kopf aus dem Wasser stecken und nachsehen, wie weit sie vom Lagerplatz und den Restaurants entfernt war. Dann konnte sie dorthin tauchen oder schwimmen. Ganz einfach. Unangenehm, blöd, aber kein Problem.

Durch den Aufstieg entfernte sie sich ziemlich weit vom Riff und schwebte jetzt im offenen Wasser zwischen Boden und Oberfläche. Sie wollte gerade wieder näher an das Riff heran schwimmen, als sie plötzlich eine Kraft spürte, die sie vom Riff weg hinaus ins offene Meer zog. Hinaus und hinunter zog. Es ging rasend schnell abwärts, ihre Ohren schmerzen, obwohl sie ununterbrochen Druckausgleich machten. Nicole schlug kräftig mit den Flossen, aber das hatte keinerlei Effekt auf die Sogwirkung. Ihre tollen Flossen, mit denen sie in der Mittagspause noch angegeben hatte, waren zu weich, um bei der starken Strömung eine große Hilfe zu sein. Nach ein paar Sekunden Verwunderung wurde ihr klar, was sie nach unten zog: Eine Rissströmung! Die kamen unvermutet und waren immer stark.

"Unmöglich!", dachte Nicole, "doch nicht hier!", während es um sie herum dunkler wurde, und das Sonnenlicht hinter den Wassermassen verschwand. Nicole kämpfte darum, den Kopf oben zu behalten, schon waren Riff und Oberfläche verschwunden und das große, hungrige Maul des Meeres schluckte sie, so schnell, dass sie nicht einmal mehr ihre eigenen Luftblasen sehen konnte. Sie sah nur mehr graugrünes Nichts, oben und unten waren dasselbe, sie fand keinen Bezugspunkt mehr. Panisch griff Nicole nach ihrem Tiefenmesser, und versuchte zu erkennen, wie tief sie schon war, aber sie konnte keine Ziffern ausmachen, vor ihren Augen erschien alles doppelt und dreifach. Der Instinkt riet ihr, sofort an die Oberfläche zurückzukehren, zu Luft und Licht, ihre Hand fuhr zum Ventil der Tarierjacke. Wenn sie das drückte, füllte sich die Jacke mit Luft, und das würde sie nach oben schießen lassen wie einen Sektkorken. Ging der Aufstieg jedoch zu schnell vor sich, könnte sie das töten. Durch die Tauchgänge hatte sich Stickstoff in ihrem Gewebe angesammelt, der sich wie die Luft in ihrer Tarierjacke bei nachlassendem Wasserdruck genauso ausdehnen würde. Die dabei entstehenden Blasen konnten die Blutversorgung in den Lungen, im Herz oder auch im Gehirn blockieren, und selbst wenn sie das überlebte, könnte sie Lähmungen oder Gehirnschäden davontragen. Davor war sie in ihrem Rettungstauchkurs ausdrücklich gewarnt worden, und deswegen bezwang sie jetzt mit größter Willensanstrengung die instinktive Reaktion, auf der Stelle dem Druck und der zunehmenden Dunkelheit zu entkommen. Sie ließ nur soviel Luft in die Jacke, wie nötig war, um die Abwärtsbewegung zu stoppen und versuchte dann, seitlich wegzutauchten. Sie paddelte so kräftig wie möglich und versuchte trotzdem langsam und flach zu atmen, obwohl ihr Herz wie ein Hammer gegen ihre Rippen schlug. Es ging nach oben, langsam, aber doch. Wie sie es gelernt hatte, ließ sie stetig ein wenig Luft aus der Jacke, damit die sich ausdehnende Luft entweichen konnte, und die Tarierjacke sich nicht aufblähte wie ein Ballon und sie zu schnell nach oben zog. Es ging langsam, aber wenigstens wurde es wieder ein wenig heller. Sie hatte das Gefühl eine Kosmonautin im Weltall zu sein. Sie konzentriert sich mit aller Willenskraft darauf, nicht viel Luft zu verbrauchen und kontrolliert nach oben zu gelangen. Wie lange ging das jetzt schon, eine Minute, zehn? Sie hatte keine Ahnung, hielt den Blick fest nach oben in Richtung Lichtschein gerichtet, streckte wie Superman einen Arm nach oben aus, ballte die Hand zu einer Faust und kämpfte sich weiter schräg nach oben. Sie konnte nicht sagen, ob sie schnell oder langsam unterwegs war. Die Strömung war immer noch spürbar, jetzt aber bedeutend schwächer. Nicole konzentrierte sich auf den Lichtpunkt, der die Sonne sein musste und langsam näher kam. Sie erlaubte sich nicht, sich erleichtert zu fühlen, denn sie wusste, es war noch nicht geschafft, es war machbar, aber noch nicht vorbei. Sie musste die Kontrolle behalten, wieder sah sie auf ihrer

Konsole, um Zeit, Tiefe und Sauerstoff zu überprüfen. Sie konnte die Anzeige wieder lesen und sah, dass sie auf fünfundzwanzig Meter war und noch dreißig Bar Luft hatte. Das war sehr wenig, normalerweise beendete man einen Tauchgang mit fünfzig Bar, aber sie musste jetzt mit dem Wenigen auskommen. Nicole versuchte, noch flacher zu atmen, die Luft sehr langsam aus den Lungen zu lassen, und sich nicht zu sehr anzustrengen. Sie hatte den Aufstieg unter Kontrolle, hatte ihre Atmung unter Kontrolle, hatte sich unter Kontrolle. Das allein rettete ihr an diesem Tag das Leben. Während sie auf diese Weise aufstieg, drehte sie sich langsam um sich selbst, um irgendeinen Anhaltspunkt zu finden. Aber da war nichts, gar nichts. The Big Blue nannte man das auf Englisch. Das große Blau war hier ein großes Graugrün, ohne oben und unten, ohne vorne oder hinten, ein Weltall aus Algen und Grill, es gab keine Kontur, keine Linie oder Form, an der sie sich hätte festhalten können. Ihr Verstand sagte ihr, dass sie erst wenige Minuten so trieb, aber es kam ihr wie eine Ewigkeit vor. Es schien ihr, als schwebe sie schon seit unendlichen Zeiten im luftleeren Raum, und David Bowie begann in ihrem Kopf zu singen:

I'm sitting in a tin can,
far above the world.
Planet Earth is blue
and there is nothing I can do.

Damit sie nicht wie Major Tom einfach davon schwebte, kontrollierte sie wieder Tiefenmesser und Sauerstoff, sie hatte nur sich selbst als Bezugspunkt, fünfzehn Meter und zehn Bar. Das war nicht genug Luft, um einen Sicherheitsstop einzulegen, sie musste jetzt den Aufstieg vollenden, bevor ihr die Luft ausging. Da sie nicht wusste, wie tief sie gewesen war, bestand immer noch die Gefahr, die Dekompressionskrankheit zu bekommen, aber sie katte keine Wahl.

Dann war die Luft zu Ende und sie durchbrach die Wasseroberfläche, riss sich den Lungenautomaten aus dem Mund und nahm glückselig einen tiefen Atemzug. Frische Luft, die nach Algen, Salz und Sand schmeckte. Hektisch zog sie die Taucherbrille vom Gesicht, vorschriftsmäßig nach unten, damit sie um den Hals hing und nicht verloren gehen konnte, sogar daran erinnerte sie sich. Sie nahm noch ein paar tiefe Atemzüge, Luft hatte noch nie so gut geschmeckt. Dann blies sie mit dem Mundstück die Tarierjacke auf, damit sie sich auf den Rücken legen und ausruhen konnte. Ein erbarmungslos blauer, strahlender Himmel sah auf sie herab, und sie konnte keinen klaren Gedanken fassen. Erst als sie wieder normal atmen konnte, ging sie in die Vertikale und sah sich um. Die Küste war weit weg, aber erreichbar, so glaubte sie zumindest. Jetzt musste man sie nur noch finden. Sie warf die Arme hoch und begann zu schreien. Eine Welle hob sie hoch und sie konnte einige Figuren am Strand erkennen. Der Wagen, mit dem sie gekommen waren, glänzte in der Sonne. Warum bloß hatte sie ihre knallorange und aufblasbare Rettungsboye in ihrer Tauchkiste gelassen? Sie hatte nicht gedacht, das Ding hier bei einem Küstentauchgang zu benötigte. Man dachte nie an das Schlimmste. Glücklicherweise wurde sie nun von einem leichten Wind in Richtung Küste getrieben. Das half ihr, weiter in diese Richtung zu schwimmen. Immer wieder warf sie die Arme hoch und rief um Hilfe. Bitte, bitte, bemerkt mich, betete sie ununterbrochen. Sie fühlte keine Müdigkeit oder Verzweiflung, nur den brennenden Wunsch an Land zu kommen. Zu ihrem Glück trug der Wind auch ihre Stimme über das Meer. Endlich entdeckte die Tauchgruppe Nicole, die kleinen Gestalten am Strand winkten plötzlich aufgeregt in ihre Richtung. Nicole war sicher, dass es Said gewesen war, der sie zuerst entdeckt hatte. Erleichtert legte sie sich wieder auf den Rücken und ruhte sich etwas aus, jetzt etwas ruhiger, sie wusste, man würde sie retten. Langsam paddelte sie weiter in Richtung Land und fühlte allmählich, wie sich Erschöpfung in ihren Muskeln breit machte. Sie konnte immer noch nicht ganz begreifen, was passiert war, sie dachte nur daran, weiterzukommen und endlich festen Boden unter den Füßen zu spüren. Nach etwa einer halben Stunde war sie der Küste so nahe gekommen, dass Said mit zwei Männer der Gruppe ins Wasser sprang und zu ihr hinaus schwamm. Weil sie ziemlich weit nach Süden abgetrieben war, hatten sie mit dem Wagen ein Stück hinterher fahren müssen. Die Sonne war schon hinter den Bergen untergegangen, über Saudi Arabien zog die Abenddämmerung herauf.

Das letzte Stück zogen die Männer Nicole in Richtung Strand und hoben sie schlussendlich aus dem Wasser wie einen nassen Hund. Sie halfen ihr aus der Ausrüstung, Nicoles Hände zitterten so sehr, dass sie das nicht selbst tun konnte.

"Wie geht es dir? Alles ok?", fragte ein jeder alle paar Minuten, und sie antwortete:

"Ja, ja, alles ok, ich bin ok, eine Rissströmmung, einfach unglaublich, zog mich einfach weg, zog mich runter, konnte nichts machen."

Sie war unendlich dankbar, als sie sich trockene Kleider anziehen konnte. Ihre Zähne klapperten, während sie immer wieder "danke, danke" murmelte und immer wieder von der Rissströmung redete. Said nahm sie in den Arm und beruhigte sie, indem er ihr über das Haar strich und „Alḥamdulillāh ist alles gut gegangen" sagte. Sie konnte kaum alleine gehen, er musste sie stützen und ihr helfen, auf den Vordersitz des Wagens zu klettern. Die ganze Rückfahrt über hielt er sie im Arm, wo sie vor Erschöpfung fast eingeschlafen wäre, und die bergige Landschaft wie in einem Traum an ihr vorbeizog. Erst als sie zurück in der Tauchschule waren, kam wieder Leben in sie. Sie versicherte allen, es gehe ihr gut, und um das auch zu beweisen, wusch sie ihr Tauchzeug selbst aus und hängt es auf, obwohl ihre Knie wackelig waren, und Said anbot, es für sie zu tun. Niemand machte ihr Vorwürfe, keiner sagte, es wäre ihr Fehler gewesen, aber mittlerweile war ihr die Angelegenheit so peinlich, dass sie am liebsten im Erdboden versunken wäre. Sie sagte die Tauchgänge für den nächsten Tag ab und erklärte, sie hätte einen Ruhetag nötig. Said begleitete sie zurück zu ihrem Bungalow und versprach, am nächsten Tag nach ihr zu sehen.

Petra lag mit Durchfall im Bett und sah verschwitzt und

leidend aus, aber Nicole konnte kein Mitgefühl aufbringen. Jetzt in der Hängematte lief das Erlebte immer und immer wieder wie ein Film in ihrem Kopf ab, und ihr wurde Stück für Stück klar, wie nahe sie dem Tod gekommen war, und zwar tatsächlich, nicht nur in Gedanken.

Auch den nächsten Tag lungerte sie fast den ganzen Tag in der Hängematte oder im Restaurant herum, versteckte sich hinter einem dicken Schmöker und sprach mit keinem mehr als das Nötigste. Sie hatte weiterhin keine Lust, Petra zu erzählen, was passiert war. Petra war seit Jahren ihre beste Freundin, hatte aber einen Hang zur Dramatik, und das konnte Nicole im Moment nicht gebrauchen. Petra, der es nach dem Darmvirus wieder besser ging, wollte etwas unternehmen und konnte nicht verstehen, warum Nicole plötzlich so abweisend und schlecht gelaunt war. Nur über Saids Besuch am späten Nachmittag freute sich Nicole.

"Na, wie geht es dir?", fragte er besorgt.

"Ok," sagte sie betont fröhlich, „immer noch etwas erschöpft. Ich weiß nicht, ob ich morgen schon tauchen will," fügte sie schnell dazu, um seiner Frage zuvor zu kommen.

"Bist du zu müde, um heute Abend was trinken zu gehen?", fragte Said mit einem sanften Augenaufschlag.

Nicole sah ihn verunsichert an, sagte dann aber zu, weil sie keine Lust hatte, den ganzen Abend in Petras saures Gesicht zu sehen.

Said brachte sie zu einer Party, die an der großen Lagune stattfand, wo einige mit Palmenblätter bedeckte Bambushütten standen. Ein paar Soldaten der UN-Schutztruppe waren da, außerdem junge Beduinen, viele Israelis, die Urlaub machten, und ein paar europäische Aussteiger. Ein großes Feuer brannte, und die meist jungen Leute tranken Bier und billigen Whisky. Ein Israeli mit einer wunderschönen Stimme spielte Folksongs auf seiner Gitarre, und Nicole glaubt, in einem arabischen Woodstock gelandet zu sein. Die Joints gingen schneller herum als die Bierflaschen, schon bald lehnte sie an Saids Schulter, bei ihm fühlte sie sich sicher. An Einzelheiten konnte sie sich später nicht mehr erinnern, aber sie dachte gerne, dass sie in dieser magischen Nacht ihre Tochter gezeugt hatten und nicht in einer der folgenden Nächte. Am nächsten Morgen wachte sie in einer kleinen Bambushütte auf und das erste, das Said zu ihr sagte, war, sie sei so schön wie der Mond. Sie fand den Vergleich ein wenig albern, aber da war sie schon verliebt. Während die Sonne aufging und weiches Licht durch die Ritzen der Bambuswände fiel, liebten sie sich leidenschaftlich, und Nicole konnte alles vergessen, worüber sie nicht nachdenken wollte. Said ging nur einmal weg, um kurze Zeit später mit einem Frühstück zurückzukommen. Vor der Hütte mit Blick auf das Meer aßen sie Fladenbrot mit Ziegenkäse und tranken schwarzen Tee. Der Strand vor ihnen glänzte, als hätte jemanden goldenen Glitter darauf verstreut.

Said deutete darauf und sagte:

„Die Ägypter sagen, deswegen heiße unser Dorf Dahab, auf ägyptisch bedeutet das Gold. Aber das stimmt gar nicht. Mein Großvater sagt, die Alten hätten diesen Ort Waquaat Thahaab genannt, das heißt „die Zeit verfliegt". Die Israelis haben das auf Thahaab verkürzt und dann wurde Dahab daraus."

Nicole lachte. Die weite Leere, der goldgelbe Sand, das extrem dunkle Blau und intensiv helle Grün des Meeres und Saids begeisterte Augen ließen sie glauben, dass es das war, was sie immer gesucht hatte. Sie war jetzt fest entschlossen, zu Hause alles hinzuschmeißen und so bald wie möglich nach Dahab zurück zu kommen, um hier zu leben. Tatsächlich vergingen die Tage in Dahab wie im Flug. Den Rest des Urlaubes verbrachte sie jede seiner freien Minuten mit Said. Er nahm sie in dem Jeep seines Onkels mit in die Wüste, zeigte ihr kleine, versteckte Oasen und faszinierende Höhlen. Sie war glücklich, einfach so aus der Welt verschwinden und nur mit ihm zusammen sein zu können. Alles war einfach perfekt, nur zum Tauchen hatte sie keine Lust, sie ging nicht einmal schwimmen oder schnorcheln.

"Im Moment nicht," sagte sie zu Said, und er sorgte dafür, dass man ihr tatsächlich einen Teil des schon bezahlten Geldes für die Tauchgänge zurückgab, die sie noch hatte machen wollen. Mit Petra sprach sie kaum mehr ein Wort, sie schlief sowieso nicht mehr im gemeinsamen Bungalow. Die Rückfahrt zum Flughafen verbrachten die beiden Frauen in seltsamen Schweigen, und das stand im krasse Gegenteil zu der Stimmung auf der Herfahrt, die sie wie aufgeregt kichernde Teenager verbracht hatten.

Am ersten Arbeitstag presste Nicole ständig die Lippen

zusammen, damit sie nicht laut schreiend davonlaufen musste. Die Realität des Alltags war so schrecklich, dass sie sogar ihrem Vater Herbert von ihren Aussteigerplänen erzählte. Überraschenderweise beschimpfte der sie nicht als dumm und leichtsinnig, sondern schlug stattdessen vor, sie solle zuerst einmal probeweise für ein paar Monate nach Dahab gehen. "Nimm dir doch den Rest deines Urlaubs und vielleicht auch noch einen Monat unbezahlten Urlaub dazu und sieh dir an, wie es läuft. Eine tolle Woche ist nicht genug Zeit, um eine so weitreichenden Entscheidung zu treffen. Schmeiß jetzt nicht gleich alles hin, du könntest das bitter bereuen."

Obwohl Nicole nichts lieber tun wollte, als sofort in den nächsten Flieger zu springen, dachte sie, es könnte nicht schaden, ein wenig vernünftig zu sein, und sie stimmte ihrem Vater zu. Ihr Nachgeben hing auch damit zusammen, dass sie von einer seltsamen Lethargie befallen war. Auf eigenartige Weise driftete sie in einer nebeligen Suppe, und Dahab erschien immer mehr wie ein Traum, der langsam in weiter Ferne zu verschwinden drohte. Zwar redete sie weiterhin davon und glaubte es auch selbst, bald aufzubrechen, aber sie buchte keinen Flug, kündigte nicht, bat nicht einmal um Sonderurlaub, sondern hoffte, der nahende Jahreswechsel würde sie von dieser Lähmung befreien. Sie schob ihre Entschlussunfähigkeit auf die fehlende Sonne, auf den frustrierenden Alltag und träumte davon, wie Dahab und Said sie mit einem Schlag gesund und lebendig machen könnten, wenn sie nur erst mal dort hinkam. Auch die wöchentlichen Telefongespräche mit

Said entfachten in ihr keine feurige Entschlossenheit, das wunderbare Dahabgefühl von Leichtigkeit und Glück wollte einfach nicht zurückkommen. Es fiel ihr schwer, das Bild von der Strohhütte am Wüstenboden mit dem kleinkarierten Wohnzimmer ihres Vaters in Einklang bringen. Said war dort, sie war hier, dazwischen lagen Welten.

Als ihre Periode nicht kam, schob sie das zuerst auf die Reise und die Klimaveränderung, dann wurde ihr jeden Morgen übel, und sie ekelte sich plötzlich vor Milchprodukten. Acht Wochen nach ihrer Rückkehr rang sie sich trotz ihres schwummrigen Zustands zu einem Schwangerschaftstest durch, obwohl er unsinnig erschien, nahm sie doch seit Jahren die Pille. Als das kleine Fenster am Teststreifen tatsächlich zwei blaue Striche zeigte, was der Anleitung nach ein positives Ergebnis bedeutete, musste sie minutenlang darauf starren, bis ihr die Reichweite dieser Anzeige klar wurde. Sie wusste nicht, ob sie glücklich oder schockiert sein sollte, und hoffte immer noch, der Test könnte falsch sein, bis die Frauenärztin einige Tage später das Ergebnis bestätigte.

"Was möchten Sie jetzt tun?", fragte die junge Ärztin vorsichtig. "Darf man gratulieren?"

"Ja," sagte Nicole, ohne darüber nachzudenken. Ja, sie wollte dieses Baby, diese Frucht ihrer romantischen Wüstenliebe, obwohl das nicht der Plan gewesen war. Aber sie konnte ja immer noch mit dem Kind nach Dahab ziehen, denn Said reagierte so enthusiastisch auf die Nachricht, Vater zu werden, dass sie das Gefühl bekam, die Schwangerschaft sei die

Krönung ihrer Liebe, und alles würde wunderbar werden. Sie war nicht begeistert von seiner Idee, so schnell wie möglich zu heiraten, damit er nach Deutschland kommen konnte, wo sie auf keinen Fall bleiben wollte. Es war schwierig, Said das zu erklären.

"Wovon sollen wir denn leben, wenn das Kind da ist und du noch kein Geld verdienen kannst?", fragte sie, irritiert von seiner Naivität. "Mein Vater kann keine drei Leute durchfüttern."

"Warum nicht?", fragte Said erstaunt. "Ihr seid doch reich. Meine Familie würde selbst das Wenige, das sie haben, mit uns teilen."

"Wir sind doch nicht reich," widersprach Nicole. "Wie kommst du darauf?

"Na, du warst doch auf der Universität. Nur reiche Leute können ihre Töchter auf die Universität schicken," erklärte Said.

Er wollte ihr nicht glauben, dass in Europa auch Kinder von kleinen Beamten an der Universität studieren konnten. Sie gerieten fast in Streit darüber, weil sie ihm kein Flugticket bezahlen wollte, damit er zu ihr kommen konnte.

„Wir haben ja noch Zeit, eine Lösung zu finden," sagte sie, „ich komme erst mal nach Dahab und dann sehen wir weiter."

Jetzt hatte sie Energie genug, um einen Flug zu buchen, und im fünften Monat schwanger flog sie zurück nach Ägypten und plante, zwei Monate zu bleiben. Diesmal jedoch war alles anders.

Sie konnte ihr magisches Dahab nicht wieder finden, obwohl alles genauso aussah wie vorher. Vielleicht lag es daran, dass sie weder Alkohol trinken noch Haschisch rauchen konnte. Die Realität war schlichtweg ernüchternd.

Said war sehr verliebt, stolz auf Nicoles wachsenden Bauch, doch der Schmutz, die Ziegen, die Kakerlaken und seine Familie, die ständig um sie herum waren, war etwas, das Nicole nur mit Mühe ertragen konnte. Saids Eltern Sahel und Basma waren nette Leute, aber sie sprachen kein Englisch und die Unterhaltungen mit ihnen beschränkten sich auf Handzeichen. Es gab kein fließendes Wasser, nur einen Brunnen, und das Essen bestand aus eintönigem Reis und Fisch oder manchmal Hähnchen. Es störte sie jetzt, dass Said ständig Joints rauchte und Freunde mitbrachte, die die ganze Nacht vor der Hütte saßen, Tee tranken, redeten und kifften. Sehr bald stritt sie mit Said um Geld, darum, wo sie leben sollten und darüber, wo das Baby zur Welt kommen sollte.

Said wollte, dass das Kind im Haus seiner Familie geboren wurde, es würde das erste Enkelkind sein. Er erklärte, wenn sie die Geburt in Kairo auf der Botschaft registrieren würden, könnten sie dort auch gleich heiraten und ein Visum für ihn beantragen.

Aber Nicole erschien das immer absurder und ihr graute vor der Idee, das Kind in Dahab zu bekommen, wo es nicht einmal einen Arzt gab.

"Die Frauen meiner Familie haben seit Jahrhunderten Kinder ohne Arzt auf die Welt gebracht," sagte Said hochfahrend in einer dieser Auseinandersetzungen.

"Und wie viele sind dabei gestorben?", frage Nicola aufgebracht.

"Du hast keinen Respekt vor meiner Familie," schnauzte Said sie an und lief davon, bevor sie noch etwas erwidern konnte. Nicole konnte sich nicht erklären, was das eine mit dem anderen zu tun hatte, lernte aber, den Mund zu halten, wenn er in dieser aggressiven Stimmung war. Manchmal sah er aus, als wolle er sie schlagen und täte es nur nicht, weil sie schwanger war.

Mit der Zeit wurde ihr klar, dass Said irgendwie manisch-depressiv sein musste und sein Gemütszustand von einer Sekunde zur anderen kippen konnten. Manchmal war es, als würde sich Clark Kent in Hulk verwandeln und dann alles kaputt machen, was sich ihm in den Weg stellte. Die Idee, er könnte mit ihr zurück nach Deutschland fliegen, verursachte ihr mittlerweile Bauchschmerzen, und sie war froh, dass er sich kein Flugticket leisten konnte. Sie log ihm vor, sie hätte auch nicht genug, um ihm den Flug zu bezahlen, was ihn sehr wütend machte. Dann sprach er wieder vom Reichtum ihres Vaters und beanstandete dessen mangelnde Unterstützung. Es blieb ihm auch unverständlich, warum sie sich so gegen eine Heirat spreizte, die sei doch das einzig Richtige in dieser Situation.

Aber sie wollte dieses Richtige nicht tun. Schon nach einem Monat buchte sie ihren Rückflug um, und diesmal war sie froh, Dahab verlassen zu können und im Taxi nach Sharm el Sheik zu sitzen. Sie hatte Atembeschwerden und Panikgefühle, die sich ein wenig legten, als sie zu Hause ankam. Was hatte sie sich nur gedacht? Wie naiv war sie gewesen zu denken, in Dahab ein Kind aufziehen zu können. Aber im siebten Monat war es zu spät, ihre Meinung über das Kind zu ändern. Kurz überlegte sie, es zur Adaption freizugeben, aber dann bot ihr Vater nicht nur finanzielle, sondern auch tatkräftige Unterstützung an, und Nicole behielt das Kind. Jasmin kam an einem milden Frühsommermorgen ohne große Komplikationen zu Welt, und der stolze Großvater hielt die ganze Zeit Nicoles Hand. Said klang am Telefon ein wenig enttäuscht, als sie ihm sagte, dass sie eine Tochter hatten. In den ersten Jahren, als Jasmin noch klein war, flog Nicole noch zweimal nach Dahab, immer in der Hoffnung, etwas von ihrem traumhaften Dahab wiederzufinden - und auch weil sie ihrer Tochter den Vater nicht vorenthalten wollte. Doch jedesmal fuhr sie mit dem Gefühl weg, einer Falle entkommen zu sein. Said, aber auch die anderen Leute in Dahab kamen ihr von Mal zu Mal seltsamer vor. Die lebten total abgehoben in einer anderen Welt, in die sie als Mutter keinen Zutritt mehr hatte. Dahabianer waren immer high vom Haschisch oder vom Tauchen oder von beidem und hatten kein Bedürfnis, von Problemen wie einem Kindergartenplatz und Steuererklärungen zu hören.

Der letzte Besuch war nicht als solcher geplant. Als Jasmin älter wurde, konnte sich Nicole einfach nicht mehr dazu überwinden, erneut einen Flug zu buchen. Sie fand immer neue

Ausflüchte, zu wenig Geld, zu wenig Zeit, Ägypten sei zu heiß im Sommer, ihr wurde keinen Urlaub genehmigt. Die Telefongespräche mit Said wurden immer schwieriger, er schrie sie an, drohte, konnte aber gegen ihre Entscheidung, nicht mehr auf Besuch zu kommen, nichts machen. Schließlich nahm sie die Anrufe nicht mehr an, weil jedes Gespräch sie nur mehr deprimierte.

Nicoles Welt bestand jetzt aus das Kind füttern und sauber machen, genug Schlaf bekommen, genug Geld verdienen und eine gute Mutter sein. Auf eine unerwartete Art fand sie dieses Leben befriedigend, und als alleinerziehende Mutter hatte sie sowieso keine Zeit zum Nachdenken oder Traurigsein.

Stattdessen bereicherte das Kind ihr Leben auf ganz besondere Weise, und Nicole versöhnte sich mit dem Gedanken, nie viel von der großen Welt gesehen zu haben.

Sie liebte dieses hilflose kleine Wesen, das Saids dunklen Haare und Augen geerbt hatte, wie sie noch nie etwas in ihrem Leben geliebt hatte. Nachdem sich ihr Leben zwischen Routine und Hingabe an die Bedürfnisse des Kindes einpendelt hatte, vermisste Nicole nichts, im Gegenteil, sie hatte sogar das Gefühl, erwachsen geworden zu sein.

Es war schön zu sehen, wie es ihrem Vater als einzigen alten Mann nichts ausmachte, am Kinderspielplatz zu sitzen und auf seine Enkelin aufzupassen. Auf seltsame Art und Weise brachte das Baby Nicole ihrem Vater näher. Sie lebten in seinem Haus, bis er viel zu jung an Krebs starb. Da war Jasmin neun, und sie betrauerte den Verlust ihres geliebten Opas eine lange Weile.

Ein Jahr nach dem Tod ihres Vaters lernte Nicole Willy kennen, der auch eine kleine Tochter hatte und dessen Frau bei einem Unfall umgekommen war. Es war keine wilde Romanze, aber sie fand in ihm einen netten, verlässlichen Partner, die Mädchen wurden Schwestern, und von da an bezeichnete sich Nicole als rundherum glücklich. Die Jahre verliefen gemächlich, sogar Jasmins Pubertät ging ohne großes Drama vorbei, bis es – sechs Monate lag das jetzt zurück – zu einem schrecklichen Streit zwischen Jasmin und Nicole gekommen war. Ihre fast erwachsene Tochter hatte nicht nur dieselben dunklen Locken wie ihr Vater, sondern auch dessen Temperament, und sie bestand auf einmal darauf, ihn kennenlernen zu wollen.

"Ich habe ein Recht darauf zu wissen, wer er ist," rief sie aufgebracht bei dieser Auseinandersetzung. "Ich kann mich nicht an ihn erinnern, ich war zu klein. Ich will sehen, wie er lebt, ich will diesen Teil meiner Familie kennenlernen. Er ist auch ein Teil von mir. Vielleicht habe ich sogar Halbgeschwister. Ich werde dort hinfahren, und zwar noch dieses Jahr!"

"Du fährst da auf keinen Fall alleine hin," schrie Nicole ungewohnt laut zurück und verkrampfte die Hände an der Kante des Tisches, an dem sie eben noch friedlich Kaffee getrunken hatten. Sie saßen in ihrer biederen weiß-blauen Küche in einem 70er-Jahre-Bau am Stadtrand von Hannover, und Nicole konnte sich Jasmin einfach nicht in einem Strohbungalow oder unverputzten Betonhaus am Sinai vorstellen. Gerade noch hatten sie über den Schulabschluss gesprochen, und diskutiert, ob Jasmin sich eine Auszeit für eine längere Reise nehmen sollte, bevor sie auf die Universität ging. Grundsätzlich befürwortete Nicole diese Idee, aber sie hatte an Australien oder die USA gedacht und sicher nicht an Ägypten!

"Das ist kein Land, das man als Frau so einfach alleine bereist, vor allem, wenn man so jung ist wie du!"

"Du bist altmodisch! Und eine Heuchlerin," gab Jasmin fauchend zurück. "Du warst kaum älter als ich, als du durch die Welt gezogen bist, und das war vor fast zwanzig Jahren. Wie kannst du mir das verbieten wollen?"

"Ich bin durch Europa gereist und war in Südostasien. Damals war das alles noch viel sicherer."

"Pffff," machte Jasmin verächtlich.

"Ich erlaube auf keinen Fall, dass du allein nach Ägypten gehst," sagte Nicole bestimmt.

"Dann komm doch mit," sagte Jasmin und schoss eine blanke Herausforderung aus den großen dunklen Augen ab.

Mitkommen. Nach Dahab. Was für eine verrückte Idee!

Nicole hatte einige Jahre nach Jasmins Geburt gehört, Said habe geheiratet und sei Vater einiger Kinder geworden. Jasmin hatte immer bedauert, ein Einzelkind zu sein und hatte die Bereicherung durch die Stiefschwester begrüßt, doch Nicole hatte ihr nie von den ägyptischen Halbgeschwistern erzählt. Sie hatte Angst, sie könnte ihre Tochter an diese fremdartigen Welt verlieren. Natürlich war das Blödsinn, aber mit den Jahren hatte Nicole eine Abneigung gegen arabische Länder und den

Islam entwickelt. Ihre früher so offen zur Schau getragene Toleranz war nur eine dünne Lackschicht gewesen, die mit den Jahren und der Medienberichterstattung nach dem 11. September 2001 abgeblättert war.

Aus diesem Grund sagte sie entschieden: "Nein!"

"In acht Monaten bin ich achtzehn. Dann kann ich machen, was ich will. Dann fahre ich auf jeden Fall, auch ohne dich."

Diese Drohung war ernst gemeint. In ihrer Angst um Jasmin setzte sich die Idee, doch noch einmal nach Dahab zu fahren, allmählich in Nicoles Kopf fest. Wenn es schon sein musste, dann war es besser, wenn sie dabei war. Vielleicht war es sogar gut, sich dem Ganzen noch einmal zu stellen, auch weil Jasmin nicht aufhörte, nach ihrem Vater zu fragen. Sie las Bücher über die Beduinen am Sinai und über den Islam. Vielleicht war es gut, wenn Jasmin den wahren Said kennen lernte, auch wenn es sicherlich schmerzvoll werden würde. Als sie im Reisebüro nachfragte, bot man ihr Drei- und Vier-Sterne Hotels an, nicht nur in Sharm el Sheik, sondern direkt in Dahab, alles inklusive. Vielleicht wird das alles nicht so schlimm, sagte sich Nicole und buchte die Flüge und ein Zimmer in einem Hotelkomplex an der Lagune. Sie wollte dorthin, nicht nur weil Jasmin an diesem Strand gezeugt, sondern auch weil Nicole mit dem Alter bequem geworden war und ein bisschen Luxus haben wollte.

Es würde schwierig genug werden, Said zu finden. Sie erinnerte sich, dass sein Vater Saleh hieß und die Familie weitverzweigt war. Vermutlich ließ sich jemand finden, der mit

Said verwandt war. Jasmin fand vielleicht nicht ihren Vater, aber eventuell die Großeltern oder Cousinen, und das würde fürs Erste reichen.

So kam es, dass Nicole nach all den Jahren am Sandstrand in der Lagune stand, bis zu den Knien im Wasser, mit einer Schnorchelbrille in der Hand, und sich bestürzt fragte, wie sie so einfach hatte untertauchen wollen. Sie starrte jetzt wieder über die glitzernde Haut des geliebten Monsters bis hin zum Horizont.

Als sie am Vortag angekommen waren, hatte Nicole nichts wiedererkannt. Die friedvolle Oase voller Palmen war einer betriebsamen Kleinstadt gewichen. An der ehemals leeren Lagune reihte sich jetzt ein großes Hotel an das andere. Die Bucht von Masbat waren von einstöckigen Häusern verschluckt worden, und die flach zum Meer abfallende Ebene wurde von asphaltierten Straßen durchschnitten. Nur die Berge lagen noch genauso unverrückbar schön da wie früher, auch wenn man nicht mehr an jeder Stelle freie Sicht auf sie hatte. Hatte damals nachts absolute Dunkelheit geherrscht, so glitzerte jetzt eine Stadt gegen den Abendhimmel, wenn man hinüber zur Bucht sah. Selbst auf der gegenüberliegenden Küste in Saudi Arabien funkelten Städte und Dörfer wie kleine Edelsteine, dort hatte früher nur geheimnisvolle Schwärze geherrscht.

Gleich nach ihrer Ankunft hatten sie in der hoteleigenen Tauchschule nach Said und Saleh gefragt, und das Glück gehabt, dass der Schweizer Manager seit langem in Dahab lebte und Salehs Familie kannte. Er riet ihnen, am nächsten Tag in der Tauchschule des nebenan gelegenen Hilton-Hotels weiter zu fragen, wo ein Neffe von Saleh als Fahrer arbeitete. Wenn sie am späteren Nachmittag hingingen, würden sie ihn sicher antreffen.

Jasmin wurde angesichts dieser Nachrichten aufgeregt und aufgeräumt wie ein Kind, das ein großes Geburtstagsgeschenk erwartete. Es erschien einfach, Said oder zumindest seine Familie zu finden. Nicole war weniger optimistisch, aber sie hütete sich, etwas zu sagen. Sie hoffte insgeheim, dass Said spurlos verschwunden und vielleicht nur ein Onkel oder die Eltern da waren. Immerhin hatten sie jetzt bis zum Nachmittag Zeit und konnten den Stand genießen. Jasmin lag erschlagen von der Mittagshitze in einem der Liegestühle und döste vor sich hin. Nicole war vor einer Minute aufgestanden, hatte sich die Schnorchelbrille ihrer Tochter genommen und war in Richtung Meer marschiert. Einfach so. Ohne nachzudenken. Erst bei der automatisierte Bewegung, mit der sie die Brille aufsetzen wollte, hatte sie plötzlich inne gehalten. Sie war geradezu erstarrt. Dann war ihre Hand mit der Brille wieder nach unten gesunken. Jetzt stand sie seit Minuten so da, unfähig weiter zu gehen oder zurück.

Vorher hatte sie gedacht: Ich gehe mir die Fische ansehen. Ein alter, sehr alter Reflex. Seit jenem letzten, denkwürdigen Tauchgang war sie nicht mehr unter Wasser gewesen. Immer noch erinnerte sie sich an jede Einzelheit, spürte förmlich den Sog an ihrem Körper, der sie damals in die Tiefe gezogen hatte.

Es wäre damals einfach gewesen dort draußen im unendlichen Wasser zu verschwinden und nie wieder aufzutauchen, doch sie hatte um ihr Leben gekämpft. Dieser Umstand war irgendwie schwer zu begreifen gewesen. Sie hatte leben wollen. Seit sie ein Teenager gewesen war, hatte sie immer wieder daran gedacht, sich umzubringen, es ihrer Mutter gleich zu tun, die sich ins Auto gesetzt und bei geschlossenem Garagentor den Motor hatte laufen lassen. Nicole hatte die Tat irgendwie verstanden, denn ihre Mutter war keinen Tag ihres Lebens glücklich gewesen. Sie hatte ein leeres Leben zwischen Windeln, Kochen und Fabrikarbeit geführt und jeden Tag gehasst.

"Heirate bloß nicht," hatte die Mutter oft zu Nicole gesagt, "tu dir das bloß nicht an."

Die Eltern hatten geheiratet, weil die Mutter mit neunzehn schwanger geworden war, und der Vater das tat, was man von einem anständigen Jungen erwartete. Aber die beiden passten nicht zusammen und konnten keinen zufriedenstellenden Kompromiss finden. Ihre Mutter hatte studieren und Ärztin werden wollen, stattdessen musste sie zu Hause bei dem Kind bleiben, und sie schluckte den Frust mit Unmengen von Süßigkeiten hinunter, bis sie sich in die Garage setzte, um zu sterben. Da war Nicole zwölf Jahr alt gewesen.

Nachdem Nicole erwachsen geworden war, tat sie all das, was ihrer Mutter verwehrt gewesen war: studieren, reisen und dank der Pille Sex genießen, ohne lebensverändernde Konsequenzen fürchten zu müssen. All die verrückten Dinge, die sie tat, wie zum Beispiel nach Thailand zu reisen und tauchen zu lernen, tat sie auch für ihre Mutter. Sie kostete das Leben aus, wie es ihre Mutter niemals hatte tun können, doch manchmal kam dieser Sog ins Leere, dann trank sie zufiel, stürzte sich in Affären oder machte Sachen, die böse hätten enden können, wie auf einen aktiven Vulkan zu klettern. Wenn sie auf Reisen war, weit weg von zu Hause, weg von dem traurigen Vater, der nicht verstehen konnte, warum seine Frau tot war und seine Tochter kein normales Leben führen wollte, dann verspürte sie diesen Sog nicht. Manchmal war sie überrascht davon, dass sie noch atmete, obwohl sie sich innerlich so tot wie ihre Mutter fühlte.

Der Kurzurlaub vor neunzehn Jahren in Dahab hatte entscheiden sollen, ob sie sich ganz einem abenteuerlichen Leben hin- oder schlußendlich dem Sog nachgab. Bei dem Tauchgang aber war der Sog real geworden, nicht nur in ihrer Seele. Das so sehr geliebte Meer, das sonst nur Heilung und Freude brachte, hatte sein gefräßiges Maul aufgetan und sie beinahe verschlungen. Es hatte eine Entscheidung von ihr verlangt, und sie hatte sich für das Leben entschieden. Nicht eine Sekunde lang hatte sie daran gedacht, loszulassen und sich in den sicheren Tod treiben zu lassen. Nicht eine Millisekunde. Es wäre so einfach gewesen, aber sie hatte nicht aufgeben wollen wie ihre Mutter. Bis zum heutigen Tag, als sie bis zu den Knien im Wasser stand, nur einen Moment davon entfernt, wieder unter Wasser zu tauchen, hatte sie gedacht, die Geburt ihrer Tochter hätte sie schlußendlich von Selbstmordgedanken abgebracht. Sie hatte immer geglaubt, das Kind hätte ihr einen Lebenssinn gegeben, einfach weil dieses kleine, hilflose Wesen sie so unendlich brauchte, und sie es niemals in Stich lassen würde, wie ihre eigene Mutter es getan hatte. Aber jetzt, als sie im selben Wasser stand, das sie damals fast umgebracht hatte, begriff Nicole, dass sie schon vor Jasmins Geburt gerettet worden war – vom Meer! In dem Moment, als sie in der Strömung um ihr Leben kämpfte, hatte sie sich für das Leben entschieden. Das Kind hatte sie nur bekommen können, weil sie diese Entscheidung getroffen hatte. All die Jahre hatte sie völlig umsonst Angst vor dem Wasser gehabt. Es hatte ihr nur eine Lektion erteilt, deren Sinn sie erst jetzt begriff.

"Peter," hörte Nicole hinter sich eine übereifrige Mutter sagen. "Leg doch einmal das Spiel weg und geh ins Wasser. Mach doch mal etwas anderes, hier ist das richtige Leben."

Wie recht die Frau doch hatte. Nicole lachte lautlos auf. Es war ihr plötzlich egal, was heute Nachmittag passierte, sie hatte keine Angst mehr. Sie streifte sich die Schnorchelbrille über die Augen und stürzte sich ins Wasser.

2. Radiowellen

„Es ist neun Uhr in Deutschland," sagte das Radio.
Zufrieden schloss Sue die Augen und lauschte der professionell
sachlichen Stimme, die ihr den üblichen Nachrichtensalat aus
Sensationen, Toten und politischen Worthülsen servierte. Auch
wenn sie jetzt weit weg von dieser Welt in einem kleinen Dorf
am Rande der Sinaiberge lebte, so wollte sie doch wissen, was
dort draußen vorging. So nebenbei war es jedes Mal eine große
Befriedigung zu hören, dass es im Grunde genommen nichts
Neues gab. Katastrophen, Konferenzen und
Kabinettsumbildungen wiederholten sich in einem unendlichen
Kreislauf, der ihr jetzt aus der Ferne absurd, aber irgendwie
auch unterhaltsam erschien.
Sie hielt den Weltempfänger im Arm wie ein Baby, und das
Kätzchen, das vor wenigen Wochen beschlossen hatte, bei ihr
einzuziehen, lag schnurrend auf ihrem Bauch. Nur in dieser
Haltung und nur in der Hängematte, die sie vor dem Fenster
aufgespannt hatte, bekam sie einen einigermaßen klaren
Empfang der Radiostationen. Von Polnisch bis Chinesisch
bekam der Weltempfänger alles herein, beim Drehen des
Senderknopfes konnte sie manchmal auf jedem halben
Millimeter einen anderen Sender hören.
Heute hatte sie das Glück, die Deutsche Welle empfangen zu
können. Das Radio war eines der letzten Dinge gewesen, die
sie vor ihrem Umzug nach Dahab gekauft hatte, und sie lobte
sich selbst für diese gute Idee. Sie bekam jetzt eine Vorstellung

davon, warum Menschen glaubten, draußen im Weltall müsste noch anderes Leben zu finden sein. Viele Signale und Geräusche, die das Ding hervorbrachte, klangen wie geheimnisvolle Rätsel, gesendet in einer Sprache, die es nur zu entschlüsseln galt, und schon könnte man die faszinierensten Botschaften aus den endlosen Weiten der Galaxie hören und verstehen. Die Radiowellen brachten ihr nicht nur die große Welt ins Haus, sie verbanden sie auch mit dem Universum, hin und wieder trugen die unsichtbaren Wellen sie in ihre alte Welt, wo so ganz andere Dinge wichtig waren. Wie schön war es doch, Zeit für solchen Unsinn zu haben.

Nach den zwei schrecklichen Jahren in London lebte sie wieder in und mit der Natur. Sie war entweder am Strand, unter Wasser oder in der Wüste unterwegs, alles war wieder so, wie es auf ihrer Weltreise gewesen war, es fehlte nur René. In manchen Momenten vermisste sie seine Beständigkeit, seine Zuverlässigkeit, so wie sie manchmal, selten aber doch, die Kultur ihrer Heimat Österreich, Bibliotheken und inspirierende Gespräche vermisste. Dann half das Radio.

Nach den Nachrichten kam das Kulturjournal, und der Sprecher erzählte von den Feierlichkeiten und Veranstaltungen zum fünfzigsten Todestag von Thomas Mann. Anders als früher fand sie es jetzt erstaunlich, dass es tatsächlich Menschen gab, deren einziger Lebensinhalt darin bestand, sich mit Thomas Mann zu beschäftigen, und die sogar ihren Lebensunterhalt damit verdienten, darüber zu schreiben, worüber der große Schriftsteller geschrieben hatte. Wenn man wie Sue in einem

Land lebte, in dem die Mehrheit der Bevölkerung gerade genug zu essen und nur wenige Menschen je ein Buch von Thomas Mann gelesen hatte, dann bekamen solche Radioberichte tatsächlich etwas absurd Unterhaltsames. Im Zuge dieser Berichterstattung beklagte sich ein Kunstschaffender über die zu kleinen Kulturfördertöpfe, und das konnte Sue angesichts von Nachbarn, die von Reis und Gemüse leben mussten, und meckernden Ziegen, die in einer Müllhalde vor ihrem Fenster Futter suchten, nicht mehr erst nehmen. Sie kicherte, so bizarr erschien ihr das jetzt. Wie sich doch ihre Prioritäten verschoben hatten!

Früher hatte sie das alles außerordentlich ernst genommen. Als sie noch an der Uni in Graz Germanistik studierte - natürlich nicht auf Lehramt, weil sie doch Schriftstellerin werden wollte - und sie noch mit Gerhard zusammen war, da konnte Sue ebenso über zu wenig Geld für Stipendien und Förderungen für jungen Künstler klagen, und lamentieren, wie heuchlerisch die Politik und die etablierten Künstler doch waren. Mittlerweile hatte sie herausgefunden, dass Klagen über Kulturbudgets eine Sache von reichen Ländern waren und schlussendlich eine Frage des Anspruchs und der Perspektive. Wer wirklich Kunst machen wollte, tat das sowieso, ob mit oder ohne Subvention, egal, ob es leicht oder schwierig war. Das war jetzt ihre Meinung, jetzt, wo sie mit dem Schreiben aufgehört hatte.

Ein Piepsen und Knacken störte den Empfang, es waren nur mehr Rauschen und Krachen zu hören. Sue hob ihren Kopf und versuchte, den Empfang wieder herzustellen. Sie drehte am

Sendesuchrad, rollte es auf und ab, schwenkte die Antenne herum, aber die Bemühungen blieben fürs Erste ohne Erfolg. Die Deutsche Welle kehrte erst zurück, als sie mit sanftem Druck das Sendesuchrad einen Millimeter verschob, dann leicht nach unten drückte und festhielt. Plötzlich verstand sie die Sprache wieder, nicht den Sinn der Worte, doch schon entspannte sie den Nacken, legte sich zurück und ließ die Worte wirken.

„Der diesjährige Preisträger des Ingeborg-Bachmann-Preises, Gerhard Kriemer, lässt diesen Herbst mit einem neuen Roman aufhorchen."

Sue wollte schon über die verkorkste und doch für das Radio so typische Formulierung kichern, als ihr dämmerte, dass sie den Namen kannte. Nicht nur den Namen, sie kannte den Schriftsteller, hatte ihn einmal sehr intim gekannt.

Er hat den Bachmann-Preis gewonnen? dachte sie verwundert. Dieses Ereignis war ihr durch die lange Abwesenheit von Österreich entgangen. Die ganze Tragweite der Nachricht ging ihr erst allmählich auf. Den Bachmann-Preis, unglaublich, er hatte es geschafft. Dieser Preis war für deutschsprachige Schriftsteller so etwas wie ein Oscar für Schauspieler. Sie konnte sich gut vorstellen, wie der Erfolg Gerhards Ego, das ohnehin nicht von schlechten Eltern war, weiter hatte anschwellen lassen, bestimmt war er mittlerweile unausstehlich geworden. Aua! Warum au? Warum tat es weh?

Sie umklammerte die Antenne, um den Empfang klarer zu machen, in der irren Hoffnung, das könnte ihr eine Antwort auf diese Frage geben. Ihr Körper war der Verstärker des Empfängers, sie leitete die Radiowellen in das Gerät, damit der Schall an ihr Ohr dringen konnte und sie mit der alten Zeit verband. Es gab ihr einen Stich in der Seite, irgendwo da, wo sie gedacht hatte, es sei gefühllos geworden, sei überwunden, vergessen, abgelegt. Sie versuchte, sich auf den Beitrag zu konzentrieren, wollte herausfinden, was sein Schreiben nun so besonders machte, dass Kulturkritiker aufhorchten. Sie hatte schon seit vielen Jahren nichts mehr von Gerhard gelesen und noch länger nichts von ihm gehört.

„Ich will nicht Sartre und Simone spielen," hatte er gesagt. Warum nicht, hatte sie sich im Stillen gefragt, laut jedoch darüber aufgeregt, dass er Sartres Nachnamen, aber de Beauvoirs Vornamen verwendet hatte. Er hatte lautmalerisch, sie feministisch argumentiert. Die anschließende Diskussion - Streit konnte man es nicht wirklich nennen - änderte nichts an der Tatsache, dass Gerhard dabei war, sie zu verlassen, und sie ihn weiterhin für ihren Sartre hielt. Die Wunde, die er ihr schlug, sollte sie noch Jahre nach dem Ende der Beziehung tief schmerzen. Bis zum heutigen Tag hatte Sue geglaubt, diese Wunde sei mit der Zeit, durch andere Männer, einer Weltreise, eine ganz gute Ehe und auch mit der Entfernung verheilt, die Narbe schon fast unsichtbar geworden, auf jeden Fall sollte sie nicht mehr spüren als vielleicht ein leichtes Ziehen sentimentaler Erinnerung. Trotzdem riss diese Nachricht über den Bachmannpreis etwas auf, das doch schon lange keine Bedeutung mehr haben sollte. Es tat nicht nur weh, an diese verlorene Liebe zu denken, sie erinnerte sich auf einmal an die Träume und Lebensentwürfe, die sie damals gehabt hatte. Bücher veröffentlichen, Lesungen geben, in Kaffeehäusern sitzend schreiben, in alten Bibliotheken stöbern, die Welt bereisen, mit anderen Leuten über Literatur diskutieren. Worte finden, die die Welt beschrieben und erklärten, die Ordnung schafften und Ruhe in ihr auslösten, Geschichten erzählen, die festhielten, was nicht vergessen werden sollte.

Ihr war immer klar gewesen, dass sie einen typischen Bürojob nicht durchhalten würde. Als Studentin hatte sie sich vorgestellt, sie könnte als Journalistin arbeiten, bis ihr der Durchbruch als Schriftstellerin gelang. Darum inskribierte sie Germanistik und Publizistik, und in einem Seminar traf sie dann Gerhard. Sie machte eine freche Bemerkung über etwas, das der Professor gesagt hatte, und ein großgewachsener Mann dreht sich zu ihr um und nickte anerkennend. Er besaß ein einnehmendes Gesicht mit einem kräftigen Kinn und braunen Augen, die in einen seltsamen Kontrast zu den blonden, halblangen Haaren standen, die er zu einem Pferdeschwanz zusammengebunden hatten. Sie hatte schon immer eine Schwäche für Männer mit langen Haaren gehabt, aber es war das breite, charmante Lächeln, das einen Widerschein in ihr hervorrief. Es lief auf Bestimmung hinaus, als er sie nach dem Seminar fragte, ob sie einen Kaffee mit ihm trinken wolle. Der Kaffee setzte sich mit einem Abendessen fort und führte direkt zur ersten gemeinsamen Nacht, in der sie nicht schliefen, sondern in einer endlosen Explosion von Worten und Sex nicht nur körperlich verschmolzen. Von Anfang an war es, als hätten sie einander schon immer gekannt, sie scherzten, sie wären sich wohl schon einmal in einem früheren Leben begegnet, denn trotz ihrer unterschiedlichen Herkunft - sie Stahlarbeiterkind, er Sohn eines Gymnasiallehrers - begegneten sie dem Leben mit demselben Gefühl von Hunger und Verzweiflung. Sie stürzten sich mit der gleichen Leidenschaft auf alles, was das Leben interessant machte, und so auch ineinander, gaben alles, verzichteten auf nichts, hielten nichts zurück. Sie liebten, wie nur Jugend lieben kann, ohne Gedanken an die Zukunft oder an Konsequenzen. In Gerhard fand sie eine ebenso vom Leben gequälte Seele, jemanden, der Bücher, Worte und Sprache genauso faszinierend fand wie sie. Der Wirbelwind ihrer Liebe ließ ihnen kaum Zeit zum Atmen und keine Zeit zum Nachdenken. Den Mund hielten sie nur, wenn sie sich küssten oder liebten. Selbst ihre Körper sprachen dieselbe Sprache. Er war nicht das Stück, das ihr immer gefehlt hatte, sondern eine Erweiterung ihrer selbst, sie hatten unterschiedliche Charaktere und schienen doch aus demselben Stoff gefertigt zu sein. Es entsprach ganz und gar nicht ihrer Bestimmung, dass er sie nach wenigen Monaten Hochschaubahnfahrt verließ, ihr ohne viel Erklärung das Herz brach, und aus ihrem Leben verschwand. Er überließ es René, die Überreste ihrer zerschellten Existenz einzusammeln. René, pragmatisch, ruhig und solide, war ein Mann, auf den eine Frau bauen konnte. An seiner Schulter konnte sie sich ausruhen, und sie heiratete ihn gerne, weil ihr das die emotionale Sicherheit gab, welche ihr mit der Scheidung ihrer Eltern verloren gegangen war. Von der Hochzeit erzählte sie ihren Eltern nichts, denn beide hätten erwartet, eingeladen zu werden. Steckte man jedoch die beiden zusammen in einen Raum, kam es unweigerlich zu Streit. Das war nichts, was Sue an ihrem Hochzeitstag haben wollte. Darum heirateten sie und René am Standesamt nur im Beisein von einigen Freunden und machten keine große Sache daraus. In Rekordzeit beendete sie ihr Studium und wusste danach nicht viel mit sich anzufangen. Sie schrieb ein wenig für eine lokale Zeitung, aber das erschien ihr so bohrend langweilig, dass sie René überredete, doch nach Wien zu gehen, wo sie bessere Jobaussichten hatten. Tatsächlich fand Sue dort Arbeit bei einem Privatradio und René in einer Bank.

Als sie ein Interview mit einem Studenten machte, der ein Jahr lang um die Welt gereist war, kam ihr die Idee, sie könnte dasselbe machen und unterwegs mit Reisereportagen Geld verdienen. Reisejournalistin war ihr neuer Traum, aber es dauerte eine Weile, bis sie auch René davon überzeugen konnte, welch großartiges Abendteuer das doch wäre. Sie waren ja noch so jung, sie hatten noch viel Zeit, bis sie ein Haus kaufen und Kinder in die Welt setzen würden, wie das jeder vernünftige Österreicher tat. Begeistert las sie René aus Reiseführern vor, bis er begriff, dass er sie nur dann als Ehefrau behalten konnte, wenn er mitging. Ein Jahr später machten sie sich auf den Weg nach Asien.

Von dem Moment an, als sie zum ersten Mal einen Sonnenaufgang vom Flugzeug aus sah, wusste Sue, dass sie auf dem richtigen Weg war. Der ganze Horizont über der dunklen Erde blieb fast eine halbe Stunde lang in intensive Regenbogenfarben gehüllt, er schien gleichsam in Flammen zu stehen. Diese Aussicht war mit nichts zu vergleichen.

Indien war genauso überwältigend. Sie besuchten das Taj Mahal, das rote Fort und die prächtigen Paläste in Rajasthan. So faszinierend schön Indien auch war, so erschreckend waren seine Schattenseiten. Die Krüppel auf der Straße, der Dreck, der Uringestank in den stickigen Straßen und die hungrigen Kinderaugen hätte sie ohne Renés ruhige Gegenwart kaum ausgehalten.

In Varanasi stolperte Sue zufällig in eine Yogaklasse und verliebte sich in diese Art der Bewegung ebenso wie in das Tauchen, das sie dann in Thailand ausprobierte. Yoga und Tauchen hatten überraschend viel gemeinsam, vor allem erzeugten beide in Sue eine innere Ruhe, die ihr in ihrem Leben in Österreich immer gefehlt hatte. Beim Yoga hörte man auf seinen Atmen, unter Wasser hörte man nur seine Luftblasen. Durch das Yoga kehrte man zu sich selbst zurück, beim Tauchen entdeckte man ein neues Universum. Sue verstand nicht, warum Leute vom Weltall und Mondlandungen fasziniert waren, wenn an jedem Riff unzählige Aliens zu finden waren, deren Formen und Farben viel ungewöhnlicher als alles waren, was man sich im Weltraum vorstellen konnte. Beide Leidenschaften gepaart mit den Aufregungen und Schwierigkeiten der Reise ließen ihr keine Zeit zum Schreiben. „Später, wenn ich mehr Zeit habe", sagte sie sich immer wieder vor - aber die Zeit kam nicht. Sie lebte in einem ständigen Rausch, fortwährend gab es neue Dinge zu entdecken, ein neues Land, eine andere Sprache, sie besuchten Ankor Wat in Kambodscha, wanderten mit einer Gruppe durch den Dschungel in Vietnam, besuchten den Tempel Borobudur in Indonesien, stiegen auf den Vulkan Batur in Bali, und verbrannten sich die Füße an einem schwarzen Strand. Von Südostasien aus reisten sie weiter nach Australien und Neuseeland, danach wechselten sie auf den amerikanischen Kontinent, bis ihnen in Honduras das Geld ausging. David, ein Engländer, den sie auf der Insel Uttila trafen, erzählte ihnen, in London könnte man leicht Geld verdienen, wenn man eine gute Ausbildung hatte. Sie folgten seinem Rat und fanden in London tatsächlich gut bezahlte Jobs, René in einer Bank und sie in einer Werbeagentur, wo sie endgültig von der Österreicherin Susi zur Kosmopolitin Sue wurde. Nach einem Jahr standen sie finanziell so gut da, dass Sue wieder auf Reisen gehen wollte, doch René sagte nein. Er, in dessen Natur es lag, nachzugeben und ihr ihren Willen zu lassen, widersetzte sich und sagte, er wolle sich endlich niederlassen, Kinder haben und nicht weiter wie ein Zigeuner herumziehen. Er werde zu alt - er hatte gerade die dreißig überschritten -, und er habe genug von billigen Unterkünften und Rucksackreisen. Sue hingegen fühlte sich noch zu jung für ein ereignisloses Mutter- und Hausfrauenleben, sie wollte noch mehr von der Welt sehen, es gab noch so viel zu entdecken. David, der auch in London zu ihrem Freundeskreis zählte, erzählte ihr von Dahab, das er vor Kurzem entdeckt hatte, und so nahm sie sich vor einem Jahr eine Auszeit und kam her, um ein bisschen zu tauchen und zu entspannen.

Dahab stellte sich als Glücksfall heraus. Sie konnte nicht nur tauchen und die Seele baumeln lassen, nach einer Woche wusste sie, dass Dahab der ideale Ort war, um sich niederzulassen. Es war exotisch genug, um ihr zu gefallen, und nahe genug an Europa, um sich nicht von der westlichen Zivilisation abgeschnitten zu fühlen, was René immer beklagt hatte, wenn sie auf einem anderen Kontinent unterwegs gewesen waren. Sue war fasziniert von der gemächliche Lebensart in diesem Beduinendorf, der herben Schönheit der Wüste und der Hippieatmosphäre. Im Gegensatz dazu erschien ihr hektisches und stressiges Leben in London alptraumhaft. In diesem Urlaub in Dahab begriff sie, wie unglücklich sie in London war. Voller Hoffnung flog sie zwei Wochen später zurück und dachte, sie hätte die perfekte Lösung für ihre Eheprobleme gefunden. Sie konnte Renés Wünschen nachkommen, sich niederlassen und Kinder haben, und trotzdem jederzeit tauchen und sich ungebunden fühlen.

Zu ihrer grenzenlosen Überraschung wollte René Dahab nicht einmal besuchen, er wollte in London bleiben, "die Stadt, die alles hat, was es auf der Welt gibt," sagte er. Aber dort gab es eben keine himmlische Stille, die nur vom Wind, einem gelegentlichen Autohupen oder dem Ruf des Muezzins unterbrochen wurde und es gab kein Meer. In London gab es nur Druck und Zeitnot. Sue wollte lieber drei Minuten mit dem

Fahrrad zur Arbeit fahren als eine Stunde mit der schrecklichen U-Bahn, aber René hasste die Aussicht auf halbkaputte Möbel und Stromausfälle, die seinen Internetzugang unterbrachen. Ewiger Sonnenschein und das Meer vor der Nase hatten keine Anziehungskraft mehr für ihn, er verbrachte seine Zeit ohnehin lieber mit Computerspielen in einem abgedunkelten Zimmer. Die Trennung nach zehn Jahren Ehe fiel ihnen überraschend leicht. Sie gingen ohne Streit auseinander, brauchten nicht einmal Anwälte, um die Angelegenheit zu regeln. Sie ließen sich einvernehmlich scheiden, und im Anschluss packte Sue ihren Reiserucksack mit dem Notwendigsten, verstaute ihre Taucherausrüstung in einem Koffer und zog nach Dahab. Seitdem war kein Tag vergangen, an dem sie nicht glücklich über ihre Entscheidung gewesen war. Zusammen mit Tamara und Vic hatte sie ein großes Beduinenhaus gemietet, und obwohl es alt und spärlich möbliert war, war Sue zufrieden damit. Es hatte drei kleine Schlafzimmer, ein riesiges Wohnzimmer, in dem sie bequem Yoga machen konnte, eine einfache, aber funktionierende Küche und ein gefliestes Bad. Sie brauchte keinen Flachbildfernseher, keine Ikea-Möbel und keine schicke Kaffeemaschine.

Auch ihr Zimmer war schlicht eingerichtet, da lag eine Matratze am Boden, darüber war ein Moskitonetz gespannt. Ihre wenigen Kleidungsstücke - das Wüstenklima machte Winterkleidung unnötig - hingen an einer Schnur, die zwischen zwei mickrigen Hacken von einer Seite einer Ecke zur anderen gespannt war. Ein kleines, auf den Boden gestellte Holzregal beherberge ihre Bücher und Krimskrams. Ihr Sofa war die Hängematte, das war alles, was sie zum Leben brauchte. Vor Kurzen hatte sie sogar angefangen, im Wohnzimmer Yogastunden für Freundinnen zu geben, was ihr außerordentlich großen Spaß machte. Sie war rundherum glücklich. Warum also war ihr in diesem Moment zum Heulen zumute?

„Der talentierte Schriftsteller verspricht einiges für die Zukunft," sagte das Radio.

Sue kämpfte gegen den hochschwappenden Schmerz, der mit Bitterkeit in der Kehle brannte und Tränen in ihre Augen drückte. Es konnte doch nicht sein, dass sie tatsächlich vermisste, was Gerhard in Österreich hatte? War sie ihm dieses Leben sogar neidig?

Sie machte sich keine Illusionen über die Schattenseiten von Gerhards Leben. Schriftsteller zu sein war kein Honiglecken, sondern ein permanenter Kampf ums Überleben. Ständig war man dem Druck ausgesetzt, die launische Göttin der Phantasie in ein Geschirr aus kontinuierlicher Produktivität und ausreichendem Einkommen zu spannen. Dazu kamen der Neid und die Eitelkeiten im Literaturbetrieb, die Kleinlichkeit egomanischer Künstler, das Hick Hack, wer wie viel vom zu kleinen Kuchen bekommt. Das konnte einen leicht verzweifeln lassen, vor allem wenn man wie Gerhard so sehr von der guten Meinung anderer abhängig war.

Aber es hatte einmal eine Zeit gegeben, da hätte sie so ein Leben gewollt.

Als sie auf Weltreise ging, hatte Sue gedacht, ohne den Druck von außen, ohne das Urteil anderer würde ihr das Schreiben leichter von der Hand gehen, auch weil sie endlich etwas Richtiges erleben würde, das sich dann zu phantastischen Geschichten gestalten ließ. Abenteuer gab es genug, ihr Leben gestaltete sich aufregender als jedes Buch, aber sie schrieb nicht, gar nichts. Keine Zeile. Sie war die blockierteste Schriftstellerin der Literaturgeschichte.

An irgendeinem Tag in Australien, als sie nach einem aufregenden Tauchgang, auf dem sie Haie und Mantas beobachtet hatte, glückselig am Bug des Schiffes schaukelte, gestand sie sich ein, dass sie in einen Traum verliebt gewesen war. Sie war eitel gewesen, hatte etwas Außergewöhnliches sein wollen, hatte beeindrucken wollen, bewundert werden für ihr Talent, für ihre Besonderheit. Aber sie war nicht talentiert, da gab es nichts zu bewundern. Sie war ein stinknormaler Mensch mit den üblichen österreichischen Größenwahnphantasien. An diesem Tag legte sie die Phantasien ab und fühlte sich seitdem sehr viel entspannter. Sie musste niemanden mehr etwas beweisen und konnte von da an das Leben genießen. Während ihrer Weltreise hatte sie schon einen Divemasterkurs gemacht , und dann in London eine Yogalehrerausbildung abgeschlossen. Von diesen beiden Berufen konnte sie jetzt in Dahab bequem leben.

Die Stimme des Radiosprechers verlor sich erneut in Klirren, Summen, Brummen, Pfeifen und nervenzerrendem Quietschen. Sue wusste aus Erfahrung, dass es sinnlos war, weiter nach einem Sender zu suchen, und schaltete das Radio ab. Immer noch hielt sie die Antenne umklammert, ihre Finger verkrampften sich um den Radioapparat –, ihre Verbindung nach Europa, die Nabelschnur zu ihrer geistigen Welt, die heute Gift geliefert hatte.

Mit einer sehr bewussten Entscheidung und einem tiefen Atemzug beugte sie sich über den Rand der Hängematte und stellte das Radio sorgsam auf den Boden. Dann stieß sie sich mit dem nackten Fuß von der hellgelben Zimmerwand ab, und die Hängematte schaukelte heftig hin und her, so sehr, dass ihr Kätzchen erschrocken den Kopf hob. Sue legte beschützend beide Hände um den kleinen Katzenkörper, der sofort schnurrend zu vibrieren begann. Sie hielt die Augen geschlossen, überließ sich dem jetzt sanfter werdenden Wiegen und ging dem Schmerz auf den Grund. Was genau war so schlimm daran, von Gerhard zu hören?

Das war doch altes Brot, eine Geschichte von vorgestern, ohne Bedeutung für ihr jetziges Leben. Diese seltsam beschränkte österreichische Welt war für sie so weit weg wie Neptun von der Erde. Nur die Liebe zu Gerhard war ungewöhnlich gewesen.

Bilder flatterten durch ihren Kopf: Wie sie Händchen haltend durch einen nebeligen Park spazierten, im herbstlichen Blätterfall auf dem Weg zu einer Lesung. Wie sie am Strand von Korsika lagen und sie zum ersten Mal die Angst spürte, das gerade gewonnene Glück wieder verlieren zu können. Wie sie an einem Kaffeehaustisch saßen, beide über ihre Notizbücher

gebeugt und im gleichen Moment hochsahen, um sich anzulächeln. Frische, junge Literatenliebe. Wie kaputt sie beide gewesen waren, aber zusammen, so hatte Sue gedacht, könnten sie einander heilen. Wie sie ihn bewundert hatte, wie sie ihn als Zwillingsseele empfunden hatte, etwas, das man vermutlich nur mit einem Menschen erlebte und auch nur dann, wenn man Glück hatte. Mit ihm hatte sie sich lebendig gefühlt. Mit ihm hatte sie das erste Mal seit Jahren überhaupt etwas gefühlt. Vor Gerhard hatte sie alle Gefühle weit von sich fern gehalten. Sie hatte früh am Beispiel ihrer Eltern gelernt, dass man nur verletzt wurde, wenn man Menschen zu dicht an sich heranließ. Ihre Eltern hatten sich scheiden lassen, da war Sue fünfzehn gewesen. Damals war sie richtiggehend froh darüber gewesen, hatte sie doch gedacht, jetzt endlich würden die tödlichen Streitereien aufhören. Aber selbst nach zwanzig Jahren und obwohl beide neue Partner hatten, hassten Sues Eltern einander unvermindert bis zum heutigen Tag. Jeder Geburtstag, jedes Weihnachten war ein Alptraum, jeder Elternteil vermaß genau die Zeit, die Sue beim jeweils anderen verbrachte, und wehe, es kam zu einem Ungleichgewicht. Selbst die miteinander verbrachte Zeit wurde ihr durch die Gehässigkeiten verdorben, die der eine über den anderen Elternteil von sich gab. Als einziges Kind konnte Sue diese Last mit niemanden teilen. Ihre Eltern waren toxisch, und die einzige Lösung war, sich so weit wie möglich von ihnen entfernt aufzuhalten, und ja keinen an sich ranzulassen, der einem so etwas antun konnte.
Bei Gerhard hatte sie sich nicht vorsehen können, es war zu

schnell gegangen, zu stürmisch gewesen. Sie war einfach überwältig worden, hatte vorher nichts von der Macht der Liebe gewusst. Die Wucht der Gefühle ließ ihr keine Zeit zum Luftholen, und bevor sie sich in Sicherheit bringen konnte, hatte er sie auch schon verlassen.

Bei René hatte so eine Gefahr nie bestanden. Er war ihr Fels in der Brandung gewesen, ein gutmütiges Wesen, unfähig zu Gemeinheiten. Sie war nie leidenschaftlich in ihn verliebt gewesen, sie mochte ihn zuerst als guten Freund, dann wurde er ihr bester Freund und schließlich ein guter Ehemann. Es hatte immer Spaß gemacht, mit ihm zu schlafen, aber eine tiefgründige, wahnwitzige Verrücktheit war es nie gewesen, eher ein vernünftiger Kompromiss. Ein guter Kompromiss, den sie bevorzugte, statt je wieder Beute von so unkontrollierbaren Gefühlen zu werden. Als Ehemann war René der beste Gefährte gewesen, den sie sich hatte wünschen könnten, und es war schade, dass er nicht mit ihr nach Dahab gekommen war. Er wäre ein wunderbarer Vater geworden, und Sue hätte gerne eine Familie mit ihm gehabt, aber sie konnte seine Entscheidung auch verstehen. Damals in London hatte er zu ihr gesagt:

„Ich habe mich für dich verbogen, soweit ich konnte, mehr geht nicht. Ich kann da nicht mehr mitgehen. Das ist deine Art von Leben, aber nicht meine."

Auch ohne René war ihr Leben in Dahab perfekt, was also machte dieser ziehende Schmerz in ihrem Herzen?

Sue verkrampfte die Hände im Katzenfell. Sie hatte in all den

Jahren vergessen, was sie einst für Gerhard empfunden hatte, wie sie sich mit ihm gefühlt hatte. Jetzt, da sie die kurze Nachricht von ihm gehört hatte, war es wieder da: diese Auflösung im anderen, das Vergessen der eigenen Ängste, das Überschreiten aller Grenzen, das Verlieren von Zeit und Raum, das war etwas, das nicht für die Ewigkeit gemacht war und doch wie eine Ewigkeit erschien. Eine Liebe, für deren Beschreibung man nicht genug oder nicht die richtigen Worte finden konnte, die man einfach nur empfinden konnte. Sie hatte nie eine Zeile über Gerhard geschrieben.

Sie hatte ihn vergessen, wie dieses ganze österreichische Lebensgefühl, das man vergaß, wenn man nur lange genug davon entfernt lebte. Von außen betrachtete war Österreich ein schönes Land, doch wenn Sue dorthin zu Besuch kam, erstickte sie regelrecht an der Engstirnigkeit, der überheblichen Angst vor allem Fremden und der satten Zufriedenheit, die sich aus grenzenloser Ignoranz speiste. Wenn sie nach Österreich fahren musste, dann konnte sie dort nicht richtig atmen, selbst das Yoga half da nicht. Sie war trotz der Klagen ihrer Mutter seit Jahren nicht mehr in ihrem Heimatland gewesen, sie vermisste nichts von dort und brauchte nichts. Sie wusste, selbst wenn sie mit Gerhard zusammengeblieben wäre, hätte sie weggehen müssen, mit ihm oder ohne ihn. Nicht einmal die größte Liebe hätte sie in Österreich halten können.

Die Hängematte wog wie Atemzüge hin und her, und das weiche Rauschen des Meeres untermalte die Ruhe des Tages. Wind strich über ihre Haut und kühlte sie. Später würde sie schwimmen gehen und sich mit Ying, Linda und David, der wieder einmal zu Besuch war, zum Essen treffen. Morgen würde sie arbeiten, indem sie zwischen bunten Fischen am Riff entlang schwebte und Leuten das Tauchen beibrachte. Am Abend gab es dann eine Yogastunde. Das Leben in Dahab war so, es flirrte jeden Moment mit derselben Intensität, wie wenn man verliebt war. Das war der Normalzustand, niemand dachte lange über morgen oder gestern nach, beides war gleichgültig, hier lebte man einfach im Jetzt und Hier.

Sie hatte ihren Traum vom Aussteigen zur Realität gemacht, sie war in Dahab mehr Zuhause, als sie es je in Graz gewesen war, sie hatte alles, was sie immer gewollte hatte. Alte Freunde in Österreich hatten sie als mutig bezeichnet, zuerst als sie auf Weltreise ging, dann als sie in London lebte und jetzt noch viel mehr, als sie sich in Dahab niederließ. Aber Sue fand sich nicht mutig, all diese Dinge hatte sie aus einer inneren Notwendigkeit heraus getan, sie hatte gar keine andere Wahl gehabt, es war nicht einmal eine freie Entscheidung gewesen, sondern viel mehr ein schicksalshafter Zwang, der sie auf und davon gehen hatte lassen.

Sie konnte sich gar kein anderes Leben als dieses vorstellen, und ganz sicher wollte sie nicht mit Gerhard tauschen. Was aber wollte sie dann? Was fehlte? Was tat weh?

Dann wurde es ihr klar: Es war nicht das alte Leben, das sie vermisste. Was ihr fehlte, war die Liebe, etwas davon, was sie mit Gerhard gehabt hatte. Die Radionachricht hatte sie daran erinnert, wie lebendig man sich fühlte, wenn man jemanden nahe war, und sich sogar verbunden fühlte. Bis zur Scheidung von René war sie immer in einer Beziehungen gewesen, jetzt fühlte sie sich allein. Ich bin einsam, dachte Sue erstaunt. Sie hatte das nicht gefühlt, waren ihre Tage doch angefüllt mit Arbeit, Lachen, Sonne und Freunden. Aber jetzt wusste sie es. Sie wollte wieder mit jemanden zusammen sein, sich verlieben, jemanden finden, dem sie nahe sein konnte. Sie sah nach dem kleinen, immer noch schnurrenden Tierchen auf ihrem Bauch, das ihr so absolut vertraute, und wünschte plötzlich, sie hätte da ein Baby liegen.

„Tatsächlich?" dachte Sue verwundert. Offensichtlich.

„Gut so," dachte Sue.

Während die Hängematte langsam zum Stillstand kam und einen neuen Anstoß benötigte, um weiter zu schwingen, während der Wind vom Meer her salzige Luft herantrug und ihr Atem sich mit dem Rauschen der Wellen vermischten, verstand Sue, dass sie bereit für den nächsten Schritt war.

3. Mütterstile

Wenn meine Mutter zu lange im Haus bleibt und sich in ihren Putzwahn verliert, dann quengle ich lautstark, bis sie unsere Badesachen zusammensucht und mit mir hinüber in die Bucht fährt. Wir wohnen am Hügel von Dahab, in Medina, aber an die Lagune vor unserem Haus können wir nicht, weil sie von Vier- und Fünfsternehotels verbaut ist. Dort wird Eintritt verlangt, wenn man den Strand benutzen will, und auch das Essen und Trinken ist sehr teuer. Darum packt meine Mutter mich ins Auto und wir fahren die zehn Minuten hinüber nach Mashraba, wo wir uns für einige Stunden in einem der Restaurants am Wasser niederlassen können. Meistens gehen wir ins Nirvana, das indische Restaurant nahe am Lighthouse, weil es dort einen bequemen Zugang zu einem kleinen Stück Sandstrand gibt, während der Rest der Bucht von Riff oder Felsen gesäumt ist. Am Vormittag ist hier noch wenig los, auch auf der Promenade sind kaum Leute unterwegs. Die Aktivitäten starten erst mittags, wenn alle Geschäfte geöffnet sind. Meine Mutter mag diese ruhige Zeit, bevor die Freitaucher und die russischen Weiber alle Tische belegen, und bevor Kindergeschrei und voll aufgedrehte Lautsprecher das Geräusch der Wellen übertönen.

So früh am Morgen kann sich meine Mutter aussuchen, welchen der großen viereckigen Tische, in deren Mitte ein hölzerner Sonnenschirm steht, sie mit ihren Taschen besetzt und meinen Kinderwagen daneben abstellt. Als erstes werde ich bis auf die Windel ausgezogen und mit dem höchsten Sonnenschutzfaktor eingeschmiert, den sie für teures Geld finden konnte, schließlich ist meine Haut fast so hell wie ihre. Dann bekomme ich ein Hemdchen übergezogen, was bei der Hitze wirklich unnötig ist, doch sie lässt mich lieber schwitzen als von der Sonne verbrennen.

Ich werde auf ihren Schoß gesetzt und bekomme meine tägliche Sprechlektion.

„Sag Mama," surrt meine Mutter werbend, „komm schon, Tasniem, sag Mama, nun mach' schon, meine Kleine, nur einmal: Mama."

Ich grinse sie fröhlich an und greife nach ihrer glänzenden Halskette. Sie löst meine Finger hektisch von dem goldenen Delfin mit dem Diamantenauge, aus Angst, ich könnte die dünne Goldkette abreißen und mir in den Mund stecken. Sie bettelt weiter, aber ich hüte mich, ein Wort, egal welches, zu sagen.

Was niemand weiß, weil alle es mit dem ersten ausgesprochenen Wort vergessen haben, ist die Tatsache, dass Babys alle Gedanken der Menschen um sie herum hören, alle Gefühle fühlen und in einer universellen Sprache mit anderen Babys sprechen können. Wir wissen um unsere früheren Leben, und wir ahnen viel von unserer Zukunft. Mit dem ersten gesprochenen Wort verlieren wir aber diese wunderbaren Fähigkeiten. Dann werden Gedanken in feste Worte gegossen, und uns bleibt nur eine schwache Ahnung von dem ehemals Gewussten übrig. Die Lautwörter im Kopf sind dann zu laut, um die leisen Äußerungen der Gefühle und die Gedanken anderer zu hören. Ich bin jetzt schon fast ein Jahr alt und weigere mich standhaft, jenes magische erste Wort zu sprechen. Mein Leben ist auf diese Weise viel lustiger, auch wenn mich Mamas Flehen immer wieder betrübt. Sie ist so ungeduldig mit sich und mit der Welt.

Seit drei Monaten bittet und bettelt meine Mutter jeden Tag um ein Wort. 'Mama' soll es natürlich sein, doch mittlerweile wäre sie auch mit 'Papa' oder 'Hund' zufrieden. Sie hält mich für geistig zurückgeblieben, weil andere Kinder in meinem Alter schon ein paar Wörter können, und ich nur baddaludu mache. Meine Mutter verflucht in diesen Sprachlehrstunden die Tatsache, dass wir in so einem kleinen Dorf am Sinai leben, wo sie mich nicht einfach zu einem Spezialisten bringen kann, der mich auf Intelligenz oder Behinderung testen könnte. Später einmal wird meine Mutter von meiner Intelligenz eingeschüchtert sein und vergessen haben, dass sie mich auf geistige Behinderung untersuchen lassen wollte. Ich hingegen werde mich tief im Inneren immer an dieses erste Lebensjahr erinnern, an den Strand, das silbrige Meer und die goldgelben Berge Saudi Arabiens auf der gegenüberliegenden Seite des Wassers.

Bald treffen andere Mütter mit Kindern ein und lassen sich an den angrenzenden Tischen nieder. Mit niedergeschlagenen Augen und doch wachsam beobachtete meine Mutter die Konkurrenz. Obwohl ich sicher das am besten angezogene Kind am Strand bin, bin ich nicht das hübscheste. Ein Nachteil für ein Mädchen, wie meine Mutter findet, doch der genetische Mix von vier Nationalitäten und drei Kontinenten ist bei meinem Aussehen mit dem gängigen Schönheitsideal in Konflikt geraten. Meine Mutter hofft immer noch, irgendwann würde auf wundersame Weise eine Harmonie entstehen, die mich in ein ansehnliches weibliches Wesen verwandelt. Trotz der großen, haselnussfarbigen Augen, die ich von ihr geerbt habe, stechen in meinem Gesicht vor allem die kantigen und fast schon afrikanischen Züge meines ägyptischen Großvaters hervor. Die russische Großmutter hat mir breite Wangenknochen verpasst, die nicht zu der dicken Nase meines englischen Großvaters passen wollen. Die Gene seiner Vorfahren formen bei mir einen plumpen Körper, der wohl frühzeitig rundlich werden wird, während meine Mutter nach ihrer italienischen Mutter geraten ist, die eine klassisch langbeinige Schönheit gewesen war. Von dieser Großmutter habe ich nur den störrischen Willen geerbt, aber keinerlei physische Merkmale. Vermutlich wird mein Versagen in dieser Hinsicht ein Quell ewigen Kummers für meine Mutter sein, aber ich plane meinen Weg ohnehin mit Intelligenz und nicht mit Äußerlichkeiten zu machen.

In meinem letzten Leben war ich eine Schülerin Freuds und möchte in diesem Leben wieder in meinem ehemaligen Beruf als Psychotherapeutin arbeiten. Es wird interessant werden, die neuesten Erkenntnisse und Therapieformen kennenzulernen. Ich werde sie auch bitter nötig haben, um meine problematischen Prägungen zu überwinden. Allerdings habe ich mir mit Absicht diese Herausfordung gesucht. Ich verspreche mir davon tief schürfende Erkenntnisse über die menschliche Natur, denn in meiner Familie kann ich männlichen Narzissmus, gepaart mit existenzieller Verunsicherung und weiblicher Demut bis hin zur Selbstverleugnung aus nächster Nähe studieren. Meine Mutter ist so unglücklich in ihrer Ehe, dass sie das nicht einmal vor sich selbst zugeben kann. Wenn mein Vater erst um vier Uhr früh nach Hause kommt, soll sie ihm dann glauben, dass er – wie er behauptet – nur mit Freunden zusammengesessen ist, oder gibt es da doch eine andere Frau? Dafür hat sie keine Beweise, und auch wenn sie weiß, dass sich das ägyptische Sozialleben vor allem nachts abspielt, weil es tagsüber zu heiß dazu ist, so hat sie doch nicht geheiratet, um jede Nacht alleine zu schlafen. Aber selbst wenn mein Vater zuhause ist, sitzt er fast immer vor dem überdimensionierten Flachbildfernseher und hält sich nur selten mit meiner Mutter allein im Schlafzimmer auf. Tagsüber schläft er am liebsten auf der Couch. Wenn er wach ist, sind seine Gedanken sehr verwirrend, sie konzentrieren sich selten auf eine Sache, und entsprechend wenig kriegt er zustande.

Meine Mutter sollte sich weniger Sorgen um eine mögliche Nebenbuhlerin als um sein Kiffen machen. Er hat jedes Interesse daran verloren, seine Tauchschule zu führen. Der französische Manager dort machte ein wenig Plus, und sonst lebten wir gut vom Vermögen meines Großvaters. Tamara, die beste Freundin meiner Mutter, meinte einmal, das Rauchen von

Haschisch sei in der arabischen Kultur dasselbe wie Alkoholtrinken in den westlichen Kulturen. Es ist eine andere Drogen, aber eigentlich gelten dafür dieselben gesellschaftlichen Regeln. Es wird später leicht werden, meinen Vater mit Alkoholräuschen zu schockieren, obwohl er nicht einmal ein gläubiger Muslim ist.

Um einmal meine Mutter zu schockieren, muss ich nur ihrer rigorosen Sauberkeitsregeln brechen und Marvin heiraten. Ich werde sie massiv schockieren müssen, damit ich mich einmal von ihr lösen kann. Weil mein Vater sich ihrer Kontrolle entzieht, konzentriert sie all ihre Lebens- und Liebesenergie auf mich. Sie hat diese komischen Ideen über Kindererziehung im Kopf, gegen die ich ständig protestieren muss. Das ist unwahrscheinlich anstrengend. So finde ich es wirklich brutal, mir nichts in den Mund stecken zu dürfen, das nicht vorher desinfiziert oder abgekocht wurde, und selbst dann sieht sie es nicht gerne. Ich wünsche mir nichts lieber als ein Geschwisterchen, damit wir uns diesen Wahnsinn teilen können, allerdings haben meine Eltern so selten Sex, dass eine weitere Schwangerschaft ein Wunder wäre. Sie sagt immer nein, und "es ist noch zu früh", weil sie sich nicht traut, heimlich die Pille zu nehmen und sich nicht vorstellen kann, mit zwei von meiner Sorte fertig zu werden. Keiner hat ihr vorher gesagt, wie anstrengend Kinder sind, und ich bin ein besonders anspruchsvolles Kind, zumindest ist das ihre geheime Meinung, die niemand je zu hören bekommt. Stattdessen erzählt sie allen, was für ein süßes Baby ich nicht sei, so pflegeleicht, gar kein Problem, dabei schlafe ich immer noch nicht durch und sie muss viel an den dunklen Augenringen herumschminken.

Nachdem der Sprachunterricht wieder einmal nichts gefruchtet hat, zieht meine Mutter mich aus, schmiert mich noch einmal mit Sonnencreme ein und dann endlich gehen wir ins Wasser. Das ist neben Marvin das Schönste in meinem Leben. Sie hält mich unter den Achseln fest und zieht mich durch die salzigen Fluten, dreht mich im Kreise herum, schnell genug, damit ich vor Freude kreische. Wir plantschen herum, und meine Mutter achtet sorgsam darauf, dass mir kein Salzwasser in die Augen kommt, und auch ihr nicht ins Gesicht, das könnte die Schminke verwischen. Ich wünschte, sie würde mich untertauchen, wie Ying das mit Marvin macht, aber das traut sich meine Mutter nicht. Das herrliche Spielen im Wasser ist viel zu schnell vorbei, schon nach zehn Minuten hat meine Mutter Sorge, mir könnte kalt werden, oder meine Augen könnten von der Sonne zu stark geblendet werden. Wir verlassen das Wasser, was mich an die Grenze zum Weinen treibt, doch während ich trocken gerubbelt werde, tröstet mich die Tatsache, dass Ying gerade ihr Rad abstellt und endlich Marvin zu mir bringt. Ich finde es aufregend, dass sie als einzige Mutter keinen Kinderwagen besitzt. Marvin wird immer mit einem Babytuch auf ihren Rücken geschnallt. Davon bekommt er zwar häßliche O-Beine, aber das tut meiner Liebe keinen Abbruch. Sie kommen zu unserem Tisch, weil nur noch hier Platz frei ist.

„Endlich," sage ich zu Marvin. „Du hast mir gefehlt."

„Ich musste deine Quengeleitechnik einsetzen, um aus dem Haus zu kommen", sagt er gedehnt. An der Art, wie er spricht, kann ich erkennen, dass Ying schon mindestens zwei Joints geraucht hatte, bevor sie ihm die Brust gab.

Mein Vater kifft wahrscheinlich genauso viel wie Ying, aber immerhin kann er es nicht in meinen Körper pumpen, wie Ying das mit der Muttermilch bei Marvin tut. Er ist drei Monate jünger als ich, und Ying versucht schon seit Wochen, ihn zu entwöhnen, ohne zu ahnen, dass er genauso süchtig wie sie ist. Natürlich hält sie sein Jammer nicht lange aus und gibt ihm immer wieder die Brust, egal, was sie sich gerade reingezogen hat. Ying versuchte während der Schwangerschaft ernsthaft, ihren Drogenkonsum einzuschränken, weil sie vor zwei Jahre schon ein Baby nach einer heftigen Party verloren hatte. Bei der Schwangerschaft mit Marvin widerstand sie vor allem dem harten Zeug wie Koks oder LSD, erlaubt sich nur Zigaretten, Bier und etwas Haschisch. Sie beruhigt ihr Gewissen mit dem Spruch: Was das Kind nicht umbringt, macht es nur härter. Seit der relativ einfachen Geburt von Marvin hält Ying sich weiterhin von den harten Drogen fern, aber jetzt gibt es vermehrt Ausrutscher in den Alkohol, vor allem, seit sie Carl zum Teufel gejagt hat. Jetzt ist sie genau das, was sie immer vermeiden wollte: eine alleinerziehende Mutter.

Marvin nimmt seine voraussehbare Drogenkarriere gelassen, als zukünftiger Künstler von Weltrang sieht er das als kalkulierbares Berufsrisiko an. Marvin war in seinem letzten

Leben ein klassischer Pianist, der sich die Finger und den Hintern wundgeübt hatte. Er will wieder Musiker werden, doch diesmal ein Pop- oder Rockstar sein, um mehr Freiheiten und jede Menge Spaß zu haben, was auch die Wahl seiner Familie erklärt. Ich beneide ihn darum, dass er mit seiner Mutter in Assala, dem Beduinenteil im Norden von Dahab, wohnt. Er liebt die Geräusche und Töne, die es dort den lieben langen Tag zu hören gibt. Möwengeschrei, Ziegengemecker, herumtollende Kinder, das Brüllen eines wütenden Kamelbullen, Autohupen, das Konzert der Palmenblätter, das Geräusch des Windes, wenn er Sand vor sich hertreibt oder Wellen aufpeitscht. Marvin erschreckt sich immer noch jeden Tag um Punkt fünf Uhr, wenn die Nachbarin mit Verlässlichkeit eines Muezzins anfängt, ihren Ehemann zu beschimpfen, der offensichtlich jeden Tag um dieselbe Uhrzeit dasselbe Verbrechen begeht. Das alles wird er später einmal in Musik verwandeln, und ich möchte bei ihm sein, wenn er das tut. Er ist mein Lebensmensch, doch sollte ich auch nur ein Wort laut sprechen, dann werde ich das vergessen haben. Jetzt lächelt er selig und lehnt sich in die Polster zurück.

„Laura, kannst du bitte ein wenig auf Marvin schauen, während ich schwimmen gehe?", fragt Ying meine Mutter.

Diese antwortet mit einem kurzen Nicken und zusammengekniffenem Mund. Marvin sieht seiner davoneilenden Mutter ein wenig traurig nach, lässt dann aber den Blick über das Meer gleiten und hält ein rotes Feuerwehrauto in der Hand, mit dem er nicht spielt. Meine

Mutter gibt meinem Strampeln endlich nach und setzt mich neben ihn auf die Bank. Alibimäßig greife ich nach einem der Bauklötze, die sie mir zur Unterhaltung hingelegt hat, und drehe ihn zwischen den Fingern.

Meine Mutter starrt Yings schmalen Rücken, der geschmeidig und zügig das Wasser zerteilte, böse an.

„Rabenmutter", denkt sie und wünscht sich, sie könnte ein Glas oder einen Teller zerschlagen, wie sie es zuhause manchmal tut. Ihre Frustration überträgt sich sofort auf mich.

Ungestüm packe ich das Spielzeugauto, das Marvin gerade hingebungsvoll betrachtet, reiße es ihm aus der Hand und stopfe es mir in den Mund. Es schmeckt sandig, salzig und hart. Marvin protestiert nicht, er ist von der schnellen Bewegung überrascht und gleichzeitig fasziniert. In seinem Rausch hat er von dem Diebstahl nur einen Schweif roten Lichts wahrgenommen.

„Du bist breit," sage ich zornig. Er lächelt sein chinesisches Buddhalächeln, das ihm selten abhanden kommt. Ich lutsche an dem Metall und freue mich diebisch, vorgeben zu können, nichts von den Sauberkeitsanforderungen meiner Mutter zu verstehen. Der ist meine Untat entgangen, weil sie immer noch zornig und eifersüchtig Yings Gestalt im Wasser fixiert. Das Ding in meinem Mund hilft ein wenig gegen unseren Frust, es hält mich zumindest vom Weinen ab.

Marvin kann schließlich seinen Blick fokussieren und entdeckt, wo sein Spielzeug gelandet ist.

„Mein Vater hat mir das geschenkt," sagt er schleppend und

sehnsuchtsvoll.

Ich muss an den kleinen, kahlköpfigen Mann denken, der die meiste Zeit des Jahres in London lebt und nur selten zu Besuch kommt. Was nicht das schlechteste ist, denn wenn Carl betrunken ist, schlägt er schon mal eine Tür ein oder geht auf jemanden los.

"Meine Mutter hatte Angst, er könnte auch auf mich losgehen," erzählte mir Marvin einmal, während Carl zu Besuch war, "er ist immer so wütend auf alles."

Während Ying schwanger war, begann Carl in London eine Affäre mit einer jungen und leicht zu beeindruckenden Frau, die ihn so bewunderte, wie Ying es früher getan hatte. Ying war dann aber mit ihrem ungeborenen Kind beschäftigt, und Carl stand nicht mehr im Mittelpunkt ihres Interesses. Das hielt sein Ego nicht gut aus. Der Frau in London imponierte sein Lügengebäude, das er gezimmert hatte, um zu erklären, warum er zwei Monate am Roten Meer verbringen musste. Sie dachte, er würde an einem Umweltschutzprojekt mitarbeiten, um das Korallenriff zu retten, und ahnte nicht, dass er in Dahab nur soff und schwimmen ging. Nahm ihm schon der ungeborene Sohn Yings Aufmerksamkeit weg, so wurde es noch schlimmer, als Marvin das grelle Licht der Welt erblickte. Bereits drei Wochen nach Marvins Geburt reiste Carl ab und ließ am laufenden Computer eine E-Mail seiner Geliebten offen, damit Ying endlich mitbekam, was da lief. Sie jedoch hatte mit Marvin endlich jemanden, der sie bedingungslos liebte und von ihr abhängig war. Deswegen tat sie Carl nicht den Gefallen, jammernd hinter ihm herzulaufen. Stattdessen machte sie Schluss. Nun kommt Carl alle paar Monate zu Besuch und jammert rum, aber sie will nichts mehr von ihm wissen. Wenn Marvin seinen Vater wiedersieht, dann muss er sich erst mühsam daran erinnern, wer der Mann eigentlich ist. Mich beneidet er um einen Vater, der jeden Tag wenigstens irgendwann nach Hause kommt.

Ich ziehe das Feuerwehrauto aus dem Mund und betrachte es eingehend. Es ist aus hartem, unzerstörbar wirkendem Metall, die rote Farbe weigert sich abzugehen - trotz der rauen Behandlung durch Spucke, Sand, Hitze und Salzwasser. Selbst die harten, dicken Reifen sind noch alle an ihrem Platz. Das Metall liegt warm in meiner Hand, und ich versuche, die kleinen Reifen zum Rollen zu bringen. Leider ist meine Feinmotorik noch nicht so weit entwickelt, um damit erfolgreich zu sein.

Marvins Augen sind jetzt auf den Gesichtsausdruck meiner Mutter gerichtet, und so beginne ich mich auch für ihre Gedanken zu interessieren.

Wie unverantwortlich Ying ist, denkt meine Mutter, geht einfach schwimmen und vergnügt sich. Im Grunde genommen gehen ihr Babys, deren Geschrei und das Getue rund um sie auf die Nerven. Selbst als sie mit Marvin schwanger war, hat sie niemals ein anderes Babys auf den Arm genommen und geherzt. Ich würde auch gerne schwimmen gehen, aber ich muss auf mein Kind aufpassen. Weil ich da bin, lässt sie ihres einfach bei mir. Diese Frau hat kein Gefühl, keine Ahnung von

Bakterien und Verletzungen oder Mutterpflichten. Sie wird es noch bereuen, wie sie mit ihrem Kind umgeht, wenn der Kleine einmal mit zerbrochenen Knochen in seinem eigenen Blut liegt. Eines Tages wird Ying die Früchte ihrer nachlässigen Erziehung serviert bekommen, und das wird ein bitterer Tag werden.

An diesem Punkt ihrer Gedankengänge, die Marvin genauso gut hören kann wie ich, schiebe ich das Auto langsam über den Polster in Marvins Richtung. Er sieht nicht mehr meine Mutter an, sondern sucht die seine zwischen den Wellen. Ich überlege, was ich sagen könnte, damit Marvin sich nicht so miserabel fühlt, aber mir fällt nichts ein.

Jetzt schwimmt Ying auf den Strand zu. Geschmeidig wie ein Tiger steigt sie aus dem Wasser, ihre olivfarbene Haut glänzt naß im Sonnenlicht, und der knappe, schwarze Bikini bedeckt nur das Nötigste. Sie genießt es, wie die Männer sie anstarren. Erst als sie nach Europa kam, begriff sie sich als exotische Schönheit. Zu Hause in Hongkong wurde sie als hässlich befunden, für chinesische Schönheitsbegriffe ist sie zu groß und grobknochig gebaut. Schuhgröße achtunddreißig bedeutet für eine Asiatin, Füße wie ein Mann zu haben, doch für das europäische Schönheitsideal ist sie an den richtigen Stellen gepolstert und wirkt nicht so kindlich und schmal wie die meisten asiatischen Frauen. Ihr Mondgesicht wird von sinnlichen Lippen und den mandelförmigen Augen beherrscht. Die Nase ist zwar breit und flach, ergibt aber schlussendlich einen niedlichen Eindruck, und ihr dichtes Haar fließt wie ein schwarzer Wasserfall auf ihre Schultern.

Sie kommt an unseren Tisch, trocknet sich ab und fragt meine Mutter, ob sie schwimmen gehen wolle, während sie auf uns aufpasst.

„Nein,“ antwortet meine Mutter schroff, „wir gehen bald.“ Ying zuckt mit den Achseln und geht hinauf ins Restaurant, um sich einen Chai zu bestellen.

Wieder bleibt meine Mutter mit der Aufsicht über uns zurück. Sie kocht vor Wut. Sie kann nicht schwimmen gehen und sich leicht und frei fühlen. Sie kann mich unmöglich Ying überlassen, die ihrer Meinung nach so entsetzlich unverantwortlich ist. Meine Mutter hat Angst, Ying könnte mich zu lange in der Sonne lassen oder auf den Boden setzen, ein streunender Hund könnte mich beißen oder anpinkeln, oder ich könnte mich an einem Glassplitter schneiden. Meine Mutter lebt immer in diesem Konjunktiv drohender Gefahren. Alles, was sich denken und ausmalen läßt, kann horrende Realität werden, und der muss sie vorbeugen.

'Was wäre, wenn?', lautet die permanente Frage, und 'Ich muss' ihre Antwort. Sie muss mich ständig im Auge behalten und ist besessen davon, mich vor Unheil zu bewahren. Ich bin schließlich das Einzige, das sie je zustande gebracht hat, ich soll ihr Spiegelbild werden, nur erfolgreicher, selbstsicherer und strahlender.

Obwohl ich gerade dabei bin, Marvin zu umarmen, der mit traurigen Augen den erneuten Abgang seiner Mutter mitverfolgt hat, nimmt mich meine Mutter hoch und setzt mich wieder auf ihren Schoß. Es ist Zeit für den Wassertrinken-Kampf.

Da es so heiß ist, sorgt sie sich, ich könnte dehydrieren. Ich mag aber das lauwarme, chemisch aufbereitete Wasser nicht und weigere mich standhaft, etwas davon zu trinken. Sie versucht es mit Kosenamen, Versprechungen, Drohungen und Tricks, doch gegen Großmutters Sturheit kommt sie nicht an. Lieber sauge ich ihren süßen Geruch ein und schaukle auf ihren Knien hin und her.

Ying kommt wieder und setzt sich endlich neben ihren Sohn auf die Bank. Sie streicht mit den Fingern prüfend über die roten Flecken an seinen Beinen.

"Letzte Nacht haben ihn die Ameisen erwischt," sagt sie ein wenig verwundert. "Ich weiß nicht, wo die hergekommen sind."

"Tja," sagt meine Mutter, "da haben wir Glück in einem der alten israelischen Bungalows zu wohnen, die sind solide, und wir haben überall Fliegengitter machen lassen. Bei uns kommt kein Getier hinein."

Sie weiß gar nicht, wie arrogant sie klingt. Ying wirft ihr einen kurzen, ratlosen Blick zu und sagt nichts. Sie denkt: Wenn ich einen so reichen Mann hätte wie du, würde ich auch in einem schönen Haus wohnen und es mir auf seine Kosten gut gehen lassen. Ich aber muss mir mein Geld selbst verdienen, blödsinnige Videos für Taucher zu machen ist kein Honiglecken. Carl, der Hund, zahlt ja keinen Unterhalt.

Ich will das nicht mehr hören. Die Gedanken von Marvins

Mutter drehen sich immer wieder um dasselbe und sind ähnlich verwirrt wie die meines Vaters. Ying weiß nicht, dass die insektenfreie Zone unseres Hauses in Wirklichkeit weniger an der ordentlichen Bauweise als an der Putzsucht meiner Mutter liegt. Mein Vater hätte niemals zugelassen, dass wir in Assala wohnen, wo die Beduinen seit altersher ihre Hütten und Dattelhaine haben. Dort wäre man durch die nahen Berge zwar besser vor dem ewigen Wind geschützt, doch für einen gut situierten Ägypter aus privilegierter Familie eignen sich Beduinen nicht als Nachbarn. Seiner Ansicht nach würde es nicht angehen, dass er neben Ziegen und Kamelen lebt, und seine Kinder mit Beduinenkindern im Dreck spielen. Seine Freunde würden ihn verachten und seine gesellschaftliche Stellung leiden. Meine Mutter, der derartige gesellschaftliche Zwänge nicht bewusst sind, war zuerst unglücklich über das Haus, das er ausgewählt hatte, denn es lag weit weg von der Bucht und damit auch von nahen Einkaufsmöglichkeiten und ihren Freundinnen. Sie hörte erst dann auf zu jammern, als mein Vater ihr ein kleines Auto kaufte, mit dem sie einkaufen und in die Bucht fahren konnte. Jetzt ist sie die einzige unter ihren Freundinnen, die ein eigenes Auto hat, was sie sehr stolz macht und ihr das Gefühl von Unabhängigkeit gibt.

Ich fuchtle mit den Armen in Marvins Richtung und lehne mich vor, während er verträumt seine Zehen anstarrt. Die Bernsteinkette um seinen Hals hat wieder einmal meine Aufmerksamkeit erregt. Ich liebe diese Kette, ich bin fasziniert von dem honigweichen Glanz, der warmen Oberfläche und dem Zusammenspiel der vielen braunen und gelben Töne. Marvin erzählte mir, die Kette helfe bei seinen Zahnschmerzen, und ich kann einfach nicht verstehen, warum ich meine eigene nicht tragen darf. Tamara hat mir zur Geburt auch so eine Kette geschenkt, sie bleibt jedoch weggesperrt. Meine Mutter hat Angst, ich könnte die Kette zerreißen und an einem Stück Bernstein ersticken. Keinem anderen Baby mit solchen Ketten ist das je passiert, aber das heißt für meine Mutter nicht, dass ich nicht das erste sein könnte. Sie zieht mich zurück und schlingt ihre Arme um mich. Ihre Liebe strömt auf mich herab wie warmer Regen, zumindest stelle ich mir so warmen Regen vor. Hier in Dahab gibt es kaum einmal einen bewölkten Tag, und seit meiner Geburt hat es noch nicht einmal getröpfelt. Nach wenigen Minuten wird ihre Regenliebe aber erstickend. Unsere Haut ist nass vom Schweiß, ich bekomme keine Luft und glühe. Meine Beine beginnen zu strampeln, auch meine Arme wollen mehr Freiheit. Sie ist verletzt, ich spüre ihren Schmerz wie meinen eigenen. Ich weiß, das erste Wort würde mich von der Nähe dieses Schmerzes befreien, doch das wäre zu billig. Sie könnte doch auch so verstehen, dass es genug ist. „Das hätte ich auch gerne," sagt Marvin sehnsuchtsvoll. Für einen Moment höre ich auf zu kämpfen und schmiege mich an meine Mutter. Sie ist sofort glücklich, und so bin ich es auch. Später einmal werde ich Marvin all die Liebe und Zärtlichkeit schenken, die er jetzt vermisst. Wir werden aneinander gut machen, was die Mütter verkorkst haben.

„Trotzdem ..." sage ich schwach und Marvin nickt.

„Zu viel," sagt er philosophisch. „Alles hier ist zu viel. Alles in Dahab ist extrem, extrem leicht, extrem schwer. Das macht es so interessant und so ermüdend. Hier gibt es keinen Durchschnitt, nur Außergewöhnliches. Die Schönheit ist gepaart mit der Mühseligkeit des Überlebens. Wir sind jetzt schon ungewöhnliche Menschen und haben noch nicht einmal das erste Lebensjahr vollendet. Wir werden nie irgendwo hingehören und absolut frei sein, aber auch allein und wild."

Marvin, so klug, so tiefsinnig, ach, wie ich diesen Jungen liebe. Er versteht mich wie kein anderer es jemals tun wird.

"Wir sind nicht alleine," sage ich bestimmt. "Wir werden für immer zusammen sein."

Er lächelte mich versonnen an und glaubt mir.

„Hallo Laura," sagt plötzlich eine tiefe Stimme neben uns. „Ist das Tasniem? Wie groß sie schon geworden ist!"

Es ist Achmed, der zu unserem Tisch kommt. Er ist nicht nur der Freund von Mamas bester Freundin Tamara, sondern hat früher auch als Divemaster in der Tauchschule meines Vaters gearbeitet, als dieser sie noch selbst managte. Aus Respekt und Höflichkeit für seinen ehemaligen Chef kommt Achmed jetzt an den Strand und begrüßt uns. Er weiß, wie wichtig es ist, gute Beziehungen zu pflegen, aber ich kann spüren, dass er tatsächlich wissen will, wie es uns geht. Darum streckt er jetzt fröhlich die Arme vor, um mich nach den üblichen Begrüßungsfloskeln hochzunehmen. Meine Mutter lässt mich nur ungern gehen, aber sie kann nicht so unhöflich sein und es Achmed verwehren. Er nimmt mich gekonnt in die Arme und schwingt mich herum. Seine Hände wissen, wie man ein Baby hält, er hatte bei drei kleineren Geschwistern viel Gelegenheit zum Üben. Ich lache ihn fröhlich an, genieße die Kraft und die Festigkeit seiner Arme. Die Arme meiner Mutter zappeln oft und dann hält sie mich zu fest. Mein Vater nimmt mich selten auf den Arm, ich glaube, er würde mich gerne öfters halten, doch meistens ist meine Mutter schneller.

Ich kreische jetzt vor Vergnügen und jage damit meiner Mutter Angst ein. Achmed hat angefangen, mich in die Luft zu werfen. Nicht sehr hoch, gerade so viel, dass ich das Gefühl des Fliegens und der Schwerelosigkeit bekomme und dann wieder sicher in seinen Händen lande. Wir lachen uns an, verstehen uns von einem Wesen zum anderen, auch ohne Telepathie.

„Bitte nicht," schneidet meine Mutter dazwischen, „ihr wird schlecht, wenn du sie so herumschleuderst. Dann erbricht sie sich."

Gegen die Autorität der Mutterstimme kann Achmed nichts machen. Enttäuscht gibt er mich zurück, denkt, ich will auch so eins, und verabschiedet sich. Ich bin mit ihm traurig und lande wieder am Schoss meiner Mutter, obwohl sie müde ist und sich lieber entspannen würde. Doch das geht nicht.

Die Sonne hat gerade ihren Zenit überschritten, und die Luft flimmerte in der Hitze. Ich möchte zurück ins kühle Nass, aber meine Mutter beginnt mit ihrer freien Hand, unsere Sachen in die Tasche zu stopfen. Auch wenn sie lautstark darüber klagt, keine Zeit mehr zum Tauchen oder Schwimmen zu haben, so ist es ihr doch lieber, die heißen Stunden des Tages zuhause mit

Putzen und Kochen zu verbringen, wo sie keiner sehen und verurteilen kann.

Ich werde in den Kinderwagen gesteckt und festgegurtet. Mein Strampeln und Jammern helfen nicht, ich darf nicht bei Marvin bleiben, der jetzt von seiner Mutter in den Sand gesetzt wird. Traurig nehme ich Abschied, während wir vom Strand weg Richtung Auto rollen. Ich weine den ganzen Weg über, während meine Mutter sich hilflos und frustriert fühlt. Sie ist hin- und hergerissen zwischen ihrer Verpflichtung, das Haus sauber zu halten, und jener, mich glücklich zu machen. Ich werde unter Protest in den Backofen des Autos gesetzt und ächze in der sauerstoffarmen Luft.

Das Telefon klingelt in dem Moment, als meine Mutter einsteigen will. Es ist Tamara, die an der Rezeption einer Tauchschule arbeitet und um die Mittagszeit, wenn alle Taucher draußen sind, Zeit für lange Telefongespräche hat. Es erstaunt mich immer wieder, wie Freundinnen stundenlang miteinander reden können und es fertig bringen, dabei nichts Substanzielles sagen. Meine Mutter lehnt sich an das heiße Autodach und versinkt in eines dieser Gespräche, während mir nichts weiter übrig bleibt, als in meinem Gurt zu hängen und zu schwitzen. Zum Weinen bin ich jetzt zu erschöpft.

Meine Mutter redet nie über ihre wirklichen Ängste und Sorgen, die Leute müssen glauben, ihr Leben sei ein einziges Honiglecken mit dem gut aussehenden Mann, einem unkomplizierten Kind und ohne finanzielle Sorgen. Jetzt plauderte sie über eine neue Quelle des Kummers, die knapp am wahren Grund ihres Unglücks vorbeischrammt.

„Stell dir vor," sagt meine Mutter ins Telefon, „Hussein hat ein Grundstück am Stadtrand von Kairo gekauft und will da ein Haus bauen. Er hat es einfach gemacht, ohne mich zu fragen. So eine Frechheit, ich habe seit drei Tagen nicht mehr mit ihm gesprochen!"

Das ist zwar eine Übertreibung, sie sprach etwa drei Stunden nicht mit ihm, aber es tut ihr gut, so zu reden und zu glauben, sie könnte meinen Vater in irgendeiner Weise beeinflussen.

„Ich will nicht in Kairo leben," sagt sie, und hier stimme ich völlig mit ihr überein.

Doch während meine Mutter das sagt, denkt sie daran, wie spöttisch Ying dreinschaute, als sie mich von Achmed zurückforderte. Jetzt ist sie vom Strandbesuch deprimiert.

War für eine Schlange, denkt meine Mutter, Ying hält mich für eine Mutterkuh, während sie ihren eigenen Sohn die ganze Zeit ignoriert.

„Ja, das stimmt schon," sagt sie jetzt zu Tamara. „In Kairo gibt es gute Krankenhäuser und Ärzte. Ich könnte Tasniem richtig untersuchen lassen. Hussain schwärmt auch immer von den guten Schulen dort. Natürlich will ich die bestmögliche Ausbildung für mein Kind. Die Schulen hier in Dahab sind einfach schrecklich. Aber Hussain ist doch so verantwortungslos, ich weiß nicht, wie das gehen soll."

Ich kann nicht hören, was Tamara sagt, aber ich höre die Gedanken meiner Mutter.

Hussain ist ein halbes Kind, immer große Träume und nichts

dahinter, er übernimmt keinerlei Verantwortung, vor allem nicht für Tasniem. Er würde es fertigbringen und seine eigene Tochter fallen lassen, wenn ich sie ihm überließe. Gott, war das schön, als meine Mutter hier war. Sie hat mich verstanden, sie wusste, was ich durchmache und hat mir geholfen. Jetzt bin ich alleine. Auf mir lastet alles. Allein in diesem schrecklichen Land, und niemand steht mir bei. Hussain macht, was er will. Es ist zum Aus-der-Haut-Fahren.

Immer noch ins Telefon sprechend, setzt sie sich schließlich ins Auto, startet und fährt los. Es ist schon komisch, dass meine Mutter es nicht als gefährlich ansieht, das Lenkrad mit den Knien zu fixieren, um mit der rechten Hand schalten und mit der linken weiterhin das Telefon halten zu können, während ich diese Fahrweise in größter Sorge verfolge. Sie macht das in einem Land, in dem Verkehrsvorschriften grundsätzlich missachtet werden, und nur das Recht des Schnelleren und Stärkeren gilt. Aber sie ist davon überzeugt, eine sehr gute und sichere Fahrerin zu sein. Dass die Irrfahrt eines anderen einen Unfall verursachen könnte, und sie dann, so wie sie fährt, nicht schnell genug reagieren kann, kommt ihr nicht in den Sinn. Sie sieht die Straße zwar vor sich, die zu meiner Erleichterung auch weitgehend leer ist, aber sie denkt an etwas völlig anderes.

„Ja, dort, wo Hussein das Land gekauft hat, entsteht eine große Wohnhausanlage, ein völlig abgesicherter Bezirk am Rande von Kairo, frei von jedem Ungeziefer, menschlichem wie tierischem. Alles neu, sauber und ordentlich. Hussein hat eine große Familie in der Stadt, es gibt eine Menge Tanten und Cousinen, sodaß Tasniem viele Spielgefährten hätte. Meine Schwiegermutter ist ein Engel, die würde mir sicher viel helfen. Wir könnten dann über ein zweites Kind nachdenken, ich könnte eine ordentliche Putzfrau haben, vielleicht sogar ein Kindermädchen ..."

Tamara scheint dem rosigen Geschwätz meiner Mutter nichts entgegenzusetzen, stimmt vielleicht sogar zu. Das Gesicht meiner Mutter hellt sich auf, ihre Stimmung wechselt.

„Hussein baut uns vielleicht einen eigenen Swimmingpool," sagt meine Mutter jetzt und ich spüre, wie sie immer mehr die Überzeugung gewinnt, dass Kairo gut für sie wäre. Ich verfolge jetzt nicht nur ihren Fahrstil mit Sorge.

"Dann würde ich das Meer nicht so sehr vermissen und müsste mich nicht mehr mit den dummen Puten am Strand abgeben," sagt sie ins Telefon, aber eigentlich mehr zu sich selbst.

Nein, nein, rufe ich telepathisch meiner Mutter zu. Bitte nicht Kairo! Was ich von dieser Stadt gehört habe, lässt mich erzittern - zu der Hitze auch noch Lärm, Staub, Hektik, Dreck und kein kühles Blau. Bitte, lass uns am Meer bleiben, nimm mir Marvin nicht weg. Denk daran, dass du außer Vaters Familie niemanden kennst und dich bei keinem Besuch wohlgefühlt hast. Du hättest dann keine Tamara mehr, die zum Kaffee kommt und dich aufheitert. Ich würde Marvin verlieren, nein, das will ich auf keinen Fall. Ich will im Meer schwimmen lernen, das nasse Neopren der Taucher riechen, die aus dem Wasser kommen, und den in der Luft schwebenden

Algengeruch. Ich will jeden Tag am Strand spielen und frei sein, ich will bei Marvin bleiben.

Ich reiße die Ärmchen hoch und stoße meine Fäuste protestierend in die Luft. Meine Mutter hält das für Hyperaktivität und wirft nur einen kontrollierenden Blick auf den Gurt, der meinen Babysitz an den Beifahrersessel festzurrt. „Warum weinst du denn jetzt? Was hast du denn?", fragt meine Mutter erstaunt über meinen Ausbruch. Warum nur versteht sie mich nicht?

Bitte, Mama, Mama, bitte nicht! Kein Kindergarten mit verzogenen Kindern superreicher Eltern, keine Schuluniform in einer teuren Privatschule, kein überarbeitetes und mies behandeltes Kindermädchen, das nur Drecksarbeit machen darf. Kein Eingeschlossensein in einem modernen Getto, mit Stacheldrahtzaun und Bewachung, damit ja keiner reinkommen kann, der da nicht hingehört, und wir nicht hinaus, weil es zu gefährlich wäre. Bitte, Mama, bitte nicht.

„Kairo könnte die Lösung all meiner Probleme sein," sagt meine Mutter ins Telefon und lächelt zufrieden, während sie die Straße zu unserem Haus hinauffährt.

Da mache ich den Mund auf und rufe laut: „Nein!"

Die Kinder

4. Die andere Welt

„Ich könnte genauso gut hier bleiben," murrte Michael zum dritten Mal. Dieses Mal würdigte ihn seine Mutter mit keiner Antwort, sondern schoss nur einen warnenden Blick in seine Richtung ab. Die beiden anderen Male hatte sie zuerst bittend und dann um Verständnis heischend erklärt, sie seien eine Familie und würden deswegen zusammen Abendessen. Michael war aber der Ansicht, dass „Familie" kein schlagendes Argument für diese Zwangsverpflichtung war, sondern genau der Grund, warum er lieber alleine im Hotel bleiben wollte. Er könnte einen super gemütlichen Abend haben, sich Essen am Buffet holen und dann im Zimmer fernsehen und mit seinem Gameboy spielen. Ein ruhiger Abend ohne kreischende Zwillinge und schlecht gelaunten Eltern wäre ein richtiggehender Höhepunkt dieses Urlaubs geworden. Stattdessen musste er wie immer das fünfte Rad spielen und kein Superheld konnte ihn vor einem weiteren stupiden Abend retten.

Die mütterliche Bemerkung, er sei mit dreizehn noch zu jung, um alleine zu bleiben, machte die Sache auch nicht besser. Ständig hieß es, er sei jetzt alt genug, um sein Zimmer aufzuräumen, um auf die Schwestern aufzupassen und den Geschirrspüler einzuräumen, aber in diesem Fall war er nicht alt genug. Es war einfach nicht fair. Missmutig schob Michael die Fäuste in die Hosentaschen und drehte sich von der Familie weg, damit er ihre aufgeregten Gesichter nicht länger sehen musste.

Sie standen vor dem turmartigen Eingang des Lagoon Hotels und warteten auf den Shuttelbus, der sie hinüber zum Dorf bringen sollte. Michaels Vater starrte angespannt die Auffahrt hinunter, der Shuttelbus hatte natürlich Verspätung. Die Ader an seiner rechten Schläfe schwoll schon wieder gefährlich an. Michael war nicht der einzige, der genervt war.

„Du wolltest doch unbedingt einen Ausflug machen," schnarrte der Vater jetzt in Michaels Richtung.

Michael ersparte sich eine Antwort. Stattdessen tastete er in seinem Rucksack nach dem Gameboy. Das Spiel hatte ihn bisher durch den Urlaub gebracht und vor dem Wahnsinn bewahrt, im schlimmsten Fall würde es ihn auch durch diesen Abend bringen. Mürrisch vor sich hinbrütend starrte Michael in die weitläufige Gartenanlage, durch die einige schmale Straßen liefen.

Das Hotel war ebenso langweilig wie der Urlaub. Der Eingang des schlichten weißen Betonbaus wurde von einer riesigen, oben abgerundeten Glastüre beherrscht und auch die Fenster, die an der Häuserfront entlang liefen, hatten ebenfalls diese halbrunde Form. Links und rechts vom Eingang zog sich das langgestreckte, ebenerdige und weiß getünchte Gebäude des Hotels hin. Auf den grünen Rasenflächen standen in regelmäßigen Abständen Palmen und dazwischen ein paar blühende Sträucher. Zu ihrer linken Seite lag ein Parkplatz, auf dem einige Autos in der schon tiefstehenden Sonne glänzten. Außer einem Gärtner, der eine Hecke schnitt, und den wenigen

Leuten, die auf den Bus warteten, war niemand zu sehen. Fade, geisttötend, öde das Ganze.

Michael fiel auf, dass er diesen Teil der Hotelanlage noch nie bei Tag gesehen hatte, obwohl sie schon fünf Tagen hier waren. Als sie ankamen, war es dunkel gewesen, und seitdem hatten sie den Strand und den vorderen Teil des Hotels nicht verlassen. Jeder Tag hatte Michael mehr frustriert. Der einzige Lichtblick, an den er jetzt denken konnte, war, dass sie übermorgen endlich heimfliegen würden. Er wünschte sich brennend, sie würden nicht auf den Bus warten, sondern auf das Taxi mit dem Beduinenfahrer, der sie wieder zurück zum Flughafen brachte.

Für einen winzigen Moment, als sie sich im Anflug auf Sharm el Sheik befunden hatten, hatte er die Hoffnung gehegt, dieser Urlaub in Ägypten könnte anders als die vorigen verlaufen. Als seine Mutter aufgeregt rief: „Sieh dir das mal an!", ließ etwas in ihrer Stimme Michael von seinem Spiel aufblicken und aus dem Fenster sehen. Unter ihnen lag eine zerklüftete, völlig baumlose Bergwüste und sein Vater sagte, das sei der Sinai, und sie wären gerade über den Berg geflogen, auf dem Moses die zehn Gebote von Gott empfangen habe. Als das Flugzeug eine Schleife zog, tauchte am Horizont ein tiefblaues Meer auf. Wo es auf Land traf, glitzerte ein breiter hellgrüner Streifen, der mit Schaumkronen und Flecken in allen Blautönen von Türkis bis dunkelblau verziert war. Das Wasser war mit weißen Motorboote betupft, die – wie der Vater erklärte – Taucher zu den Tauchplätzen brachten. Das Flugzeug kam der Erde immer näher, und Michael konnte schon weiße Häuser und im Sonnenlicht aufblitzende Autos erkennen. Die Intensität des Sonnenlichtes und der Farben schmerzte in seinen Augen, trotzdem sah er weiterhin aus dem Fenster. Der Kontrast zwischen dem Wasser und dem Gelbbraun der Sandwüste übte schon eine gewisse Faszination auf ihn aus. Ägypten könnte sich vielleicht doch als interessantes Urlaubsland herausstellen, wo man endlich einmal etwas Aufregendes erlebt, dachte Michael. Doch er hatte sich zuviele Hoffnungen gemacht. Was folgte, war der übliche familiäre Alptraum.

Die Zwillinge waren die einzigen, die sich amüsieren konnten, als die Familie beinahe eine halbe Stunde an der Passkontrolle anstanden, indem sie zwischen den wartenden Schlangen hin und her liefen, immer von einem schwitzenden Michael und Mutters wachsamen Augen verfolgt. Halb im Dauerlauf, weil Vater Angst hatte, der vom Hotel geschickte Taxifahrer würde möglicherweise nicht auf sie warten, hasteten sie danach weiter zur Gebäcksausgabe, wo aber noch gar keine Koffer angekommen waren. Michaels Vater kritisierte halblaut die Qualität der ägyptischen Fluglinie, während die glücklichen Zwillinge Verstecken spielten. Michael beneidete sie um ihre Unbefangenheit, er konnte nichts anderes tun, als herumstehen und dumme Plakate anstarren.

Sie zeigten die Pyramiden und die Sphinx, Kamele und eine große, weiße Moschee, alles interessante Dinge, von denen Michael wusste, dass er sie nicht zu sehen bekommen würde, denn sie lagen mehr als fünfhundert Kilometer entfernt in

Kairo. Als sie endlich die Koffer eingesammelt und auf einem Rollwagen verstauen hatten, klingelte Vaters Telefon. Er war Manager in einer großen deutschen Export- und Importfirma, eigentlich gab es für jemanden wie ihn keinen richtigen Urlaub. Darum übergab er jetzt den Wagen mit dem Gepäck an Michaels Mutter und blieb ein paar Schritte zurück, um den Geschäftsanruf zu beantworten, während der Rest der Familie in Richtung Ausgang weiterging. Ein Schwall klimatisierter Luft spülte Michael mit seiner Mutter und den Schwestern nach draußen, und er musste überrascht nach Luft schnappen. Ihm war, als hätte man ihn in einen Heißluftherd gesteckt. Schweiß brach ihm aus allen Poren, er zog rasch seine Jacke aus und band sie sich um die Hüften. Warum bloß hatte er in der Früh die Jeans angezogen anstatt der dünnen Hose, die ihm seine Mutter hingelegt hatte?

Erst jetzt bemerkte er die unzähligen Augen, die ihn anstarrten, und seine Schweißproduktion verdoppelte sich. Zwischen den dunklen mit Turbanen und Tüchern geschmückten Gesichtern, die hinter einer Absperrung standen, blinkten weiße Schilder mit Namen und Symbolen auf.

„Siehst du irgendwo unseren Namen?", fragte Michaels Mutter nervös. Michael zog es vor, auf den Boden zu starren und die Menge zu ignorieren. Hinter ihnen drängten sich immer mehr Leute aus dem Flughafengebäude, und nur zögernd entfernte sich Michaels Mutter von der Tür, damit die Leute passieren konnten. Sie blickte hilfesuchend zurück in die Ankunftshalle, wo Michaels Vater immer noch telefonierte und unruhig hin und her lief. Sie konnten nicht zurück, und er war mit etwas Wichtigerem beschäftigt.

„Verdammt, wo ist unser Taxi?"

Das selten benutzte Fluchwort und das Zittern in der Stimme verrieten Michael, dass seine Mutter den Tränen nahe war. Obwohl ihre runde Figur und das pausbäckige Gesicht den Eindruck von mütterlicher Standfestigkeit vermittelten, war sie jemand, der prinzipiell schnell die Fassung verlor und keine starken Nerven hatte. Sie klang oft nach Tränen, doch diesmal mischte sich soviel Verzweiflung hinein, dass Michael sie erstaunt ansah. Sie wandte verlegen den Kopf ab und biss sich auf die Lippen. Ihre Wangen bekamen rote Flecken.

Unschlüssig darüber, was jetzt zu tun sei, bezog sie Stellung neben dem Ausgang, damit der Vater sie gleich finden konnte, wenn er herauskam.

„Michael, geh doch mal zu den Leuten, und frag, ob sie was von einem Taxi des Lagoon Hotels wissen."

Michael starrte seine Mutter ungläubig an. Das konnte sie doch nicht ernst meinen? Sie sah aber ganz danach aus, also schüttelte er unwillig den Kopf.

„Na geh, stell dich nicht so an," sagte sie ärgerlich, „du bist dreizehn und lernst doch schon seit Jahren Englisch in der Schule."

Michael verdrehte verzweifelt die Augen. Das war doch kein Grund, ihn zu einer Horde wildfremder Menschen zu schicken.

„Auf gar keinen Fall!", sagte er barsch.

„Feigling", konterte seine Mutter.

„Ich will ein Eis", sagte Katharina.

„Ich bin müde", sagte Louise, „wann sind wir endlich da?"
Die Beschwichtigung der Zwillinge lenkte die Mutter
glücklicherweise von Michael ab.

Nach einer Viertelstunde standen sie immer noch in der Hitze.

„Wann sind wir endlich da?", fragte Louise zum dreißigsten
Mal, und die Mutter erklärte, dass sie noch eine Stunde nach
Dahab zu fahren hatten. Wenn denn das vom Hotel geschickte
Taxi tatsächlich auftauchte.

Der Platz vor der Ankunftshalle hatte sich geleert, die meisten
Passagiere waren abgeholt worden. Die Sonne senkte sich eilig
zu den Bergen herab, und eigentlich sollte es kühler werden,
doch das Gegenteil war der Fall. Der Wind, der Michael traf,
war heißer als der eines Föhns. Der Jeansstoff klebte
unangenehm an seinen Beinen, die Kehle fühlte sich pelzig und
trocken an. Er war eine einzige schwitzende Masse und wollte
nichts lieber als eine kalte Dusche. Wäre er jünger gewesen,
hätte er sich vielleicht auf den Boden geworfen, gezappelt und
geweint, aber aus dem Alter war er eindeutig heraußen. Die
Schwestern hätten sich das vielleicht leisten können, aber die
waren überraschend still.

Mutters Make-up verschmierte sich allmählich zu einer
weinenden Clownmaske und ihre helmartige Frisur begann
sich aufzulösen, als der Vater endlich aus dem
Flughafengebäude kam, das Telefon immer noch in der Hand.

„Was ist?", fragte er streng. „Wo ist unser Taxi?"
Er fragte so, als ob das pünktliche Erscheinen des Taxis in

Mutters persönlicher Verantwortung läge. Sie lief entsprechend rot an und stotterte Erklärungen und unsichere Fragen hervor. Finster musterte der Vater die wenigen Männer, die noch vor der Absperrung standen, aber keiner trug ihren Namen oder den des Hotels auf seinem Schild. Da schwang der Vater wieder sein Handy ans Ohr. Die Telefonnummer des Hotels war schon seit langem eingespeichert, hatte er doch schon von Deutschland aus dreimal angerufen, um Anweisungen und Wünsche bekanntzugeben. Jetzt fluchte er leise vor sich hin, während er auf die Verbindung wartete, die erst einmal nach Deutschland lief, dann einmal um den Erdball herum und erst danach nach Dahab. Die Familie sah ihm andächtig zu und zuckte dennoch zusammen, als er zu brüllen anfing. Michaels Vater war ein großer Mann mit kräftigen Gliedmaßen, die er in seinem Zorn herumschwang wie Geschosse. Mal flog der freie Arm in die eine Richtung, mal das Bein in die andere. Er führt einen solchen bizarren Wuttanz auf, dass die herumstehenden Leute ihn anstarrten und herauszufinden versuchten, warum der Ausländer verrückt geworden war. Michael fühlte sich wie ein knallgelber Alien und hätte sich gern in Luft aufgelöst. Endlich stoppte Vaters Stimme, er hörte kurz zu, dann war das Telefongespräch beendet.

„Sie wissen nicht, was los ist", sagte er dann. "Sie versuchen, den Taxifahrer zu erreichen, aber ein Handy ist nicht die ganze Strecke über nach Dahab erreichbar. So eine Schlamperei!"
Er schimpfte weiter, bis das Telefon fünf Minuten später wieder klingelte, und der Vater hineinbellte.

„Der Taxifahrer hatte einen Unfall!", meinte der Vater, als er das Gespräch beendet hatte.

„Nein, nein," beruhigte er die erschrockenen Gesichter, „ihm ist nichts passiert, aber der Wagen ist kaputt. Sie schicken einen anderen, nur kann das eine Weile dauern."

Der Vater holte tief Luft und polterte weiter.

„Gottverdammte Schnapsidee, in Ägypten Urlaub zu machen. Ist doch klar, dass hier nichts funktioniert. Alles schwarze Ausgeburten der Hölle!"

„Pscht,", machte die Mutter und sah sich ängstlich um.

„Ach was, versteht mich doch eh keiner."

Sie diskutierten wie unzählige Male zuvor die Entscheidung, diesen Urlaub gebucht zu haben. Michael hockte sich erschöpft in die nächste schattige Ecke und schaltete seinen Gameboy ein. Warum bloß hatte er gedacht, dieser Urlaub wäre irgendwie anders?

Für eine Weile konnte Michael sich auf sein Spiel konzentrieren und vergessen, wo er war und wie furchtbar die kommende Woche werden würde. Dann drang die Außenwelt wieder in Form einer lauten Stimme auf ihn ein, und er sah vom Bildschirm hoch. Der Vater brüllte jetzt auf einen alten Beduinen ein, der eine lange, weiße Tunika trug und ein hellviolettes Tuch um den Kopf geschlungen hatte, das von einer weißen Kordel an seinem Platz gehalten wurde. Die Körperhaltung des Alten drückte Stolz und Gelassenheit aus, die auch durch Vaters weit schwingenden Armbewegungen und der drohende Tonlage nicht zu erschüttern war. Der kleine, dunkle Mann besaß ein von der starken Sonne gegerbtes und faltiges Gesicht, und Michael dachte, er hätte gut in dem alten Film "Lawrence von Arabien" mitspielen können, der unlängst im Fernsehen gelaufen war. Der Beduine machte zwar ein zerknirschtes Gesicht und versuchte Entschuldigungen einzuwerfen, in seinen Augen stand jedoch Langeweile und Geringschätzung. Trotz seiner schmächtigen Gestalt wirkte die breite Figur des Vaters neben ihm lächerlich, vor allem, weil er sich so sinnlos und vergeblich aufregte. Es war nicht das erste Mal in den letzten Monaten, dass Michael sich für seinen Vater schämte. Er schaltete sein Spiel aus, stand auf und schlenderte zu seiner Mutter, die damit beschäftigt war, die Zwillinge zu beruhigen.

„Können wir jetzt fahren?", fragte er.

„Ja, das ist unser Fahrer,", seufzte die Mutter und nahm schon mal ihre große Tasche in die Hand.

Aber zehn Minuten später standen sie immer noch vor der Abflughalle und hörten dem Vater bei seiner Tirade zu. Der Taxifahrer hatte schon alles versucht, was höflicherweise möglich war: Lächeln, beschwichtigende Sätze, einladende Handbewegungen, das Angebot einer Zigarette, doch der Vater wollte sein Opfer nicht gehen lassen und ihm noch weniger vergeben. Hilfe suchend sah sich der Fahrer immer wieder nach den anderen Familienmitgliedern um, die jedoch keine Einmischung wagten, bis Louise, Vaters Liebling, in Tränen ausbrach und schrie:

„Ich will nach Hause!"

Da endlich durfte der Fahrer, der sich als Sahel vorstellte, die Familie zu einem weißen Minibus bringen, in dem glücklicherweise die Klimaanlage funktionierte. Alle fielen erschöpft in die weichen Polster, froh, endlich der Hitze entkommen zu sein. Der Fahrer fuhr los, ohne ein weiteres Wort zu sagen, und kaum hatten sie die Überlandstraße erreicht, drückte er auf das Gaspedal, vielleicht in der Hoffnung, dadurch Vaters Wohlwollen zu gewinnen. Zahlreiche Straßen zogen sich wie silbrige Bänder durch die sandige Landschaft, die Berge rückten rasch näher, und die Dämmerung zog ebenso schnell herauf.

Michael spielte auf seinem Gameboy, bis der Akku zu Ende war, dann fiel er auch wie der Rest der Familie in einen erschöpften Halbschlaf.

Er wurde erst wieder wach, als der Wagen an Geschwindigkeit verlor und der Fahrer das Innenlicht einschaltete. Aus der Dunkelheit tauchte eine hell erleuchtete Kreuzung mit Schranken und Absperrungen auf, an deren Ecken in kleinen Wachhäuschen junge Männer mit Gewehren saßen. Einige Autos und Busse standen Schlange und warteten auf ihre Abfertigung. Im Hintergrund verkündete ein großes Wandmosaik, dass sie in Dahab angekommen waren. Während sie warteten, betrachtete Michael das bunte Bild und verzog grinsend den Mund. Da waren die Berge und das Meer dargestellt und alles, was sie hier erwartete: Kamele, eine verschleierte Frau, die vor einem Feuer hockte, ein Quadbike, mit dem man durch die Wüste brausen konnte, ein Surfer in den Wellen und ein Taucher unter Wasser. Allerdings hatte der Anemonenfisch fast dieselbe Größe wie der Taucher, und auch bei anderen Dingen war eine naturgetreue Wiedergabe nicht die Priorität des Künstlers gewesen.

„Checkpoint," sagte Saleh, als sie in der Schlange vorrückten.

„Please show passport."

Die Mädchen drückten sich enger an die Mutter und sahen verängstigt drein, der Vater zog sein übliches Gehtmichnichtsan-Gesicht. Es war schon ein beunruhigendes Gefühl, dass hier der Eingang zu einem Ort genauso bewacht wurde, wie Michael das sonst nur von einer Grenze zwischen zwei Staaten kannte.

Die Seitentür des Kleinbusses wurde geöffnet, und ein Polizist stieg ein. Er lächelte freundlich, hieß die Familie auf Englisch willkommen und fragte nach den Pässen. Der Vater händigte sie ihm aus und der Polizist sah sie oberflächlich durch, um sie gleich darauf zurückzugeben. Durch das Fenster sah Michael, wie mit einem Metall- und Sprengstoffdetektor die Unterseite des Wagen überprüft wurde. Es sah ganz so aus, als würde man erwarten, die Familie habe eine Bombe mit in den Urlaub gebracht. Obwohl der Polizist versuchte, sich mit dem Vater auf Englisch zu unterhalten, bekam er nur einsilbige Antworten. Der Vater beherrschte diese Sprache nicht so gut und fand es peinlich, wenn er sie sprechen musste. Daraufhin fragte der Polizist den Fahrer in einem sehr viel barscheren Ton aus, und dieser gab mit gesenkten Augen und leiser Stimme Auskunft.

Der ägyptische Polizist war mit Salehs Antworten offensichtlich nicht zufrieden und deutete mit strenger Miene und ein paar scharfen Worten auf eines der weißen Häuser. Murrend nahm der Beduinen einige Papiere aus dem Handschuhfach, stieg aus und verschwand in die angegebene Richtung. Dann verabschiedete sich der Polizist mit einem breiten Lächeln und wünschte ihnen in gebrochenem Deutsch einen schönen Urlaub. Die Mutter wagte nun, zurückzulächeln, und der Vater nickte kurz. Kaum war die Tür geschlossen, klopfte der Vater nervös mit den Fingern auf das Armaturenbrett.

„Wo ist denn der Fahrer hin? Als hätten wir heute nicht lange genug gewartet!"

Michael hatte auf einmal den Wunsch, etwas kaputt zu schlagen, oder noch besser, auf jemanden einzuschlagen. Er ballte die Hände zu Fäusten und presste die Lippen aufeinander, damit er nicht anfing zu schreien. Das war alles so sinnlos, so gottverdammt sinnlos und schwachsinnig. Aber anstatt einen kindischen Wutanfall auszuleben, musste er im Sitz kleben bleiben und diesen Wahnwitz über sich ergehen lassen.

Nach zehn Minuten kam der Fahrer zurück, gab keine Erklärung ab, setzte sich nur mit versteinertem Gesicht hinter das Lenkrad, und selbst der Vater wagte es nicht mehr, sich zu beschweren. Alle waren glücklich, als sie endlich das Hotel erreichten und in schönen Zimmern und weichen Betten landen konnten.

Am nächsten Morgen brachten sie nach dem Frühstück zuerst die Mädchen im hoteleigenen Kindergarten unter, dann nahmen sie die Hotelanlage in Augenschein. Die Eltern befanden den modernen Bau mit dem vielen Glas und weißgestrichenem Beton für ausreichend luxuriös. Mehrere einstöckigen Gebäude, in denen die Zimmer untergebracht waren, lagen rund um einen großen Pool. Die halbmondförmige Poolbar, viele bunte Blumentöpfe und hohe geschwungene Palmen erzeugten die exotische Atmosphäre einer Südseeinsel. An den Pool schloss sich ein breites Stück Strand an, wo sich in Reih und Glied Sonnenschirme ausbreiteten und eine weitere Bar aus Holz und Bambus stand. Der Ausblick über die langgezogenen Lagune war tatsächlich beeindruckend, selbst wenn Michael das mit keinem Wort kundgetan hätte.

Sie besetzten mehrere Liegen rund um einen Sonnenschirm mit ihren Handtüchern und Taschen. Michaels Mutter warf sich entzückt auf einen Liegestuhl und holte das seit dem letzten Urlaub vernachlässigte Rosemunde-Pilcher Buch aus ihrer Tasche, während der Vater seine Zeitung in die Hand nahm. Michael ging als erstes ins Wasser und fand das Meer angenehm warm, nur musste er ziemlich weit hinauswaten, bis es tief genug zum Schwimmen war. Draußen am offenen Meer türmten sich Wellen mit weißen Kronen, und dort waren Kitesurfer unterwegs, die sich vom kräftigen Wind zu abenteuerlich hohen Sprüngen hochtragen ließen. Im Wasser treibend, beobachtete Michael die Surfer, wie sie die Lagune hinauf und hinunter zischten. Er bewunderte die Eleganz und Selbstsicherheit und wünschte, er könnte auch so etwas Cooles machen.

„Kann ich einen Kitesurfkurs machen?", fragte Michael, als er zu den Liegen zurückkehrte.

Die Eltern wechselte diesen schnellen Blick des Einverständnisses, der nichts Gutes besagte.

„Ich finde, das ist ein bisschen gefährlich," meinte die Mutter vorsichtig.

„Na geh, das können doch schon Kinder lernen," widersprach Michael.

„Das ist auch reichlich teuer," meinte der Vater.

Darauf wusste Michael einen Moment lang nichts zu sagen.

„Das ist unfair," murmelte er schließlich, aber die Mutter las schon wieder in ihrem Buch, und der Vater tippte auf seinem Handy herum.

Nein, diese Argumente waren überhaupt nicht fair. Der Gameboy war teuer gewesen, das wusste Michael. Aber als er nach einem Tauchkurs fragte, wollten die Eltern ebensowenig davon wissen. Selbst ein Windsurfkurs, den schon Achtjährige machen konnten, wurde ihm nicht erlaubt. Es war zum Aus-der-Haut-Fahren, als sich seine Mutter später beschwerte, er würde immer nur mit dem Gameboy spielen.

„Michael, leg doch einmal das Spiel weg und geh ins Wasser. Mach doch mal etwas anderes, hier ist das richtige Leben."

„Ich darf doch nichts anderes tun," fauchte er wütend.

„Sprich nicht in diesem Ton mit deiner Mutter," schaltete sich sein Vater ein, ohne die Augen von seiner Zeitung zu heben.

„Ach ja, und was passiert dann?", fragte Michael bissig. Es reicht ihm, sie konnte ihn nicht mehr schlimmer als mit diesem Urlaub bestrafen.

Der Vater hob den Kopf und sah ihn ausdruckslos an, so als überlege er tatsächlich, welche Strafe er über Michael verhängen könnte. Der erwiderte seinen Blick mit zusammengekniffenen Augen.

„Wir könnten doch einen Ausflug machen," schlug die Mutter hastig vor. „Da gibt es dieses griechisch-orthodox Katharienenkloster am Fuße des Mosesbergs, das ist da seit dem achten Jahrhundert und wurde rund um den Ort gebaut, wo Gott Moses in einem brennenden Busch erschien."

Sie warf einen hoffnungsvollen Blick auf ihren Mann, der ein gläubiger Christ war. Aber der meinte ungehalten:

"Ich will mich in meinem Urlaub, in der einzigen Woche, die ich im Jahr frei habe, ausruhen, und nicht in der Weltgeschichte rumgondeln."

"Können wir wenigstens für einen Tag in die Wüste fahren?", bohrte Michael nach, dem Mutters Idee gut gefallen hätte. Er hatte an der Hotelrezeption Prospekte gesehen und stellte sich das wenigstens ansatzweise abenteuerlich vor.

"Da kann man mit einem Kamel reiten, die Beduinen kochen Essen, wir können ..."

Seine werbende Stimme versiegte angesichts von Mutters skeptischem Blick und Vaters Kopfschütteln.

"Das ist mir zu dreckig," sagte der Vater, „überall Sand und weiß der Teufel, was sie da servieren, die sagen, es sei Huhn, dabei war es ein räudiger Hund. Ich will an einem Tisch sitzend wie zivilisierte Leute essen und nicht am Boden hocken wie diese Wilden."

"Ihr seid solche Spießer," stieß Michael bitter hervor.

„Jetzt pass aber auf," warnte der Vater und zog den Mund zu einem Strich zusammen.

„Ist doch wahr," maulte Michael, „ihr seid so rückständig, das ist nicht auszuhalten!"

„Schluss jetzt! Mein Vater hätte dir bei einer solchen Respektlosigkeit ordentlich den Hintern versohlt!", schimpfte Michaels Vater.

Michael nahm das nicht weiter ernst. Der Vater stieß mit schöner Regelmäßigkeit derartige Drohungen aus, ohne ihnen Taten folgen zu lassen. Seine Mutter schaltete sich dann immer als Vermittlerin ein. Auch jetzt legte sie beruhigend eine Hand auf die ihres Mannes und ihr Blick sagte: 'So sind halt Teenager! Ganz ruhig!'

Michael hatte diesen Blick in letzter Zeit oft gesehen. Wann immer er darauf bestand, seine Meinung zu sagen, bekam er diesen Blick zu sehen. Es war zum Auswachsen. Er fragte sich, was er tun müsste, um den Vater tatsächlich zu einer Ohrfeige zu provozieren.

„Fahren wir doch heute Abend hinüber in das Dorf und essen dort in einem Restaurant. Das ist sicher originell," schlug seine Mutter dann hastig vor. Einem normalen Essen in einem Restaurant konnte Michaels Vater nichts entgegensetzen, und er stimmte widerwillig zu. Michael begann sofort darum zu betteln, im Hotel bleiben zu dürfen, aber seine Mutter wollte nichts davon hören.

So kam es, dass sie jetzt auf diesen dämlichen Shuttlebus warteten, und Michael versuchte, angesichts eines weiteren Abend gähnender Langeweile nicht ganz den Verstand zu verlieren.

Schließlich tauchte der Bus auf, was der Vater mit einem „Na endlich!" quittierte.

Sie stiegen ein, und Michael setzte sich allein auf eine Bank ans Fenster, während Louise wie immer beim Vater saß und Katharina bei ihrer Mutter. Nachdem sie das Gelände des Hotels verlassen hatten, fuhren sie durch eine weite Ebene, die die Lagune von der Bucht trennte. In der Ferne tauchten Häuserreihen auf, die seltsam verlassen und trostlos wirkten.

Kurz darauf passierten sie ein kleines Einkaufszentrum, in dem bunte arabische Kleidungstücke und Bauchtanzkostüme ausgestellt waren, aber die Schaufenster waren verstaubt, und kein Mensch schien dort einzukaufen.

Bei einer großen Moschee mit einem belebten Vorplatz blieb der Bus schließlich stehen. Hier führte eine Straße von der Hauptstraße in Richtung Meer, und der Fahrer deutete ihnen, dass sie aussteigen konnten. Michaels Mutter zögerte angesichts der vielen Menschen, aber der Vater schritt mutig voran, und dann standen sie ein wenig verloren an einer Straßenecke herum.

„Guck mal!", sagte Katharina und deutete auf einen kleinen

Fischkutter, der fast aufrecht stehend auf der anderen Seite der Straße mitten in der Wüste stand.

„Das ist ja lustig," meinte der Vater und machte ein Foto. Michael stellte sich vor, wie eine riesige Welle das Schiff hochgehoben und dann auf dem Wüstenboden abgesetzt hatte. Er wäre gerne hinaufgeklettert und hätte für mehr Fotos posiert, aber die Familie drehte dem Boot schon den Rücken zu und ging die Straße hinunter. Michael folgte ihnen und musterte neugierig ein großes Café an der Straßenecke, in dem an runden Tischen zahlreiche dunkelhäutige Männer saßen und Tee aus kleinen, sanduhrförmigen Gläsern tranken. Vor ihnen standen hohe, bauchige Glasflaschen von dunkelblauer oder grüner Farbe. Auf den langen, schlanken Hälsen dieser Flaschen zeichnete Goldglitter abstrakte Muster, und am oberen Ende war ein von bunten Bändern umhüllter Schlauch befestigt, an dessen anderem Ende ein Mann hin und wieder sog, um gleich darauf weißen Rauch auszustoßen.

„Rauchen die da Drogen?", fragte Michaels Mutter ängstlich. Der Vater lachte.

„Aber geh, das trauen die sich nicht," sagte er belehrend. "Das ist Tabak, was die da rauchen. Wir können so eine Wasserpfeife einmal ausprobieren. Ich habe auf der Geschäftsreise nach Marokko Apfeltabak geraucht, das war gar nicht so schlecht." Michaels Mutter war nicht ganz überzeugt. Immer noch zweifelnd hielt sie die Zwillinge fest an den Händen und ging schnell die Straße hinunter. Michael ging jetzt neben seinem Vater und wusste nichts zu ihm zu sagen. Sie begutachteten stattdessen die zahlreichen Geschäftsauslagen, die mit orientalischer Kleidung, Sportsachen und Taschen vollgestopft waren. Es gab auch Souvenirs wie kleine Plastikpalmen oder Pyramiden, Abbilder der Sphinx, schwarzen, dürren Hunden oder Stelen mit Hyroglyphen. An einem kleinen Platz angekommen, wo drei Straßen zusammenliefen und in dessen Mittelpunkt ein mosaikverzierter Brunnen stand, fiel Michael auf, dass er hier Menschen aus aller Welt sah. Europäer, Ägypter, Beduinen, Afrikaner und Asiaten, er hatte noch nie so viele unterschiedliche Menschen auf einem Fleck gesehen. So weit das Auge reichte, gab es nur Geschäfte und Restaurants. Verkäufer und Ladeninhaber riefen ihnen Begrüßungen und Einladungen entgegen, und Michaels Mutter verlor angesichts der Einkaufsmöglichkeiten ihren ängstlichen Gesichtsausdruck und schwebte zum nächsten Kleidergeschäft, wo sie von einem jungen, hoch erfreuten Verkäufer in Empfang genommen wurde. Er fragte nach dem Wohin und Woher und gab seine Deutschkenntnisse zum Besten, als er hörte, woher sie kamen. Es entstand eine lebhafte Diskussion in einem Gemisch aus Englisch und Deutsch darüber, welches Kleidungsstück welchem Familienmitglied stehen würde, vielleicht ein Kleidchen für die Mädchen oder einen der weißen Kaftane als Hauskleidung für den Vater? Der schüttelte energisch den Kopf.

"Ich laufe niemals in so einem Nachthemd herum, auch nicht wenn ich neunzig und bettlägerig bin," meinte er unwirsch. Ein knallgelbes T-Shirt mit der Aufschrift "Bite me later" für

Michael? Der schüttelte desinteressiert den Kopf. Also blieben der Mutter nur die Mädchen, die sich für glitzernde Bauchtanzkostüme und rosa Kleidchen begeistern konnten. Nachdem die Mutter ihre Wahl getroffen hatte, überließ sie ihrem Mann das Feld, der ganz Geschäftsmann den Preis zu halbieren versuchte. Da der Vater grundsätzlich davon überzeugt war, jeder würde ihn übers Ohr hauen wollen, dauerte es eine Weile, bis der Verkäufer ein trauriges Gesicht machte und behauptete, er würde gar nichts dabei verdienen. Da akzeptierte der Vater den Preis und wirkte sehr zufrieden mit sich. Michael starrte währenddessen Löcher in die Luft und stellte sich vor, wie schön es wäre, jetzt zu Hause oder wenigstens im Hotel zu sein, um wieder seinen Gameboy starten zu können. Ihn interessierten weder die Stoffkamele, die nun von den Schwestern glücklich an die Brust gedrückt wurden, noch Lederhocker, glitzernde Glaspyramiden oder bunte Ketten. Den Geruch von Mottenkugeln und Räucherstäbchen fand er genauso ekelhaft wie den schwülen Parfümgeruch, der aus dem Geschäft nebenan mit den vielen kleinen Ölflaschen kam. Glücklicherweise interessiert sich seine Mutter nicht dafür, weil sie schon ihr nächstes Ziel entdeckt hatte, ein Juweliergeschäft. Dort roch es wenigstens nicht ganz so penetrant. Die in Marmor glänzenden Auslagen präsentierten auf blauen Samtbüsten dicke Perlen- und Goldketten, die Michaels Mutter jetzt interessiert begutachtete. „Bitte!", sagte sie in Richtung ihres Mannes, und der nickte ergeben.

„Pass auf deine Schwester auf," mahnte die Mutter noch über Schulter in Michaels Richtung, als sie das Geschäft betrat. „Pass auf deine Schwester auf, pass auf deine Schwestern auf," äffte er in Gedanken die Stimme seiner Mutter nach. Er hörte nichts anderes mehr. Sieben glorreiche Jahre hatte es nur ihn gegeben, und dann waren die Mädchen gekommen.

Das erste Jahr war das schlimmste gewesen. Wenn die eine nicht schrie, dann tat es die andere. Auf einmal musste er Babys herumtragen, und die Mutter hatte keine Zeit mehr für ihn, die Schwestern kamen immer zuerst. Sie waren zu zweit, und die Mutter stand immer auf der Seite der Mädchen, die klein und niedlich waren. Eine Weile hatte er auf Vaters Unterstützung gehofft, doch der war kaum zu Hause und wenn, dann war aus einem unerfindlichen Grund Louise sein Liebling. Manchmal war es lustig, den Kleinen etwas beizubringen und mit ihnen herumzutollen. Michael mochte es, wenn sie ihn bewunderten, ihm nachliefen und nur mit ihm spielen wollten. Aber das konnte schnell nervig werden. Für den Rest der Welt existierte er gar nicht mehr, alle beschäftigten sich nur mit den Zwillingen, die wegen ihrer Ununterscheidbarkeit eine große Faszination auf andere Leute ausübten. Obwohl sie jetzt schon sechs waren, wirkten sie immer noch zierlich und zerbrechlich. Sie waren zu früh auf die Welt gekommen, und es hatte Sorge gegeben, ob beide überleben würden. Aber das taten sie, und wo immer die Familie hinkam, lösten die hübschen Mädchen mit ihren spiegelgleichen Gesichtern begeisterte Reaktionen aus. Wegen der niedlichen Stupsnasen, den blauen Augen und den blonden Locken sahen sie aus wie zwei kleine Engel. Michaels Gesichtszüge waren den ihren ähnlich, nur hatte er die lange, gerade Nase seines Vater geerbt und auch dessen dunkelblonden Haarschopf. Von niedlich konnte bei ihm schon lange keine Rede mehr sein. Seine Gliedmaßen wuchsen mittlerweile mit einer solchen Geschwindigkeit, dass er Mühe hatte, ihre Bewegungen unter Kontrolle zu halten. Das war genauso peinlich wie jetzt hinter den Kleinen herzulaufen und sie davon abzuhalten, alles anzufassen oder etwas herunterzuwerfen. Schweißtropfen liefen ihm über das Gesicht, und Michael verfluchte, wie viele Mal zuvor, sein Dasein als Erstgeborener.

Als die Mutter wieder aus dem Geschäft auftauchte, lächelte sie zufrieden und trug eine breite, goldene Kette um den Hals, an der ein dunkelblauer Stein hing.

„Ich habe Hunger," verkündete Louise jetzt.

„Lasst uns ein nettes Restaurant suchen," schlug die Mutter vor.

Als sie endlich am Strand ankamen und Michaels Mutter entzückt rief: „Ach du meine Güte!", vermutete Michael, dass man wohl ein gewisses Alter haben musste, um sich für diesen Anblick zu begeistern. Die sichelförmige Bucht war wie die Straßen mit Geschäften und Restaurants gesäumt. Es roch jetzt frischer nach Salz und Algen. Das wellenlose Meer hatte die eisblaue Farbe eines Spiegels. In den Restaurants hatte man schon die Lichter angemacht und die Lampen warfen bunte

Streifen über die spiegelglatte Oberfläche des Meeres. Die gepflasterte Strandpromenade war fünf oder sechs Meter breit und zum steinigen Strand hin von einer niedrigen Mauer begrenzt.

Es ging lebhaft zu, zahlreiche Menschen waren unterwegs, herrenlose Hunde liefen zwischen den spazierengehenden Leuten herum oder lagen faul in einer Ecke, junge Leute zischten auf Fahrrädern vorbei, und Touristen begutachteten die Geschäftsauslagen oder studierten die Menükarten, die auf hölzernen Ständern vor den Restaurants ausgelegt waren. Michael und seine Familie passierten einen Supermarkt, der Ghazala hieß, was Michael lustig fand, weil das Logo eine springende Gazelle war. Etwas weiter entdeckte er eine Skulptur, die noch komischer aussah, sie glich einer aus den Fugen geratenen, überdimensionalen Meeresschnecke. Michael fand, dass dieses Dorf reichlich skurril war, sicher besser als das faltenlose Hotel, vor allem, als er dann zu seiner Linken die Seitenansicht eines großen Schiffs mit Masten und Bullaugen bemerkte, das jedoch nicht im Wasser schwamm, sondern ohne Kiel in den Boden gerammt zu sein schien. Die riesigen Dimensionen wollten so gar nicht zu den umliegenden Gebäuden passen. Im Schiffskörper war eine weitläufige Bar untergebracht und auf der Terrasse am Oberdeck saßen sommerlich gekleidete Leute, Bierflaschen vor sich und genoßen den Ausblick über die Bucht und das Meer. Laute Popmusik drang aus dem unteren Schankraum und sollte offensichtlich noch mehr junge Leute anlocken. Michael hätte sich wegen der Aussicht gerne auf das Oberdeck gesetzt, aber seine Eltern würden die Musik niemals aushalten, und der Vater strebte bereits auf eine kleine Brücke zu, die über einen nicht vorhandenen Bach hinüber zur anderen Seite der Bucht führte. Am Unterlauf standen Pferde und sogar zwei Kamel, die man offensichtlich zum Reiten mieten konnte, aber Michael machte gar nicht den Versuch, zu fragen, ob er eines davon reiten durfte.

Auf der anderen Seite der Brücke gab es noch mehr Restaurants, deren Terrassen man auf der Strandseite über Felsen ans Wasser gebaut hatte. Hier versuchten die Kellner der konkurrierenden Restaurants, Michaels Vater davon zu überzeugen, dass ihr Lokal das Beste sei. Nach einem nervigen Hin und Her entschied sich der Vater schließlich für ein Restaurant, das Saladin hieß, und mit Holztischen und Sitzbänken eingerichtet war, auf denen dicke, grüne Kissen lagen. Vor der Restaurantterrasse stand ein schräger Tisch, auf dem alle möglichen gruseligen Fische, Krabben und Muscheln auf Eis ausgelegt waren. Michael betrachtete sie angeekelt, er mochte nichts essen, das einen noch mit gebrochenen Augen ansehen konnte. Allein schon der fischige Eiweißgeruch verursachte ihm Übelkeit. Immerhin kam aus den Lautsprechern arabisch klingende Musik, die leise genug war, um nicht zu nerven.

Der Vater wählte einen Tisch direkt am Wasser, wo eine hohe Glaswand sie vor dem Sprühwasser der Wellen schützen sollte, was aber an diesem windstillen Tag gänzlich unnütz war. Nur das glucksende Geräusch, wenn das Wasser zwischen die Felsen schlug, untermalte die Szenerie, während flackernden Kerzen und viele kleine Lampen das Entzücken von Michaels Mutter hervorriefen.

Nach einem eingehenden Studium der Speisekarte bestellte sie für jeden frischgepressten Mango- oder Orangensaft und war begeistert von den großen Gläsern, die ihnen gebracht wurden. Der Kellner servierte sie mit einem strahlenden Lächeln und stellte sie schwungvoll auf dem Tisch ab. Michael hatte noch niemals Mango gekostet und war überrascht von dem süßen, etwas klebrigen Geschmack.

"Das ist phantastisch," sagte die Mutter mehrmals, „in Deutschland würde so ein Glas ein Vermögen kosten, hier nicht einmal drei Euro. Ägypten ist einfach großartig. Die Leute werden Augen machen, wenn ich das zu Hause erzähle.“

Die Eltern bestellten Fisch und Muscheln und für die Mädchen Hamburger. Michael wollte lieber Huhn und Reis. Als die Teller kamen, waren es wie versprochen so große Portionen, dass sie sogar den Vater zufriedenstellten. Die Mutter bewunderte die ausgehöhlten Zwiebeln auf ihren Tellern, in denen kleine Kerzen flackerten, und verkündete, beim nächsten Grillabend zu Hause mit dieser Dekoration brillieren zu wollen.

Während sie aßen und das dahinplätschernde Gespräch zwischen den Eltern Michael wie üblich langweilte, bemerkte er einen Jungen, der etwa im selben Alter wie er war und mit seinen Eltern zwei Tische weiter saß. Die drei waren eine so seltsame Truppe, dass Michael sie verstohlen musterte. Die Frau hatte wirre, halblange Haare, die achtlos von einem Gummiband zusammengehalten wurden, und große, braune Augen, die tief in ihren Höhlen lagen, was die dunklen Tränensäcke noch hervorhob. Ihr Gesicht war spitz und schmal, ihre Hände wirkten wie Klauen, die hektisch in der Luft herumflogen. Das Essen auf ihrem Teller rührte sie kaum an, sie hatte keine Zeit dazu, denn sie hörte nicht auf zu reden. Während sie knochendürr war, hatte der Mann neben ihr eine massige Gestalt, seine dicken Muskeln spannten den Stoff des enganliegenden T-Shirts. Sein Gesicht war rund, von schwarzem kurzen Haar umsäumt, und er hatte volle Lippen und träge Augen. Diese waren hauptsächlich auf sein Essen und sein Bier gerichtet. Der Junge sah dem Mann ziemlich ähnlich, nur hatte er dunkelblonde Haare, die fast bis zu den Schultern reichten und offensichtlich selten gekämmt wurden. Während sein Vater durchtrainiert aussah, war an dem Jungen alles rundlich, fast dick, die Wangen wirkten geschwollen, auch die Finger hatten die Form von Würsten. Er hatte seine Teller schon leergegessen und starrte stumm vor sich hin.

Dem geht es wie mir, dachte Michael.

Der andere Junge spürte Michaels neugierigen Blick und sah hoch. In dem Moment, in dem sich ihre Blicke kreuzten, grinste Michael. Der fremde Junge sah ihn zuerst verblüfft an, grinste dann aber zurück. Er hielt sich eine Hand vor den Mund und imitierte ein Gähnen, wobei er komisch die Augen verdrehte. Michael verkniff sich ein lautes Auflachen und nickte zustimmend.

Einen Moment später richtete sich der fremde Junge jedoch ruckartig auf und starrte gebannt zum Eingang des Restaurants. Michael folgte seinem Blick, um zu sehen, was es da Interessantes gab, aber es war nur eine Schar von Beduinenmädchen, die ins Restaurant strömten. Sie lachten und redeten laut und unbekümmert. Der Junge am Nachbartisch ließ die Gruppe nicht aus den Augen, während Michael die Mädchen skeptisch beobachtete. Er konnte die Faszination, die Mädchen augenscheinlich auf ältere Jungs ausübten, nicht verstehen. Diese hier hatten noch dazu staubige Füße, schmutzige Gesichter und trugen zerlumpte, nicht zusammenpassende Kleidung, die in Deutschland gerade einmal als Dekoration für eine Vogelscheuche gedient hätte. Ihre Kleider waren nicht nur fleckig, sondern offensichtlich schon von anderen getragen worden. Eines der kleineren Mädchen trug eine ausgefranste Jogginghosen und keine Schuhe. Sie sah aus, als würde sie in ihrem Pyjama rumlaufen, und Michael wäre verblüfft gewesen zu hören, dass dem tatsächlich so war. Michael fragte sich, wie die älteren Mädchen es fertigbrachten, soviel Kleidung zu tragen und nicht zu schwitzen: Die beiden größten trugen mehrere Schichten und sogar Kopftücher, die ihre Haare verhüllten. In den Händen hielten die Mädchen bunte Bänder, die sie den Touristen anboten und zu verkaufen versuchten. Von den meisten Tischen wurden sie schnell verscheucht, was sie mit flapsigen Bemerkungen in einer kehligen Sprache kommentierten. Auch die Mutter des unbekannten Jungen schickte sie mit einer unwirschen Handbewegung weg, ohne ihren Redefluss zu unterbrechen.

Als die Mädchen gleich danach an Michaels Tisch kamen, fanden sie in den Zwillingen begeisterte Kundinnen, und die Zwillinge Bewunderinnen für ihre blonden Haare und blauen Augen. Eine Unmenge von Plastikarm- und Halsbändern wurden auf dem Tischtuch ausgebreitet und glitzerte verführerisch im Kerzenlicht. Der Vater sagte „Nein" und schüttelte den Kopf, die schlauen Verkäuferinnen aber lachten und sagten: „good prize, gut Preis, just für du."
Selbst die Mutter schob interessiert ein, zwei der funkelnden Stücke hin und her. Die Beduinenmädchen begannen, die Schwestern mit verschiedenen Ketten zu schmücken und riefen begeistert: „very pretty, sehr schön, que chique!"
Michael wünschte, sie würde endlich Ruhe geben und gehen, obwohl er bemerkte, dass der fremde Junge die ganze Zeit gebannt zu ihnen herüberglotzte.
Eines der Mädchen war besonders hartnäckig. Sie war vielleicht zwölf Jahre alt und hatte so ungewöhnlich schöne Gesichtszüge, dass man die verwaschene Jeans und das schmuddelige, langärmlige T-Shirt leicht übersah. Ihre Augen hatte die Form von breiten Ovalen, waren von dichten Wimpern umrahmt und dunkel wie Gartenerde. Der Mund zeigte ein schlaues, lockendes Lächeln, trotz ihrer Jugend hatte sie bereits die dunkelroten, fast braunen Lippen einer afrikanischen Frau. Ihr Kinn stach kraftvoll hervor und würde

später einmal energisch oder sogar herrisch sein. Das Ebenmaß ihrer Züge stand in Kontrast zu den wilden Locken, deren Spitzen von der Sonne zu einem Hellbraun ausgebleicht waren. Das lange Haar war wie auch bei den anderen Mädchen verfilzt und ungebändigt. Trotzdem ließ sich sogar der Vater von ihrem Charme einwickeln, er lachte gutmütig, als sie ihm drei Kamele für die blonden Mädchen anbot, und zahlte am Ende der zähen Verhandlungen ohne Murren die gewünschten fünfzig Pfund für all die Sachen, die sich die Mutter und die Schwestern ausgesucht hatten.

„Und morgen kaufen du mehr, versprochen?", sagte die Schöne, während sie zufrieden das Geld in ihre bunte Umhängetasche steckte. Der Vater schüttelte den Kopf und erklärte, er hätte genug Geld ausgegeben, und sie habe ein gutes Geschäft gemacht.

„Aber morgen auch notwendig,", meinte das Mädchen hartnäckig. „Du müssen kaufen, ja?"

Er schüttelte den Kopf.

„Vielleicht,", sagte er.

„Versprich es!", rief das unermüdliche Beduinenmädchen. Dabei rollte sie ihre Augen so dramatisch, dass die Zwillinge lachen mussten. Sogar Michael spürte, wie die Fröhlichkeit ihn ansteckte, obwohl er sich bisher erfolgreich dagegen gewehrt hatte, bei dem ganzen Firlefanz mitzumachen.

Die anderen Beduinenmädchen riefen nun auch:

„Versprich, morgen kaufen du von mir!", und entfachten einen so großen Lärm, dass sich der Vater hilfesuchend umsah, bis er die Aufmerksamkeit eines Kellners ergattern konnte. Er winkte ihn herbei, während die Mutter beschwichtigend: „Ja, ja, schon gut," sagte. Dann scheuchte der Kellner die Mädchen mit einigen scharfen Worten aus dem Restaurant, und sie liefen lachend davon.

„Hast du gesehen, wie ärmlich die Mädchen gekleidet waren?", wisperte Michaels Mutter, obwohl keine anderen Leute in der Nähe waren.

„Und schmutzig," fügte Katharina hinzu, den Ton ihrer Mutter nachahmend.

„Da seht ihr, was für ein Glück ihr habt, in Deutschland geboren worden zu sein," meinte der Vater.

„Ob die wohl zur Schule gehen?", fragte Michael. Er hatte darüber nachgedacht, wie es wohl sein musste, in so einem Dorf am Rande der Wüste aufzuwachsen, jeden Tag frei herumschweifen zu können, vielleicht sogar ohne Schulzwang.

„Aber sicher," antwortete sein Vater. „Ägypten ist ein zivilisiertes Land. Am Abend verdienen sie halt ein Zubrot für ihre Familien. Sehr löblich, finde ich. Darum habe ich auch bezahlt, was die Kleine verlangt hat. Der Tourismus ist sicher ein Segen für diese Leute."

„Ich bin froh, dass wir hergekommen sind," meinte die Mutter. „Sonst sieht man so was ja nur im Fernsehen. Was für schöne Augen die Mädchen hatten."

„Ich geh mal auf's Klo," verkündete Michael und nahm seinen Rucksack mit, in dem der Gameboy steckte. Er hatte beobachtet, wie die Eltern des anderen Jungen bezahlt und das

Restaurant verlassen hatten. Der Junge war zuerst hinter ihnen hergeschlendert, hatte sich dann aber neben dem Restaurant auf die niedrige Promenadenmauer gesetzt. Im Vorbeigehen hatte er Michael zugezwinkert. Als Michael auf die Promenade trat, um die Toilette im anderen Teil des Restaurants zu suchen, die er eigentlich nicht benötigte, lud der fremde Junge ihn mit einer Handbewegung ein, zu ihm zu kommen. Michael grinste erfreut und ging hinüber.

„Hallo," sagte der Unbekannte. „Wie heißt du?"

„Michael. Und du?"

„Ich heiße Jean-Paul. Aber alle nennen mich JP." Seine Aussprache war sehr gesetzt und korrekt, hatte aber einen seltsamen Akzent.

„Bist du Deutscher?", fragte Michael erstaunt.

„Nein, Schweizer. Französischsprachiger Vater, deutschsprachige Mutter, englische Umgangssprache."

Michael sah ihn verständnislos an.

„Meine Eltern sprechen Englisch miteinander," erklärte JP, "weil mein Vater kein Deutsch kann und meine Mutter kaum Französisch. Schon komisch, wenn man eigentlich aus demselben Land kommt."

„Du sprichst aber gut Deutsch!"

„Tja, Muttersprache, im wahrsten Sinne des Wortes."
Dabei grinste er ein wenig komisch.

„Erst mit fünf konnte ich die drei Sprachen einigermaßen auseinander halten und mischte immer noch Brocken von Thai rein, weil wir damals in Thailand lebten."

Michael setzte sich verblüfft von dieser Eröffnung neben JP auf die Mauer und verlangte mehr Details. JP ließ sich nicht lange bitten und erzählte.

"Meine Eltern sind Tauchlehrer. Deshalb haben wir früher in Thailand gelebt, und manchmal sind wir in der Karibik unterwegs, wo ich auch ein bisschen Spanisch gelernt habe. Ich bin aber hier geboren und werde bald fünfzehn. Ich kann meinen Geburtstag zweimal feiern, weil diese Idioten in Kairo in der Geburtsurkunde nicht den tatsächlichen Tag meiner Geburt vermerkt haben, sondern den Tag, an dem der Antrag auf eine Geburtsurkunde gestellt wurde, und das war erst zwei Wochen später."

JP redete schnell und fast ohne Punkt und Komma. Bald war Michael von den vielen Details verwirrt. JP war schon in Indien gewesen, erinnerte sich aber kaum daran, weil er da noch sehr klein gewesen war. Er erzählte von Dschungeltrips, wie gut frische Kokosnüsse oder kleine rote Bananen schmeckten, und dass es in Thailand hochgiftige Tausendfüssler gab, die viel gefährlicher als Schlangen oder Skorpione waren. Begeistert berichtete er von Begegnungen mit Haien und Schildkröten, von den Komodo-Drachen, und wie gegrillte Heuschrecken schmeckten, nämlich scheußlich, genauso wie Schlangenfleisch. Michael wusste nicht, ob er das alles glauben sollte, was JP da von sich gab, aber er war hingerissen. Er hätte nie gedacht, dass jemand, der kaum älter als er selbst war, schon viel erlebt haben konnte.

„Und du?", fragte Jean-Paul, als er schließlich doch einmal

Luft holen musste.

Da erzählte Michael vom langweiligsten Urlaub der Weltgeschichte.

„Wo wohnt ihr denn?", fragte JP.

„In dem Lagoon Hotel, das ist da an der Lagune."

JP nickte verständnisvoll.

„Ja, da ist es langweilig. Meine Mutter arbeitet manchmal im Hilton – das ist nebenan – und sagt, es hätte die Atmosphäre einer Nervenklinik, wo psychisch Kranke mit netten Drogen ruhig gestellt werden."

Michael musste über den Vergleich lachen, auch wenn es ein bisschen makaber war, sich selbst in die Kategorie psychisch krank eingeordnet zu sehen.

„Ich kann mir gar nicht vorstellen, wie es ist, in so einem Ding Urlaub zu machen," fuhr JP fort. "Wenn wir Urlaub machen, dann fahren wir nach Thailand oder Indonesien, leben in einer kleinen Bambushütte an irgendeinem Strand und schaukeln in Hängematten. Aber das Beste sind Urlaube in der Schweiz," erklärte JP. „Jeden Sommer bin ich da einen ganzen Monat bei meinen Großeltern, das ist super klasse, da gibt es einfach alles zum Essen, allein die Schokolade, so lecker!"

JP rollte begeistert mit den Augen.

"Gibt es hier keine Schokolade?", wunderte sich Michael.

"Klar gibt es hier Schokolade, aber die schmeckt abscheulich. Alles Müll hier. Vor allem gibt es kein gutes Schweinefleisch, auf das stehe ich echt, richtiger Speck, Schwarzbrot und das alles," schwärmte JP.

"Warum gibt es das hier nicht?", fragte Michael verwundert.

"Weil im Islam Schweinefleisch verboten ist," erklärte JP ein wenig herablassend.

"Ah so." Michael erinnerte sich, das irgendwann in der Schule gehört zu haben.

„Die Schweiz ist also am besten?" fragte Michael, um von seiner Verlegenheit abzulenken.

„Ja, aber Thailand ist auch nicht schlecht," meinte JP großspurig. „Da gibt es geile Inseln, und Dschungel und Elefanten, das Essen ist phantastisch und die Leute freundlich. Hier gibt es nur Steine und Wüste und arrogante Ägypter."

Dann kam eine lange und komplizierte Geschichte, von der Michael nicht alles verstand. Die Eltern hatten Land kaufen wollen, aber die Papiere waren nicht in Ordnung gewesen, schlussendlich hatten sie Geld verloren und nichts dafür bekommen. Aber sie blieben in Dahab, weil es doch besser und vor allem wärmer als Europa war.

JP unterbrach seinen Redeschwall nur zweimal. Beim ersten Mal, um eine Frau mit kupferroten Haaren und grünen Augen zu begrüßen, die auf einem Rad daher pfiff und stoppte, als sie JP sah. Die beiden unterhielten sich auf Englisch und redeten so schnell, dass Michael kaum verstehen konnte, worum es ging.

„Das war Vanessa," sagte JP, als die schlanke Frau in den bunten Pluderhosen davon gefahren war, und Michael ihr erstaunt nachsah.

„Eine Freundin von mir," betonte JP , "wir tauchen zusammen.

Sie ist eine Freitaucherin, die für die Weltmeisterschaft im nächsten Jahr trainiert."

Stolz schwang in seiner Stimme mit und Michael brachte nur ein krächzendes „Wow!" zusammen.

Daraufhin erzählte JP von den unglaublichen Leistungen der Freitaucher, die mit einem Atemzug auf siebzig oder hundert Meter tauchten und mehr als fünf Minuten lang die Luft anhalten konnten. Jeder normale Mensch wäre da schon tot. „Mein Vater," erläutete JP spöttisch, „brauchte mehrere Tanks und viele Stunden, um gesund aus dieser Tiefe zurückzukommen. Wirklich gute Freitaucher machen das in ein paar Minuten. Ich werde auch einmal für die Weltmeisterschaften trainieren," erklärte JP stolz, „Vanessa sagt, ich hätte Talent. Ich war schon auf zwanzig Meter. Manchmal borgt sie mir ihre Monoflosse, das ist dann richtig geil, das fühlt sich so an, als sei man ein Delphin."

Michael hatte angesichts von JPs Körperfülle nicht den Eindruck, einen zukünftigen Weltmeister vor sich zu haben, aber er sagte nichts. Schließlich hatte er von all diesen Dingen, die JP wie selbstverständlich ins Gespräch einwarf, keine Ahnung.

"Was ist eine Monoflosse?", wagte er immerhin zu fragen.

"Das ist eine große Flosse, die aussieht wie ein Delphinschwanz, und in die man beide Füße steckt. Die sind total stark, mit zwei, drei Schlägen ist man auf zehn Meter und mehr," erklärte JP. "Ich wünsche mir schon lange eine, aber meine Eltern wollen mir keine kaufen. Sie glauben immer noch, ich würde einmal Gerätetaucher wie sie, aber ich mag das nicht, das ist langweilig. Und dann, ja, then it's, oui…, then …"

Hier stoppte sein Redeschwall das zweite Mal. JPs eloquente Zunge verlor sich im Dickicht der Sprachen, als er auf etwas starrte, das ihm anscheinend alle Gedanken durcheinander brachte. Michael drehte sich neugierig um und bemerkte die kleine Schar Beduinenmädchen, die zuvor das Restaurant besucht hatte. Anscheinend waren sie auf dem Rückweg und das freche, schöne Mädchen rief ein paar Worte zu ihnen herüber, welche JP in derselben kehligen Sprache beantwortete. Michael vermutete, dass sie Ägyptisch sprachen. Offensichtlich hatte er etwas Interessantes gesagt, denn sie kam herüber geschlendert und fragte etwas, während ihr Kinn ruckartig auf Michael deutete. JP hatte mit einem Mal jede Selbstsicherheit verloren, seine Hände krallten sich in die Hosenbeine, sein Gesicht glänzte vor Schweiß, seine Stimme krächzte, und der Ton war albern und in eine höhere Tonlage gerutscht. Der gerade noch so coole Junge verwandelte sich in dämlich grinsendes Äffchen, und Michael versuchte zu begreifen, was da gerade passierte. Das Mädchen sah ihm jetzt direkt in die Augen, Michaels starrenden Blick mit überheblichem Stolz erwidernd. Sie sagte etwas, das JP zum Lachen brachte, und Michael spürte, dass sie ihn beleidigt hatte.

"Eh," fragte Michael, als das Mädchen mit der Gruppe weiter gezogen war, „wer war das denn?"

„Aisha," sagte JP gepresst. Nach einer kleine Pause für er fort:
„Das bedeutet auf Arabisch Brot und auch Leben. Ein schöner
Name."
JPs Stimme klang jetzt hohl und irgendwie alt.
„Die ist komisch," sagte Michael, immer noch ärgerlich über
die unklare, aber doch offensichtlich Beleidigung.
„Komisch, nein, sicher nicht, sie ist ...,"
JP fehlten die Worte. Nach einer Pause, in der er immer noch in
die Richtung starrte, wohin die Mädchen verschwunden waren,
fuhr er fort:
„Sie ist sehr mutig. Einmal habe ich gesehen, wie sie ein
Kamel geritten hat. Ihre Cousins lachten sie aus, aber sie hat
das Kamel bestiegen und geritten. Die Jungs waren vielleicht
aufgebracht, aber sie hat sich nicht darum geschert. Sie hat sich
einfach lachend davongemacht."
„Aha," sagte Michael, weil ihm nichts besseres einfiel. Er
neidete dem Mädchen die Freiheit, einfach so ein Kamel reiten
zu können, während er seinen Vater vergeblich darum gebeten
hatte. Er wünschte auf einmal brennend, er wäre so wie JP
aufgewachsen und nicht in einer derart stinknormalen Familie.
"Ich möchte auch einmal ein Kamel reiten," sagte Michael
sehnsüchtig.
"Wenn du willst, dann suchen wir eins," meinte JP bereitwillig.
"Gleich um die Ecke, oben an der Peaceroad steht meistens
eines. Wenn ich den dazu gehörenden Beduinen finde, lässt er
dich für ein bisschen Geld reiten."
Michaels Herz machte einen Satz, er mochte JP jetzt wieder,

aber dann schüttelte er den Kopf.

"Ich kann nicht," sagte er traurig und deutete mit dem Daumen über seine Schulter auf das Restaurant, wo seine Familie saß. "Sie würden einen Aufstand machen, wenn ich verschwinde, und erlauben würden sie es nie."

JP lachte, aber es klang komisch, metallisch und irgendwie erstickt.

„Wo sind denn deine Eltern hingegangen?", fragte Michael und sah sich suchend um.

JP zuckt mit den Schultern.

„Keine Ahnung, Vermutlich sind sie in einer Bar," sagte JP. „Die vermissen mich nicht, denen würde erst nach zwei oder drei Tagen auffallen, dass ich nicht mehr da bin."

Er sagte es trotzig und es sollte wohl auch gleichgültig klingen, doch Michael spürte, das war nicht die ganze Wahrheit. Er drehte sich um und sah nach seiner Familie, die anscheinend über den Nachtisch diskutierte. Seine Mutter hob im selben Moment die Augen, sah nach ihm und winkte fragend mit der Menükarte herüber. Michael schüttelte den Kopf, lieber blieb er noch eine Weile bei JP sitzen, der jetzt ein wenig niedergeschlagen wirkte. Ohne klaren Gedanken griff Michael nach seinem Rucksack und holte den Gameboy heraus.

„Guck mal," sagte er zu JP, „das habe ich von meinem Vater zum Geburtstag bekommen."

JP sah skeptisch drein, doch als Michael das Spiel einschaltete und ihm zeigte, wie es funktionierte, erwachte JPs Interesse, und er wollte es ausprobieren. Michael gab ihm den Gameboy und freute sich, etwas zu haben, das JP beeindrucken konnte. Seltsamerweise langweilte er sich nicht, als er JP beim Spielen zusah. Nach einer Weile begann er, die Leute zu beobachten, die auf der Promenade vorbeispazierten, und wunderte sich wieder über die Vielfalt.

Es gab ganz normale Leute, Touristen aus Europa, wie ältere Ehepaare, wo der Mann ein weißes T-Shirt über dem Bierbauch und Safarishorts und die Frau ein blumengemustertes Kleid und Stöckelschuhe trug. Oder junge Pärchen, die einförmig Jeans, weite T-Shirts und Sandalen anhatten. Dann aber spazierte auch ein hochgewachsener Afrikaner in einem bunten Kaftan vorüber und ein anderer, nicht ganz so großer, hatte Rastalocken und trug eine Gitarre auf den Rücken geschnallt. Die ägyptischen Kellner, die nichts zu tun hatten, standen in Gruppen zusammen und rauchten. Eine Gruppe von Frauen, von Kopf bis Fuß in schwarze Umhänge gehüllt, spazierte mit einer Schar Kindern vorbei, während andere Kinder mit allen möglichen Haar- und Hautfarben unbeaufsichtigt mit kleinen Rollern oder Fußbällen herumtollten. Zwei junge asiatische Frauen mit nackten Schultern und kurzen Hosen gingen kichernd vorbei und machten dabei ununterbrochen Fotos von sich und der Bucht. Aus einer Tauchschule kamen drei Taucher in ihren Neoprenanzügen gewatschelt, mit schweren Flaschen auf dem Rücken und Flossen und Masken in den Händen. Sie sahen lustig aus, wie Aliens, die gerade vom Mars kamen und dann die Stufen von der Promenade hinunter zum Strand stapften und langsam unter Wasser verschwanden. Dann raste

eine schlanke Frau in einem Radsportdress auf einem Rennrad
vorbei, sie hatte es offensichtlich eilig, irgendwohin zu
kommen.

Als plötzlich Katharina vor ihm stand, war Michael einen
Moment lang verwirrt. Sie sagte zuerst nichts, betrachtete nur
neugierig den unbekannten Jungen, der Michaels Spiel in den
Händen hielt und ihre Anwesenheit noch nicht bemerkt hatte.

"Was ist denn?," fragte Michael ein wenig ungehalten.
Katharina teilte ihm dann im geschraubten Ton ihrer Mutter
deren Botschaft mit:

"Mama sagt, wir gehen in fünf Minuten."

JP schreckte von seinem Spiel hoch und sah Michaels
Schwester irritiert an.

"Wer bist denn du?" fragte sie herausfordernd.

"JP."

"Komischer Name," stellte sie fest und verschränkte die Arme
vor der Brust.

"Das bedeutet Jean-Paul," erklärte Michael.

Katharina streckte Michael ihre Hand hin und sagte bestimmt:
"Komm! Wir gehen."

"Ich komme gleich," sagte Michael, der ihren fordernden Ton
lustig fand, "geh schon mal vor, ich verabschiede mich nur
noch von JP."

Katharina warf einen skeptischen Blick auf JP, es schien ihr
nicht recht zu sein, ihren Bruder bei dem Fremden
zurückzulassen. Sie war noch nicht alt genug, um ihre
Ablehnung höflich zu verbergen. Das war vielleicht auch der

Grund, warum sie sich plötzlich gegen Michaels Brust warf und ihn umarmte. Michael klopfte ihr überrascht und verlegen auf den Rücken und sagte:

"Ja, ich komm' gleich, versprochen."

Katharina ließ ihn los, warf JP noch einen warnenden Blick zu und stolzierte zurück ins Restaurant, zufrieden damit, ihren Auftrag ausgeführt zu haben.

Michael sah ihr nach und dachte an den Vortag, als ihn die Zwillinge gebeten hatten, ihre Sandburg zu befestigen. Er hatte einen gewaltigen Wall gebaut, hatte ihnen Tipps gegeben, wie sie die beiden Türme höher und stabiler machen konnten, und er hatte dabei ganz vergessen, dass er eigentlich schon zu alt für solche Sachen war.

Dann hatte Katharina wie eben jetzt ihre dünnen Ärmchen um seinen Hals geschlungen, ihm einen Kuss auf die Wange gedrückt und gesagt:

"Du bist der Größte."

Der Vater hatte sogar ein Foto von ihrem Werk gemacht.

In diesem Moment hatte Michael sich ganz seltsam gefühlt. Zufrieden, fast glücklich und ein ähnliches Gefühl überflutet ihn auch jetzt. Komischerweise war er auf einmal froh darüber, dass seine Eltern da hinten im Restaurant saßen, die Schwestern fröhlich kichern, und sie alle auf ihn wartete. Er sah JP an, der sich wieder über das Spiel gebeugt hatte, und fragte sich, ob er ernsthaft an dessen Stelle sein wollte. Vor einer halben Stunde hatte er sich das noch so sehr gewünscht. JP, die Lippen in Konzentration ganz nach innen gezogen, starrte auf den Bildschirm und seine Finger tanzte fiebrig über die Knöpfe.

Michael wusste auf einmal, warum JP mit ihm auf der Promenade saß. Es gab keinen Ort, wo JP sein sollte oder hingehen wollte, niemanden wartete auf ihn.

"Du hast eine nette Familie", sagte JP unvermutet, während er den Bildschirm zuklappte. "Dein Vater hält sicher viel von dir, wenn er dir sowas Tolles schenkt."

"Hmm," sagte Michael, immer noch unschlüssig darüber, wie er seine komische Gefühle einordnen sollte. JP hielt ihm jetzt den Gameboy hin, und Michael starrte nachdenklich auf das Ding, das ihn bisher so hilfreich durch den Urlaub gebracht hatte.

Wenn Michael an seinen Geburtstag dachte, wünschte er immer noch, sein Vater hätte ihm einen billigen Fußball gekauft und eine Stunde mit ihm im Hof gespielt. So aber hatte er nur fünf Minuten am Küchentisch gesessen, Michael die Schachtel mit dem Gameboy gegeben, einen Bissen von der Torte gekostet und war dann wieder im Büro verschwunden. Michael war mit den meckernden Schwestern und der vor Rührung aufgelösten Mutter zurückgeblieben und hatte sich gewünscht, es wäre sein achtzehnter Geburtstag, und er könnte mit Freunden ausgehen und sich betrinken.

„Du kannst es behalten," sagte er jetzt.

„Was?", fragte JP verständnislos.

"Du kannst es behalten, wenn du magst" sagte Michael zufrieden damit, so großzügig sein zu können.

"Nein, das geht nicht, das war doch ein Geschenk!" protestierte JP.

"Jetzt schenke ich es dir," sagte Michael und fühlte sich so gut wie schon lange nicht mehr. „Ich sag' einfach, ich hätte es verloren. Mein Vater wird ein bisschen rumschreien und mir dann ein anderes kaufen. Das ist schon okay."

Es war nicht schwer, JP zu überreden. Immer noch ein wenig ungläubig dreht er das Spiel in den Händen.

„Ist das dein Ernst?" fragte er schwach.

„Ja, ganz ernst." Michael stand auf. „Steck es schnell ein, damit sie es nicht sehen. Ich muss jetzt gehen."

Sie standen auf und gaben sich die Hand, von Mann zu Mann.

„Alles Gute," sagte JP, "es war toll, dich getroffen zu haben." Seine Stimme klang ehrlich und hatte jeden überheblichen Ton verloren.

„Ich danke dir," meinte Michael, „das war bei weitem der interessanteste Abend, den ich hier erlebt habe. Alles Gute."

"Dir auch."

Michaels Familie stand schon am Ausgang des Restaurants, zum Aufbruch bereit. Bei ihnen angekommen, drehte Michael sich noch einmal um und sah zurück zu JP, der wieder auf der Promenadenmauer saß und mit einem seltsamen Blick zu ihnen herüberstarrte. Die beiden Jungen winkten sich noch einmal zu, dann machte sich Michael mit seine Familie auf den Rückweg ins Hotel.

Später, als er im Bett lag und über diese seltsame Begegnung nachdachte, war er immer noch überrascht von dem, was er getan hatte. Noch nie hatte er einfach so mit einem unbekannten Menschen gesprochen, noch dazu in einem fremden Land. Noch nie hatte er ein Spielzeug hergeschenkt, schon gar nicht so ein wertvolles. Morgen musste er gestehen, dass er den Gameboy nicht mehr hatte, und er fürchtete sich ein wenig vor Vaters Zorn. Trotzdem fühlte er sich pudelwohl. Das mochte vielleicht nicht lange anhalten, aber in diesem Moment waren der Urlaub und sogar seine Familie in Ordnung. Michael kuschelte sich in seinen Polster, lauschte den Atemzügen seiner Schwestern und schlief dann schnell ein.

5. Verloren

JP starrte Michael nach und konnte nicht fassen, was eben geschehen war. Der deutsche Junge, mit dem er gerade eine Stunde lang gequatscht hatte, drehte sich sogar noch einmal um und winkte JP zu, bevor er mit seiner Familie über die Strandpromenade davonschlenderte. Die pummelige Mutter mit den auftoupierten Haaren tätschelte den Jungen an der Schulter, und eines der kleinen Mädchen sagte etwas, das ihn zum Lachen brachte. Das gute Gefühl, ein Superstar zu sein, der bedingungslos von dem Jüngeren angehimmelt wird, schwand dahin und machte dem altbekannten dunklen Loch Platz. JP legte irritiert die Stirn in Falten und blickte dann auf den Gameboy in seinen Händen.

Was für ein Trottel! Aisha hatte ihn vorhin Milchbubi genannt und sie hatten zusammen über den Einfaltspinsel gelacht. Dann hatte der Touristenjunge hatte ihm einfach so dieses coole Spiel geschenkt. Unfassbar. Wie konnte man nur so blöd sein?! Der Kleine - der war zwar dreizehn und damit nur ein Jahr jünger als JP - war ihm schmal wie ein Achtjähriger vorgekommen, zumindest so naive wie ein Kind, der Kleine hatte ihn tatsächlich die ganze Zeit über bewundernd angesehen, JP richtig beneidet. Das Geschenk war sicher ein Versuch gewesen, seine Anerkennung zu erringen.

Wie leicht sich diese ahnungslosen Touristen von ein paar Geschichten beeindrucken ließen, war echt lachhaft. Der Blödmann hielt das Leben in Dahab sicher für ein riesengroßes

Abenteuer. Wenn der wüsste!

JP schnaubte verächtlich. Es ärgerte ihn, dass ihn trotz der bemitleidenswerten Ahnungslosigkeit des deutschen Jungen etwas in der Herzgegend stichelte. Es war doch kindisch sich zu wünschen, seine eigene Mutter würde ihn auch einmal so in den Arm nehmen, oder eine Schwester zu haben, die ihn zum Lachen brachte. JP war zu alt für solchen Blödsinn, er konnte sich gar nicht erinnern, wann ihn seine Mutter überhaupt das letzte Mal angefasst hatte.

Aber er war dem kleinen Trottel dankbar, ja wirklich. Er hatte keine Freunde, die ihn für irgendetwas bewundern würden, und einfach so ein Geschenk zu bekommen, das war JP noch nie passiert. Er steckte das Spiel in seinen Rucksack, mit dem befriedigenden Gefühl, schlussendlich doch einen guten Tag zu haben. Dann stand er schwerfällig auf, seine Beine fühlten sich nach dem langen Sitzen auf der harten Steinmauer steif an, und trottete langsam den Strand entlang Richtung Norden, um herauszufinden, welches Alkoholniveau seine Eltern mittlerweile erreicht hatten.

Die Restaurants, die sich entlang der Promenade aneinanderreihten, hatten sich in den letzten Stunden geleert, die Leute waren nach Hause gegangen, die Touristen in ihre Hotelzimmer oder in eine der wenigen Bars, die eine Alkohollizenz besaßen. Kurz vor dem Lighthouse, wo die Peaceroad und die Sunshinestraße zusammenliefen, bemerkte JP die Gruppe von Beduinenmädchen, die Armbänder und anderen selbstgemachten Schmuck an Touristen verkauften, und unter denen sich auch Aisha befand. Wie immer in den letzten Monaten stockte sein Atem für einen Moment, als er sie bemerkte. Obwohl er sie im Gemenge der anderen nicht klar sehen konnte, hätte er ihr Gesicht und die gewandten Bewegungen überall ausmachen können. Ihre ärmliche Kleidung unterschied sich in nichts von jener der anderen Mädchen, aber die Schönheit ihres Gesichtes hob sie von allen ab.

Als er zuvor mit Michael auf der Promenade gesessen hatte, war sie herübergekommen und hatte ihn über den Touristenjungen ausgefragt. Da hatte sie zum ersten Mal direkt mit ihm gesprochen, und er war fast ohnmächtig geworden. Jetzt sah er, dass die Mädchen in Aufruhr waren, ihre Stimmen waren laut geworden und schrien durcheinander, es gab ein Herumgestoße. JP ging näher heran, um zu sehen, was los war.

Die Mädchen hatten einen Kreis gebildet, in dessen Mitte Aisha und ihren Bruder Hammed um etwas kämpften. Hammed stieß sie unsanft an, und sie wehrte ihn ab, während ihre Hände gleichzeitig wütende Gesten formten. Hammed hatte nichts von Aishas Schönheit, er sah mit den Schlitzaugen und dem verquollenen Gesicht verblödet aus. Angeblich lag es an einer Krankheit, die er als Kind gehabt hatte, sie hatte ihn auch taub und stumm gemacht, und nur seine Familie konnte über eine eigene Zeichensprache mit ihm kommunizieren. Seine fordernde Handbewegung nach Geld war allerdings auch JP verständlich. Aisha schüttelte energisch den Kopf und brachte einen Fünfzig-Pfund-Schein in der Hand eines anderen

Mädchens in Sicherheit. Sofort ging Hammed auf diese los. Das Mädchen, obwohl größer und älter, kreischte auf und lief davon. Hammed versuchte, hinter ihr her zu kommen, aber sie umrundete die anderen Mädchen und gab das Geld an ein jüngeres Mädchen weiter, das jetzt zum Ziel von Hammeds Verfolgung wurde. Die Kleine sah ihn ängstlich an, und ihre Hand mit dem zerknüllten Schein zitterte. Hammed lachte triumphierend, doch bevor er ihr das Geld entreißen konnte, sprang Aisha dazwischen und nahm es wieder an sich. Die Kleine lachte erleichtert auf und rief – auf einmal mutig geworden – spöttisch Schimpfwörter, während sie sich hinter einem der größeren Mädchen versteckte. Hammed war nun sehr wütend. Wieder forderte er mit blökenden Lauten und fuchtelnden Armen das Geld für sich. JP war versucht, Aisha zu Hilfe zu eilen - der blöde Hammed hätte gegen ihn keine Chance gehabt - und dann wäre er vor Aisha als Held und Retter dagestanden, doch er war klug genug um zu wissen, dass er sich nicht in innerbeduinische Angelegenheiten einmischen durfte. Hammeds Hand machte die Geste, die einen Schnitt durch die Kehle andeutete, und JP verstand, dass er ihr die väterliche Bestrafung androhte. Aisha zuckte mit den Schultern und streckte ihm die Zunge raus. Hammed schien aufzugeben, er senkte den Kopf, so als suche er etwas am Boden, kam einen Schritt näher und plötzlich schnellte seine Hand nach vorne und schlug Aisha ins Gesicht. JP machte instinktiv zwei Schritte auf die Gruppe zu, aber da hatte sich Hammed schon umgedreht und lief mit langen Schritten davon. Aisha hielt sich die Wange und schrie ihm wütende Beschimpfungen nach. Dann schien sie JPs Blick zu spüren und sie drehte sich zu ihm um. Der tiefgehende Hass in ihren Augen erschreckte ihn. Nur eine Sekunde lang hielt sie seinen Blick fest, dann lief sie mit den anderen Mädchen die Straße hinauf, den Geldschein immer noch fest in der Faust geknüllt. Einige Sekunden später war der ganze Spuk vorbei.

JP schüttelte sich ein wenig, um die Anspannung loszuwerden, schlenderte wieder zurück zum Strand und folgte der Promenade, die sich die Küste entlang bis zu dem Eel Garden genannten Tauchplatz schlängelte. Auf diesem Weg konnte er sehen, in welcher Bar seine Eltern gelandet waren. Routiniert warf er einen Blick durch die Glasfront der Herolds Bar, wo einige Bekannte seiner Eltern saßen und Bier tranken, aber sie waren nicht dabei. Dann waren sie mit ziemlicher Sicherheit in der Sunshine Bar, die wenige hundert Meter weiter lag. JP machte sich missmutig auf den Weg. Er mochte die dunkle Höhle der Sunshine Bar nicht, die offene Terrasse der Herolds Bar wäre ihm lieber gewesen. Als er beim Lighthouse um die Ecke ging und die geschützte Bucht verließ, blies ihm plötzlich ein kühler Wind ins Gesicht, den er als erfrischend empfand. Für einen Moment war ihm, als würde er durch ein unsichtbares Tor in eine andere Welt treten.

Bei Nacht wirkte dieser Standabschnitt ein wenig unheimlich und verlassen, nur wenige der rostigen Laternen gaben ein verschwommenes Licht von sich. Nördlich der Bucht in Richtung Assala lagen ein paar kleinere Hotels und

Restaurants, deren Beleuchtung die Promenade sporadisch erhellten, aber einige Grundstücke entlang des Weges waren nie fertiggestellte Bauruinen, in denen schwarze Schatten und herrenlose Hunde hausten. Die asphaltierte Promenade gab es erst seit wenigen Jahren, früher hatte es hier gar kein Licht außer dem der Sterne und des Mondes gegeben. Zu der Zeit hatte JP am Heimweg aufpassen müssen, um nicht auf schlafende Beduinen oder Hunde zu treten, aber das gab es an diesem Teil des Strandes nicht mehr. Die Beduinen, die seit altersher wegen der kühleren Luft gerne am Strand schliefen, hatten sich noch weiter in Richtung Assala zurückziehen müssen.

Kurz vor dem Sunshine Hotel kam JP an dem alten, einstöckigen Gebäude vorbei, in dem Vanessa wohnte. Hoffnungsvoll warf er einen Blick hoch zu ihren Fenstern. Oben links war ihre Wohnung, doch dort war alles dunkel. Obwohl sie vorher auf der Promenade miteinander gesprochen hatten, hatte er vergessen zu fragen, ob sie morgen Zeit hätte, mit ihm tauchen zu gehen. Es wäre schön gewesen, noch ein wenig mit ihr zu plaudern. Sie war die einzige Erwachsene, die ihn nicht komisch fand und sogar hin und wieder etwas mit ihm unternahm. So aber blieb ihm nichts anderes übrig, als beim Sunshine Hotel vom Strand abzubiegen und an dem leeren, gläsernen Restaurant und dem Pool vorbei zur Bar zu gehen, die noch vor dem Hotelgebäude lag. Er hoffte, dass keine Party im Gange war. Dann nämlich kamen die Eltern spät und streitend nach Hause. Als er die wenigen Fahrräder im

Ständer neben der Eingangstür sah, seufzte er erleichtert auf. Er ging durch das halbrunde, gläserne Tor auf die ehemalige Terrasse, die jetzt überdacht und mit Holzwänden und einer Glasfront versehenen eine Art Wintergarten bildete. Wo früher Beduinenkissen, niedrige Tische und Teppiche auf dem nackten Boden gelegen hatten, standen jetzt dunkelbraune Bambusstühle und runde Tische mit Glasplatten auf einem gekachelten Boden.

Heute saßen nur zwei Frauen an einem der hinteren Tische, vermutlich Hotelgäste, denn JP kannte sie nicht. Er stieg die zwei Stufen hinauf zur großen, torähnlichen Glastür, dem eigentlich Eingang zur Bar, und seine Augen brauchten einige Sekunden, um sich an das Halbdunkel drinnen zu gewöhnen. Die Inneneinrichtung war aus dunkelgebeiztem Holz, die Wände mit Bildern und Postern vollgehängt und durch das gedämpfte Licht wirkte die Bar auch bei beißend hellem Tageslicht wie eine Höhle, in die sich die Jungsteinzeitmenschen nach getanem Tagwerk zurückziehen konnten, um gemeinsam um ein Feuer zu sitzen, Geschichten zu erzählen und sich an irgendetwas zu berauschen. Nur der langgeschwungene Tresen auf der rechten Seite war gut beleuchtet. An dem einen Ende neben dem Fenster saß JPs Vater Alain mit einem Freund zusammen. Er hatte ein fast leeres Bier und ein volles vor sich stehen und bemerkte JP nicht, weil er in einen seiner Monologe versunken war, den sein Freund zustimmend nickend über sich ergehen ließ, und der sich mit Sicherheit ums Tauchen drehte. JP ging zu

Machmud, der hinter der Bar arbeitete und praktisch zur Einrichtung gehörte, weil er immer da war, egal zu welcher Tages- oder Nachtzeit man in die Bar kam. JP bestellte eine Cola, und Machmud fragte mit den üblichen Floskeln auf Arabisch, was es Neues gäbe. JP antwortet mit dem üblichen Satz, dass es Gott sei Dank nichts Neues gäbe, bekam sein Getränk und deutete mit dem Kinn auf seinen Vater, was bedeutete, dass die Cola auf dessen Rechnung ging. Dann sah sich JP nach seiner Mutter Paula um. Sie saß an einem der beiden Stehtischen in der Mitte der Bar auf einem hohen Barhocker, flankiert von zwei Freundinnen, auf die sie schwungvoll einredete. JP setzte sich ihr gegenüber und wurde mit einem kurzen Kopfnicken und einem flüchtigen Lächeln begrüßte. Der Ton ihrer Stimme machte JP klar, dass seine Mutter bei einer ihrer üblichen Wir-beschweren-uns-täglich-Geschichten angekommen war und es konnte eine Weile dauern, bis wieder jemand anderer zu Wort kam. Sie musste auch ziemlich laut reden, um die Rockmusik zu übertönen. Nach einer Minute kaute JP an seinem Strohhalm herum und fragte sich, was er tun konnte, um nicht hier bleiben und nicht nach Hause gehen zu müssen. All die Geschichten seiner Mutter kannte er in- und auswendig, selbst wenn einmal eine neue dazukam, schien es ein altbekannter Inhalt in neuem Outfit zu sein. Die Welt war ungerecht, alle wollten sie ausnutzen, und seht doch, wie tapfer sie sich zur Wehr setzte. Während seine Mutter sich über die alltäglichen Ärgernissen in Ägypten stundenlang auslassen konnte, sprach sein Vater nur über ein Thema: Tauchen. Technisches Tauchen, Ausrüstung, Tiefe, Strömungen, irre Erlebnisse mit Walen oder Haien. Manchmal dachte JP, er könnte einen Tauchlehrerkurs auf Anhieb schaffen, ohne sich je für technisches Tieftauchen oder Luftgemische interessiert zu haben, einfach weil er sich das alles ständig anhören musste. Zur Enttäuschung seiner Eltern weigerte er sich standhaft, einen Tauchkurs zu machen, genauso wie er sich jahrelang geweigert hatte, Schwimmen zu lernen, was seine Eltern ebenso fassungslos gemacht hatte. Erst als Vanessa Schwimmunterricht für Kinder gab, hatte er es gelernt, und sie hatte ihn auch für das Freitauchen begeistern können.

Gerätetauchen fand er blöd und langweilig. Warum sollte man sich einen Tank umschnallen wollen, wenn man viel eleganter und freier nur mit einer großen Flosse durchs Wasser gleiten konnte? Vanessa sah in dem hautengen Tauchanzug und mit der Monoflosse tatsächlich wie ein Delphin aus, der pfeilschnell mit kräftigen Flossenschlägen schwerelos durch das Wasser glitt. Manchmal trug sie die langen roten Haare offen, zog unter Wasser Kreise und schlug Salti, dann bekam er das Gefühl, mit einer Meerjungfrau in einer magischen Welt zu sein, auch wenn es nur für ein paar Minuten war.

Er wünschte, er hätte den Mut, seine Eltern erneut um Freitauchflossen als Weihnachtsgeschenk zu bitten, mit denen er tiefer tauchen könnte, weil sie länger und dynamischer als normale Tauchflossen waren. Sie hätte ihm anstandslos jedes Ausrüstungsteil zum Gerätetauchen geschenkt, aber

Freitaucher hielten sie für Verrückte, die zuviel Geld hatten und des Lebens überdrüssig waren. Dabei waren einige von Vanessas Freunden berühmte Weltklassesportler, die nationale und internationale Rekorde hielten und regelmäßig zum Training nach Dahab kamen. Wenn JP vom Freitauchen schwärmte, machte sein Vater sarkastische Bemerkungen über Leute, die eigentlich in einer Anstalt eingesperrt gehörten. Er konnte mit bis zu sechs Flaschen an den Köper geschnallt bis auf hundert Meter tauchen und wollte nicht anerkennen, dass es eine viel eindrucksvollere Leistung war, ohne das ganze Zeug und komplizierten Berechnungen von Luftgemischen in zwei, drei Minuten genau so tief zu tauchen, anstatt dafür acht oder mehr Stunden zu brauchen.

JPs Mutter war keine technische Taucherin, das interessierte sie genauso wenig wie das normale Sporttauchen, das sie seit vielen Jahren unterrichtete. Sie fand ihre Arbeit mittlerweile kotzlangweilig, nur hatte sie nichts anderes gelernt und konnte deswegen keinen anderen Job machen. Aber sie gab immer wieder gerne aufregende Tauchgeschichten zum Besten, von denen sich unerfahrene Taucher leicht beeindrucken liessen.

JP musterte seine Mutter kritisch, deren ehemals hübsches Gesicht von vielen feinen, sonnengegerbten Falten durchzogen war. Sie sah älter als achtunddreißig aus, auch weil sie ihr blondes, salzverkrustetes Haar achtlos zu einem unordentlichen Ponyschwanz zusammengebunden hatte. Etliche Strähnen standen schräg und wirr vom Kopf ab, und das hätte vielleicht lustig ausgesehen, wäre da nicht dieser verbissene Ausdruck in ihrem Gesicht gewesen. Sie sah immer so aus, als hätte sie gerade in eine rohe Zwiebel gebissen und sei von dem scharfen Geschmack überrascht und angeekelt. Besonders die Geschichte, die sie jetzt von sich gab, hasste er. Auf Kho Tao in Thailand war sie einmal mit einem sechs Meter großen Babywalhai zusammengetroffen, der sie auf seinen Rücken reiten hatte lassen. Oder besser gesagt, der nicht verhindern hatte können, dass sie es tat. JP hätte ihr gerne von der Begegnung mit Michael und dem tollen Geschenk erzählt, obwohl er ahnte, dass sie nicht an absichtslose Großzügigkeit glaubte, sondern irgendeine hinterlistige Absicht vermuten würde. Sie könnte sogar glauben, er habe das Spiel gestohlen, nur weil es da im letzten Jahr ein paar dumme Geschichten gegeben hatte. Er hatte nichts gestohlen, sich nur Sachen ausgeborgt, ohne dem Besitzer Bescheid zu sagen, er hatte es vergessen, das war alles gewesen. Das Spiel hatte er aber wirklich geschenkt bekommen, er konnte es immer noch nicht glauben.

Das Spiel, das hatte er ganz vergessen! Er konnte was Besseres tun, als hier auf diesem unbequemen Holzhocker hin und her zu rutschen und an der warmen Cola zu nippen.

„Ich gehe dann mal," sagte er. Seine Mutter sah kurz hoch und nickte erfreut. Sie mochte es, wenn er sich unabhängig zeigte und nicht an ihrer Rockschürze hing, wie sie das zu nennen pflegte. JPs Vater bemerkte ihn schließlich, als JP auf die Tür zuging, und hob einen Moment grüßend die Hand, ohne mit dem Sprechen aufzuhören. Der dunkelhaarige Freund neben ihm blickte JP mit einem eigenartigen Ausdruck in den Augen an. Wahrscheinlich hielt er ihn wie alle andere für reichlich seltsam. JP konnte sich nicht erinnern, wie der Mann mit den langen Locken und bestechend hellen Augen hieß, obwohl er ihn schon oft in der Bar gesehen hatte, aber kaum war er bei der Tür draußen, hatte er den Mann und die Eltern auch schon vergessen. Stattdessen überlegte er, wo er sich am besten mit dem Spiel hinsetzen konnte. Ein Stückchen weiter den Strand hinauf in der Nähe von Eel Garden war es meistens ruhig, da kamen um diese Zeit kaum Leute vorbei. Nach der dröhnenden Musik der Bar war JP froh über die Stille. Der Wind zerzauste die Blätter einiger Palmen, aber sonst war nichts zu hören. Er setzte sich an einem weitgehend unverbauten Strandabschnitt wieder auf die niedrige Mauer der Promenade, öffnete den Gameboy, drückte den Startknopf, der Bildschirm leuchtete auf, und innerhalb von einer Minute hatte er alles andere vergessen: Dahab, die Eltern, die Bar, den Strand, das Tauchen, die Wüste, sogar Aisha, alles verschwand in unendlicher Ferne, die Zeit löste sich auf. Endlich konnte er sich auf etwas anderes als sich selbst konzentrieren.

Als ihn plötzlich jemand auf der Schulter antippte, schrie er erschrocken auf und hätte den Gameboy beinahe fallengelassen. Er fing ihn gerade noch, während spöttisches Mädchenlachen seine Ohren durchflutete. Aisha! Sein Herz rutschte in den Bauch und dann noch ein bisschen tiefer. Er riss hektisch den Kopf hoch und da stand sie tatsächlich vor ihm. Alleine, ohne die anderen Mädchen, das war noch nie vorgekommen. Aisha lachte ihn aus, und sie sah so schön dabei aus. Ein heftiger Schauer durchlief seinen Körper, und er verzog das Gesicht zu einer verlegenen und glückseligen Grimasse.

„Was ist das?", fragte sie auf Arabisch und deutete auf den Gameboy. Wie immer in ihrer Gegenwart fand er es schwierig, einen klaren Gedanken zu fassen oder einen geordneten Satz von sich zu geben, obwohl er Arabisch fließend beherrschte. „Ein Spiel," brachte er schließlich heraus. „Ein tolles Spiel," beeilte er sich zu sagen, „sehr teuer."

Immer noch ungläubig, dass er sie ganz für sich alleine hatte, sah er sich suchend um, in der Erwartung, jeden Moment könnte die übrige Gang aus einem Schatten hervorspringen und ein übles Spiel mit ihm treiben, doch sie schien tatsächlich alleine zu sein.

„Zeig es mir," verlangte sie und setzte sich wie selbstverständlich neben ihn, so als hätte sie das schon oft getan. Seine Hände zitterten ein wenig, als er ihr das Spiel übergab und dessen Funktionen erklärte. Manchmal gingen ihm die arabischen Vokabeln aus, und er war sich nicht sicher, wie viel Aisha überhaupt von Computerspielen wusste. Sie ging nicht in die Schule, er wusste nicht einmal, ob sie lesen oder schreiben konnte. Doch dann redete sich JP warm, überwältigt von ihrer Nähe und ihrem Interesse. Sein ganzer Körper schien zu vibrieren, und er konnte nicht vermeiden, dass seine Stimme manchmal überschwappte. Es war ihm nicht ganz klar, was genau vor sich ging, aber es war unbeschreiblich süß und schmerzhaft zugleich, und er wollte, dass es niemals endete.

Es war erst seit einigen Monaten so, dass Aisha ihn auf diese Weise durcheinanderbringen konnte. Er musste jetzt auch wegschauen, wenn Vanesa sich zum Tauchen umzog und dabei eine Minute lang im Badeanzug vor ihm stand, bevor sie sich den enganliegenden Neoprentauchanzug überzog. Sein Leben lang waren Frauen in Bikinis ein normaler Anblick gewesen, doch auf einmal löste soviel nackte Haut Herzklopfen und intensive Regungen zwischen seinen Beinen und in der Magengrube aus. Er war froh, dass es jetzt dunkel war und Aisha nicht sehen konnte, wie rot er im Gesicht war. Es musste rot sein, denn seine Wangen glühten.

So sehr seine Umgebung zu einem Nichts zerflossen war, so klar nahm er ihren Körper, ihre Stimme und ihre kohlschwarzen Augen wahr. Alles rundherum war in strahlendes Licht getaucht, dessen Mittelpunkt Aishas Gesicht war. Es war, als sei der Sturm in seinem Inneren zu einem Stillstand gekommen, als wäre er irgendwo angekommen, wo er hingehörte. Er hatte die unbestimmte Sehnsucht, dieses schöne Gesicht zu berühren, mit der Fingerspitze den Schwung ihrer vollen Lippen nachzuzeichnen, doch eigentlich reichte es, dass sie da war, ihm zuhörte und anlächelte.

„Ich will jetzt alleine spielen," bestimmte Aisha schließlich.

JP zeigte ihr, was sie tun musste, seine Fingerspitzen auf den ihren, die Köpfe nahe beieinander. Sie lachte und kicherte, und das ließ seine Eingeweide auf und nieder hüpfen. Er hatte das

Gefühl, völlig aufgelöst zu sein, zu zerfließen, keine Kontur mehr zu haben, irgendwie mit ihr verschmolzen zu sein. Zur selben Zeit hatte er Angst, sich lächerlich zu machen. Es war ein Glück, dass keiner sie sah.

„Was tu ich nun, was tu ich nun?", fragte sie beständig, während ihre Finger fahrig an den ungewohnten Knöpfen anschlugen. JP half ihr, so gut er konnte. Sie musste mehrmals von vorne anfangen, es dauerte eine Weile, bis sie das Spiel richtig handhaben konnte. Er war glücklich über jede Verzögerung, die sie länger bei ihm hielt. Nach zehn Minuten aber verstummte Aisha und spielte geschickt und konzentriert. Ihr Gesicht war jetzt halb von den langen, wirren Haaren verdeckt, und er genoss es, sie unverfroren anstarren zu dürfen. Die verwaschene und unförmige Kleidung ließ nicht viel von ihrem Körper erahnen, jedoch waren ihre Handbewegungen so fließend und weich, dass JP ihr stundenlang hätte zusehen können. Auf einmal hatte er dieses Bild von sich und Aisha im Kopf, wie sie zusammen auf dieser Mauer saßen, sich an den Händen hielten und den Mondaufgang über dem Meer betrachteten.

„Du bist so schön wie der Mond," würde er sagen, weil er wusste, dass das für eine arabische Frau eines der schönsten Komplimente war. Und jedem, der sie so zusammen sah, könnte er sagen: „Sie ist meine Freundin, sie gehört zu mir." Aisha lachte, stieß Verwünschungen und Flüche aus, spielte aber unverdrossen weiter. Er wollte jetzt, dass sie aufhörte und ihn ansah, aber er traute sich nicht, sie zu unterbrechen.

Vielleicht ging sie dann weg, und er wollte doch so gerne neben ihr sitzen bleiben.

Er erinnerte sich daran, wie Aisha ihm zum ersten Mal aufgefallen war. Vor einigen Monaten hatte er sie mit zwei ihrer Cousins auf der Straße vor seinem Haus angetroffen. Die Jungs saßen je auf einem Kamel und feixten, während Aisha ein drittes Kamel am Zügel hielt und wütend zurückblaffte. Die Cousins sagten, sie würde sich nie trauen, das Kamel zu reiten, sie sei ja nur ein Mädchen und zu dumm dazu. JP hatte manchmal beobachtet, wie sechs- oder siebenjährige Jungen Kamele ritten, aber er hatte noch nie erlebt, dass ein Mädchen das gewagt hätte. Um so verblüffter war er, als Aisha energisch an den Zügeln zerrte, den Kopf des Tieres bis auf ihre Schulterhöhe herunterzwang und dann mit dem Fuß von hinten gegen eines der langen Vorderbeine des Kamels stieß. Gehorsam gab das Tier nach, ließ die Vorderbeine einknicken und kniete sich auf dem Boden. Aisha drückte die Zügel tief hinunter, damit das Kamel in der Haltung blieb, stieg dann rasch und geschickt auf eines seiner Vorderbeine und schwang sich in den Sattel. Sie saß noch nicht einmal ganz richtig, als das Kamel auch schon wieder aufstand, und Aisha weit nach hinten und beinahe abwarf. Doch sie balancierte gekonnt aus und hatte das Kamel sofort unter Kontrolle. Den Cousins blieb vor Überraschung der Mund offen stehen, und sie riefen jetzt, Aisha dürfe das nicht tun, sie müsse absteigen. Aisha aber stieß einen kehligen Ruf der Verachtung aus und setzte das Kamel in Bewegung, während JP sie hingerissen anstarrte. Die Cousins ritten aufgebracht hinter Aisha her, schimpften laut, aber sie lachte nur. Seit damals hatte JP dieses seltsame Gefühl für Aisha, und er ging oft einen Umweg durch die Straße, in der ihre Familie wohnte, nur in der Hoffnung, ihr zu begegnen. Dass sie jetzt ohne Begleitung neben ihm saß, war ein Traum, den er nie zu träumen gewagt hätte.

Um sich abzulenken und die Erregung da tief unten unter Kontrolle zu bringen und weniger sichtbar zu machen, sah er hoch zu den Sternen, und seine Augen suchten automatisch den Skorpion. Das Beste an Dahabs Nachthimmel war, dass dieses Sternzeichen über ein halbes Jahr lang majestätisch und gelassen über dem Horizont schwebte. Hier mischte sich der europäische Sternenhimmel mit dem des Äquators, weil Dahab ein Stück über dem nördlichen Wendekreis lag. Der Skorpion gefiel JP am Besten, weil er so groß und deutlich zu erkennen war. Schon als Kind in Thailand hatte der glitzernde Teppich der Milchstraße ihn zu stundenlangen Betrachtungen hingerissen. Zu seinem zehnten Geburtstag erbat er sich ein Fernrohr, doch die Eltern wollten nichts davon wissen. Sie schleppten schon soviel Tauchgebäck mit sich herum, ein Fernrohr wäre in ihren Augen nur ein unnützes Spielzeug gewesen. Dafür ließ ihm ein Tauchgast ein Buch über Astronomie da, und das studierte er hingebungsvoll. Jedes Mal, wenn sie auf einem neuen Kontinent landeten oder die Hemisphäre wechselten, konnte er von Neuem mit dem Studium beginnen. Er kannte nicht nur die Namen aller Sternbilder, sondern wusste auch um das Entstehen und

Vergehen von Planeten und Sonnensystemen und las im Internetcafé immer wieder über Himmelsereignisse nach. Hier in Dahab hatte er sogar schon eine komplette Sonnenfinsternis beobachten können, was ein außergewöhnliches Schauspiel gewesen war.

Passenderweise war er der beste Mathematiker an der internationalen Schule, die er in Sharm el Sheik besuchte. Seine Eltern schüttelten immer bekümmert den Kopf, wenn ihnen die Lehrer berichteten, wie schlecht seine Leistungen waren, und dass er den Unterricht häufig mit belanglosen Fragen störte. Dann staunten sie, wenn ihnen gesagt wurde, wie gut er in Mathe war. Er mochte Zahlen, sie waren exakt, genau und immer berechenbar. Zwei plus zwei war vier und nicht einmal fünf oder drei. Auf die Zahlen war Verlass, auf Planeten, Sterne und Kometen war Verlass, sie veränderte ihre Konstellation nicht von einem Tag auf den anderen, sie blieben an derselben Stelle im Verhältnis zu den anderen, selbst Kometen kamen in voraussehbaren Bahnen zurück. Der gewaltige Skorpion wanderte langsam Nacht für Nacht, Monat für Monat über den Himmel, JP konnte ihn jedes Jahr im Frühling an der selben Stelle wiederfinden. Plötzlich riss ein erzürnter Schrei JP aus seinen Gedanken.

„Wieder verloren. Verdammt!"

Aisha drückte hektisch auf den Knöpfen herum und fluchte. JP versuchte sie zu beruhigen, doch Aisha schien den Tränen nahe zu sein, was ihn erstaunte.

„Ist nicht fair," schimpfte sie und trommelte wütend mit den

Füßen auf den Boden. Er hatte das Bedürfnis, sie in den Arm zu nehmen, tröstende Worte zu sagen und sie festzuhalten, bis ihr Schmerz und Zorn sich in Nichts auflösten, doch er traute sich nicht.

„Das Leben ist nicht fair," sagte JP und hörte dabei die Stimme seiner Mutter im Kopf. Er spürte, wie ihm kostbare Zeit entglitt, gleich würde Aisha aufstehen und weggehen, die Lust zum Spielen war ihr vergangen. Ihm brach der Schweiß aus, trotz des kühlen Windes, der vom Meer her wehte.

„Kennst du den Skorpion?", fragte JP verzweifelt.

„Natürlich," sagte Aisha. „Es gibt Skorpione in der Wüste, aber nur kleine, die sind nicht sehr giftig."

JP lachte.

„Nein, nein," sagte er, „DEN Skorpion, das Sternbild da oben." Seine Zunge stolperte über das arabische Wort für Sternbild, von dem er nicht wusste, ob er es richtig ausgesprochen hatte. Sein Arm schwang über das funkelnde Firmament, in der Hoffnung, das würde erklären, was er meinte. Sie sah hoch, mit einem Ausdruck im Gesicht, der besagte, dass sie Sternen normalerweise keine große Aufmerksamkeit schenkte und JP für verrückt hielt. Er musste ihr beweisen, dass er wusste, wovon er sprach.

„Das ist ein Zeichen, das die Sterne bilden. Wenn du genau hinsiehst, dann siehst du eine Figur, die wie ein Skorpion aussieht. Er wandert die ganze Nacht über den Himmel."

Aisha sah ihn skeptisch an.

„Die Sterne machen einen Skorpion, der wandert? Spinnst

du?!"

Er schüttelte heftig den Kopf, glücklich, wieder in ihre Augen sehen zu können und ihr Interesse zu haben.

„Siehst du die drei Sterne da, die eine leichte Kurve bilden, das ist der Kopf. Und gleich dahinter stehen noch einmal drei Sterne in einer ähnlichen Krümmung, aber fast waagrecht dazu. Das ist der Körper. Daran hängt sich eine Schleife von Sternen, der Schwanz. Siehst du am Ende die beiden, nah zusammen stehenden Sterne, die ganz kleinen? Das ist der Stachel. Kannst du das sehen?"

Glücklicherweise lag der Skorpion breit und bequem am Horizont. Aisha kniff die Augen zusammen und folgte seinem Finger, der über den Himmel strich.

„Ja," sagte sie plötzlich überrascht. „Ich sehe es! Das ist mir noch nie aufgefallen, dabei sehe ich mir die Sterne immer vor dem Schlafen an," sagte sie und ließ ihren Blick von einem Ende des Sternzeichens zum anderen gleiten. JP durchlief es heiß, das hatten sie also gemeinsam.

„Das ist mein Zeichen. Ich bin in diesem Sternzeichen geboren," sagte JP stolz. „Was ist dein Sternzeichen?"

Aisha sah ihn ärgerlich an, wie immer, wenn sie nicht verstand, wovon er redete.

„Wann ist dein Geburtstag? In welchem Monat bist du geboren, an welchem Tag?" bohrte JP nach.

Aisha zuckte mit den Schultern.

„Weiß nicht. Meine Mutter sagte, es sei Frühling gewesen, vor elf Jahren, vielleicht auch zwölf. Ich war so krank, dass keiner

glaubte, ich würde überleben. Habe ich aber dann doch."
Es klang trotzig, und JP hätte gerne irgendetwas Tröstliches
gesagt, ohne zu wissen, warum er sie trösten sollte. Auf einmal
war ihr Gesicht so nahe. Er wusste nicht, wie es dazu
gekommen war. Ihre Augen standen wie riesige Flammen vor
ihm, die Sterne schienen sich darin zu spiegeln. Von einer
unbekannten Kraft angezogen näherten sich seine Lippen den
ihren. Ihre Augen ließen ihn nicht los, sahen bis auf den Grund
seiner Seele. Er dachte, sie würde ihn verschlingen und wollte
nichts mehr als das. Dann musste er die Augen schließen, weil
die Berührung alles war, was er ertragen konnte.
Er küsste sie.
Für einen unendlichen Moment lang verschmolz er mit dem
Universum. Alle Sterne pulsierten in ihm und zwischen ihnen,
alles war eins und sie waren alles. Er war Gott, unsterblich,
allmächtig, unfassbar, er war überall und nirgends, einfach weil
er eins mit ihr war. Der Moment war ewig und dauerte doch
nur den Bruchteil einer Sekunde. Er spürte den Impuls, sie zu
umarmen und an sich zu drücken, sie für immer festzuhalten.
Er hob die Arme und zerbrach den Zauber. Im nächsten
Augenblick wusste JP, was für ein Fehler das gewesen war. Die
Verbindung riss, der kräftige Stoß ihrer Hand gegen seine Brust
überraschte ihn nicht wirklich. Er erstarrte, hielt die Arme
halbherzig in Abwehr erhoben.
„Arschloch!", fauchte sie und sprang auf.
Ein unerträglicher Schmerz durchzuckte ihn. Er war viel
schlimmer als die Ohrfeige, die sie ihm jetzt versetzte. Sein

Kopf flog von der Wucht zur anderen Seite, und als er ihn wieder umgedreht hatte, sah er Aisha schon in der Dunkelheit davonlaufen. Es dauerte einige Sekunden, bis sich seine Schockstarre löste, dann sprang er auch auf und setzte hinter ihr her. Nach wenigen Schritten wusste er, dass er sie nicht einholen konnte. Ihre Schuhe trommelten rhythmisch und schnell über das Pflaster, während er nicht fit genug war, um ihr Tempo lange mitzuhalten. Er hatte an Gewicht zugelegt, als er zuletzt in der Schweiz gewesen war, und hatte es nicht geschafft, die Kilos wieder loszuwerden. Dennoch lief er weiter hinter ihr her, ihren Namen rufend, flehend, hoffend, sie würde stehen bleiben und ihm wieder gut sein. Erst als die Promenade nach Eel Garden zu Ende war, und er über Sand und Steine stolperte, verringerte er sein Tempo und ließ die hellen Flecken ihrer Kleidung über den Strand tanzen, die dann schnell in der Dunkelheit verschwanden. Schwer atmend blieb er stehen. Er musste sich die Fäuste in die Seiten stemmen, sich vorbeugen und etwas in die Knie gehen, um besser nach Luft ringen zu können. Am liebsten hätte er sich auf den Boden geworfen und zusammengerollt wie ein kleines Kind, stattdessen entrang sich seiner Kehle ein sehr erwachsenes:
„Du, … du HURE!“
Er schrie es auf Französisch, weil diese Sprache seinen Gefühlen am nächsten stand. Es war erstaunlich, wie befreiend diese Worte wirkten.
Also riss er die Faust in die Höhe, schüttelte sie dramatisch und stieß weiter frauenbeleidigende Schimpfwörter aus, in allen

vier Sprachen, die er fließend beherrschte.

Bei der äußerst schwachen „blöde Kuh" auf Deutsch angekommen, wurde ihm bewusst, wie lächerlich es war, in der Dunkelheit herumzustehen und Beleidigungen ins Nichts zu plärren. Immer noch keuchend ging er zurück zu dem alten Apartmenthaus, wo die asphaltierte Promenade wieder begann. Dort erst realisierte er, dass Aisha immer noch den Gameboy hatte. Sie hatte ihn in der Hand gehalten und einfach mitgenommen, aber er hatte keine Kraft mehr, weiter zu schimpfen, konnte sich nur stumm und schwer atmend ärgern. Nach einigen Minuten beruhigte sich sein Atem soweit, dass er sich wieder ganz aufrichten konnte. Missmutig verließ er den Strand und stapfte zurück auf die Straße, die hinauf zum belebten Marktplatz von Assala führte. Immer wieder sah er sich suchend um, in der Hoffnung, doch noch einen Zipfel von Aisha zu erhaschen, doch sie war schon lange im Labyrinth der Straßen verschwunden. Jetzt blieb ihm tatsächlich nichts anderes übrig, als nach Hause zu gehen. Er überquerte den weiten Marktplatz, der wie immer voller Menschen und Autos war, und beeilte sich, weil er es hasste, wie die Leute ihn anstarrten. Schnell bog er in die ruhigere Straßen hinter dem Markt ein, wo die Beduinen und auch viele Ausländer wohnten. Jetzt lief er langsamer, er zögerte heimzukommen, wo ein leeres Haus ihn angähnte.

Während JP weiter trottete, überlegte er, ob Aisha irgendjemandem von dem Kuss erzählen würde. Wenn sie es ihren Brüdern sagte, konnte der morgige Tag übel für ihn werden. Oder hatte sie ihn schon verpfiffen, allen erzählt, was er getan hatte? Nervös sah er sich um.

Aber nur ein Kamel, das abends immer an derselben alten, verbogenen Eisenstange angebunden war, die aus einem Betonklotz ragte, beäugte ihn freundlich mit großen, nachdenklichen Augen und kaute sein Futter wieder. JP hätte das Tier gerne gestreichelt, aber seit ihn einmal eines gebissen hatte, traute er sich nicht mehr an Kamele heran. Aisha hätte ihn wegen seiner Feigheit ausgelacht.

Plötzlich wütend geworden trat er gegen einen Rinnstein und jaulte auf, als die getroffene Zehe mit einem stechenden Schmerz protestierte. Schließlich stand er vor dem Haus, in dem sie seit drei Jahren wohnten. Von der Straße her sah man nur eine hohe Mauer, die keinen Einblick in den kleinen Garten gewährte, und eine hellblonde Holztür. Er schloss das knirschende Schloss auf und warf dann die Tür mit einem lauten Knall hinter sich zu. Mit drei Schritten war er durch den Garten, dessen Laube und Beete verstaubt und ungepflegt dalagen, weil niemand in der Familie einen grünen Daumen oder auch nur Interesse an Pflanzen hatte. Manchmal versuchte seine Mutter, etwas anzupflanzen, aber keiner goss das Grünzeug und ohne Wasser war es im Wüstenklima zu einem schnellen Tod verurteilt.

JP schloss die Eingangstür zum Haus auf und warf auch diese so heftig hinter sich zu, dass Gläser und Teller auf dem wackeligen Regal in der Küche, die rechts neben der Tür lag, schepperten. Dann war es wieder still. Das entfachte seine Wut erst recht, er wollte etwas zerstören, etwas kaputt machen. Im trüben Licht einer nackten Glühbirne sah JP sich nach einem geeigneten Opfer um. Er stand im Wohnzimmer, wo die übliche Unordnung herrschte. Kleider lagen verstreut auf den dünnen, bunt gemusterten Matratzen am Boden, die eine Art Sofa bildeten und um einen niedrigen, rechteckigen Holztisch angeordnet waren. Badesachen, Tauchausrüstung und altes Spielzeug auf dem Betonboden und auf der einzigen Kommode, wo auch der alte Fernseher thronte, vervollständigten die Unordnung. Keiner in der Familie machte gerne Hausarbeit, und Gäste wurden selten bewirtet, weil niemand vorher aufräumen und nachher abwaschen wollte. Im ersten Impuls war JP versucht, in den Fernseher zu treten, aber nachdem er den Gameboy verloren hatte, brauchte er dieses Ding mehr denn je. Seine Eltern würden sicher keinen neuen kaufen, ginge dieser kaputt. Sie sahen nie fern, weil sie kein Arabisch verstanden und kein Geld für eine Satellitenanlage ausgeben wollten. Unzufrieden stürmte JP weiter in sein Zimmer, das links vom Schlafzimmer seiner Eltern lag. Hier herrschte ein noch größeres Chaos als im Wohnzimmer. Da seine Mutter JP für sein Zimmer alleinverantwortlich hielt, sah alles an ihm zerknittert aus und roch ein wenig muffig. Er selbst nahm den Geruch in seinem Zimmer gar nicht mehr wahr. Auch hier fand er nichts, was seiner Zerstörungswut Befriedigung verschafft hätte. Daraufhin lief er durchs Haus, bis er in der Küche ankam und sein Blick auf den Toaster fiel. Seine Mutter liebte diesen Toaster. Sie fand Brotbacken, das andere Ausländerinnen in Dahab in Ermangelung von europäisch schmeckendem Brot zum Hobby gemacht hatten, langweilig, hasste aber auch das geschmacklose Fladenbrot aus dem Supermarkt. Darum lebten sie meistens von Toast und Käse, praktisch das einzig Essbare, das immer im Kühlschrank war. JP riss den Toaster hoch und zog heftig am Kabel, damit sich der Stecker aus der Steckdose löste. Einen Moment lang war er vom Gewicht des Toasters überrascht, dann aber holte er Schwung und schmetterte das Gerät mit aller Kraft zu Boden. Zwar zersprang eine der hässlichen braunen Bodenfliesen, das Ding selbst war aber erstaunlich robust, es brach nur ein Teil des Plastikgriffes ab und die Metalspangen sprangen klirrend heraus. JP starrte auf den unbezwingbaren Gegner und bekam das Gefühl, dass nichts, aber auch gar nichts, was er machte, irgendeinen Effekt hatte. Unzufrieden lief er wieder zurück in sein Zimmer. Die Wände waren von oben bis unten mit Poster beklebt, von jedem Urlaub in der Schweiz hatte er welche mitgebracht, da hingen Tic Tac Toe, die Spice Girls, Eminem und ein paar beeindruckende Naturbilder, wie das von dem Snowboarder auf einem Gletscher oder die Fluke eines riesigen Wals. Sein Blick glitt über die bunten Farben und fiel dann auf eine alte Springschnur, die seit Jahren an demselben Platz auf seiner Kommode verstaubte. Der Griff an einem Ende war abgerissen, die Schnur ausgefranst und eigentlich zu nichts mehr zu gebrauchen, er hatte sie seit Jahren nicht mehr angerührt oder auch nur daran gedacht, sie wegzuwerfen. Jetzt griff er danach

und ließ das weiche Baumwollseil durch die Finger gleiten.
Seine Großmutter hatte ihm das Ding geschenkt, als er noch
klein gewesen war. Er stellte sich Aishas Gesicht vor und wie
sie ihn verschmäht und bestohlen hatte. Dann dachte er an
seine Mutter, die nie zu reden aufhörte und an den ewig
abwesenden Blick seines Vaters. Mit Schwung drehte er sich
um die eigene Achse und ließ das Seil durch die Luft zischen
wie eine Peitsche. Dann schlug er damit auf die Wände ein.
Das Seil zerfetzte die Poster, er wünschte, sie würden bluten.
Es war ein befreiendes Gefühl, als die Abbilder von Menschen
und Tieren in Fetzen flogen. Es war berauschend. Er schlug
und schlug und schlug, bis er sich und die Wut erschöpft hatte.
Dann stand er keuchend in der Mitte des Zimmers und
betrachtete sein Zerstörungswerk. Der Boden war mit
Papierschnitzeln bedeckt, einige Eckstücke hingen noch
verloren an den Wänden. Teilweise hatte er sogar lockeren Putz
heruntergeschlagen, der Raum sah jetzt noch abgerissener als
vorher aus. Ihm fiel ein, dass er die Poster dazu benutzt hatte,
um kahle Stellen und Löcher in den Wänden zu überdecken.
Jetzt waren sie wieder entblößt, und er fühlte sich genau so,
wie das Zimmer aussah. Der Triumph verschwand, in ihm
wurde es noch leerer als zuvor. Tote Dinge weinten nicht. Das
nächste Mal musste es etwas Lebendiges sein, das er schlug,
soviel wusste er nun. Tränen strömten jetzt ohne Halt über
seine Wangen, er stöhnte, Schmerz würgte sich von ganz tief
unten herauf, er hielt es nicht mehr aus. Er schrie laut auf, fiel
auf die Knie und drückte die Fäuste gegen seine Augen. Sie

sollten stoppen, was ihn innerlich kaputt machte. Er wollte verschwinden, weit weg von sich selbst sein, von Dahab, von den Eltern, von Aisha, er wollte davonlaufen vor dem Schmerz und der immer wiederkehrenden Leere, aber nichts und niemand rettete ihn.

Nach einer Weile gingen ihm die Tränen aus, er hörte auf zu weinen, einfach weil er zu müde dazu war. Wieder herrschte Stille im Haus. Schwerfällig stand er auf, ging ins Wohnzimmer und schaltete den Fernseher ein, auf maximale Lautstärke. Dann ging er ins Bad und wusch sich das Gesicht. Blutunterlaufene Augen starrten ihm aus dem Spiegel entgegen. Ihm fiel ein, dass er noch nichts gegessen hatte, und er machte sich ein mit Käse und Tomaten belegtes Brot, ohne das Brot zu toasten oder den Toaster am Boden auch nur eines Blickes zu würdigen. Ob seine Mutter morgen eine Bemerkung dazu machen würde? Egal. Sein Blick fiel auf eine halbleere Whiskyflasche, die oben am Kühlschrank stand. Mit einem spöttischen Zug um den Mund schenkte er sich ein großzügiges Glas ein und nahm es zu seinem Abendessen mit ins Wohnzimmer. Er ließ sich auf eine der Matratzen fallen, starrte auf den Bildschirm, aß und nippte an dem scharfen Getränk, das ihm beinahe wieder Tränen in die Augen trieb, doch er leerte es bis auf den Grund. Sein Magen wurde seltsam warm, und er lachte sogar über einen blöden Witz in der ägyptischen Seifenoper. Nach einer Weile konnte sie aber seine Aufmerksamkeit nicht mehr fesseln. Er schaltete den Fernseher ab, ließ den Teller und das Glas am Wohnzimmertisch stehen und ging in sein Zimmer. Dort zog er sich aus, die Klamotten fielen zu Boden, wo sie Papierschnitzel aufwirbelten, und er kletterte in sein Bett, von dem er vorher nur oberflächlich ein paar der Papierfetzen abbürstete. Er steckte sich die Ohrstöpsel seines CD-Players in die Ohren und übertönte die Stille mit dem schnellen Beat von Housemusik. In ihm war es ganz ruhig geworden, er fühlte gar nichts mehr, es fühlte sich nur noch angenehm taub an. Alles, was er jetzt noch wollte, war in die Sicherheit des Schlafes wegzugleiten, und er hoffte, dass ein Aufwachen irgendwann nicht mehr notwendig war.

6. Das Spiel

Aisha, die an der Außenmauer nahe von JPs Zimmer gekauert saß, zuckte zusammen, als sie seinen Aufschrei hörte. Sie verstand nicht, was er sagte, aber der Ton teilte ihr unmissverständlich mit, wie verletzt er war. Ganz tief unten und ganz weit weg gab es ihr einen kleinen Stich. Vorher hatte sie dem Jammern des dummen Franzosenjungen gelauscht und sich diebisch darüber gefreut, wie sie ihn hereingelegt hatte. Sie hatte sich von ihm küssen lassen und ihm dann den teuren Gameboy geklaut. Eigentlich unabsichtlich, aber immerhin war bei der ganzen Sache etwas für sie rausgesprungen. Sie presste die Umhängetasche, in der der Gameboy verschwunden war, fest gegen ihr klopfendes Herz. Im Schatten der mondlosen Nacht war sie ihm gefolgt, weil sie wissen wollte, ob er zu seinen Eltern lief und wegen des Diebstahls ein Aufsehen machte. Diese Ausländer waren unberechenbar und hatten die verrücktesten Ideen, aber der Franzose war nur heimgelaufen und heulte sich jetzt die Augen aus.

Sie hatte immer gewusst, dass dieser Junge nicht richtig im Kopf war, und der fette Hund hatte sich tatsächlich getraut sie zu küssen. Was für ein Schwein! Sein Geschluchze war lächerlich, so ein Schwächling! Trotzdem fühlte sie unversehens den schwachen Impuls, ihm das Spiel zurückzugeben. Das Gesulze im Hause hinter ihr versiegte, dann plärrte der Fernseher, und Aisha erkannte die Stimmen der Schauspieler, die in ihrer Lieblingsserie spielten. Sie blieb sitzen.

Der komische Franzosenjunge hatte wie ein dummes Huhn ausgesehen, als er die Augen schloss und die Lippen spitzte. Trotzdem hatte sie das Ganze überrascht, der weiche Druck seiner Lippen und das erregende Gefühl im Bauch, das war so unbekannt, so neu gewesen, deswegen war sie weggerannt, den Gameboy, den er ihr so stolz vorgeführt hatte, immer noch in der Hand haltend. Ihn zu stehlen war keine Absicht gewesen, aber natürlich gab sie ihn jetzt nicht mehr zurück, weil das Ding viel Geld bringen konnte.

Zwar hatte sie heute gut verdient, aber das Spielzeug in ihrer Tasche war ein Volltreffer. Ihr Vater würde stolz auf sie sein, sie vielleicht sogar loben.

Sie sollte gleich nach Hause gehen und es ihm geben, aber irgendwie fehlte ihr der Wille aufzustehen. Obwohl sie schon eine halbe Stunde an die unverputzte Mauer gekauert saß und sich die Unebenheiten des Betonblocks, der ihr als Sitz diente, unbequem in ihre Gesäßmuskel bohrten, stand sie nicht auf. Es war nicht so lustig, nach Hause zu gehen. War der Vater guter Laune, dann beachtete er Aisha kaum, fragte höchsten nach Geld. Hatte er aber schlechte Laune, konnte es übel werden, vor allem, wenn das Heroin alle war. Dann war er wie von einem Dämon besessen. Auf der Suche nach Geld oder etwas, das er zu Geld machen konnte, durchwühlte er jeden Winkel, zerbrach Sachen und beschimpfte jeden, der ihm in die Quere kam. Die Kleinen versteckten sich dann ängstlich bei der Mutter, und die Älteren suchten Zuflucht in den Häusern von

Verwandten. Es konnte auch sein, dass der Vater auf den nächstbesten einschlug, aus einem nichtigen Grund oder ganz ohne Grund.

Aisha blieb in der dunklen Ecke sitzen, wo sie praktisch unsichtbar war, und träumte lieber vor sich hin. Wenn ihr Vater das Spiel gut verkaufen konnte, dann gäbe es ein paar Tage lang Frieden im Haus und keinen Streit ums Geld. Sie stellte sich vor, wie der Vater, erfreut über ihre Ausbeute, einen Sinneswandel erfuhr und statt Nachschub für seine Spritze Kleider kaufte und neue Töpfe für die Küche. Und Lammfleisch. Sie hatte den ewigen Fisch satt, der hatte so wenig Fleisch, in das man seine Zähne versenken konnte, und er machte den Bauch nicht richtig voll. Ziegen- oder Rindfleisch wäre auch nicht schlecht, sogar über ein Huhn würde sie sich freuen, aber Lammfleisch war das Beste. Wenn sie einmal reich verheiratet war und ihrem Mann zehn Söhne geschenkt hatte, dann konnte sie jeden Tag Fleisch essen, welche Sorte auch immer, und ihre Kinder würde nie Fisch oder schleimige Muscheln essen müssen.

Immer, wenn der Vater bei ihrer Heimkehr zu Hause war, hielt er zuerst die Hand auf und sie musste ihm geben, was sie verdient hatte. Wenn er nicht da war, konnte sie ihrer Mutter das Geld geben und das merkte man dann beim Essen. Die Familie litt keinen Hunger, denn wenn zu wenig da war, dann nahm Vater die beiden älteren Brüder und ging in Großvaters Haus essen. Dort gab es auf jedem Teller ein Stück Fleisch, mochte es auch mal klein sein. Bei dem Gedanken knurrte

Aishas Magen.

Sie war gerne im Haus der Großeltern, weil es so groß war und immer voller Leute. Im Hinterhof stand eine kleine Kamelherde, Ziegen und Hühner liefen herum, und in der Küche kochte immer jemand. Am liebsten war Aisha bei den Kamelen, sie rochen nach Wüste, nach Sonne, nach starken Männern. Wie sehr hatte sich ihr Vater damals aufgeregt, als sie auf dem Kamel durchs Dorf geritten war. Nachdem ihm jemand die Geschichte erzählt hatte, schrie er, sie stinke wie ein Hund, und sie hatte gefürchtet, er werde sie schlagen. Das Heroin war ihm da gerade ausgegangen, und der Vater hatte gezittert wie vertrocknes Laub an einem Baum, wenn der Wind hineinfuhr. Er hatte einen blutroten Kopf bekommen und Aisha als Schande der Familie bezeichnet. Als ob seine Schande von der ihren übertroffen werden könnte. Statt einer traditionellen Gajabeja trug er diese lächerlichen bunten, kurzen Hosen, und die Familie besaßen noch nicht einmal eine Ziege, die sie mit Fleisch und Milch versorgen hätte können. Alle Nachbarn hatten Ziegen, aber Aishas Familie wohnte in einem kleinen, stickigen Haus, das dem Großvater gehörte, selbst besaßen sie nichts, gar nichts. Ihr Vater verbrachte seine Zeit damit, sich aufgekochtes Pulver in die Venen zu spritzen, in die Moschee ging er nie, und er hatte ein Kind mit einer Ausländerin.

Aisha seufzte, wann immer ihre Gedanken zu dieser fremdartigen Schwester schweiften. Sie dachte oft darüber nach, wie das Leben dieses Mädchens wohl aussah, und wie es wäre, an ihrer Stelle zu sein. Diese Halbschwester lebte sicher im Paradies, ging in die Schule, besaß unendlich viele Spielsachen und bekam Süßigkeiten, wann immer sie wollte. In Aishas Tagträumen war die europäische Schwester nur einige Jahre älter als sie, und man hätte sie fast für Zwillinge halten können, wären da nicht die blonde Haare der anderen gewesen. In Aishas Vorstellung hatten alle schöne Frauen in Europa blonde Haare.

Manchmal träumte Aisha, die ehemalige Frau ihres Vater würde entscheiden, dass ihre Tochter nicht ohne Geschwister aufwachsen sollte, und anbieten, eines der Halbgeschwister zu ihr nach Europa zu holen. Natürlich fiele dann die Wahl auf Aisha, weil sie die Klügste und die Beste war. Sie wäre selbstverständlich das bravste Kind, die liebste Schwester, weil sie sich der Ehre sehr wohl bewusst wäre und niemandem Schande machen würde. Später, als Erwachsene, käme sie zurück, reich und schick gekleidet, und alle würden sie beneiden. Jeder, der sie einmal schlecht behandelt hatte, würde es bereuen und versuchen, ihre Gunst zu gewinnen. So eine triumphale Rückkehr malte sich Aisha gerne aus.

Dieser Traum stand nur in Konkurrenz zu dem von einem reichen Scheich, der sich in sie verliebte und sie trotz ihrer bettelarmen Herkunft zu seiner ersten Ehefrau erkor und wie eine Prinzessin behandelte. Dann hätte sie auch die schönsten Kleider, und eine junge Cousine würde im Haus wohnen, die nichts anderes zu tun hatte, als Aisha die Haare zu machen. Aisha war klug genug, um zu wissen, welch schwieriges

Unterfangen es war, in einem Kaff wie Dahab einen reichen Mann zu finden, der sich herablassen würde, ein Mädchen aus einer so armen Familie zu heiraten. Aber weil er sie abgöttisch lieben würde, und ihr Großvater ein hoch respektierter Mann war, käme es zuerst zu einer heimlichen Hochzeit, bis seine Familie einsah, wie schön und gut sie war, und dann würde man sie akzeptieren und mit offenen Armen aufnehmen. Aisha wusste, dass es so etwas vorkam, sie hatte solche Geschichten im Fernsehen gesehen.

Manchmal, nur wenn es ihr sehr schlecht ging, dann träumte sie davon, ein Kamel zu nehmen und einfach in der Wüste zu verschwinden. Sie würde in einem verlassenen Tal Wasser finden und dort ihr Zelt aufschlagen. Sie wäre dann eine wilde Kriegerin, die niemals Pech auf der Jagd hatte und die keiner finden konnte. In den Dörfern würden die Leute bewundernd von ihr reden und von ihren Abenteuern erzählen.

Solche Träume waren tröstlich, denn wenn man die Augen öffnete, saß man immer noch in einem dunklen Winkel und mochte nicht nach Hause gehen.

Aisha spürte etwas Warmes ihr Bein beschnuppern und riss erschrocken den Kopf hoch, der ihr auf die angezogenen Knie gesunken war. Sie sah eine erschrockene Ziege weglaufen und kicherte erleichtert, um sich gleich darauf auf die Lippen zu beißen, aus Angst, JP könnte sie vielleicht hören. Es half nichts, sie konnte ihre Heimkehr nicht mehr länger hinausschieben, sonst würde man anfangen, nach ihr zu suchen. Gähnend reckte und streckte Aisha sich und stand dann etwas schwankend auf, ihre Glieder waren vom langen Sitzen steif geworden. Langsam ging sie durch die orange beleuchteten Straßen, vorbei an dunklen Rohbauten, halbfertigen Mauern und abgestellten Jeeps. Bei ihrer Haustüre angekommen, hielt sie einen Moment inne, holte tief Luft und betete darum, den Vater in guter Stimmung vorzufinden.

Der Vater lag auf einem Kissen gestützt am Fußboden des zentralen Zimmers vor dem kleinen Schwarzweiß-Fernseher, der in halblautem Ton lief. Sein Blick war glasig und etwas abwesend, und Aisha wusste, dass das Heroin noch wirkte, ihn aber nicht völlig aus der Wirklichkeit geboxt hatte. Er trug nur ein schmutziges Unterhemd und eine dieser scheußlichen Shorts mit Blumen- und Ananasmotiven. Das ehemals so schöne Gesicht sah verwaschen aus, seine Konturen waren schlaff geworden, die Augen hohlwangig. Er war mehr knochig als schlank, die langen Glieder lagen hingestreckt auf dem Boden wie die Beine einer erschlagenen Spinne. In dieser Stellung verbrachte er manchmal Tage, bis Mutter nach dem Großvater schicken ließ, der dann kam und seinem Sohn lautstark Vorwürfe machte. Nur das konnte ihn dazu bewegen, das Haus zu verlassen und sich eine Verdienstmöglichkeit zu suchen. Dann borgte er sich manchmal das Auto eines Cousins und fuhr Taxi, oder er dealte mit Haschisch und Heroin. Am besten war es, wenn er zum Übersetzen gerufen wurde. Dank der englischen Frau, die er einmal gehabt hatte, sprach er die Sprache gut, und sogar Großvater würdigte dieses Talent. An guten Tagen strolchte Aishas Vater am Strand entlang und

174

suchte sich neuangekommene Touristen. Vor denen gab er dann den hilfreichen Einheimischen, der ihnen mit Auskunft und Rat zur Seite stand. Sein Gesicht mit den großen braunen Augen und den dichten Wimpern wirkte immer noch freundlich genug, um gutgläubigen Ausländer für ihn einzunehmen, vor allem wenn sie annahmen, sein Aussehen hätte damit zu tun, dass seine Familie am Verhungern war. Die Touristen bezahlten in dem Fall gerne den geforderte Preis für das Taxi und wussten nicht, dass die Händler, zu deren Geschäft er sie brachte, ihm dafür auch eine Provision zahlten. Es konnte dann vorkommen, dass er Geschäfte für Familienmitglieder vermittelte, einen Kameltrip in ein Wadi in den Bergen hinter Dahab mit seinem Cousin, eine Jeeptour zum Blue Hole mit seinem Bruder oder ein Beduinenabendessen in der Wüste, das seine Mutter vorbereitet hatte. Solche Sachen konnte er gut, und er verdiente auch nicht schlecht damit, aber unglücklicherweise machte er das selten und das meiste Geld ging für sein Heroin drauf.

„Friede sei mit dir, meine Tochter," sagte der Vater, als er endlich vom Fernseher aufblickte.

„Und mit dir, Vater."

„Wie war dein Tag?"

„Gut war er, mit Gottes Hilfe." Aisha spulte das übliche Begrüßungsritual mit einiger Nervosität herunter.

„Wie viel bringst du?" Der Vater verlor niemals Zeit, um nach ihren Einkünften zu fragen. Aisha lächelte zufrieden und hoffte, dass dies ihre Nervosität überdeckte. Offensichtlich war

Hamed noch nicht zu Hause gewesen und hatte Stunk machen können, sonst hätte der Vater gesagt: Gib mir die fünfzig Pfund und gehorche das nächstes Mal deinem Bruder. Hammed hatte am Strand versucht, ihr den guten Verdienst abzunehmen, nachdem er gesehen hatte, wieviel sie der deutschen Familie abgeknöpft hatte. Aber Aishas Freundinnen hatten geholfen, ihn abzulenken und dann loszuwerden. Jetzt hatte sie nicht nur achtzig Pfund in der Tasche, sondern auch den Gameboy. Sie konnte dem Vater das Spiel geben und der Mutter das Geld.

„Ich habe etwas ganz Besonders,“ sagte sie langsam und freute sich über das aufglimmende Interesse in den Augen ihres Vaters. Sie zog den Gameboy aus der Tasche und hielt ihn dem Vater mit einem triumphierenden Gesichtsausdruck hin. Er wuchtete sich hoch, kam mühsam auf die Beine und wankte. Sein Gesicht sah nicht freundlich aus.

„Was soll das sein?“, fragte der Vater geringschätzig. Er konnte seinen Blick nicht scharfstellen, sah wahrscheinlich nur ein graues Viereck. Stolpernd kam er auf sie zu und ruderte mit den Armen, um das Gleichgewicht zu behalten. Immer noch hielt sie ihm das Spiel hin, doch statt es zu nehmen, schlug er ihr das Ding mit einer unkontrollierten Bewegung aus der Hand. Es flog in hohen Bogen durch die Luft, knallte gegen die Wand und gab einen hörbaren Knacks von sich. Der Vater machte erschrocken einen unsicheren Schritt zur Seite und trat dabei mit einem Fuß auf das Spiel, das neben ihm zu Boden gefallen war. Es machte einen noch lauteren Knacks, als das Gehäuse splitterte.

„Nein!", schrie Aisha auf und stieß den Vater zur Seite. Er schwankte wie eine Palme im Wind und konnte sich kaum aufrecht halten. Vorsichtig hob Aisha das Spiel auf, doch kleine Plastikteilchen fielen zwischen ihren Fingern zu Boden. Sie öffnete den Deckel und sah, dass auch der Bildschirm zersprungen war.

„Du bist dümmer als ein Kamel," schimpfte der Vater, der nur mit Mühe sein Gleichgewicht wiederfand.

Aisha versuchte den Startknopf, doch das Ding zeigte keine Reaktion.

„Du hast es kaputt gemacht," schrie sie aufgebracht. „Das war ein teures Spiel, das wir hätten verkaufen können, aber du hast es kaputt gemacht!"

Sie drehte sich zu ihm und wollte im ersten Impuls mit dem Spiel auf den Vater einschlagen, der sie belämmert anglotzte. Er wich vor ihren erhobenen Arm instinktiv einen Schritt zurück, und das brachte sie zur Besinnung. Sie stoppte in ihrer Bewegung. Stattdessen warf sie das Spiel vor ihm auf den Boden.

„Was?", fragte der Vater verständnislos.

„Das," Aishas Stimme kippte beinahe, „hätte uns viel Geld gebracht, du aber hast es ruiniert. Du machst alles kaputt, alles! Nie kannst du was richtig machen, das sagt sogar Großvater!"

Seine Augen wurden schmal, und Zorn kam über sein Gesicht wie ein Sandsturm. Erschrocken über sich selbst sah Aisha ihren Vater an, dann drehte sie sich auf der Stelle um und stürmte aus dem Haus, die stille Straße hinunter geradewegs zum Haus ihrer Großeltern.

Vor dem Eingangstor blieb sie kurz stehen, weil sie außer Atem war, und ihr Herz wie ein Hammer klopfte. Als sie sich beruhigt hatte, trat sie, vorsichtig um sich spähend, in den Innenhof. Der Hof war auf zwei Seiten von einem ebenerdigen Haus umgeben, das eigentlich nur aus aneinandergereihten Räumen bestand. Auf einer Seite grenzte eine niedrige Mauer das Gehege für die Ziegen ein und da, wo Aisha stand, gab es zur Straße hin eine hohe, unverputzte Mauer. Der Boden war mit groben Sand bedeckt, in der Mitte des Hofes hatten es sich einige Männer, darunter ihr Großvater und zwei Onkel, auf ein paar alten Flickteppichen bequem gemacht. Zwischen ihnen standen zwei silberglänzende runde Tabletts, auf denen kleine geschwungene Teegläser und dickbäuchige Teekannen aus Blech standen.

Mit einem kurzen Kopfnicken grüßte Aisha in die Runde der palavernden Männer, hielt dann den Blick gesenkt und ging schnell an ihnen vorbei in die Küche, wo Aishas Großmutter Basma, zwei Tanten und einige Cousinen dabei waren, Essensreste wegzuräumen und abzuwaschen.

„Was willst du?", fragte Basma mit einem prüfenden Blick. Sie war eine kleingewachsene Frau, mit scharfen Augen und vielen Runzeln im Gesicht. Ihr langes Haar war trotz ihres Alters kaum von Grau durchzogen und zu einem dicken Zopf geflochten, der ihr über die Schulter auf die Brust fiel. Ihr Gesicht wurde von einer großen, krummen Nase dominiert, die ihr vielleicht in ihrer Jugend Kummer gemacht hatte, jetzt aber nur davon ablenkte, dass ihre Augen alles sahen, was in der Familie vorging.

„Mama braucht ein paar Zwiebeln," log Aisha.

„Red keinen Unsinn," fuhr die Großmutter sie an. Aisha schluckte. Von allen Menschen dieser Welt konnte man Großmutter am wenigsten etwas vormachen.

„Vater spielt verrückt," gestand sie. Das war zumindest nahe an der Wahrheit.

Die Großmutter seufzte verständnisvoll. Tante Sirin begann sofort, sich über die Charakterschwäche ihres Bruders auszulassen, aber keiner schenkte ihr Aufmerksamkeit. Tante Sirin hörte sich selbst zu gerne reden und liebte es, sich über jeden und alles zu beklagen.

„Du kannst ein bisschen bleiben und nimmst dann ein paar Zwiebeln mit," sagte die Großmutter jetzt gutmütig und Aisha nickte dankbar.

„Yamha ist ihrem Mann weggelaufen," berichtete Sirins Tochter Fatima, während Aisha half, die trockenen Teller zu stapeln.

„Sie hat das Baby genommen und ist in das Haus ihrer Schwester gegangen. Aid ist ihr auf die Straße nachgelaufen und hat vor allen Leuten geschrien, sie sollte zurückkommen, aber sie hat sich nicht einmal umgedreht, sie ist einfach weiter gegangen. Kein Wunder, dass sie genug von Aid hat, er schlägt sie und wirft ihr das Essen vor die Füße, wenn er wütend ist. Sie sagt, sie geht nie wieder zu ihm zurück, sieben Jahre Hölle seien genug."

„Geschieht ihm recht," sagte Aisha, und die anderen Mädchen schauten sie mit großen Augen an.

„Ja, aber was macht er jetzt mit den anderen vier Kindern? Die sind doch alle noch so klein!", fragte Naida.

„Aids Mutter ist gekommen und hilft, indem sie über ihre bösartige Schwiegertochter jammert, während er hier sitzt und sich bei Großvater die Augen ausheult," sagte Fatima kichernd.

„Am Ende," meinte Aishas Cousine Samra, „wird Yamha doch wieder zurückgehen. Wo soll sie denn hin? Ihr Vater nimmt sie nicht. Selbst wenn Aid sich eine Zeitlang benimmt, der hält das doch nicht durch, und dann geht der ganze Zirkus wieder von vorne los. Männer sind doch nicht zu ändern."

„Ich würde nicht zurückgehen," sagte Aisha hochmütig. „Da stoß ich ihm lieber ein Messer ins Herz."

„Ach geh, red keinen Blödsinn. Was soll dann mit deinen Kindern passieren? Willst du sie uns aufbürden? Gott hat es nun einmal so bestimmt: Der Mann herrscht über die Familie, die Frau muss ihm gehorchen. Und du wirst das auch tun."

„Klar," sagte Aisha trotzig, „aber ich nehme sicher keinen, der mich schlägt, sondern nur einen, der mich über alles liebt."

Die anderen Mädchen kicherten und lachten.

„Als ob du dir das aussuchen könntest," sagte Samra spöttisch.

Werde ich, dachte Aisha eigensinnig und wünschte, ihre Mutter hätte einmal Yamhas Mut besessen. Doch Mutters Familie lebte im Wadi Scheichh nahe beim Katharinenkloser in der Mitte des Sinais und Mutters Vater war seit langem tot. Es gab kein Haus mit Verwandten in Dahab, das sie aufgenommen hätte.

Außerdem war die Hälfte der Beduinen in Dahab mit Aishas Großvater verwandt. Ihre Mutter saß seit Jahren zu Hause und bekam immer hohlere Augen. Manchmal hatte Aisha Angst, ihre Mutter würde sich ganz einfach in Luft auflösen, vor ihren Augen dahinschwinden wie ein Geist, den Körper folgen lassen, wohin ihr Herz schon vor lange Zeit verschwunden war. Aisha dachte, ihre Mutter habe sich als junges Mädchen sicher geehrt gefühlt, als man ihr sagte, Salehs Sohn wolle sie zur Frau, aber vermutlich hatte ihr keiner gesagt, dass es Salehs nutzloser Sohn war. Sogar Aishas Großvater, der diese Schwiegertochter mochte, hätte es nicht gutgeheißen, wenn sie Mann und Kinder verlassen hätte wollen. Auch wenn er ein Vorbild an Güte und Gerechtigkeit war, hätte er nicht verstanden, warum ihre Mutter so unglücklich war. Ihr Mann war nicht besser oder schlechter als viele andere, zwar brachte er nicht oft Geld nach Hause und machte auch niemandem Ehre, aber das sah man ihm nach, schließlich war er ein Sohn des großen Saleh. Aisha schwelte immer die Brust vor Stolz, wenn jemand zu ihr sagte: Ach, du bist Salehs Enkelin! Ihr Großvater war kein reicher Mann, er besaß nur ein paar Kamele und eine kleine Ziegenherde, aber jeder im Dorf schätzte seinen Sinn für Gerechtigkeit. Selbst hohe und angesehene Scheichs kamen, hörten sich seine Ansichten an, fragten um Rat und akzeptieren seine Entscheidungen, wenn er zum Richter in einem Streit berufen wurde. Aisha hoffte immer, eines Tages würde einer dieser hohen Besuche sie bemerken oder ihr Großvater vielleicht sogar eine vorteilshafte

Heirat vorschlagen. Schließlich war sie das hübscheste Mädchen der ganzen Familie. Sie hatte von ihrer Mutter die dichten, langen Wimpern und die vollen Lippen geerbt und die ebenmäßigen Gesichtszüge ihres Vaters. Bei keinem ihrer Geschwister war das gute Aussehen der Eltern zu einem so harmonischen Ergebnis gekommen. Das und die angesehen Stellung ihres Großvaters waren Aishas große Chance, das wusste sie ganz genau.

Ihre Cousinen redeten weiter über Ehen und Männer und Aishas Magen knurrte wieder vernehmlich. Sie nahm sich etwas Reis, Tahina und übriggebliebenes Gemüse, setzte sich in eine Ecke und aß hungrig. Nachdem sie den leeren Teller abgewaschen hatte, spähte sie hinaus zum Palaver der Männer und sah, dass die meisten gegangen waren. Zögernd trat sie auf den Hof und lächelte glücklich, als der Großvaters sie zu sich winkte. Er saß bequem mit gekreuzten Beinen auf einem Kissen, immer noch von ein paar Jungen und Männern umringt, doch er hatte mit seinem sechsten Sinn bemerkt, dass sie ihn brauchte.

„Nun, Vögelchen, was macht dein Herz so traurig?", fragte er. Sie setzte sich neben ihm auf den Teppich und erzählte kurz, wie der Vater das tolle Spiel kaputt gemacht hatte.

„Jetzt mag ich nicht nach Haue gehen," sagte Aisha und sah treuherzig zu ihrem Großvater auf. „Ich habe Angst."

„Das brauchst du nicht," sagte er milde. „Ich gehe mit dir." Leichtfüßig stand er auf und sagte:

"Es tut gut, sich nach einem reichlichen Essen noch etwas zu bewegen."

Dann verabschiedete er sich von den anderen Männern, und Aisha folgte ihm mit leichtem Herzen. Mit ihm an ihrer Seite wurde alles gut. Er war stark wie ein Berg, an ihn konnte man sich immer anlehnen. Eine Weile trotteten sie stumm nebeneinander die Straße entlang. Der Großvater war nur einen Kopf größer als sie selbst, aber die rotweiße Kufiyya, die er um den Kopf geschlungen hatte, ließ ihn größer erscheinen. Er war schlank, geradezu dürr, sein blendendweißer Thawb, der bis zu seinen Knöchel reichte, flatterte um ihn herum, während er mit langen Schritten so schnell ging, dass sie fast laufen musste, um mitzuhalten.

Schließlich brach der Großvater das Schweigen und sagte: „Weißt du, es gab da einmal einen Scheich, der hatte drei Söhne, und alle brachten ihm auf ganz unterschiedliche Weise Ehre. Willst du die Geschichte hören?"

Aisha nickte heftig. Sie liebte es, wenn der Großvater alte Märchen erzählte, die oft kein richtiges Ende fanden, weil eine Geschichte die Zwiebelschale einer anderen sein konnte und diese wieder eine Schale für die nächsten, und das konnte endlos so weitergehen.

„Also, der älteste Sohn war zu einem guten und rechtschaffenen Mann herangewachsen. Ein Nachfolger, wie ihn sich der Scheich nicht besser wünschen konnte. Auch auf den zweiten Sohn war er stolz, denn dieser ging hinaus in die Welt und wurde ein wohlhabender Karawanenführer. Obwohl er weit weg lebte, vergaß er niemals, wo er herkam, und es mangelte der Familie an nichts, denn jede seiner Karawanen brachte Geschenke und Nahrung. Die Leute sagten, der Scheich sei mit solche Söhnen von Gott gesegnet, und das würde ihn für den dritten entschädigen. Der jüngste nämlich war nutzlos und faul und schien nicht den Wunsch zu haben, dem Beispiel seiner Brüder zu folgen."

Aisha schämt sich sofort für ihren Vater, der auch so ein nutzloser Sohn war. Sie fühlte sich plötzlich sehr klein.

„Doch," erzählte der Großvater weiter, „der Scheich liebte seinen jüngsten Sohn genauso wie die beiden anderen. Komm, wir setzen uns dahin. Der Weg ist kurz und die Geschichte lang."

Aisha nickte, froh über die Verzögerung. Sie setzten sich auf eine halbverfallene Mauer vor einem leeren Grundstück und der Großvater fuhr fort.

„Also, der Scheich liebte alle seine Söhne. Auf den dritten war er vielleicht nicht so stolz, aber ein Vater kann nicht anders, er liebt alle seine Kinder. Und seine Enkelkinder," fügte er hinzu und tätschelte Aishas Haare. Sie sah ihn strahlend an, er schämte sich ihrer nicht, er hatte sie lieb, er würde niemals zulassen, dass ihr etwas Böse geschah.

„Nun, es kam ein Krieg," fuhr der Großvater fort, "und der Sohn, der so erfolgreich Karawanen durch alle bekannten Wüsten geführt hatte, wurde ermordet und sein Besitz geraubt. Da sammelte der älteste Sohn des Scheichs ein Heer und zog mit seinem Vater los, um den Bruder zu rächen und den Feind zu besiegen. Der Jüngste aber blieb zu Hause und vergnügte sich wie immer mit Frauen und Opium. Der älteste Sohn war ein hervorragender Feldherr, und es sah ganz danach aus, als würde der Krieg zu seinen Gunsten entschieden werden, jedoch gelang es einer kleinen Gruppe von feindlichen Kriegern durch eine Hinterlist bis in das Tal zu gelangen, wo das Zelt des alten Scheichs stand. Mit der Ermordung seiner Familie wollten die Feinde den Krieg doch noch für sich entscheiden. Nur wenige Männer waren zurückgeblieben, um das Lager zu beschützen, und diese kämpften hart und verzweifelt gegen die Übermacht. Angesichts der Gefahr ging eine Wandlung in dem jüngsten Sohn vor. Als er sah, wie seine Mutter und die Schwestern von Tod und Schlimmeren bedroht wurden, stürzte er sich auf den Feind und tötete mit wütender Macht so viele, wie er konnte. Und das waren viele. Am Ende wurde auch er getötet, doch seine Mutter und Schwestern überlebten unbeschadet dank seines Wagemutes, und wer von den Feinden noch lebte, musste fliehen. So gab der nutzlose Sohn sein Leben für die Frauen seiner Familie. Mit seinem Tod hatte er mehr Ehre angesammelt als die beiden anderen Brüder zusammen. Der alte Scheich hörte nie auf, diesen Sohn als seinen besten zu preisen und die Leute stimmten ihm zu."

„Hat Gott dem Jüngsten sein liederliches Leben verziehen?", fragte Aisha vorsichtig.

„Natürlich hat Gott diesen Sohn ins Paradies eingelassen, denn er ist im Krieg und ehrenvoll gestorben. Dort kann er sich nun bis in alle Ewigkeit mit Jungfrauen und den herrlichsten Dingen vergnügen."

Das bedeutete, dass es auch für Aishas Vater die Möglichkeit gab, sich von all den Vergehen reinzuwaschen und Gnade vor Gott zu finden. Aisha seufzte erleichtert auf.

„Und nun gehen wir,“ sagte der Großvater und stand auf.

Viel zu schnell kamen sie zu Hause an. Aisha lief in die Küche, um der Mutter zu sagen, sie müsse Tee für den Großvater machen. Der war im Wohnzimmer stehengeblieben und befahl seinem Sohn in scharfem Ton, den Fernseher abzuschalten. Wie durch die plötzliche Stille gerufen, versammelt sich die ganze Familie im Wohnzimmer und wartete mit großen Augen auf das abzusehende Drama. Aisha setzte sich gleich neben der Küchentür auf den Boden und erwartete angespannt, aber auch lustvoll, was da kommen würde. Ihr Vater kam taumelig und verwirrt auf die Beine. Er warf Aisha einen giftigen Blick zu, doch sie starrte unbeeindruckt zurück. Das zerbrochene Spielzeug lag immer noch in all seiner Traurigkeit am Boden, der Großvater würdigte es mit keinem Blick. Zuerst fragte er den Vater dieses und jenes, vor allem, ob er Arbeit gehabt hatte oder kriegen würde. Dann sagte er, er würde ihn in den nächsten Tagen als Übersetzer brauchen, weil ein Russe, der kein Arabisch, aber Englisch sprach, ein leerstehendes Haus mieten wollte. Dann, wie zufällig, schien der Großvater das zerbrochene Ding am Boden wahrzunehmen, ging hin und hob es auf.

„Was ist das?“, fragte er in harmlosem Ton. Aisha war versucht, über die gekonnte Schauspielerei ihres Großvaters laut zu lachen, aber sie beherrschte sich. Stattdessen drehte sie aufmerksam den Saum ihres Kleides hin und her, wie um zu sehen, ob er schmutzig war, vermied Vaters wütenden Blick und beobachtete alles aus den Augenwinkeln.

Großvater wartete auf eine Antwort. Schließlich sagte der Vater langsam und betont gleichgültig:

„Das ist so ein dummes Spielzeug, das Aisha heimgebracht hat. Es ist nichts wert, und sie hat es kaputt gemacht."

„Du hast es kaputt gemacht," zischte Aisha aufgebracht. Der Vater beachtete sie nicht.

Der Großvater drehte das nutzlose Ding nachdenklich zwischen den Fingern, zog an offenliegenden Drähten und drückte versuchsweise die kleinen Knöpfe.

„Ich erinnere mich an dieses Spielzeug," sagte der Großvater nachdenklich und schien in seiner Erinnerung zu kramen. Die Unterlippe seines Sohnes zitterte vor Wut oder vielleicht auch Angst. Er schien jetzt klar und fast nüchtern zu sein. Der Großvater fuhr fort:

„Da war diese Familie eines großkotzigen Deutschen. Aid hätte sie eigentlich abholen sollen, aber sein Motor gab auf halbem Weg den Geist auf. Ich musste alles stehen und liegen lassen und zum Flughafen fahren. Als ich endlich ankam, hat mich dieser überhebliche Mensch eine halbe Stunde lang angebrüllt. Man sollte meinen, in so einer Situation will man nichts mehr als seine Familie ins Hotel und zu Bett zu bringen. Was hatten die kleinen Mädchen für müde Augen! Aber der Kerl musste seine Wut an mir auslassen, möge Gott ihn strafen! Ich musste mir alles wieder und wieder anhören und mich wieder und wieder entschuldigen. Ich hätte ihm mit Wonne die Zähne eingeschlagen, aber meine Kinder müssen essen, und die Kamele brauchen Futter."

Er machte eine kunstvolle Pause und blickte streng um sich. Dann sagte er:

„Ich erinnere mich, der Sohn des Deutschen, der hatte so ein Spiel, der war ganz verrückt danach. Ich erinnere mich, ich habe gedacht, so etwas habe ich noch nie gesehen, und ich habe viel in meinem Leben gesehen."

Wieder eine Pause, in der niemand wagte zu sprechen. Aisha Vater starrte ihn verständnislos an und sein Kiefer war vor Verblüffung nach unten gefallen, was ihm einen belämmerten Ausdruck gab.

„Das Ding war wohl teuer, solche moderne Sachen kommen nicht oft nach Dahab. Das war sicher einiges wert, sehr schade, dass es kaputt ist."

Alle Blicke wanderten zum Vater. Der war mit einem Satz bei Aisha, riss sie am Arm hoch und hob eine Hand zum Zuschlagen.

„Du hast es kaputt gemacht," schrie er, „du hast uns um den Profit gebracht!"

„Nein, nein," weinte Aisha und versuchte, sich aus dem harten Griff zu befreien. Doch da klatschte schon die Ohrfeige in ihr Gesicht, und sie schrie mehr vor Überraschung auf als vor Schmerz. Dann brach sie in hysterisches Gebrüll aus, das zum Großteil aus gekonnter und oft gebrauchter Schauspielerei bestand.

Der Großvater hob lässig seine rechte Hand und schüttelte fast unmerklich den Kopf. Aisha schloss den Mund, zog nur lautstark Rotz durch die Nase auf.

„Lass sie los," sagte der Großvater ruhig, „und trage deine Verantwortung. Gott gab es, Gott nahm es. So Gott will, lacht uns das Glück an einem anderen Tag, wenn du fähig bist, vernünftiger zu handeln."

Der Vater schüttelte unwillig den Kopf, ließ Aisha aber los, und zog zornig die Lippen zwischen den Zähnen ein, um eine scharfe Widerrede zu unterdrücken. Aisha taumelte zurück und ließ ihre langen Haaren über das Gesicht fallen, damit sie unter ihrem Schutz die Situation besser einschätzen konnte. Der Vater stand wie ein gescholtener kleiner Junge da, er war vor allen beschämt worden. Das war gut, aber jetzt lag der strenge Blick ihres Großvaters auf ihr.

„Wo hast du das Spiel gestohlen?", fragte er. Seine Stimme klang kalt. Aisha starrte ihn zuerst nur verwundert an, dann begriff sie, dass das Blatt sich gegen sie gewendet hatte. Der Vater ballte die Hände zu Fäuste. Aisha kam sich auf einmal wie ein Sandkorn vor, das sich vor einem herannahenden Fuß fürchtete. Die grimmigen Blicke beider Männer lasteten auf ihr, drückten sie zu Boden, konnten sie in einer Sekunde töten.

„Ich habe es nicht gestohlen," sagte sie leise. „Bitte, glaubt mir, ich habe es nicht gestohlen."

„Wo hast du es her? Kein Mensch lässt so etwas am Strand liegen, so dumm sind nicht einmal die europäischen Kinder."

Aishas Gehirn arbeitete fieberhaft. Wieviel sagen, was war

zuviel, was plausibel?

„Der Franzosen-Junge hat es mir gegeben."

„Der Franzose? Von wem sprichst du?"

„Der Sohn von dem Tieftaucher und der verrückten Blonden. Die neben Hassans Haus wohnen."

"Du lügst," schrie Aishas Vater. „Warum sollte dir der Junge so ein teures Spiel geben? Du sollst verdammt sein für deine Lügnerei!"

„Nein, nein!" Aisha geriet in Panik und hob abwehrend die Arme.

„Ich lüge nicht! Du hast gelogen, als du sagtest, ich hätte es kaputt gemacht. Aber das war ich nicht."

„Davon reden wir jetzt nicht," fuhr der Großvater dazwischen. „Wo hast du das Spiel her? Es ist sehr teuer, es kann uns in Schwierigkeiten bringen."

Aisha schluckte. Daran hatte sie nicht gedacht. Woher hatte der Franzose das Spiel bekommen? Der deutsche Junge!

„Er hat es dem Deutschen abgenommen, ganz sicher. Ich sah die beiden zusammen auf der Promenade sitzen, der Franzose hat damit gespielt. Und später traf ich den Franzosen alleine wieder, und er gab mit dem Spiel an. Um mich zu beeindrucken, hat er es mir geschenkt!"

Großvater runzelte die Stirn.

„Ich glaube dir nicht," sagte er langsam.

Aisha erschrak, versuchte aber, sich nichts anmerken zu lassen. Der Vater gab ihr einen groben Stoß, der sie zur Seite taumeln ließ.

„Rede," sagte er böse, hörbar erleichtert, selbst dem Tribunal entronnen zu sein und sich auf ein anderes Opfer konzentrieren zu können.

„Er läuft mir nach, wirklich," sagte Aisha rasch. "Er redet immer so blöd daher und macht mir Geschenke. Diesmal war es eben das Spiel. Ich war am Weg nach Hause, da kam er hinter mir her, wollte unbedingt mit mir reden. Ich wollte natürlich nicht, aber er hat gesagt, er schenkt mir das Spiel, wenn ich stehen bleibe und mit ihm rede.“

Aisha begann zu zittern und konnte es kaum unterdrücken. Der Großvater fixierte sie unerbittlich mit seinem Blick. Sie sprach rasch weiter.

„Ich war doch neugierig, und habe ihm erlaubt, mir zu zeigen, wie man es spielt, aber dann hat er versucht, mich zu küssen,“ rief Aisha verzweifelt.

Geschrei erhob sich, alle riefen durcheinander.

„Hat er dich angefasst?“

„Den bringen wir um.“

„So ein Schwein. Diese Ausländer sind alle Schweine.“

„Ein Kind, sie ist doch noch ein Kind!“

„Ruhe!“, donnerte der Großvater.

Sofort fiel Stille über den Raum, keiner bewegte sich. Aisha hatte das Gefühl, in einem dieser Alpträume zu sein, die immer schrecklicher wurden und aus denen es kein Entkommen gab.

„Hat er dir etwas getan?“, fragte der Großvater.

Zitternd schüttelte Aisha den Kopf.

„Nein,“ sagte sie, „er hat nur so komisch die Lippen gespitzt,“

sie zeigt vor wie, „und sich dann nach vorne gebeugt. Er wollte mich küssen, aber ich bin schnell weggerannt. Er hat ausgesehen wie ein Frosch."

Einige kicherten, aber der Großvater blieb ernst. Aisha fand sich plötzlich in der Rolle der Geschichtenerzählerin und hob schwungvoll an.

„Ich bin davongelaufen, aber ich hatte das Spiel immer noch in der Hand. Hätte ich stehen bleiben und es ihm wieder geben sollen?"

Aisha Stimme rutschte in hysterische Höhen, ihre Hände zitterten. Die Lüge kam leicht und gewandt über ihre Lippen und verwandelte sich mit der Angst vor dem Großvater in eine Fast-Wahrheit.

„Er hat doch gesagt, er schenkt es mir, ich konnte doch nicht zurück, wer weiß, was er mit mir gemacht hätte!"

Die Tränen flossen jetzt reichlich über ihre Wangen. „Ich hatte solche Angst. Ich wollte nur nach Hause. Also bin ich gelaufen und gelaufen und habe erst später gemerkt, dass ich das Spiel immer noch hatte."

Wenigstens das war wahr. Sie lugte vorsichtig in Großvater Richtung. Sie konnte spüren, dass die Familie ihr glaubte, aber war er überzeugt?

„Du hast gestohlen," sagte er scharf. „In den alten Zeiten hätte man dir dafür die Hand abgehackt, und du hättest dein Leben als Ausgestoßene auf der Straße verbracht."

Aisha senkte demütig den Kopf.

„Aber du hast von einem Dieb gestohlen, der dich noch dazu

belästigt hat. Das mildert deine Strafe. Wenn deine Geschichte stimmt und in den nächsten Tagen keine Nachrichten über einen Diebstahl kommen, dann wirst du extra Arbeit in meinem Haus tun, und du gehst deiner Mutter zur Hand, wann immer du kannst. Ein Jahr lang möchte ich keine Klagen über dich hören und dann vergessen wir die Sache. Aber wehe dir, wenn du noch einmal mit einer solchen Geschichte ankommst!"

Aisha weinte jetzt vor Erleichterung.

„Auch will ich nicht, dass du je wieder alleine mit einem Mann sprichst, der kein Verwandter ist. Ist das klar?", fragte er streng.

„Ja," schluchzte sie. Sie hätte sich gerne Großvater an den Hals geworfen, aber irgendwie schien sie zu alt dafür zu sein.

Die Frauen riefen „Aih, aih," und die Versammlung löste sich auf. Großvater trank seinen Tee und sprach mit dem Vater über Geschäfte. Aisha räumte stumm das Geschirr weg, kehrte die Küche und machte sich dann zum Schlafen zurecht. Der Großvater ging, ohne ihr einen weiteren Blick zu schenken, aber Aisha wusste, sein Schutz würde halten.

Die Mutter mühte sich zu einem halben Lächeln, als Aisha sich kurz an sie kuschelte, bevor sie in den Hof ging und sich auf einer der dünnen Matratzen unter einer Decke zusammenrollte. Schlafen konnte sie noch nicht, stattdessen starrte sie in den Himmel.

Sie konnte sich erinnern, als sie klein gewesen war, war der Himmel in mondlosen Nächten richtig schwarz gewesen. Die Sterne waren wie glitzernde Diamanten auf schwarzem Samt erschienen, unzählige Sternen hatte es gegeben, zu viele, um sie zu zählen oder Bilder aus ihnen zu machen. Jetzt war der Himmel von den Straßenlaternen orange erhellt, und nur die stärksten Sterne schimmerten durch. Viele Leute kappten immer wieder die elektrischen Leitungen oder schlugen Straßenlaternen kaputt, weil sie im Dunkeln in ihren Gärten schlafen wollten. Aisha wünschte, jemand hätte das auch in ihrer Straße gemacht.

Während sie die Sterne betrachtete und versuchte, den Skorpion wiederzufinden, verspürte sie nichts als Erleichterung darüber, glimpflich davongekommen zu sein. Obwohl sie müde war, ließ sie den ganzen Tag noch einmal vor ihrem inneren Auge ablaufen und zählte seine Schmerzen. Alles in allem ein durchschnittlicher Tag, doch würde dieser Tag aus einem anderen Grund in ihrer Erinnerung bleiben.

Wegen dem hässliche Affen mit den weichen Lippen und den Froschaugen. Sie hatte sich von dem verrückten Ausländer küssen lassen, weil sie wissen wollte, wie weit er gehen würde. Er war wie eine dieser Puppen gewesen, deren Glieder an Schnüren befestigt waren, und die man hin und her bewegen konnte, wie man wollte.

Aber es war auch ihr erster Kuss von einem Jungen gewesen. Etwas Neues, das zu ihr gehörte oder gehören würde, wenn sie eine erwachsene Frau geworden war, hatte sie berührt. Eine Sekunde lang hatte auch sie ihn geküsst, und es war süß gewesen. Seltsam, weich, salzig, aber vor allem warm. Seine Lippen waren so sanft gewesen, unglaublich, dass Lippen sich so anfühlen konnten. Sie hatte sich das nie so vorgestellt, und die Erinnerung ließ sie vor Wonne erschauern. Sie wünschte plötzlich, sein Gesicht berühren zu können, gleich darauf schüttelte sie sich vor Abscheu, doch nicht das fette Franzosengesicht. Besser wäre da so eines wie das von ihrem Cousin Rabah, markant und scharf wie ein Raubvogel. Doch ihre Gedanken glitten immer wieder zu der Weichheit der Lippen zurück, die sie berührt hatten. Sie hatte diesen Kuss für sich behalten wollen, deswegen hatte sie gesagt, es sei nicht dazu gekommen. Sie wollte auch nicht, dass der Franzosenjunge verprügelt oder sonstwie bestraft wurde. Sie fand, das machte den Diebstahl quitt. Niemand würde je erfahren, dass sie ihren ersten Kuss von dem Ausländer bekommen hatte. Bevor sie schließlich doch einschlief, bat sie noch Gott und auch den Großvater, ihr einen Ehemann zu bescheren, der so weiche Lippen wie der Franzosenjunge hatte.

Entscheidungen

7. Altersnarrheit

Eines Morgens sah Hanifah in den Spiegel und beschloss, dass sie jetzt alt und damit hässlich genug war, um ihr Gesicht nicht mehr zu verhüllen. Von da an trug sie, wenn sie auf die Straße ging, nicht mehr den Niqab, der nur die Augen frei ließ, sondern einen Hijab, der zwar Haare, Ohren, Hals und Ausschnitt bedeckte, aber ihre Gesichtszüge der warmen ägyptischen Wintersonne darbot.

Sie war seit Jahren Witwe und hatte den Niqab mehr als Gewohnheit als aus religiösem Pflichtgefühl getragen. Ihren Söhnen fiel die Veränderung zuerst gar nicht auf, die sahen sie kaum jemals außer Haus. Erst als sie einen ehemaligen Arbeitskollegen ihres Mannes auf der Straße traf, ihn freundlich grüßte und ihn dann erst darüber aufklären musste, wer sie war, sprach sich in der Nachbarschaft herum, was sie getan hatte.

Kurz darauf kam ihr ältester Sohn Tamer zu Besuch und machte ihr Vorhaltungen. Auf seltsame Weise war er gläubiger geworden, als sein Vater es je gewesen war. Tamers Vorwürfe drehten sich vor allem um sein Ansehen. Was bloß die Nachbarn von ihrem Verhalten denken sollten, fragte er lautstark. Tamer arbeitete wie sein Vater im Verteidigungsministerium und war sehr bedacht darauf, welchen Ruf die Familie hatte.

Sie ertrug die Tirade stumm und mit gesenktem Kopf. Er hatte jedes Recht, sie so abzukanzeln, schließlich hatte sie es getan,

ohne ihn um Erlaubnis zu fragen. Nach dem Ableben ihres
Mannes war er das Familienoberhaupt, und er wünschte, dass
alles so weitergeführt wurde, wie sein Vater das gewollte hätte.
Hanifahs Mann hatte vom Tage ihrer Verlobung an darauf
bestanden, dass sie den Niqab trug, der ihren Körper und das
Gesicht vollständig verhüllte. Das war sein gutes Recht, und
sie war zu Folgsamkeit erzogen worden. Als unverheiratetes
Mädchen hatte sie das in ihrer Familie übliche Kopftuch
getragen, und zu der Zeit machten das nur wenige Mädchen.
Röcke, die bis zu den Knien reichten, waren üblich gewesen,
viele Mädchen in Kairo trugen damals sogar Miniröcke. Das
hatte sie nie gewagt. Ihr Großvater war ein angesehener Imam
gewesen, und für die Frauen der Familie war es
selbstverständlich, dies mit dem Tragen eines Kopftuches zu
würdigen. Das war auch ein Grund gewesen, warum ihr Mann
an ihr Gefallen gefunden hatte, obwohl ihrer Familie die
Gesetze der heiligen Schriften nicht unbedingt streng
auslegte. Ihr Großvater war ein aufgeschlossener, toleranter
Mann gewesen, der Religion als Stütze, aber nicht als Joch
ansah. Sie fand nichts dabei, den Wünschen ihres Mannes
nachzukommen, den sie gleich nach ihrem
Universitätsabschluss heiratete, um Hausfrau und Mutter zu
werden. Ihr Mann war stolz auf ihre Bildung, denn er war der
Meinung, eine studierte Frau fördere den Intellekt der Kinder
und sei deswegen eine bessere Mutter, und das dachte er,
obwohl er viele Jahre in Saudi-Arabien gearbeitet hatte und die
dortige strenge Auslegung des Islams bewunderte. Er war nie

unzufrieden mit ihrem Verhalten gewesen.

Als Tamer eine Pause machen musste, um Luft zu holen, sagte Hanifah, von einem unerklärlichen Mut befallen, der wohl denselben Ursprung hatte wie die Idee, ihre Kopfbedeckung zu ändern:

„Der Großscheich der Al-Azhar-Moschee hat das Tragen des Niqab als arabische Tradition bezeichnet. Es ist keine islamische Vorschrift, sagte er. An seiner Universität dürfen die Studentinnen deswegen keinen Niqab mehr tragen."

„Was?"

Ihr Sohn war so verblüfft von dieser Widerrede, dass er einen Moment lang vergaß zu atmen.

„Fatima, Naimas Tochter, geht auf die Universität. Sie hat mir das erzählt," sagte Hanifah rasch, damit er sie nicht der Lüge bezichtigen konnte.

„Was gehen mich frivole Studentinnen an?", ereiferte sich Tamer, „diese jungen Dinger lernen nur Blödsinn auf der Universität, kein Wunder, wenn die keiner heiraten will."

Obwohl er noch kurz weiterschimpfte, konnte er schwer etwas gegen die Autorität des Großmufti ausrichten, und so trug sie weiterhin den Hijab, und er zog es vor, die Angelegenheit zu ignorieren.

Es war schön, die Sonne auf dem Gesicht spüren zu können. Sie erinnerte sich, wie sie als Kind herumgelaufen war und der Wind ihre Haare zerzaust hatte. Manchmal war sie über eine Wiese im Park sogar barfuß gelaufen, und die knielangen Röcke hatten den Beinen Platz gelassen, sich zu bewegen.

Diese Freiheit hatte sie vermisst, als sie zur jungen Frau herangewachsen war. Glücklicherweise verließ sie in den ersten Jahren ihrer Ehe selten das Haus, sie hatte sich um ihren Mann und die Kinder zu kümmern, die Einkäufe erledigte das Dienstmädchen, und zu Hause konnte sie sowieso bequeme Kleidung und das Haar unbedeckt tragen.

Doch seit die Kinder erwachsen und ausgezogen waren und ein Dienstmädchen zu viel Geld kostete, kränkte die stille Wohnung sie auf eine Weise, wie sie es nie für möglich gehalten hätte. Ihre Schwester, die ebenfalls schon Witwe war, wohnte nach dem Tod ihres Mannes ein paar Jahre bei ihr, doch als deren älteste Tochter ihr erstes Kind bekam, zog sie in ihr Haus in Maadi, um auszuhelfen. Hanifahs Sohn Tamer suchte schon seit einiger Zeit ein größeres Haus, damit sie ebenfalls bei seiner Familie wohnen konnte, aber er hatte noch keines gefunden, das seinen Ansprüchen genügte. Darum wohnte Hanifah immer noch allein. Sie ging nun öfters aus, vor allem, um der Stille im Haus zu entgehen.

Sie besuchte Verwandte, die sie schon lange nicht mehr gesehen hatte, traf alte Freundinnen und kochte kaum noch. Wenn sich die Söhne zum Essen ankündigten, dann bestellte sie Gerichte aus den Restaurants in der Nachbarschaft, die dann ins Haus geliefert wurden.

Ihr fiel auf, dass sie mehr lächelte. Kleine Dinge, die sie sich jetzt leistete, machten sie fröhlich. Ein neuer Lidschatten, ein farbenfrohes Kopftuch, das genau denselben Ton wie ihre

Bluse hatte, oder eine besonders gute Süßspeise, die sie sich gönnte. Ohne Niqab fühlte sie sich freier und beschwingter, es machte auf einmal Freude, schöne Sachen zu tragen. Sie fühlte sich wie ein Schmetterling, der endlich das Puppenstadium hinter sich gebracht hatte und langsam seine Flügel entfaltete. Das Nächste, was Hanifah einfiel, war, kürzere Röcke zu kaufen. Bisher hatte sie nur welche getragen, die die Schuhe bedeckten und am Boden schleiften. Sie war es leid, den Saum nach jedem Ausgang bürsten zu müssen. Die beiden neuen Röcke, die sie kaufte, erreichten gerade ihre Waden.

An einem Nachmittag besuchte Hanifah ihre Cousine Naima und führte dabei ihre neue Garderobe aus. Als sie in deren Haus, das nur zwei Straßen entfernt von ihrem lag, ankam, saßen auf den breiten Sofas im Wohnzimmer schon einige Freundinnen und Verwandte zusammen und unterhielten sich lebhaft. Hanifah begrüßte die Frauen mit Küssen auf die Wangen, wurde für ihr schickes Aussehen gelobt, und ließ sich dann in einem der bequemen Sessel nieder. Sie war gerne bei Naima, auch wenn sie das Wohnzimmer mit all dem Gold und Weiß etwas protzig fand. In den Ecken standen riesige Marmorvasen, die mit üppigen Goldornamenten verziert waren. Auch all die anderen Möbel und Einrichtungsgegenstände waren in Gold oder Weiß gehalten, die weißen Ledersofas mussten ein Alptraum zum Sauberhalten sein. Doch das war ohnehin das Problem der Dienstmädchen. Naimas Mann war reich genug, um entweder neue Sofas anzuschaffen oder genügend Dienstmädchen zu unterhalten.

Jetzt servierte ein junges Ding vom Land Tee und kleine Leckereien, und Hanifah griff herzhaft zu, froh darüber, nicht mehr auf ihre Figur achten zu müssen. Eine Weile sprachen die Frauen über Ereignisse in der Nachbarschaft und in der Familie, und als das Gespräch auf die steigenden Lebensmittelpreise und die zunehmende Unzufriedenheit der kleinen Leute kam, beklagte sich Hanifah ohne ersichtlichen Grund über das freche Verhalten der jungen Männer auf der Straße. Ihre Schwiegertochter Shukura hatte ihr erzählt, dass sie immer wieder belästigt wurde, selbst wenn sie mit den Kindern unterwegs war.

„Was nutzt es, sich darüber zu kränken?" fragte Naima achselzuckend. „Sie muss das als Kompliment begreifen. Wenn ich auf die Straße gehe und mir nicht mindestens drei Männer Schweinereien nachrufen, dann lauf ich zum nächsten Spiegel und sehe nach, ob etwas mit meinem Gesicht oder meiner Kleidung nicht in Ordnung ist."

Die anderen stimmten zu.

„Ägyptische Männer kennen nun einmal keine Beherrschung," meinte Yasmin, eine runde Frau in Hanifahs Alter, die seit Jahrzehnten im Nachbarhaus lebte.

„Ja, aber da fehlt es an Respekt," protestierte Hanifah. „Was denken sich die Männer?"

„Gar nichts," sagte Yasmin, deren Haar auch schon grau wurde. „Das ist ja das Problem, die haben nichts im Kopf, mit dem sie denken könnten. Die pfeifen noch einer Urgroßmutter nach, nur weil sie Brüste hat."

Hanifah stimmte zwar in das Lachen der anderen ein, doch sie fühlte sich unwohl. Sie kannte eine solche Unbekümmertheit nicht. Niemand hatte es je gewagt, sie zu belästigen, das hatte nicht am Niqab gelegen, sondern ganz einfach an ihrer privilegierten Stellung. Sie ging nur ganz kurze Wege alleine auf der Straße und benutzte niemals ein öffentliches Verkehrsmittel, sondern ließ sich von ihren Söhnen fahren, oder nahm im Notfall auch einmal ein Taxi, wenn sie in einen anderen Stadtteil musste. Aber sie wusste, das war der Alltag vieler ägyptischer Frauen, und es beunruhigte sie, dass sie auch Zielscheibe solch unerwünschter Aufmerksamkeit werden könnte. Waren Männer tatsächlich nur primitive Tiere, ohne Anstand und Verstand? Hatte der Prophet dies in seiner unendlichen Weisheit erkannt und deshalb die Verschleierung der Frau geboten? Wie ging das dann in Europa zu, wo Frauen jederzeit mit einem nicht blutsverwandten Mann alleine in einem Raum sein konnten? Das hatte ihr Amir, ihr jüngster Sohn, erzählt. Wurden die alle vergewaltigt, oder hatten europäische Männer mehr Beherrschung?

Verwirrt von diesen Gedanken musterte sie die Schuhe der anderen Frauen, um sich abzulenken. Die meisten sahen sehr teuer aus und hatten elegante Absätze. Ihre eigenen waren zwar von guter Qualität, aber alt und schmucklos. Jetzt, da die kürzeren Röcke ihre Schuhe offenbarten, missfiel ihr auf einmal deren Gewöhnlichkeit. Sie verabschiedete sich bald, und am Heimweg kam sie an einem Schuhgeschäft vorbei, wo ein Paar dunkelblauer Schuhe in der Auslage ihre

Aufmerksamkeit erregte. Sie waren mit einer Schleife verziert, und der kleine freche Absatz gefiel Hanifah besonders gut. Es war kein extravagantes Model, auch nicht sehr teuer, aber hübsch, und es würde ausgezeichnet zu dem neuen Kleid passen, das sie erst gestern gekauft hatte. Schließlich schlug sie ihre Zweifel, ob sie das Richtige tat, in den Wind, trat in das Geschäft, um die blauen Schuhe zu erstehen, und ging dann sehr zufrieden mit sich nach Hause.

Aber ein paar Tage später passierte etwas, das sie wirklich nervös machte. An einem Morgen stand sie an der Straßenecke und wartete auf ihre Schwiegertochter Shukura, um mit ihr einkaufen zu gehen. Plötzlich stand ein gut gekleideter Mann mittleren Alters vor ihr und fragte, ob er sie zu einem Kaffee einladen dürfe. Sie senkte entsetzt den Kopf und starrte sprachlos den breiten Goldring an ihrem Ringfinger an, den sie auch nach dem Tod ihres Mannes nie abgelegt hatte. Sie wusste nicht, was sie sagen sollte, und weil er nicht wegging, hob sie nach einigen Sekunden unangenehmen Schweigens den Kopf und sah den Fremden fassungslos an. Er wirkte verlegen und stotterte, er habe nur gedacht, sie stehe da so allein und wolle vielleicht Gesellschaft. Sie schüttelte stumm den Kopf. Er entschuldigte sich höflich und ging davon. Aus Angst, er könnte zurückkommen, setzte sie sich in die Gegenrichtung in Bewegung und stieß an der nächsten Ecke mit Shukura zusammen, die sich für ihr Zuspätkommen entschuldigte. Hastig erklärte Hanifah ihr, sie fühle sich nicht wohl, und eilte nach Hause.

In der stillen Wohnung machte sie sich zuerst einmal einen starken Tee und setzte sich damit an den Küchentisch. Ihr Herz klopfte immer noch hart gegen die Rippen.

Ich bin eine gute Frau, sagte sie sich. Ich bin ein guter Mensch. Ich habe nichts falsch gemacht.

Sie hatte sich immer an alle Regeln gehalten, schon als kleines Mädchen. Sie wollte niemanden erzürnen und hatte sich widerspruchslos an das gehalten, was man ihr als Ideal einer Ehefrau, Mutter und Muslima vorgestellt hatte. Man hatte sie gelehrt, wenn sie sich an die Regeln hielt, würde Gott ihr seinen Segen und Glück schenken. Und Gott hatte sie mit einem guten Mann und drei gesunden Söhnen gesegnet. Tamer machte ihr nichts als Freude. Er hatte in Shukura eine gute Ehefrau gefunden, die ihm schon zwei Kinder geschenkt hatte, einen Jungen und ein Mädchen. Yasin, ihr zweitjüngster, war mit einem Mädchen aus guter Familie verlobt und arbeitete als Arzt in einem Krankenhaus. Manchmal überlegte sie, ob sie ihn wegen des Knotens in ihrer Brust fragen sollte, aber dann dachte sie, es wäre zu beschämend, ihrem erwachsenen Sohn eine entblößte Brust zu zeigen, selbst wenn er als Baby davon getrunken hatte. Ein bisschen Sorgen machte ihr Amir, der jüngste und ihr liebster Sohn. Er ging zwar brav zur Universität und studierte Jus, hatte sich aber halblange Haare wachsen lassen, die er manchmal wie ein Mädchen zu einem Zopf gebunden trug. Auch trieb er sich viel zu oft auf dem gottverlassenen Sinai in diesem Lotterdorf Dahab herum, um dort zu tauchen und zu surfen. Was für verrückte Ideen der

Junge hatte! Er sagte, ihm gefielen die unabhängigen europäischen Frauen, die er da traf, besser als die angepassten ägyptischen Mädchen. Hanifah betete jeden Tag, er möge Amirs Meinung ändern und auch ihn bald ein braves einheimisches Mädchen finden lassen, das sich zur Hausfrau und Mutter eignete.

Neben dem Glück, wohlgeraten Söhne zu besitzen, hatte Gott ihr auch einen anständigen Mann gegeben, der immer gewissenhaft für seine Familie gesorgt hatte. Er hatte sie nie geschlagen und war großzügig und respektvoll zu ihr gewesen. Als er vor fünf Jahren im Ramadan an Nierenversagen gestorben war, hatte ihr das großen Kummer verursacht. Immerhin war es tröstlich, ihn jetzt im Paradies zu wissen. Hanifah drehte die leere Teetasse hoffnungslos zwischen ihren Händen. War sie eine sündige Frau, weil dieser Mann sie angesprochen hatte? Was würde sie tun, wenn es wieder geschah? Sie fand keine Antworten und verbrachte die nächsten Tage in nervöser Anspannung, die sich durch keine Ablenkung lösen ließ.

Am Abend von Sham el Nessim, dem ägyptischen Frühlingsfest, das am koptischen Ostermontag gefeiert wurde, saß Hanifah wieder einmal alleine zu Hause und wartete auf ihren Sohn Yasin. Sie hatte den Tag mit Naimas Familie verbracht und mit ihnen im neuen al-Azhar-Park ein schönes Picknick veranstaltet. Jetzt saß sie ein wenig trübsinnig am Küchentisch und dachte daran, wie sie früher, als die Kinder noch jünger gewesen waren, alle gemeinsam Sham el Nessim im luxuriösen Four Season Hotel gefeiert hatten. Dieses Jahr aber war Tamer mit seiner Familie nach Mansur gefahren, um dort den Festtag mit der Familie seiner Frau zu verbringen.

Amir war schon seit einer Woche in Dahab, was Hanifah besonders erboste, denn er hatte keine Anstalten gemacht, für den Festtag zurückzukommen. Blieb nur Yasin, der den Großteil des Tages geschlafen hatte, aber versprochen hatte, zum Abendessen vorbeizukommen, bevor er wieder eine Nachtschicht im Krankenhaus antrat. Wie üblich kam er eine Stunde später als ausgemacht, und Hanifah musste das Essen aufwärmen. Während sie ihm Fisch und Kartoffeln auftrug, sagte er:

„Du siehst in letzter Zeit sehr gut aus, Mama. Hast du dich verliebt?"

Sein Ton sagte ihr, dass er scherzte, auch schenkte er ihrer abwehrenden Antwort weniger Beachtung als seinem Essen, dennoch bekam sie Angst, Yasin könnte sie wie Tamer für schamlos halten. All ihre Zweifel und Ängste, die sie in den letzten Tagen gequält hatten, stürzten erneut mit voller Wucht auf sie ein. Als sie den Niqab ablegte, war sie davon überzeugt gewesen, ihr faltiges Gesicht und die fleckige Haut würden sie in den Augen der Männer unattraktiv machen. War sie tatsächlich vom rechten Weg abgewichen, indem sie ihre Schuhe zeigte und ihre mollige Figur nicht mehr mit einem Zelt verhüllte? Sie kannte viele Frauen, die sich immer leger und figurbetont kleideten, keine hätte sie als schamlos oder verwerflich bezeichnet, nur bei sich selbst war sie sich nicht sicher.

Yasins Telefon klingelte. Er legte die Gabel weg und nahm den Anruf an, was Hanifah mit einem Stirnrunzeln zur Kenntnis nahm. Die Kinder sollten ordentlich essen und nicht ständig am Telefon hängen, diese modernen Geräte waren Teufelszeug. Dann aber ließen sein Ton und die Fragen sie unruhig werden.

„Was hast du gesagt? Wann? Wie viele? Nein, ich habe noch nichts von Amir gehört. Ich rufe ihn gleich an."

„Was ist los?", fragte Hanifah panisch, als er das Gespräch beendete.

Yasin sah sie furchtsam an und zögerte mit der Antwort. Hanifah hasste es, wenn alle dachten, sie müsste vor der grausamen Realität geschützt werden.

„Sag schon!", forderte sie ungehalten.

„Es gab einen Bombenanschlag in Dahab mit Toten und vielen Verletzten. Wann hast du das letzte Mal etwas von Amir gehört?"

Hanifah rang nach Luft.

„Gestern," japste sie, „gestern rief er an und sagte, alles sei wunderbar. Er werde nächste Woche zurückkommen, sagte er."

Yasin tippte schnell auf seinem Telefon herum.

Bitte lieber Gott, betete Hanifah, bitte, lass alles in Ordnung sein. Bitte nimm mir nicht meinen Sohn. Bitte, ich tue, was immer nötig ist.

Sie krallte ihre Finger ins Tischtuch und auf ihrer Stirn stand Schweiß. Ihr Kopf war leergewaschen vor Angst.

„Er geht nicht ans Telefon," sagte Yasin jetzt. „Aber es hat ein

Freizeichen, sein Telefon ist also in Ordnung. Vielleicht hat er nur keine Zeit, um zu antworten."

„Was sagst du? Meinst du, er ist verletzt? Du musst sofort dahin!"

Yasin sah sie gequält an.

„Ich werde erstmals rausfinden, was los ist."

Er stand auf und ging auf dem Flur, tippte wieder auf dem Telefon herum und sprach dann leise hinein.

Hanifah blieb starr am Tisch sitzen und wusste nicht, was sie tun sollte. Sie war so hilflos, so zum Nichtstun verdammt. Er wird das regeln, dachte sie, die Männer machen das schon. Es wird alles gut.

Dann sprang sie auf und lief zum Haustelefon, um Tamer anzurufen. Er nahm glücklicherweise ab und sie forderte ihn auf, sofort alle Hebel in Bewegung zu setzen, um seinen Bruder zu finden. Als er hörte, was geschehen war, versprach er, alles Menschenmögliche zu unternehmen, um an Informationen zu kommen.

Es war ihr unmöglich, einfach stillzusitzen, also räumte sie die Teller ab, trug sie in die Küche und begann mit dem Abwasch, das lenkte sie ein wenig ab. Nach zehn Minuten kam Yasin herein.

„Ich habe meine Nachtschicht abgegeben und einen Freund gefunden, der mich nach Dahab fährt. Die können da sicher noch einen Arzt gebrauchen. Wir fahren in einer Stunde los. Ich versuche wieder, Amir zu erreichen."

Hanifah nickte nur stumm. Dann klingelte das Haustelefon,

und Tamer war dran.

„Was hast du gehört?", fragte sie ängstlich.

„Anscheinend gab es drei Selbstmordattentäter," sagte er zögernd. „Vermutlich Beduinen, die den Aufstand propagieren. An die fünfzehn Tote sind bestätigt, es könnten aber mehr werden. Keine Angst," sagte er hastig, als sie tränenerstickt aufstöhnte, „Amir ist nicht darunter, ganz sicher nicht."

Sie hatte Mühe, ihm zu glauben. Yasin lief zu der nächste offenen Apotheke und kaufe alles an medizinischem Material, das ihm sinnvoll erschien: Verbandszeug, Desinfektionsmittel, Antibiotika, versiegelte Nadeln und Spritzen. Als sein Freund kam, packten sie alles in das Auto und fuhren los. Die Fahrt nach Dahab würde mindestens fünf Stunden dauern, dann erst konnte Hanifah erfahren, ob ihr jüngster Sohn noch lebte.

In diesen Stunden lief sie aufgeregt in der Wohnung herum. Wie sehr vermisste sie die ruhige Gegenwart ihres Mannes. Er hätte gewusst, was zu tun sei, er hätte die richtigen Worte gefunden, um sie nicht verzweifeln zu lassen. Sie telefonierte ständig mit Tamer, aber der konnte auch nicht mehr in Erfahrung bringen. Die Telefonleitungen nach Dahab waren wegen Überlastung zusammengebrochen. Hanifah blieb nichts anderes übrig, als zu warten und zu beten:

Allaahummä, auf Deine Barmherzigkeit hoffe ich; so lass mich nicht für einen Augenblick auf mich selbst verlassen, und verbessere mir all meine Angelegenheiten; es gibt keinen wahren Gott außer Dir. Bitte verschone meinen Sohn. Rette ihn und lass ihn gesund sein. Ich werde alle Gebote befolgen und niemals mehr meine Fußgelenke in der Öffentlichkeit zeigen. Verzeih meine Torheit, verzeih meine Frivolitäten, ich habe mich versündigt, doch ich verspreche, dies wird nie mehr vorkommt. Nie mehr, für den Rest meines Lebens, ich schwöre.

Um drei Uhr früh klingelte wieder das Telefon, und zu Hanifahs unendlichen Erleichterung klang Amirs Stimme durch den Hörer.

„Es geht mir gut, Mama," sagte er etwas atemlos, „ja, ich bin ein bisschen verletzt, aber es sind nur ein paar Kratzer. Ich habe Erste Hilfe geleistet, es war ziemlich schlimm, es gab fast zwanzig Tote und an die hundert Verletze. Yasin hat mich gefunden, er ist jetzt im Krankenhaus und hilft, die Verletzten zu versorgen. Sie sind froh, ihn zu haben, es gibt kaum Ärzte und wenig medizinisches Material. Mach dir keine Sorgen, es geht uns gut, wir kommen so bald wie möglich zurück."

Hanifah fiel vor Erleichterung fast der Telefonhörer aus der Hand. Er war am Leben und gesund. Gott hatte sie erhört! Sofort rief sie Tamer an.

„Es geht ihnen gut, Amir ist gesund und am Leben," rief sie halb weinend, halb lachend in den Hörer.

„Al-Hamdulillah," brummte ihr Sohn. „Dieser dumme Junge fährt mir da nie wieder hin."

Hanifah war froh, das zu hören. Dahab war ein Sündenpfuhl, und ihr braver Sohn hatte dort nichts zu suchen. Tamer würde jetzt ein Machtwort sprechen. Alles war gut. Endlich konnte sie sich ihrer Kleider entledigen, ins Bett schlüpfen, und war nach wenigen Minuten erschöpft eingeschlafen.

Am nächsten Morgen stand sie vor dem Spiegel und war gerade dabei, ihr Kopftuch in einer eleganten Form zu befestigen, als ihr das Versprechen einfiel, das sie Gott in der letzten Nacht gegeben hatte. Langsam löste sie wieder die Nadeln und zog das hübsche, rotgemusterte Tuch vom Kopf. Dann griff sie nach dem Niqab, die seit Monaten verweist in der Garderobe gehangen hatte, und legte ihn um. Seufzend sah sie ihre unförmige Gestalt im Spiegel an. Ihr Gesicht war wieder hinter einem schwarzen Vorhang verschwunden, und trotz der Freude, ihre Söhne gesund und am Leben zu wissen, waren ihre Augen nur mehr dunkle, traurige Gewässer. Sie hatte plötzlich keine Lust mehr, nach draußen zu gehen.

8. Am Fenster

"Sue! Sue! Schläfst du?"

Stille. Wellen rauschten im Hintergrund. Dann stolpernde Schritte. Sie erkannte die Stimme, aber ihr Gehirn war noch zu schläfrig, um Namen oder Person zu identifizieren.

„Sue! Bitte! Ich muss mit dir reden." Jetzt war die Stimme ganz nah. Die Schritte stoppten vor ihrem Fenster. Wer war das? Mitten in der Nacht? Jemand Vertrauter. Sie hatte keine Angst.

„David?"

„Sue!"

Seufzen, Erleichterung. Pause. Sie war wach, aber verwirrt. David, hier mitten in der Nacht? In all den Jahren, in denen sie Freunde waren, hatte es niemals nächtliche Besuche gegeben. Es musste mitten in der Nacht sein, denn er war zu ihrem Fenster gekommen und hatte nicht an die Tür geklopft, was ihre Mitbewohnerin Vic aufgeweckt hätte. Auch klang seine Stimme anders als sonst, das übliche coole Schnöseln war weg, er hörte sich ernst und erregt an. Etwas war geschehen. Blitzartig saß sie aufrecht im Bett. Etwas war geschehen, und er brauchte ihre Hilfe.

"Was ist schiefgelaufen?" fragte sie.

Ein kurzes Auflachen. Dann sagte er etwas, das klang wie: "Dafür liebe ich dich. Statt zu fragen 'was willst du' oder 'was soll das?' fragst du: 'Was ist schief gelaufen?' Eine Menge, würde ich sagen, eine Menge."

Aber sie verstand die Hälfte seiner Worte nicht, weil er leise sprach und zu schnell für ihren immer noch schlafbetäubten Kopf.

"David? Was sagst du?"

„Sue." Wieder ernst, flehend. Seltsam. Ungewohnt. „Bitte, komm her. Ich muss mit dir reden."

„Ok, ok." Sie wickelte sich aus den Decken, hektisch und ungeschickt, ihre Gedanken ließen sich immer noch nicht klar ordnen. Sie war froh, dass es Anfang April immer noch kühl genug war, um Pyjamahose und T-Shirt zu tragen. Die Kleidung war also egal, aber in der nächsten Sekunde fragte sie sich, wie wohl ihre Haare aussahen. Während sie den Ausgang aus dem Moskitonetz suchte, schaltete sie sich ob ihrer Eitelkeit, denn trotz aller gegenteiliger Beteuerungen Freunden gegenüber war sie natürlich in ihn verliebt. Aber das würde sie niemals zugeben, und sie ärgerte sich darüber, dass ihre Finger nervös durch ihre jetzt wieder kurzen Haare strichen, in der Hoffnung, sie würden dadurch etwas ordentlicher aussehen. Endlich hatte sie sich aus Decke und Netz befreit und lief zum Fenster, das in dem alten Beduinenhaus so niedrig angesetzt war, dass sie sich auf den Boden kauern musste, um hinauszusehen. Sie schob den Vorhang zur Seite und starrte in sein Gesicht. Es sah anders aus, ohne dass sie sagen konnte, woran es lag. Die Straße vor ihrem Haus hatte weder einen Namen noch Laternen, und das Grundstück nebenan, über das David zu ihrem Fenster gekommen war, war teils Baustelle, teils Müllplatz, teils Futterplatz für frei herumlaufende

Ziegenherden, die von der halbverfallenen Mauer nicht abgehalten werden konnten. Aber der helle Mond beleuchtete die Szenerie und ließ Davids bestechend blauen Augen funkeln. Die Augen! Ihr war, als sehe sie diese zum ersten Mal. Normalerweise hingen die Lider eher schläfrig oder gelangweilt über die Iris und ließen kaum einen tieferen Blick hinein zu, jetzt aber blickte Sue in zwei blauglühende Kugeln, die sie zu verbrennen vermochten. Sein Gesichtsausdruck zeigte eine wilde Entschlossenheit, aber auch, dass er getrunken hatte. Ihre Hände umfassten das Fenstergitter. Sie spürte das übliche Lächeln auf ihr Gesicht gleiten und suchte in ihrem Kopf nach einem der Scherze, mit denen sie ihn normalerweise begrüßte.

Doch noch bevor sie etwas sagen konnte, hatte er ihre Finger mit den seinen umfasst, und es war, als würden sie gemeinsam das Fenstergitter festhalten. Die Geste verblüfft sie. Er vermied es sonst, irgendeinen Menschen zu berühren, außer wenn er mit einer Frau flirtete, die er ins Bett kriegen wollte. Sie riss ihren Blick für eine Sekunde von seinen Augen los, sah auf ihre Hände und dann wieder in sein Gesicht. Das hier war verrückt, nichtreal. Hysterisches Gegacker drängte sich ihre Kehle hoch, ihr Mund zuckte.

„Bitte nicht," sagte er eindringlich und brachte sein Gesicht näher ans Gitter.

„Bitte," sagte er, „wenn du jetzt lachst, dann bringt mich das um. Das hier ist nicht einfach, das schaff ich nur einmal!"

Sie war mit einem Schlag ernst. Als wäre ein Stromstoß von

ihm zu ihr gegangen und hätte sie auf dieselbe Wellenlänge gebracht. Sie war jetzt ganz auf ihn eingestellt, schneller noch als sonst. Sie saß still und lauschte. In ihrem Kopf tanzten wilde Phantasien, angefangen vom blutigen Selbstmord einer seiner Affären, ein Mädchen, das sich ein wenig zu ernsthaft in ihn verliebt hatte und sein Gigologehabe nicht mehr ertragen hatte können. Oder es ging um einen Mann, der nach einem Kinnschlag von David durch eine Glastüre gesegelt war, - weil David nun mal gerne den Ritter spielte, der glaubte, die Ehre von Frauen retten zu müssen, - und nun lag das Opfer in einem Taxi und war unterwegs ins nächste Krankenhaus. Solche Sachen waren David zuzutrauen. Er war hier, weil er ihre Hilfe brauche, ihren Rat, Unterstützung, Geld, was auch immer. Er wusste, sie würde ihm helfen. Also macht sie sich auf alles gefasst.

„Ich liebe dich," sagte er.

Ok, das war in „alles" nicht enthalten gewesen. Hätte er ihre Finger nicht festgehalten, wäre sie vor Schreck umgefallen. Ihr Kopf fuhr zurück, und sie spreizte die Finger von den seinen weg.

„Verstehst du, was ich sage? Ich liebe dich!", wiederholte er eindringlich.

Sie schüttelte langsam den Kopf. Nein, nein, das konnte nicht sein. Er lehnte sein Gesicht fast an das Gitter.

„Ich weiß, du liebst mich auch. Gib es zu, sag mir, dass du mich liebst." Seine Stimme drängte, flehte, zitterte. Er war an der äußersten Grenze dessen, was er zugeben konnte. Sie sah seine Qual, seine Angst, die Wahrheit seiner Worte. Er wollte nichts als die Sicherheit, dass sie wie er fühlte.

Sie öffnete den Mund und schloss ihn wieder. Ich liebe dich nicht, ich liebe dich nicht, sagte ihr Verstand, während ihr Bauch sich krampfhaft zusammenzog und eine wahnwitzige Sehnsucht durch ihre Knochen schoss. Ihn berühren zu dürfen, über seine Haut zu streichen, die Finger durch seine halblangen Locken laufen zu lassen. Ihn zu küssen, sich in ihm verlieren, ihn in sich zu spüren, mit ihm tauchen zu gehen, in die Wüste, zu staunen, zu sehen, wie er lachte, ihn lieben zu können und es zeigen zu dürfen. Nicht verstecken, bekämpfen, erwürgen, wie sie das seit Jahren tat.

Aber es durfte nicht sein, es konnte nicht sein. Sie musste stark sein, sich beherrschen. Sie kehrte zum Gitter zurück, brachte ihre Augen in dieselbe Höhe wie seine und sagte langsam: „Ich liebe dich, ja, da hast du recht."

Fast erwartete sie höhnisches Gelächter, den grausamen Triumph, sie auch herumgekriegt zu haben, sie in die lange Reihe seiner Eroberungen einreihen zu können. Nichts jagte er mehr als die Versicherung, alle Frauen dieser Welt vögeln zu können.

Genau deswegen wollte sie ihn nicht. In seinen Augen lag tatsächlich Triumph und wildes Begehren. Ihr Fleisch reagierte spontan, sie wollte das Verlangen annehmen, es ausleben mit jeder Faser ihres Herzens und ihres Körpers. Genau das durfte nicht geschehen.

„Ich liebe dich," wiederholte sie mit einem Seufzer, „aber ..."

Pause. Herzklopfen. Vielleicht sollte sie doch still sein, es für sich behalten, es geschehen lassen, wider besseren Wissen das Beste hoffen. Eine lange Nacht wenigstens seine Liebe haben, vielleicht sogar mehr. Nein, sie kannte ihn, sie kannte ihn viel zu gut.

„Aber ich möchte nicht mit dir zusammen sein," sagte sie fest.

Diesmal zuckte er zurück, ließ ihre Hände aber nicht los.

„Warum?", fragte er leise.

Sie rang nach Luft, nach Worten.

„Weil ich etwas möchte, das du mir nicht geben kannst. David, ach Gott, ich kenne dich so gut. Ich liebe dich mit all deinen Macken, ich liebe Dinge an dir, von denen du keine Ahnung hast, dass sie da sind. Ich liebe den Menschen ganz tief da drinnen, den du so selten zeigen kannst, mit all seinen Ängsten und Zweifeln. Aber ich weiß auch, dass du ein Nomade bist. Du musst von einem Ort zum anderen ziehen, immer auf der Suche nach etwas Neuem. Was sollst du mit einer Frau, die sich ein Baby wünscht, ein Heim, Stabilität? Du weißt, dass ich davon träume. Wie sollte das denn zusammengehen? Ich will etwas, das Bestand hat, du willst nur etwas erobern."

Sie hielt inne und prüfte seinen Blick. Er hielt stand, aber sie sah auch Panik darin.

„Du bist ein einsamer Wolf, der durch die Berge ziehen muss," fuhr sie fort. "Du liebst es, frei und ungebunden zu sein, das macht dich aus. Du willst jagen, alle Frauen dieser Welt verfolgen, nur um zu sehen, ob du sie kriegen kannst, nur um zu wissen, dass du sie kriegen könntest. Ich würde das nicht ertragen. Ich will nicht mit dir zusammen sein, weil ich mit dir unglücklicher wäre, als ich es ohne dich bin."

Seine Finger lösten sich langsam von den ihren, in seinen Augen lag Schmerz. Er stand da, mit hängenden Armen und wirkte zerbrochen. Sie hatte ihn getroffen. Auch ihre Hände glitten langsam vom Gitter.

„Das denkst du also von mir," sagte er kalt. „Du hältst mich für einen Weiberheld, der unfähig zu einer Beziehung ist. Das war vielleicht bisher so, aber die Dinge ändern sich. Ich möchte, dass du mir eine Chance gibst. Ich glaube, ich will jetzt, was du möchtest, ich denke, die Zeit ist reif dazu. Ja, ich bin mir ganz sicher."

Seine Stimme klang überrascht, so als hätte er diese Erkenntnis erst in diesem Moment gehabt. Aber sie glaubte ihm nicht. Gerhard hatte das auch gesagt und sie dann zwei Wochen später verlassen. Nein, solchen Versprechungen glaubte sie schon lange nicht mehr. Gerhard hatte sie kaputt gemacht, das ließ sie nicht noch einmal zu.

"Ich kann nicht," sagte sie traurig, "vielleicht hätte ich es gekonnt, als ich jünger war, aber jetzt ... Ich weiß einfach, es würde nicht gut gehen. Wir würden uns gegenseitig nur weh tun. Lass uns Freunde bleiben, das ist am Besten," schloss sie sanfter. Männer wie David waren faszinierend und aufregend, doch ungeeignet zum Windelwechseln und Rechnungen bezahlen. Sie wollte einen verlässlichen Partner, wie es ihr Exmann René gewesen war, und keinen zweiten Gerhard. Das würde niemals gut gehen.

„Freunde bleiben," sagte David bitter und verzog die schönen Lippen zu einem schmalen Strich. „Nein, das geht nicht."

Er dachte kurz nach.

„Du hast mir einmal von deiner ersten Liebe erzählt, zu diesem Schriftsteller. Du hast gesagt, du hättest immer gewusst, er würde nicht bleiben, aber es war dir egal, weil der Moment der Liebe wichtiger ist als die Frage, ob man sie behalten kann. Das hat mich beeindruckt. Du hast gesagt: 'egal wie hoch das Risiko war, verletzt zu werden, ich habe geliebt und gelebt. Es war all den Schmerz wert'."

Die Erinnerung an dieses Gefühl durchzuckte Sue wie ein Blitz. Wie typisch, klug und gemein von David, genau auf ihren wunden Punkt zu zielen. Warum bloß hatte sie ihm von Gerhard erzählt?

"Ich bitte dich," Davids Stimme wurde eindringlich, „lass es noch einmal auf einen Versuch ankommen, geh das Risiko noch einmal mit mir ein. Wenn du mich wirklich liebst, dann tu es, wir könnten etwas zusammen aufbauen. Lass uns nicht weiter darüber nachdenken, was geschehen könnte, lass es uns einfach versuchen, den Moment leben, die Zukunft kommen lassen."

Sie zitterte. Diesmal nicht vor Kälte.

Da war es wieder. So viele Jahre hatte sie es nicht mehr gefühlt, es erfasste sie mit unglaublicher Wucht. Als sie zwanzig gewesen war, hatte sie sich auf alles stürzen können, sich ohne nachdenken fallen gelassen und das Beste aus jeder Situation gemacht. Sie hatte sich in die Beziehung mit Gerhard gestürzt, ohne über Konsequenzen nachzudenken. Nach dem katastrophalen Ende war sie ins Gegenteil umgeschwenkt. Mit René war alles berechenbar gewesen, ordentlich und vernünftig, sogar die Scheidung von ihm war so gewesen. Jetzt wollte David, dass sie zu diesem alten, schmerzhaft lebendigen Gefühl ihrer Jugend zurückkehrte. Mit ihm zusammen könnte sie vielleicht noch einmal so intensiv leben wie mit Gerhard, alles riskieren und genießen, was der Moment hergab, ausschöpfen, was das Leben hergab, Schmerz und Qual inkludiert. Als Teenager war ihr alles egal gewesen. Sie hatte nichts anderes gewollte, als ihrem Dorf zu entfliehen, weil es dort niemals etwas Aufregenderes als Hochzeiten und Beerdigungen gab. Sie hatte Abenteuer und Leidenschaft gesucht und wollte die große, weite Welt sehen, statt mit Ehemann und Kindern auf dem Land lebendig begraben zu werden. Deswegen zog sie mit achtzehn und großer Ungeduld in die Stadt und ging an die Universität, entfloh den sich ewig zerfleischenden Eltern, denen selbst die Scheidung von einander nicht den erhofften Frieden brachte.

Die Jahre an der Universität waren herrlich gewesen. Sue hatte das Leben nicht nur umarmt, sie hatte es an sich gerissen, verschlungen und als endlose Party inszeniert. Gerhard war nur ein Teil des wilden Strudels gewesen, aber die Geschichte mit ihm hatte sie bitter verbrannt, vielleicht sogar gebrochen, aber nicht zerbrochen. Danach ging sie immer noch Abenteuer ein, bloß keine mehr in Herzensangelegenheiten, da hielt sie sich an René und an ihrer Ehe fest. Es war vielleicht nicht die große

Leidenschaft, doch sie liebte ihren Mann und war ihm dankbar für seine Beständigkeit. Bis sie vor zwei Jahren den Mut gefunden hatte, auch ihn loszulassen und alleine ein neues Leben in Dahab anzufangen.

Jetzt wollte David, dass sie ihre gut praktizierte Vorsicht, die sie so lange geschützt hatte, über den Haufen warf.

Tue es für mich. Tu es noch einmal, hatte er gesagt.

"Nein," sagte sie, "nein, nein!"

Das letzte Wort schrie sie fast. David machte erschrocken einen Schritt zurück.

"Ok, ok," sagte er in einem Ton, als müsse er eine Verrückte beruhigen. „Wenn es das ist, was du willst."

Seine Stimme war zu Eis gefroren. Ihr schmerzten die Augen vom Zurückhalten der Tränen, in ihrer Brust zog sich alles krampfhaft zusammen. Wortlos sah sie zu, wie er sich umdrehte und in den Schatten der Häuser verschwand. Nun ging er in die Bar, um sich noch mehr zu betrinken, und sie würden nie wieder darüber reden.

Zitternd kroch Sue zurück ins Bett. Sie vergrub sich unter den Decken und ließ sich vom Schmerz überwältigen. Mit Mühe würgte sie einen gequälten Aufschrei und Tränen hinunter, das hätte Vic nebenan geweckt, und Sue wollte sich nicht erklären müssen.

So lange hatte sie alles unter Kontrolle gehabt, so schwer daran gearbeitet, Davids Freundin zu sein, ohne dabei kaputtzugehen, und jetzt war alles verloren. Ihren so sorgfältig aufgebauten Schutzmantel hatte er ihr mit "Ich liebe dich" einfach von der

Seele gerissen, so als wäre es nur ein dünner Stoffvorhang gewesen und keine wohlkonstruierte Mauer.

Als sie David vor Jahren auf der Insel Utila in Honduras kennengelernt hatte, war das eine bittersüße Angelegenheit gewesen. Zu der Zeit machte sie ihren Divemaster und eine Verkühlung hatte sie an dem Tag zum Innendienst verdammt, mit blockierten Nebenhöhlen konnte man unglücklicherweise nicht unter Wasser gehen. Am Pier der Tauchschule sitzend wartete sie auf die Rückkehr des Tauchbootes vom Morgentauchgang, als David auf sie zukam. Sein Gang fiel ihr zuerst auf, er war leicht und gewandt wie der eines Panthers auf der Pirsch. Dann stand er vor ihr, und der Blick aus diesen himmelblauen Augen traf sie wie ein Stromschlag. Seine Gesichtszüge erinnerten sie an Robert Redford, die schwarzen Haare waren hinten kurz geschnitten, fielen ihm aber an den Seiten lockig bis zu den Ohren. Das gab dem markant männlichen Gesicht eine feminine Note. Obwohl er eine einfache, schwarze Baumwollhose und ein Simpsons-T-Shirt trug, wirkte er gepflegt und irgendwie vornehm. Später fand sie raus, dass diese Note von der gediegenen Erziehung seiner wohlhabenden, englischen Familie stammte. Unangenehmerweise kam an seiner Seite eine langbeinige Schönheit zum Vorschein, die Sue erst dann bemerkte, als sie den Mund aufmachte und nach einem Tauchkurs fragte. Sue konnte ihr Erstaunen über das Aussehen der Frau kaum verbergen. Die sorgfältig geföhnten Haare und ein prächtig geschminkter Mund ließen sie aussehen, als sei sie eben einem Modemagazin entsprungen. Auf einer Aussteigerinsel wie Utila war das, als wäre sie von einem anderen Planeten gekommen. Während Sue eine bunte Hippiehose und ein verwaschenes T-Shirt trug, hatte diese Schönheit ein elegantes, sehr enges rosa Kleid an, das nichts, aber auch wirklich nichts verhüllte, und die Stöckelschuhe betonten den kurvigen Hintern. Was wollte so ein relaxed aussehender Mann mit so einer Tussi, fragte sich Sue. Als sie ihn besser kennenlernte, wurde ihr klar, dass David Frauen vor allem nach ihrem Aussehen beurteilte. Jede seiner Freundinnen war eine halbverhungerte Frau mit langen Stelzen und perfektem Make-up, und die Brasilianerin, mit der er nach Utila gekommen war, hatte tatsächlich schon als Modell gearbeitete. Ärgerlich bemerkte Sue, wie häßlich sie sich mit der rotzigen Nase und dem unordentlichen Pferdeschwanz vorkam. Blöde weibliche Sozialisierung, schimpfte sie sich selbst, ich bin doch verheiratet.

Sue war professionell genug, um artig Auskunft über Tauchpakete und Kurse zu geben, und das Model buchte einen Anfängerkurs, während David, der schon zwei Tauchkurse gemacht hatte, auf einige Tauchgänge mitgehen wollte. Am nächsten Tag stellte sich allerdings heraus, dass das Model panische Angst vor dem Wasser hatte und den Kurs nicht machen konnte. David jedoch absolvierte seine gebuchten Tauchgänge unter der Leitung der wieder genesenen Sue, und sie bemerkte erfreut, was für ein verantwortungsbewusster und neugieriger Taucher er war. Utila war eine kleine Insel, man lief allen Leuten früher oder später über den Weg, und so traf sie David immer wieder in den Bars und bei diversen Kiff- und Saufgelagen. Da Sues Mann René kein Freund von Partys war, sondern lieber vor dem Computer saß, und das Model bald zu ihrem nächsten Job jettete, sah man Sue und David immer öfter zusammen in einer Ecke sitzen und über Gott und die Welt diskutieren. Sie stritten und lachten und waren beide froh, jemanden zu haben, mit dem sie über etwas anderes als Tauchen und Reisen sprechen konnten. David hatte sich eine Auszeit von seinem Jurastudium genommen und arbeitete wochenweise als Reiseleiter. Er gondelte durch die Welt, immer auf der Suche nach etwas, von dem er selbst nicht genau wusste, was es war. So blieb er wochenlang auf Utila, was Sue mit Wonne und Schmerz erfüllte. Ohnmächtig musste sie mit ansehen, wie Frauen ihn umschwärmten, und er ständig eine neue Freundin hatte.

Es war nicht nur dieses entwaffnende Lächeln, das ihn so anziehend machte, es war auch seine Art, Menschen direkt in die Augen zu sehen, so als wolle er den Grund ihrer Seele erkunden. Seine extrem hellen Augen leuchteten mit Klarheit und Intelligenz, die manchmal auch in Arroganz abgleiten konnte. Trotzdem spürte sie, dass er sie als Freundin und Gesprächspartnerin schätzte. Für ihren Geschmack genoss er es zu sehr, im Mittelpunkt zu stehen, aber sie verstand, dass dahinter das Bedürfnis stand, von allen gemocht zu werden. Sogar René, der anfangs eifersüchtig auf diese Freundschaft war, fing mit der Zeit an, David zu mögen. Trotz ihrer

Vorbehalte gegen Davids Charakter fing Sue immer mehr Feuer und bemühte sich tapfer, es zu löschen, bevor jemand merkte, was los war. Oder sie irgendeine Dummheit beging. Wenn sie zusammen waren, in einer Bar saßen oder nebeneinander in Hängematten schaukelten, dann war es für Sue, als würde die Welt von innen her leuchten. Ging er weg, fiel sie in Dunkelheit, und Schmerz fiel über sie her wie ein hungriger Hund über ein Stück Fleisch. Dann verwandelte sich das innere Glühen in ein Gefühl, als hätte Säure ihre Organe verätzt. Wenn er ihr physisch zu nahe kam, wurde ihr schwindlig, und ihr Kopf fühlte sich leicht und leer an. Es war besser, einen gewissen Abstand zu wahren, und es kostete sie alle Selbstdisziplin, über die sie verfügte, um dieser Anziehungskraft nicht nachzugeben. Sie kämpfte verzweifelt darum, bei klarem Verstand zu bleiben und sich nicht in ein kicherndes und ihn anhimmelndes Dummerchen zu verwandeln. Stattdessen klammerte sie sich wie eine Ertrinkende an René, war doppelt freundlich zu ihm und abweisend zu David. In Diskussionen griff sie ihn schärfer an als notwendig und kritisierte leidenschaftlich seine Ansichten und Meinungen, nur damit nicht der Verdacht aufkam, sie könnte irgendetwas anderes als Freundschaft für ihn empfinden. Manchmal widersprach sie ihm einzig und allein deswegen. Das half, tiefes Selbstmitleid zu vermeiden, es half jedoch nicht gegen die Sehnsucht. So glücklich sie in Davids Gegenwart war, so gerne wollte sie heulen, wenn sie nach Hause zu René zurückkehrte, der immer so nett und brav und langweilig war. Manchmal spielte sie mit dem Gedanken, ihren lieben, guten Teddybär zu verlassen und David die Wahrheit zu sagen. Doch je besser sie ihn kennenlernte, desto mehr war sie davon überzeugt, dass David sie genauso benutzen und dann wegwerfen würde wie die vielen Frauen, die sie kommen und gehen sah. Da blieb sie lieber in Sicherheit auf ihrer Freundschaftsposition sitzen, die ihn wenigstens in ihrem Orbit hielt. Nur ihr dummes, unvernünftiges Herz wollte mit David zusammen sein, während ihr disziplinierter Verstand das kategorisch ablehnte. Sie ließ den Verstand gewinnen. Im Laufe der Jahre lernte sie, in Davids Gegenwart einen bestimmten Teil in ihrem Kopf und das Herz abzuschalten, damit sie nicht zu Grunde ging oder ihren Ehemann verlor.

Nach einem Jahr in Utila, in dem sie schon als Divemaster arbeitete und René anfing, sich zu langweilen, ging ihnen das Geld aus. René schlug vor, nach London zu gehen und dort zu arbeiten, bis sie finanziell saniert waren. Sie war ihm dankbar, dass er nicht vorgeschlagen hatte, nach Österreich zurückzukehren, und willigte ein. Schließlich war er auf ihr Drängen hin mit ihr zwei Jahre auf Weltreise gegangen, sie fand, dafür war sie ihm etwas schuldig.

London war allerdings nach so langer Zeit, die sie außerhalb Europas verbracht hatten, ein kultureller und emotionaler Schock. Glücklicherweise war zu der Zeit auch David in der Stadt und stand ihnen mit Rat und Tat zur Seite. Durch seine Vermittlung fand René Arbeit bei einer Bank, während Sue in einer Werbeagentur jobbte. Der Job war zwar kreativ, aber in der Firma herrschte eine starke Konkurrenz um Aufträge und Berufskontakte. Dadurch wurde der Alltag nervenaufreibend und Sue hasste ihre Arbeit bald so sehr, dass nicht einmal der fette Gehaltsscheck sie aufheitern konnte.

Das Einzige, dass ihr Freude bereitete, war das Yoga. In der Nähe ihrer Firma gab es eine großes Yogastudio, und ihre Lehrerin beeindruckte Sue so sehr, dass sie auch eine Lehrerausbildung absolvierte. Sie träumte davon, wieder nach Indien zu reisen, um dort weiter Yoga studieren zu können.

„Lass uns doch rund um Ostern einen Monat freinehmen und nach Indien fliegen," sagte sie zu René. „Ich könnte da einen Yogakurs machen, wir könnten uns Hampti ansehen, das haben wir das letzte Mal verpasst, und dann weiter nach Goa reisen und am Strand entspannen."

René sagte nichts, verzog nur angewidert das Gesicht.

„Endlich mal wieder richtiges indisches Essen," versuchte Sue es weiter.

„Gute indische Restaurants gibt es auch hier in London," sagte René abweisend.

„Ja, aber die kosten ein Vermögen," konterte Sue ärgerlich.

„Wir können uns das jetzt leisten," meinte René und wollte nichts mehr von einem Urlaub in Indien hören.

Tatsächlich verdienten sie so gut, dass sie bald in eine bessere Wohnung ziehen konnten. René schaffte sich ein schickes Handy an, kaufte teure Anzüge für die Arbeit, und sie gingen in Restaurants, wo das Abendessen mehr kostete als ein halber Monat Leben in Indien. Sue lief in ihrer Freizeit in ihren farbenprächtigen Hippie-Klamotten herum und behielt ihre romantischen Zukunftswünsche von einem anspruchslosen Leben unter Palmen an irgendeinem Strand.

Als David ihr einmal von Dahab erzählte, das er vor kurzem entdeckt hatte, buchte sie einen Flug nach Ägypten. Sie wollte endlich wieder einmal aus der Großstadt rauskommen und tauchen gehen. Sie flog ohne René, der keinen Urlaub bekommen konnte oder wollte, und es war das erste Mal, dass sie alleine unterwegs war.

Vom ersten Moment an, als sie durch die farbenprächtigen Berge von Sharm nach Dahab fuhr, war Sue von dieser Bergwüste fasziniert. Auch wenn die Unterwasserwelt sich nicht mit der von Indonesien oder Australien vergleichen ließ, so war sie doch schön, und schon nach wenigen Tagen bekam sie ein Angebot, als Divemasterin zu arbeiten. Sie hätte auch gerne eine Yogaklasse besucht, hörte dann aber zu ihrem Erstaunen, dass es keine gab. In einigen Hotels gab es Yogaferien für Touristen, die über eine Woche gingen, doch es gab keine regelmäßigen Yogaklassen für die Bewohner von Dahab. Während Sue eines Morgens in einem der Beduinenrestaurants am Strand saß und zum Frühstück Humus mit Brot aß und einen starken Kaffee trank, formte sich in ihrem Kopf eine wunderbare Zukunftsvision. Sie könnte in Dahab Yoga und Tauchen unterrichten und mit René eine Familie gründen. Er fand sicher Arbeit in einem Tauchshop oder in einem Reisebüro. In ein paar Jahren könnten sie ein Haus kaufen, ihre Kinder würden im Meer schwimmen und tauchen lernen, es wäre das perfekte Leben unter der warmen ägyptischen Sonne.

Nach zwei Wochen hatte Sue sich ihre Zukunft in allen Details ausgemalt und flog mit großen Hoffnungen und unzähligen guten Argumenten zurück nach London. Sie glaubte tatsächlich, in wenigen Monaten mit René zurückkehren zu können.

Aber René wollte nichts von dem abenteuerlichem Leben in einem winzigen Dorf am Ende der Welt wissen, er wollte in London bleiben. Geld und Alter hatten ihn verändert. Zum ersten Mal in ihrer langen Ehe widersprach er ihr bei einer grundsätzlichen Entscheidung.

„Ich habe mich für dich verbogen, so weit ich konnte," sagte er. „Jetzt kann ich nicht mehr. Ich will an meiner Karriere arbeiten und nicht in irgendeinem Loch versumpfen."

Sue tat ihr Bestes, um sich mit seiner Entscheidung abzufinden, aber nach einem halben Jahr wurde ihr klar, dass auch sie sich nicht um ihrer Ehe willen so weit verbiegen konnte. Es war Zeit, alleine weiterzuziehen.

Der Abschied von René war seltsam unsentimental. Es war, als hätten sich in den langen Jahren ihrer Ehe die Fähigkeit zu Drama und starken Gefühlen in der alltäglichen Übung des Kompromisses erschöpft. Sie gingen sachlich und zweckdienlich an die Sache heran.

„Versuche es für ein paar Monate, wenn es schief geht, dann komm einfach wieder zurück," meinte René.

Sue nickte dazu, aber sie wusste, dass das unmöglich war. Es war nur seine Art, sie zu unterstützen, doch ihnen beiden war klar, dass nichts mehr rückgängig zu machen war. Er brachte sie sogar noch zum Flughafen, und da war es schon, als würden sich zwei Fremde von einander verabschieden.

„Danke für alles," sagte Sue, als sie mit dem Handgebäck und dem Pass in der Hand vor der Passkontrolle standen.

„Ich werde dich vermissen," sagte René.

Sue wusste aus Erfahrung, dass er traurig war, auch wenn er sich das nicht anmerken ließ.

„Ich werde dich viel mehr vermissen, als du je ahnen wirst," sagte Sue. „Ich wünschte, du könntest mitkommen."

„Ich wünschte, du könntest bleiben."

Für einen Moment kam ein Funken der Liebe, die sie für einander empfanden, doch zum Vorschein. Sie umarmten sich, küßten sich sanft, und dann drehte Sue sich um und ging davon, ihrem neuen Leben entgegen. Als sie sich in der Warteschlange noch einmal umdrehte, um nach René zu sehen, vielleicht um noch einmal zu winken, war er schon in der Menschenmenge verschwunden.

Kaum war sie mit zwei Koffern, der Yogamatte und ihrer Taucherausrüstung in Dahab angekommen, wusste sie, dass sie die richtige Entscheidung getroffen hatte. Die Vorfreude und Aufregung verdrängte schnell das Gefühl, eine Grundfeste in ihrem Leben verloren zu haben. Sie stützte sich jetzt nicht mehr auf René, sie stand auf ihren eigenen zwei Beinen, und das Leben machte solchen Spaß.

Alles fügte sich auf wunderbare Weise zusammen, sie bekam sofort Arbeit, freundete sich mit netten Leuten an und lebte kurze Zeit später mit Vic und Tamara in einer gut funktionierenden Wohngemeinschaft. Das Leben floss wie Honig, süß und fruchtig dahin, David kam alle paar Monate zu Besuch und brachte Neuigkeiten aus der europäischen Welt. Warum zum Teufel tauchte er jetzt bei ihrem Fenster auf und brachte ihr schwereloses Hippieleben durcheinander?

Das war doch ein Irrsinn, er hatte doch so ganz andere Vorstellung vom Leben und der Zukunft als sie. Wie oft war er über den Wahnsinn, Kinder in diese grausame Welt zu setzen, hergezogen, und wie oft hatte er eine Frau nur deswegen verlassen, weil sie Babys niedlich fand und ihn dann hungrig ansah.

"Ein Kind ist viel zu viel Verantwortung," sagte er einmal, als sie am Strand saßen und die Mütter beobachteten, die mit ihren Babys im seichten Wasser spielten.

"Eine Familie bindet dich an einen Ort und bestimmt dann jahrzehntelang, was du zu tun hast. Mit Kindern verliert man jede Freiheit, das tue ich mir auf keinen Fall an. Eine Freundin ist schon Bürde genug, die nur durch fantastischen Sex aufgewogen werden kann."

Das war seine Ansicht, und Sue verstand sie bis zu einem gewissen Grad. Aber für sie gehörten mittlerweile zu einer ernsthaften Beziehung eben auch Haus, Hund und Kind. Das war mit David unmöglich, und bei aller Verliebtheit konnte sie da nicht über ihren Schatten springen.

Was für ein Schwachsinn, dass er hier auftauchte und von Liebe faselte. Sicher war es nur eine dumme Idee von ihm gewesen, ein gemeiner Scherz, vielleicht eine Saufwette. Es war richtig gewesen, ihn wegzuschicken. In ihrem Kopf klang das alles sehr vernünftig, es verhinderte jedoch nicht, dass jede Zelle ihres Körpers und jede Faser ihres Seins nach ihm verlangte.

Warum bloß hatte sie ihn weggeschickt? Er hatte gesagt, die Dinge hätten sich geändert, aber sie hatte ihm nicht geglaubt. Auf der anderen Seiten wollte sie doch gar nicht mit einem Mann wie David zusammen sein. Das hatte sie doch vor langer Zeit beschlossen, Männer wie er brachten nur Probleme und gebrochene Herzen. Aber …

Ein Teufelskreis der immer gleichen Gedanken marterte Sue, bis sich endlich Schlaf um ihre Gedanken wickelte und sie in erlösende Bewusstlosigkeit zog.

Die nächsten Tage verbrachte sie in einem seltsam tauben Zustand. Sie ging arbeiten, traf Freunde, lachte und tat alles, was sie auch sonst machte, außer David zu treffen. Glücklicherweise lief sie ihm nicht einmal zufällig über den Weg, wobei sie sorgfältig die Sunshine-Bar vermied, wo er oft mit Freunden trank und sich Sportübertragungen ansah.

Mit jedem Tag, der verstrich, machte sich eine größere Leere in ihr breit, die all die Dinge einfach verschlang, die sie sonst glücklich machten: die Palmen, die Kamele, die meckernden Ziegen vor dem Fenster, die Weite des Meeres, die strahlende Sonne und die wohlige Wärme. Sie fühlte sich tot und wusste, sie musste etwas unternehmen, um aus diesem Loch herauszukommen. Am Besten war es, für ein paar Tage oder eine Woche abzuhauen, sie konnte nach Ras Abu Galum oder vielleicht sogar weiter die Küste hinauf nach Ras Sheitan gehen. Vielleicht war David dann schon abgereist, wenn sie nach Dahab zurückkehrte.

Der Gedanke, ein paar Tage von der Welt abgeschieden in einer Strohhütte am Strand auszuspannen, gewann solche Attraktivität, dass sie begann, einen kurzen Urlaub für das Wochenende zu organisieren. Die kleine Oase Ras Abu Galum lag nur wenige Stunden Fußmarsch nördlich von Dahab und war genau der richtige Ort, um Abstand zu finden. Sie konnte dort Yoga am Strand machen und ihre innere Ruhe wieder finden. Sie wusste, dort konnte sie heilen und ihre heftigen Gefühle für David wieder unter vernünftigen Argumenten begraben.

Am Montagabend des 24. April 2006 gegen sieben Uhr stand Sue in der Küche und kochte Pasta und Zuccini in Tomatensoße. Sie genoss die Ruhe und war froh, nichts in der Bucht zu tun zu haben. An diesem Tag feierte man in Ägypten das Frühlingsfest, und Dahab war voller Leute aus Suez und Kairo, die den Strand und das angenehme Wetter genießen wollten.

Während es unten in der Bucht von Menschen wimmelte und laute Musik aus den Restaurants plärrte, war es in Assala, wo Sue wohnte, herrlich ruhig. In der Nachbarschaft röhrte ein Kamel, und hin und wieder fuhr ein Jeep vorbei. Sie war alleine zu Hause, denn Vic war auf eine Tauchsafari nach Sharm el Sheik gegangen und Tamara vor einiger Monaten mit Achmed zusammen in ein altes Haus am Strand gezogen. Ihr Zimmer hatten sie bisher nur kurzfristig vermietet und noch niemanden gefunden, mit dem sie länger zusammenleben wollten. Die Sonne stand schon weit im Westen und warf ein mildes Licht auf den früh sommerlichen Abend. Wäre die Sache mit David nicht gewesen, dann hätte sie einen entspannten Abend genießen können. So aber war sie fahrig und ungeduldig und hätte sich fast das kochend heiße Nudelwasser über die Hände geschüttet.

Sie fragte sich, während sie auf ihren Lippen herumkaute, wie lange es wohl dauern würde, bis sie endlich wieder ihr inneres Gleichgewicht finden konnte, und wünschte, es wäre schon Donnerstag und sie unterwegs nach Norden, bloß weg von David und seinem dummen Liebesgeständnis.

In dem Moment, als sie die Nudeln absieht, gab es irgendwo in der Nähe ein ungeheuer lautes Bum. Und dann eine halbe Minute später noch zweimal genauso stark: bum, bum. Es klang nach Explosionen, und sie waren so heftig, dass Sue die Erde beben fühlte. Sie hob den Kopf und sah irritiert aus dem Fenster, so als könnte sie am Himmel ablesen, was da geschehen war. Der Himmel war von dunklem Abendblau, sie konnte nirgendwo eine Rauchsäule entdecken, die auf eine Detonation oder ein Feuer hingedeutet hätten, auch waren keine Sirenen zu hören. Die Donnerschläge waren so nah gewesen, dass sie keine Sprengung in den Bergen für die neue

Straße nach Dahab sein konnten. Auch würde an diesem Feiertag keiner auf einer Baustelle arbeiten. Die erste Erklärung, die ihr in den Sinn kam, war, dass vielleicht eines der neuen Gebäude, die jetzt überall gebaut wurden, eingestürzt war, möglicherweise oben beim Markt.

Wahrscheinlich würde sie morgen eine dieser Geschichten hören, wie diejenige von dem Einkaufszentrum, bei dem man eine dicke Pyramide über den Eingang hatte setzen wollen, davor aber weder Statik noch Gewicht des Baustücks berechnete. Es fiel zweimal herunter, noch bevor der Beton trocken war, und als es beim dritten Mal einen Arbeiter unter sich begrub und tötete, gab man das Vorhaben schließlich doch auf und setzte stattdessen den schlanken Schakalkopf des Gottes Anubis an die Stelle.

Vermutlich, so dachte Sue, während sie ihr Abendessen auf einem Tablett in den Garten trug, war jetzt etwas ähnliches geschehen. Etwas auf einer der vielen Baustelle war wohl in die Luft geflogen, irgendjemand hatte etwas unsachgemäß stehen lassen, und das war explodiert oder kaputt gegangen. Hoffentlich hatte es keine Verletzten gegeben.

Sue hatte gerade zwei Bissen gegessen, als ihr Handy klingelte. Normalerweise ignorierte sie so etwas, während sie aß, doch als sie 'Mama' am Display las, nahm sie den Anruf an.

"Oh mein Gott," schrie ihre Mutter so laut, dass Sue das Telefon vom Ohr weghalten musste, „geht es dir gut?"

"Ja, natürlich," sagte Sue verwundert, "was ist denn los?"

"In den Nachrichten haben sie gesagt, dass es in Dahab einen

Bombenanschlag gegeben hat. Bist du in Ordnung?"

"Ja, alles gut! Was haben sie gesagt?", rief Sue aufgeregt und versuchte einen vernünftigen Gedanken zu fassen.

"Nicht viel, es waren Sondernachrichten, sie haben dem Moderator nur einen Zettel hingelegt, mit der Nachricht von drei Bomben in Dahab." Ihre Mutter klang atemlos.

Bum. Bum, Bum.

Das waren Bomben gewesen. Sue wurde in der warmen Luft eiskalt.

„Du meine Güte, so schrecklich, bitte gib acht auf dich," weinte ihre Mutter jetzt ins Telefon. „Komm sofort nach Hause, du kannst da nicht bleiben."

Für einen Moment ersetzte Ärger den Schrecken in Sues Herzen. Mutters Art über andere Leute zu bestimmen, brachte sie leicht in Rage, doch so wie sie es durch ihre Yogaübungen gelernt hatte, holte sie tief Luft, hielt kurz den Atem an und sagte dann kontrolliert:

"Mach dir keine Sorgen, Mama, ich bin in Sicherheit. Ich habe die Explosionen gehört, aber die waren weit weg. Ich wusste nicht, dass es Bomben waren," sagte sie, während diese Tatsache langsam in ihr Bewusstsein eindrang. Bum. Bum, bum. Bomben. Tote. Verletzte. Oh Gott, da unten waren ihre Freunde. Und vielleicht David!

"Mama," sagte Sue jetzt eilig, "Mama, ich muss Schluss machen, ich muss meine Freunde anrufen."

"Aber ..."

Dann war die Leitung tot.

Sue drückte hektisch eine Nummer nach der anderen, bekam aber kein Freizeichen. Die Leitungen waren zusammengebrochen. Wenn die Nachricht schon nach fünfzehn Minuten in den europäischen Medien gelandet war, dann rief jetzt jeder seine nächsten Verwandten und Freunde an. Mit wässrigen Augen saß Sue starr dar, das Handy in der leblosen Hand, die Gabel mit einer aufgespießten Nudel in der anderen. Bum. Bum, bum.

Was sollte sie jetzt tun? Sie zwang sich, noch ein paar Bissen zu essen. Eigentlich war sie sehr hungrig, sie hatte den ganzen Tag gearbeitete und keine Zeit gefunden, mehr als eine Banane und ein Yoghurt zu essen. Erleichtert dachte sie daran, dass man ihr keinen Nachttauchgang gegeben hatte, sonst wäre sie jetzt unten in der Bucht, käme vielleicht gerade aus dem Wasser, mitten hinein in einen Alptraum.

Sie schob sich geistesabwesend noch zwei Bissen in den Mund, aber das Essen widerstand ihr, ihr war kotzübel. Sie konnte sich vorstellen, was unten am Strand los war, und nicht einmal die Angst um David würde sie dorthin bringen. Es war unmöglich, sich Leichenteile, Blut und schreiende Menschen anzusehen, hilflos dabei zustehen, während die Opfer litten und starben. Sie wollte nicht sehen, ob David unter ihnen war. Aber sie musste auf andere Weise in Erfahrung bringen, wo er war, und wie es den anderen ging. Sie konnte herumfahren und die Häuser von Freunden abklappern und überall nachfragen. Das war immerhin einen Plan. Sue sprang auf, brachte das Tablett zurück in die Küche, ließ den Teller scheppernd in die

Abwasch fallen und lief wieder hinaus, um sich aufs Rad zu schwingen.

Zuerst fuhr sie durch Assala. Die Fenster von Davids Haus waren dunkel, und ihr drehte sich der Magen um. Es konnte gut sein, dass er sich mit Freuden in der Bucht zum Abendessen getroffen hatte. Sie versuchte, den Gedanken nicht weiter zu spinnen.

Sie fragte bei Ying nach, die in derselben Straße wohnte und zu Hause war. Die Chinesin wusste von nichts, sie hatte zwar die Explosionen gehört, aber gedacht, in einer Tauchschule seien Gas- oder Sauerstoffflaschen explodiert. Als Sue ihr erzählte, was geschehen war, schlang Ying beschützend die Arme um ihren vierjährigen Sohn Marvin. Er sprach mit Sue Englisch und mit seiner Mutter Kantonesisch, aber Sue hatte jetzt keinen Kopf dafür, seine Vielsprachigkeit zu bewundern. Ying bot ihr einen Jasmintee an, den Sue nervös trank, aber sie konnte nicht ruhig sitzen bleiben.

"Es ist besser, wenn du hier bleibst," meinte Ying. "Es ist besser, sich aus allem rauszuhalten."

"Ich gehe nicht runter an den Strand," sagte Sue, "aber ich muss wissen, was mit den anderen los ist."

Zwei Straßen weiter wohnte Maike, die Sue nur von Partys kannte, trotzdem klopfte sie bei ihr an. Bei Maike lief der Fernseher mit Nachrichten, und sie war gerade dabei, eine große Tasche mit Medikamenten und Verbandszeug vollzustopfen. Maike lebte schon lange in Dahab und sprach ausgezeichnet Arabisch. Sie übersetzte, was der ägyptische

Nachrichtensender berichtete.

"Drei Selbstmordattentäter, links und rechts der Brücke und einer vor dem großen Ghazala-Supermarkt. Mehr wissen sie nicht, aber schon spekulieren sie, dass es ein Anschlag von Al Kaida war."

Maike verschloss die prall gefüllte Tasche.

„Ich muss jetzt los. Ich fahre ins Krankenhaus, da können sie mich sicher gut gebrauchen."

Maike war gelernte Krankenschwester, die vor einigen Jahren auf Physiotherapeutin umgesattelt hatte. Oft verbrachte sie den Sommer in der Schweiz, um dort zu arbeiten, und den Rest des Jahres in Dahab. Sue bewunderte, dass Maike sich freiwillig dem Horror stellen wollte, auch wenn sie in ihrem Beruf sicher schon viel Schlimmes gesehen hatte.

Nachdem Maike in ihr Auto gesprungen und weggefahren war, fuhr Sue zu Tamara und Achmeds Haus am Strand, aber auch dort war niemand zu Hause. Die Straßen waren seltsam leer und still, immer noch hörte man keine Sirenen, vermutlich gab es gar keine. Sue beschloss, in Richtung Lighthouse zu radeln und beim Sunshine-Hotel vorbeizuschauen. Sie hoffte, David wäre in der Bar, vielleicht auch noch andere Leute. Dort angekommen sah sie Tamara auf den Stufen vor dem Büro des Hotels sitzen. Ihr dicker, blonder Haarschopf war zu einem Zopf geflochten, doch etliche Strähnen hatten sich gelöst und verstärkten den verwirrten Ausdruck in ihren Augen.

Sue stellte ihr Rad ab und setzte sich zu ihr.

„Wo warst du?", fragte Sue unvermittelt.

„Unten am Strand, mitten drin," sagte Tamara stockend. „Es sieht aus wie im Krieg. Ich bin fünf Minuten vorher über die Brücke zum Tauchcenter gegangen, ich war im großen Ghazala-Supermarkt einkaufen. Wäre ich ein paar Minuten später gekommen, wäre ich jetzt wahrscheinlich tot."

Sue war versucht, ihren Arm um Tamara zuzulegen, doch die war nicht der anschmiegsam Typ, und so ließ sie es lieber bleiben.

"Wir hörten wumm," erzählte Tamara weiter, "und dann noch zweimal wumm, wumm. Wir liefen aus dem Tauchcenter direkt hinein in das Chaos. Blut, schreckensgeweitete Augen, zerrissene Körper, Kinder, ..."

Ihre Stimme versagte, und sie begann zu weinen. Jetzt nahm Sue sie in den Arm.

"Achmed," schluchzte Tamara, "ist mit ein paar ausländischen Verletzten ins Krankenhaus gefahren, um zu übersetzen. Mein Gott, es war schrecklich, wir haben Erste Hilfe geleistet mit dem, was wir im Tauchcenter hatten, der Krankenwagen hatte nicht einmal Verbandszeug, gar nichts, und da war soviel Blut."

Sue war froh, nichts davon gesehen zu haben, sonst hätte sie ein Leben lang davon geträumt und wäre wochenlang schreiend aufgewacht. Sie wollte Tamara fragen, ob sie David gesehen hatte, doch gleichzeitig hatte sie Angst vor der Antwort. Eine seltsam Eingebung brachte sie dazu, den Kopf zu heben. Sie blickte die Straße hinauf und sah in diesem Moment David auf sich zukommen.

Er ging so lässig und elegant wie immer, aber in seinem

Gesicht standen Schock und Ernst. Als er Sue erkannte, weiteten sich seine Augen vor Freude, und sie wusste, das war es jetzt.

Sie ließ Tamaras Schulter los, stand auf und schien dann mehr auf ihn zuzugleiten als zu gehen. Ihre Augen bildeten eine Bahn, auf der sie aufeinander zuschwebten. Es kümmerte sie nicht, dass Leute herumstanden und starrten, dass in der Nähe Menschen schrien und starben, oder ob die Zukunft schmerzhaft werden konnte. Er war da. Er war am Leben. Er liebte sie. Jetzt. Nicht später. Er öffnete die Arme und sie fiel hinein, sie fiel in einen Kuss, der alles besiegelte.

Nachdem die Ewigkeit des Augenblicks vergangen war, kehrten sie auf dem Boden der Realität zurück und lösten sich langsam voneinander, wobei ihre Hände umschlungen blieben.

"Wo warst du?"

"Im Wadi, bei einem Beduinenessen. Wir sind erst vor zwanzig Minuten zurückgekommen. Und du?"

"Zu Hause. In der Küche."

"Ich bin so froh."

"Ich auch."

Kein weiteres Wort war mehr nötig. Sie gingen zusammen zu Tamara, die sagte:

"Ich will nach Hause gehen. Kommt doch alle mit, wir brauchen etwas zu trinken. Keiner sollte jetzt alleine sein," setzte sie noch dazu.

Bei Tamara tranken sie Whisky bis zum Morgengrauen und ließen laute Musik aus den offenen Fenstern plärren. Mit zunehmender Betrunkenheit rissen sie immer bösere Witze über Bombentote und Anschläge. Zwei Jahre zuvor hatte es einen Anschlag in Taba gegeben, eine Stadt nördlich von Dahab, die an der israelischen Grenze lag, und im Vorjahr war Sharm el Sheik im Süden an der Reihe gewesen. Dort hatten es ein Blutbad auf dem belebten alten Markt gegeben. Jetzt war Dahab dran gewesen. Al-Kaida sagten die einen, rebellische Beduinen, die sich die Bevormundung durch die Ägypter nicht mehr gefallen lassen wollen, sagten die anderen. Was 2001 mit den Zwillingstürmen in New York angefangen hatte, hatte jetzt ihr kleines Dorf zwischen Wüste und Meer erreicht.

Die unsichtbaren Buschtrommeln verbreiteten rasch die Nachricht, dass man sich bei Tamara versammelte, und bald waren an die zwanzig Leute da. Den Neuankommenden stand der Schreck ins Gesicht geschrieben, doch weil es jede Menge Alkohol gab, geriet die Versammlung zu einer Party, die das Leben feierte und dem Tod den ausgestreckten Mittelfinger zeigte. Haschisch und Alkohol halfen, den Schrecken an den Rand des Bewusstseins zu verbannen. Als Achmed gegen drei Uhr früh nach Hause kam, bemerkte Sue, wie grau und mitgenommen er aussah. Mit einem angewiderten Blick betrachtete er die versammelte Horde und ging ins Schlafzimmer, demonstrativ die Tür hinter sich schließend. Sue sah Tamara fragend an, doch die zuckte nur mit den Schultern. Jedem das seine, sollte das wohl heißen. Dann schenkte sie allen Whisky nach.

Bei Morgengrauen, als einer nach dem anderen dann doch

einschlief oder heimging, verließen Sue und David die Party und spazierten langsam den Strand entlang. Es war ein bedrückend schöner Morgen, der goldene Ball über den Bergen Saudi-Arabiens warf zuerst fahle blaue und rosa Schatten über das Wasser und stieg dann aufglühend höher. Nach wenigen Minuten war die Luft klar und alle Farben bestechen scharf. Der Golf von Aqaba glänzte wie eine hellblaue Spiegelscheibe, der Sand war von warmem Orange und der Himmel so blau wie Davids Augen. Das Saumriff lag wie ein hellgrünes Band an den Strand geschmiegt, das Wasser dahinter war tiefblau und mit einigen weißen Schaumkronen verziert. Der Strand lag verlassen da, nur bei Eel Garden ging eine alte Europäerin mit ihrem kleinen, weißen Schickimickihund spazieren. Sue nickte ihr höflich zu, aber die Frau schien sie gar nicht wahrzunehmen. Der Hund kläffte ängstlich und störte die berauschende Ruhe einen Moment lang, dann aber gingen sie weiter, und Sue und David hatten die Strand wieder für sich allein.

„Wie kann die Welt nur so schön sein und im gleichen Moment so grausam?", fragte Sue, als sie einen Moment stehen blieben, um den Ausblick zu genießen. Bei Eel Garden war das Riffdach breit und die Sandfläche, auf der hunderte Aale wohnten, zauberte ein Türkisblau zwischen das Grün und Dunkelblau. Dahinter lagen majestätisch still als unverrückbares Monument die Sinaiberge. Sie waren von bräunlich-rötlicher Farbe und von schwarzen und malachitfarbenen Streifen und Flecken durchzogen. Wenn die

Luft so durchsichtig und klar war, dann hatten die Berge die Feinheit einer Bleistiftzeichnung. Sie ruhten in sich selbst, unbewegt und unverändert, seit Moses hier auf der Flucht vor dem Pharao durchgezogen war. Es gab keinen Baum, keinen Strauch, kein Tupfer Grün, die von der Masse der Berge abgelenkt hätte, sie hatten die blanke Schönheit einer Mondlandschaft, aber nicht deren Kälte.

"Wenn du diese Frage zufriedenstellen beantworten könntest, würden sie dir einen Nobelpreis verleihen," sagte David ironisch. Dann aber wurde er ernst:

"Ich frage mich, was jemanden dazu bringt, so einen Anschlag zu verüben. Ich meine, wie kann einer mit Sprengstoff und Schrapnell an den Körper geschnallt auf der Brücke stehen, Kinder und Familien auf sich zukommen sehen, wissen, dass er die jetzt tötet oder schwer verletzt, und trotzdem den Knopf drücken? Was geht im Kopf eines solchen Menschen vor? Was hat ihn zu diesem Punkt gebracht?"

"Er glaubt, er kommt direkt ins Paradies," sagte Sue bitter. "Er glaubt, mit dem Tod unbeteiligter Leute würde sich irgendetwas auf der großen Weltbühne ändern. Er muss alles hassen und zu keinem Mitgefühl mehr fähig sein, sonst könnte er das nicht durchziehen."

"Er muss sich für etwas Besseres halten," meinte David, "er muss über allem stehen, glauben, dass er in einem höheren Auftrag handelt und dass all das Leid entschuldbar ist."

"Einfach schrecklich," meinte Sue und konnte trotzdem nicht umhin, sich unsagbar glücklich zu fühlen. Weil David ihre

Hand hielt, weil er nicht tot war, nicht einmal verletzt, und weil sie ganz einfach noch lebten.

"Wir können bei mir frühstücken," schlug Sue vor, und David nickte. Sein Blick war abwesend.

"Worüber denkst du nach?", fragte Sue.

"Gut und böse," sagte er prompt. Sie zog fragend die Augenbrauen hoch.

"In allen Mythen, Legenden und Geschichten siegt das Gute über das Böse, das Licht ist stärker als das Dunkel, die Liebe triumphiert über den Hass. Harry Potter kann nur über Lord Voldemord siegen, weil er fähig ist zu lieben. In den Star-Wars-Filmen muss die dunkle Seite am Schluss der Kraft des Guten unterliegen."

"Die gute Prinzessin bekommt am Ende den schönen Prinzen, während die bösen Schwestern bestraft werden," warf Sue ein. "Die böse Hexe wird von Hänsel und Gretel in den Ofen gesteckt und verbrannt."

David nickte.

"Diese Geschichten entsprechen keineswegs unserer Realität, sieh dir doch nur die Nachrichten an. Die Mächtigen sind korrupt und brechen ohne Gewissen Kriege vom Zaun, weil sie mehr Macht haben wollen. Die Reichen nutzen die Armen aus und tun alles, um diesen Zustand zu zementieren. Die Unschuldigen leiden, während die Schuldigen sich ihre Freiheit erkaufen können und ohne Strafe davon kommen. Vielleicht brauchen und lieben wir deswegen diese Heldengeschichten. Damit wir die Kraft finden, weiter zu machen, obwohl uns immer wieder Unglück widerfährt. Der Held muss sein Ziel trotz aller widrigen Umständen erreichen und triumphieren, sonst interessiert sich kein Mensch für so eine Geschichte. Jede Geschichte, jeder Mythos ist nur dann interessant, wenn der Held zumindest moralisch siegt und dem Bösen zumindest eine Zeit lang Einhalt geboten wird. Wir brauchen diese Hoffnung. Am Liebsten sind uns die Geschichten, in denen das Böse endgültig besiegt wird, wie das bei Harry Potter oder jedem schnulzigen Hollywoodfilm der Fall ist. Daran wollen wir glauben, daran müssen wir glauben. Verlieren wir die Hoffnung an den Sieg des Guten am Ende, dann ist das Leben unerträglich schrecklich."

Sue war einen Moment still und dann kam ihr ein neuer Gedanke.

"Vielleicht kommt das von den Religionen, die sind doch die besten Geschichtenerzähler. Sie gründen sich auf den Mythos eines gerechten Gottes und dass durch dessen Lehre alles Leiden am Ende irgendwie Sinn macht. Jesus predigte Liebe und Vergebung, den Gläubigen wird himmlische Seligkeit versprochen. Die Juden warten auf den Erlöser, der alles Übel in der Welt beendet, und die Moslems glauben an ein Paradies, in das nur den Rechtgläubigen Eintritt gewährt wird. Der Selbstmordattentäter glaubt auch, er sei ein strahlender Held, der wie Gott das Recht hat, über Leben und Tod zu entscheiden. Was für ein Machtrausch!"

David schwieg ein paar Momente, um nachzudenken. Das war, was Sue so sehr an ihm liebte. Die Art, wie er ihre Gedanken ernst nahm, und die Möglichkeit, über jedes Thema mit ihm reden zu können. Sie bogen jetzt vom Strand ab und gingen die stille Straße hinauf zu Sues Haus. Der Geruch von frischer Meeresluft verschwand, und es roch nach Sand und Staub und süßlich nach verfaulten Lebensmitteln, als sie zwei überfüllten Müllcontainern passierten. Sue dachte, wie seltsam es doch war, dass erst angesichts des Horrors der Welt ihr Widerstand gegen die Liebe zu David zerbrochen war. Aus dem uralten Gefühl heraus, dass sie die Liebe als Gegengewicht zu all dem Schlimmen, das Menschen sich antaten, brauchte. Wenn das hier ein Film oder ein Buch wäre, dann hätte die Geschichte mit dem Kuss vor dem Sunshine-Hotel geendet. Doch das Leben ging weiter, immer weiter.

Dann sagte David:

"Kann sein, dass du recht hast. Alle verdammen das Böse. Obwohl die Menschen so viele schlimme Dinge tun, wird das Böse an sich selten verherrlicht oder gepriesen. Auch ein Neonazi, der auf einen anderen einprügelt, denkt, er ist der Gute, der das Böse bekämpft. Der Selbstmordattentäter muss daran glauben, dass er das Richtige tut, und Gott ihn irgendwie belohnt."

"Wenn ich mir das Leben von jungen Palästinensern, Iranern, Afghanen oder auch der Beduinen ansehe," sagte Sue, "dann haben die doch kaum Hoffnung, dass ihr Leben je besser werden könnte. Sie haben den Glauben an eine gerechte Welt verloren. Sie wollen nur noch jemandem wehtun und sich endlich einmal mächtig fühlen. Endlich einmal die Kontrolle über das haben, was geschieht. Endlich einmal nicht Opfer, sondern Täter sein. So trägt sich die Gewalt von Generation zu Generation weiter, ohne Ende."

„Es ist schlimm, dass diese Attentäter immer junge Leute sind, die leicht zu beeinflussen und zu begeistern sind. Die mächtigen Führer bleiben im Hintergrund und am Leben. Die machen nur Propaganda und sterben mit achtzig im Bett."

"Außer eine Drohne erwischt sie oder die Navi Seals," bemerkte Sue sarkastisch.

"Ja, aber ist das gerechter als ein Attentat? Wo ist der Richter, der das Todesurteil verhängt hat? Wo ist der Schuldbeweis, wo ein öffentliches Verfahren, ein gerechtes Urteil? Das ist genauso ein Attentat, das wieder neue Gewalt erzeugt, weil da auch ein Vater, Bruder, Onkel oder Sohn getötet wird."

Sue konnte an Davids Stimme die Anstrengung der Nacht und Mutlosigkeit anhören. Es war Zeit, das Thema zu wechseln.

„Wollen wir etwas frühstücken?"

Sie waren bei ihrem Haus angekommen, und Sue schloss die Gartentür auf. Als sie im Garten standen, und David schon zur Haustüre gehen wollte, hielt Sue ihn fest. Er dreht sich überrascht zu ihr um. Sie zog ihn an sich, umarmte ihn und flüsterte in sein Ohr:

"Lass uns an die Liebe glauben und an das Gute im Menschen. Wenigstens für heute."

Es hatte Bomben und Tote benötigt, um sie wieder daran glauben zu lassen.

"Du bist so romantisch und naiv und einfach wunderbar,"

flüsterte David zurück. Sie küssten sich zum ersten Mal richtig und vergaßen dabei Bomben und Blut und Attentäter für eine kleine Weile. Danach machte Sue Toast und Rührei, und sie blieben im Garten sitzen und redeten, bis Sue beinahe einschlief. David zog sie hoch und einander im Arm haltend gingen sie ins Schlafzimmer, fielen erschöpft in ihren Kleidern aufs Bett, und waren zufrieden damit, einander nur zu halten. Sex hoben sie sich für einen besseren Tag auf. Kurz bevor Sue einschlief, dachte sie noch: Wenn ich wieder aufwache, dann wird die Welt eine andere sein.

9. Der Schneider

Vanessa schlug die Augen auf und dachte: Ich weiß nicht. Worauf sich dieser Satz bezog, wusste sie allerdings nicht. In diesem Moment wusste sie nicht einmal, wo sie sich befand. Der schöne schwerelose Zustand, in dem sie noch nicht ganz wach war, aber auch nicht mehr schlief, hielt noch ein paar Sekunden an. Dann machte ihr die scharfe Helligkeit des Lichts, das von der unbarmherzigen Sonne draußen kündete, klar, wo sie war: in Dahab natürlich, wo sollte sie sonst sein? Sie hatte turbulente Träume gehabt, konnte sich aber an nichts mehr erinnern, sie fühlte nur, dass schlafen Schwerarbeit gewesen war. Ihr Körper hatte sich nicht erholt, im Gegenteil, Vanessa fühlte sich noch genauso zerschlagen wie am Abend zuvor. Sie war kaputt gewesen, weil sie gestern fünf Kilometer gelaufen, dann eine Stunde geschwommen war und zwei Stunden getaucht hatte. Das war vielleicht ein bisschen zuviel Training gewesen. Dazwischen war sie noch mit dem Rad herumgezischt, bis ein platter Reifen sie stoppte. Aber acht Stunden Schlaf sollten das eigentlich alles ausgleichen. Sie verstand ihren Körper nicht. Warum funktionierte er so selten, wie sie das wollte? Immer wieder quälten sie Schmerzen und Blockaden. Mal war es das Knie, mal der Nacken oder eine Verspannung zwischen den Schulterblättern. Vielleicht sollte sie doch mit Yoga anfangen, wie ihr das immer wieder empfohlen wurde.

Draußen war es fast still, Vanessa hörte leise Wellen an den

Strand schwappen, kein Wind pfiff durchs Haus und ließ die alten Fensterrahmen knarren. Das war ein gutes Zeichen, es bedeutete, heute herrschten wieder ideale Bedingungen zum Freitauchen.

Mit etwas mehr Motivation schwang Vanessa die Beine aus dem Bett und setzte sich auf. Hier musste sie erst einmal Pause machen, damit ihr Kopf sich an die aufrechte Haltung gewöhnen konnte. Er dröhnte ein wenig, und sie hatte nicht die leiseste Idee, warum das so war. Sie lebte so gesund und hatte nur einen Salat zum Abendessen gegessen. Sie sollte fit und vital sein, aber die schweren Träume hatten an ihr gezerrt. Immerhin wusste sie jetzt, dass sie Kaffee wollte, nein, nicht wollte, brauchte. Nackt, wie sie geschlafen hatte, schlurfte sie in die Küche und kämpfte mit dem Fünfliter-Wasserkanister, der auf der Anrichte stand und fast voll war. Natürlich schwappte ein guter Teil des kostbaren Nasses daneben, als sie es vom Kanister in den Wasserkocher goss. Sie hatte die Hände noch nicht ganz unter Kontrolle, doch in dem Wüstenklima kümmerte sie der nasse Fußboden nicht weiter. Die Julihitze würde die Wasserlacke in wenigen Minuten verdampfen lassen. Als das Wasser kochte, machte sie sich einen großen Filterkaffee, selbstverständlich ohne Koffein, und kehrte, die Tasse mit beiden Händen haltend, ins Schlafzimmer zurück. Sie stellte die Tasse sicher am Nachttisch ab, kuschelte sich in den großen Polster, der ihr als Rückenstütze diente, tippte an den Ipod im Lautsprecherständer und ließ sich mit sanfter Musik in den Morgen gleiten. Worauf hatte sich das 'ich weiß nicht' beim Aufwachen bezogen? Darauf hätte sie gerne eine Antwort, aber es wollte ihr nicht einfallen, egal, wie sehr sie sich darüber den Kopf zerbrach.

Nach ein paar Schluck Kaffee und den sanften Tönen von Norah Jones verschwand das „ich weiß nicht", auch der schwere Kopf löste sich und die schiere Freude am Existieren, die sie in Dahab so leicht erreichte, setzte sich allmählich durch. So fühlte sie sich immer, wenn sie unter Wasser war, wenn Gedanken und Körper beim Sport eins wurden und in diesen Morgenstunden.

Diese Aneinanderreihung von kleinen Glücksmomenten machte ihr Leben in Dahab so schön. Hier fühlte sie sich lebendiger als sonst wo in der Welt, nicht einmal in Kanada, wo sie aufgewachsen war, hatte sie sich so gefühlt.

Sie liebte dieses langsame Aufwachen, sie liebte es, Zeit zu haben und nirgendwo hin zu müssen. Sie liebte die Tatsache, dass sie keine Winterkleidung besaß, und obwohl sie nicht viel Geld hatte, eine Wohnung am Strand mieten konnte. Sie liebte das zwanglose Leben, das weder Mittagspause, noch Feierabend oder Wochenende kannte, das ihr kein Make-up oder Dresscode vorschrieb. Es gab keine gesellschaftlichen Erwartungen, jeder lebte in Dahab so, wie er oder sie Lust dazu hatte, und niemand interessierte sich ernsthaft dafür, was wer machte oder nicht machte. Sie hatte sogar das besondere Glück, keiner ernsthaften Arbeit nachgehen zu müssen. Zwar gab sie zweimal pro Woche einer Kindergruppe Schwimmunterricht und bekam ein wenig dafür bezahlt. So konnte sie bescheiden, aber doch gut von dem leben, was sie geerbt hatte. Aus dem Schmerz, ihre Eltern bei einem Autounfall verloren zu haben, war dieses sich so leicht anfühlende Leben erwachsen. Nachdem auch der alte Familienhund an einem Darmverschluss gestorben war, hatte sie nichts mehr in Kanada gehalten. Vanessa wollte auf keinem Fall in dem Haus bleiben, in dem sie alles an ihre geliebten Eltern erinnerte, und ihre Schwester lebte zu der Zeit schon seit Jahren als Journalistin in Paris. Es blieb ihr immer ein Rätsel, wie so freundliche und stille Menschen wie ihre Eltern eine ehrgeizige Egoistin wie ihre Schwester Joyce zustande gebracht hatten. Immerhin konnte Vanessa sich mit ihrer Schwester darauf verständigen, das Haus zu verkaufen und das Erbe aufzuteilen. Dannach begann sie zu reisen. Zuerst ging sie nach Mexiko und Südamerika und dann weiter nach Europa. Als sie ihre Schwester in Paris besuchte, erzählt ihr ein Bekannter von Dahab. Er schwärmte so sehr vom Roten Meer und dem Tauchen da, dass sie spontan beschloss, für einen Monat hin zu fahren. Ihre nächsten Reiseziele war ohnehin Indien und Südostasien, Dahab lag also praktisch am Weg. Sie kam mit dem Bus aus Kairo an der alten, windigen Busstation in Medina an, der Stadtteil, der am Hügel über der Lagune lag. Der Panoramablick auf die Leere und die Weite der Wüste und des Meers schienen etwas tief in ihr anzusprechen. Ihr gefielen die riesige, halbkreisförmige Lagune und die rostbraunen Berge, sie wusste, hier konnte sie es eine Weile aushalten. In Mexiko hatte sie mit dem

Gerätetauchen angefangen und ging auch in Dahab gerne tauchen, bis sie im Blue Hole zum ersten Mal einen Freitaucher beobachtet.

Blue Hole wurde der berühmte Tauchplatz genannt, der etwa zwanzig Kilometer nördlich von Dahab lag. Diese besondere Formation war ein rundes, tiefes Loch in dem breiten Riffsaum mit einem Durchmesser von etwa fünfzig Metern und hundert Metern Tiefe. Es war bei weitem nicht so groß wie das berühmte Blue Hole in Belize, aber sehr viel einfacher mit einem Jeep erreichbar.

Zum offenen Meer hin hatte sich eine flache Öffnung auf etwa sechs Metern Tiefe gebildet, der "Sattel" genannt wurde und dicht mit Korallen bewachsen war. Über diesen war Vanessa mit ihrer Gruppe am Ende eines Tauchgangs gekommen, als sie im klaren Wasser eine lange Leine bemerkte, die in der Mitte des Blue Holes hinunter in die Tiefe führte.

Während sie auf fünf Meter bei einem Sicherheitsstop drei Minuten warten mussten, beobachtete Vanessa die Leine, weil es an der Felswand ohnehin nichts interessantes zu sehen gab. Dann tauchte ein schlanker Mann in einem dünnen, enganliegenden Tauchanzug scheinbar mühelos am Seil entlang senkrecht nach unten. Er trug keine Atemgerät am Rücken, nur eine schmale Taucherbrille und ungewöhnlich lange Flossen, die sich wellenförmig verbogen. Er bewegte sich unsagbar elegant und verschwand schnell im Dunkelblau. Als sich Vanessas Tauchgruppe gerade bereit für den endgültigen Aufstieg zur Oberfläche machten, kam der

Apnoeaucher zurück. Die Arme jetzt über den Kopf gestreckt wand er seinen Körper in einer Schlangenlinie entlang des Seiles nach oben. Auf etwa zehn Meter Tiefe kam ihm ein zweiter Taucher entgegen und begleitet ihn nach oben. Jetzt hatte es Vanessa eilig an die Oberfläche zu kommen. Dort angekommen, fragte sie ihren Tauchführer über die beiden Taucher aus, die jetzt ohne Masken an einem breiten Plastikring in der Mitte des Blue Holes hingen und lachten. "Das sind Freitaucher," sagte Achmed, "Verrückte! Die tauchen ohne Flaschen manchmal auf fünfzig Meter und tiefer. Die versuchen sogar, durch den Tunnel zu schwimmen, ohne Sauerstoff, ein sehr gefährlicher Sport. Da sind schon welche gestorben."

Diese Auskunft konnte Vanessa nicht abschrecken. Immer wieder rief sie sich die eleganten Bewegungen des Freitauchers in Erinnerung, und sie konnte den Eindruck der absoluten Freiheit nicht vergessen. Deswegen meldetet sie sich in der Apnoetauchschule, die gerade in Dahab eröffnet hatte, für einen Freitauchkurs an und war vom ersten Moment an restlos begeistert. Sie machte verschiedene Kurse und verlor jedes Interesse am Geräterauchen. Der geplante Aufenthalt in Dahab von einem Monat verwandelte sich schnell in ein Jahr. Ihr Ziel, einmal um die ganze Welt zu reisen, verlor seine Attraktivität. Lieber als alles andere tauchte sie, so oft sie konnte, in die stillen Tiefen des Meeres ab.

Beim Freitauchern glitt sie durch das Wasser mit dem Gefühl, in diese große, flüssige Welt eingegangen zu sein, sie war dann nicht mehr isoliert, sondern gehörte dazu, lebte zum Delphin mutiert in Harmonie mit ihrer Umgebung. Die Kombination von langen Atemzügen vor dem Tauchgang, völliger Entspannung und Konzentration und der absoluten Kontrolle erzeugte ein Gefühl von Euphorie und Ekstase, wonach Vanessa richtiggehend süchtig wurde.

Ab etwa dreizehn Metern wurde der Wasserdruck auf den Körper so groß, dass sie in einen freien Fall geriet. Das Gefühl, mühelos in die Tiefe zu fliegen, war unvergleichbar, das konnte vielleicht nur von Astronauten nachempfunden werden. Vanessa wurde bei solchen Tauchgängen wie das Wasser selbst, befreit von Schwerkraft und Grenzen, dann wurde ihr Geist leer und jede Spannung fiel von ihr ab. Sie musste in diesen Minuten an nichts mehr denken, fühlte sich einzigartig lebendig und vollkommen eins mit sich selbst.

Es fiel ihr schwer, im richtigen Moment umzudrehen. Man musste sich immer noch gut fühlen, denn am Weg nach oben verbraucht man mehr Energie, um gegen den Sog nach unten ankämpfen zu können. Bevor der Köper unerbittlich nach Sauerstoff verlangte, sollte man der Oberfläche sehr nahe gekommen sein. Wenn man ein Kribbeln in den Fingern oder Zehen spürte, dann war man einem Aufstiegs-Blackout schon sehr nahe. Trat das ein, dann wurde man unter Wasser ohnmächtig und konnte ertrinken. Nur auf den letzten Metern war der Wasserdruck so gering, dass man schon fast wie von selbst nach oben trieb. Wenn sie schlußendlich nach einem erfolgreichen Tauchgang die Oberfläche durchbrach, dann war das wie eine Wiedergeburt. Sonne, Licht, absolute Glückseligkeit. Das Apnoetauchen erzeugte eine geistige Klarheit und innere Ruhe, die bei Vanessa manchmal noch stunden- oder sogar den ganzen Tag lang anhielt und alle negativen Gefühle aus ihrem Bewusstsein vertrieb.

Natürlich hatte man ihr schon beim Grätetauchen von dem berühmten Tunnel erzählt, der viele Taucher ans Blue Hole lockte. Er begann auf einer Tiefe von 56 Metern, doch der Eingang war im Dämmerlicht dieser Tiefe schwer zu finden. Die Öffnung war auch deswegen kaum erkennbar, weil es einen ungeraden Winkel zwischen dem Bogen, offenem Wasser und dem Loch selbst gab. Es drang nur wenig Licht in den Tunnel und fehlende Referenzpunkte ließen ihn kürzer erscheinen, als er tatsächlich war. Manche Taucher glaubten, er sei nicht länger als zehn Meter, dabei war er ganze 26 Meter lang. Eine Strömung, die von innen durch den Tunnel zum offenen Meer hin floß, erschwerte einen Tauchgang zusätzlich. Der Tunnel setzte sich nach unten zum Meeresboden hin fort, so gab es auch keine Referenz nach unten. Für Sporttaucher, die eigentlich nicht tiefer als vierzig Meter tauchten durften, war das Durchtauchen des Tunnels besonders gefährlich, weil sie meistens vom Tiefenrausch verwirrt waren und leicht die Orientierung verloren. Vanessa hatte sich nie getraut, diesen Tauchgang mit einer Pressluftflasche zu machen, aber als Apnoetaucherin wurde sie schnell so gut, dass sie es wagte und tatsächlich durchkam. Dies war ein einmaliges Erlebnis, allerdings versuchte es Vanessa kein zweites Mal. Es gab bei solchen riskanten Tauchgängen immer wieder Tote, weil die Freitaucher manchmal nicht genug Sauerstoff für den Aufstieg hatten, und selbst der Sicherheitstaucher sie nicht mehr rechtzeitig an die Oberfläche bringen konnten.

Auch ohne diesen gefährlichen Tauchgang war das Blue Hole der ideale Trainingsort. Das Riff rundherum schirmte die Taucher vor Wellen und Strömungen ab, und die Wasseroberfläche konnte nur von starkem Wind aufgewühlt werden. Diese hervorragenden Bedingungen lockten sogar weltbekannte Sportler nach Dahab, wie den Österreicher Herbert Nitsch, der den Tiefenweltrekord von 111 Metern hielt, oder die Russin Natalia Molchanova, die den Frauenrekord mit 86 Metern aufgestellt hatte. Die beiden wurden Vanessas Vorbilder, als sie sie in der Freitauchschule persönlich kennenlernte und manchmal mit ihnen tauchen gehen konnte. Vanessa begann für einen Rekord zu trainieren, beim nächsten Wettbewerb konnte es gut für einen Kanadischen, vielleicht aber sogar für einen Weltrekord reichen. Sie war schon auf neuzig Metern gewesen, aber nicht in einem offiziellen Wettbewerb. Ihren Namen auf einer Weltrekordliste verewigt zu sehen stachelte Vanessa an und gab ihr ein Ziel. So trainierte sie verbissen und natürlich stand auch für heute ein mehrstündiges Trainingsprogramm auf dem Plan, aber zuvor musste sie noch einige Dinge erledigen.

Bevor die Hitze zu schlimm wurde, wollte sie einkaufen gehen, ihr Rad wegen des platten Reifens in die Werkstatt bringen, und beim Schneider vorbeischauen, um eine Hose ändern zu lassen. Danach konnte sie in der Bucht tauchen und schwimmen gehen. Das sah nach einem perfekten Dahabtag aus.

Was also hatte sie beim Aufwachen nicht gewusst? Die Traumbilder waren verschwunden, zurückgeblieben war nur das seltsame, unangenehme Gefühl, dass es die beunruhigende Antwort auf eine Frage gewesen war. Aber welche Frage wusste sie nicht.

Als der Kaffee zu Ende war und die Sonnenstrahlen schon weit ins Zimmer reichten, verließ sie endlich das Bett und stellte sich dem Tag. Nachdem sie sich die Zähne geputzt hatte, sinnierte Vanessa einige Minuten lang vor dem Kleiderschrank, was sie anziehen sollte. Da sie Dahab selten verließ und sie hier kaum europäische Kleider einkaufen konnte, war ihre Kleiderauswahl beschränkt. Schließlich entschied sie sich für eine sackartige, schon etwas verwaschene rote Leinenhose, die ihr bis zu den Waden reichte, und eine dünne, ehemals weiße und vom salzigen Leitungswasser schon gräulich gewordene Baumwollbluse, deren Ärmeln bis zu den Ellbogen gingen. Auch diese Bluse war weit geschnitten, allerdings ein wenig durchscheinend. Da sie aber nicht nach Assala gehen wollte, sondern nur nach Masbat, wo Touristinnen fast nackt am Strand lagen, ging das in Ordnung. Die Kleidung verbarg genug von ihre Figur, um weitgehend der ägyptischen Vorstellung von anständiger Frauenkleidung zu entsprechen. Sie war weder modern noch schick, und Vanessa vermisste beide Eigenschaften in ihrem Aussehen. Auf der anderen Seite wollte sie auch nicht zu viel Aufmerksamkeit auf sich ziehen, und das war der Grund, warum sie zum Schneider musste. Im Secondhand-Laden am Lighthouse, den ein paar unternehmungslustige Schweizerinnen vor kurzem aufgemacht hatten, hatte sie eine fast neue, hellblaue Hose gekauft, die lange und gerade geschnitten war. Sie passte ihr ausgezeichnet, allerdings standen die Seitentaschen in einem komischen Winkel ab und kreierten die Optik von breiten Hüften. Das sollte Karim, der Schneider, zu dem sie schon seit Jahren ging, ändern. Er erledigte solche kleinen Näharbeiten normalerweise schnell und preiswert.

Nachdem sie ihr Rad in der Reparaturwerkstätte abgeliefert hatte, ging sie hinauf zur Peaceroad, wo Karim sein Schneidergeschäft hatte. Er begrüßte sie freundlich wie immer. Sie zeigte ihm die Hose und erklärte, was sie geändert haben wollte. An den Seitennähten etwas enger, damit die Taschen nicht so rund wirkten, ein Zentimeter links, ein Zentimeter rechts, ganz einfach, so hatte sie sich das gedacht.

Karim sah sie mit diesen großen, netten Augen an und nickte automatisch. Für einen Ägypter war er großbewachsen, seine etwas ungelenkigen Gliedmassen erinnerten Vanessa oft an einen tollpatschigen jungen Hund.

An dem leeren Ausdruck in seinen Augen erkannt Vanessa, dass seine Englischkenntnisse nicht ausreichten, um zu verstehen, was sie wollte. Sie begann erneut zu erklären und wieder nickte er, aber sie war sich nicht sicher, ob er verstanden hatte, was sie wollte. Deswegen hatte sie nichts

dagegen, als er sie ins Hinterzimmer winkte und dort mit Handbewegungen und ein paar Brocken Englisch klarmachte, sie sollte die zu ändernde Hose anziehen, damit er Maß nehmen konnte. Er ging wieder nach vorne in den Verkaufsraum, damit sie sich unbeobachtet umziehen konnte. Vanessa fand das alles etwas seltsam und nervig, doch er war der Experte, und nachdem sie sich umgesehen hatte und sicher gestellt hatte, dass niemand sie sehen konnte, zog sie sich rasch um. Karim kam zurück und sie zeigte ihm an den Seiten, was sie geändert haben wollte, in der Hoffnung, die Offensichtlichkeit ihrer Handbewegungen würde erklären, was ihre Worte anscheinend nicht konnten. Er hantierte mit einem Maßband herum und zupfte mit den langen Fingern hier und da am Stoff. Dann deutete er ihr, ihm den Rücken zuzudrehen. Sie tat es, hatte aber auf einmal Mühe, richtig zu atmen. "Problem?" fragte er und sie konnte die Wärme seiner Hände spüren, die über ihren Hinterbacken schwebten, sie aber nicht berührten. Sie zögerte einen Moment. Seine Hände waren ihr da unangenehm, aber auf der anderen Seite war er der Schneider, und versuchte herauszufinden, wie er die Hose verbessern konnte. Sie fühlte sich immer unwohler, aber das war vielleicht nur ihre Überempfindlichkeit. Sie wollte das alles nur so schnell wie möglich hinter sich bringen, also sagte sie:
"Kein Problem."
Er ging in die Hocke und zog den Stoff über ihrem Gesäß in die eine Richtung und dann in die andere. Sie fühlte das

Maßband und die Fingerspitzen an den Seiten und versteifte instinktiv die Gesäßmuskeln. Ihre Hüften bewegten sich ganz von selbst nach vorne, weg von seinen Fingern, und wieder fragte er:

"Problem?"

Sie war ihm dankbar, dass er fragte, aber jetzt ging ihr das alles gewaltig auf die Nerven. Sie wollte nicht unhöflich sein, aber ihr "Kein Problem" hatte diesmal einen einigermassen ungehaltenen Ton, der ihm sagen sollte, dass ihr die Situation unangenehm war.

Er sprang auf und sagte, er käme gleich wieder.

Da stand sie nun und kam sich blöd vor. Was sollte das Ganze? Sekunden vergingen und sie begriff es einfach nicht.

Er kam wieder herein, lächelte sie freundlich an und stellte sich wieder hinter sie. Wieder Ziehen am Stoff, immer noch hatte er ihren Körper nicht berührt, dann landeten seine Fingerspitzen doch auf ihrem Gesäß, eine leichte Berührung wie die einer Fliege. Sie drehte sich halb um, erklärte erneut, jetzt ungeduldiger und ein wenig aufgebracht, dass sie nur an den Seiten Änderungen wolle und nicht da hinten. Er deutete ihr, sie solle sich nach vorne beugen. Doch ihr Körper weigerte sich einfach, während ihr Verstand sich an all die Freundlichkeit erinnerte, die er ihr immer entgegen gebrachte hatte. Er war keiner von diesen schleimigen Typen, die sie auf der Straße ansprachen oder Obszönitäten nachriefen, wenn sie sie ignorierte. Er war keiner von denen, die Hirnrissigkeiten von sich gaben, in der Hoffnung, das würde irgendeinen positiven Eindruck machen, und wohlmöglich sogar zu einem freundlichen Kontakt mit der sich allein auf der Straße bewegenden Frau führen. Sie hatte Karim immer für einen anständigen Mann gehalten.

Jetzt deutete er ihr wieder mit dem Maßband, sie solle sich nach vorne beugen, ihm also praktisch ihren Hintern darbieten. Das wäre aber einfach falsch, das wusste sie, aber sonst war ihr Kopf blank. Sie schüttelte den Kopf, langsam, verwirrt, unklar darüber, was sie denken oder tun sollte. Er stand zu nahe, er berührte mit seinem Becken fast das ihre, sie spürte die Hitze seines Körper, etwas, das sie nicht wollte. Sie kam sich dämlich vor, wie sie so mit dem Rücken zu ihm dastand, sie fühlte sich nicht bedroht oder bedrängt, wusste einfach nicht, was jetzt angebracht wäre oder als unhöflich aufgefasst werden könnte. Er machte ja eigentlich nichts, stand nur zu nahe, erwartete irgendetwas, von dem sie nicht wusste, was es war. Sie sah seine Augen nicht, sie drehte sich nicht um, aber ein seltsamer Zorn kam in ihr hoch, sie wollte nur noch weg. Jetzt fiel ihr auf, wie stark sie schwitzte. Sie wiederholte schroff, sie wolle die Seiten der Hose geändert und nichts an der Hinterseite.

Er begriff, dass sie nicht tun würde, was er wollte, und ging wortlos hinaus. Sie wechselte atemlos in die andere Hose, ging nach vorne in den Geschäftsraum und hielt immer noch den Schein aufrecht, indem sie die blaue Hose neben seine Nähmaschine legte. Er hatte sich auf irgendetwas Hoffnung gemacht, und sie war so wütend darüber, dass er daran auch nur denken konnte, dass irgendetwas in ihrem Verhalten ihn dazu animiert hatte.

Hatte sie zu oft gelächelt, zu freundlich gesprochen, etwas gemacht, das in der ägyptischen Kultur als Aufforderung verstanden werden konnte, hatte es genügt mit ihm ins Hinterzimmer gegangen zu sein?

Er lächelte nett wie immer. Sie zog eine Grimasse und sagte, sie käme später, um die Hose zu holen.

"Ich mach' gleich, warte kurz," sagte er.

Sie schüttelte den Kopf. Auf keine Fall, nie wieder.

"Nein, ich muss noch etwas erledigen. Ich hole sie später ab." Ihre Stimme war gepresst, voller Zorn und Ärger, sie erkannte sie fast nicht wieder.

Auf der Straße am Weg nach Hause wurde sie wie so oft von einem Taxifahrer überholt, der aus dem offenen Fenster "He sexy" zu ihr herüber rief. Es kostete sie alle Selbstbeherrschung, ihn zu ignorieren und nicht hysterisch Beleidigungen hinter ihm herzubrüllen. Sie tat es nicht, weil er genau das wollte: Aufmerksamkeit. Stattdessen ballte sie die Fäuste in den Hosentaschen und wünschte, sie könnte ihm das freche Grinsen aus dem Gesicht schlagen. Es war unmöglich, sich daran zu gewöhnen. Wie ertrugen andere Frauen das, jeden einzelnen Tag angequatscht oder verbal belästigt zu werden, egal wie konservativ sie sich kleideten oder versuchten, sich unsichtbar zu machen? Wenn Vanessa mit dem Rad unterwegs war, dann konnte sie die meisten Belästigungen vermeiden. Deswegen hasste sie es, zu Fuß zu gehen. Als sie endlich ihre Haustüre aufschließen konnte, kumulierten alle Bitterkeit in dem Gedanken: Ich hasse Männer.

Nein, sie hasste nicht alle Männer, sie liebte zum Beispiel Sammy, ihren besten Freund, aber der war zurück nach London gegangen. Vanessa stürmte ins Haus und schaltete ihren Computer ein, sie musste sofort ihm reden. Seit Sammy weg war, hatte sie in Dahab keine Freunde, mit denen sie über so etwas hätte sprechen können. Zum Glück war er als Programmierer fast immer online und hatte Zeit, mit ihr per Videochat auf Skype zu sprechen.

Mit hektisch herumschießenden Handbewegungen erzählte sie ihm, was vorgefallen war.

"Wie konnte Karim es wagen? Hat er tatsächlich angenommen, ich würde mit ihm flirten? Wie verdreht ist denn das? Werten die Ägypter jede Freundlichkeit als sexuellen Annäherungsversuch? Sind die tatsächlich immer nur auf Sex aus? Er lebt doch schon seit Jahren hier, ich habe noch nie irgendeine Frau schlecht über ihn reden gehört, ich habe einfach nicht geglaubt, dass er so etwas versuchen würde." Vanessa kämpfte gegen Tränen, die sich vor allem aus Wut auf sich selbst speisten.

"Ich habe ihm vertraut, ich war so überrascht von dem Getue, ich konnte nichts sagen, nichts tun, wollte bis zum Schluss auf keinen Fall unhöflich sein. Ich habe nicht nein gesagt, gar nicht realisiert, dass er mich anmachte. Der hat gedacht, ich will das. Wie blöd von mir!"

"Jetzt mach dich nicht fertig," sagte Sammy und strich sich die dichten, dunklen Locken aus dem Gesicht, die ihm immer wieder über die Augen fielen. Er trug die Haare jetzt wieder länger und vorne am Stirnansatz zeigten sich die ersten grauen Haarsträhnen. Seine Großeltern waren aus dem Libanon nach Großbritannien ausgewandert und die Gene seiner hellhäutigen englische Mutter hatten weder in seinem Gesicht noch im Haarwuchs Spuren hinterlassen. Die Ägypter hatten ihn immer für einen Einheimischen gehalten und waren verblüfft gewesen zu hören, dass er kein Arabisch konnte. Er versuchte in seiner üblichen gelassenen Art, Vanessa zu beruhigen, indem er sagte: "Das hätte doch jedem passieren können. Wir sind eben die Ausländer, die die ägyptischen Spielregeln nicht wirklich verstehen."

Sammy war schwul und hatte zwei Jahren als Tauchguide in Dahab gelebt. Als sein ägyptischer Freund eine Frau heiraten musste, verließ er die Stadt aus Liebeskummer. Deswegen wusste er so einiges über die ägyptische Männerwelt.

„Sicher suchen ägyptische Männer bei jeder Gelegenheit Sex, das ist so eine Art Volkssport, vor allem bei den Jungen," erklärte er, „du musst dir klar machen, dass die bis zur Heirat doch kaum Gelegenheit auf Sex haben."

"Haben die alle ständig einen Notstand" fragte Vanessa aufgebracht.

Sammy nickte.

"Ja, klar. Diese Gesellschaft gibt den Leuten doch kein sexuelles Ventil. Vorehelichen Sex ist praktisch unmöglich, die Mädchen werden behütet und zu Hause gehalten. Männer können nur dann Sex haben, wenn sie genug Geld für eine Prostituierte oder eine Ehefrau haben. Eine Heirat ist oft erst möglich, wenn sie über dreißig sind und eine Familie unterhalten können. Verhütung ist verpönt, also kommen nach der Heirat sofort die Kinder. Das muss ein Mann erst einmal finanzieren können. Was machen also junge Ägypter zwischen fünfzehn und dreißig? Er kann schwulen Sex mit einem wie mir probieren, oder wenn er charmant ist und gut aussieht, findet er eine ausländische Freundin, die es umsonst mit ihm treibt. Darum ist Dahab ja so beliebt, da gibt es jede Menge Möglichkeiten."

"Ekelhaft," sagte Vanessa.

Sammy zuckte mit den Schultern.

"Bis vor fünfzig, sechzig Jahren war das in Europa nicht viel anders. Erst mit der sexuellen Revolution der sechziger Jahre gingen sexuelle Belästigung und Vergewaltigung von Frauen und Kinder stark zurück."

"Echt? Das wusste ich nicht," sagte Vanessa.

"Ja," sagte Sammy, "seit Sex in unserer Gesellschaft so leicht verfügbar ist, fühlen sich Männer offensichtlich weniger oft genötigt, ihn mit Gewalt zu erzwingen. Wir, die wir in Europa aufgewachsen sind, können schon als Teenager unseren Hormonandrang ausleben, mittlerweile sogar wir Schwulen. Diese Möglichkeit haben nur privilegierte Ägypter, also sehr wenige."

"Also hat der Islam Schuld an diesem Verhalten!"

Sammy schüttelte heftig den Kopf.

"Nein, nein, das kannst du so nicht sagen. Religion ist als moralische Richtlinie gedacht, aber die gesellschaftlichen Traditionen und Gepflogenheiten sind eine ganz andere Geschichte. Der biologische Trieb will halt zu seinem Recht kommen und der Islam versuchte ursprünglich, den zu kontrollieren und die Frauen zu schützen. Er hat Regeln für die Behandlung von Frauen erlassen, vorher waren die nur Freiwild. Aber das waren Regeln für das 7. Jahrhundert, heute halten wir die eben für überholt und einschränkend. Für Karim war es leider eine Einverständniserklärung zu sexuellen Avancen, als du mit ihm alleine in einen Raum gegangen bist. Wäre er ein anständiger Muslim gewesen, hätte er dich gar nicht in diese Situation bringen dürfen. Er dürfte dir nicht einmal in die Augen schauen, einfach weil du keine Blutsverwandte bist. Was er gemacht hat, hat nichts mit der Religion zu tun, sondern mit einer Gesellschaft, die unserem Verständnis nach immer noch im Mittelalter lebt. Diese Kultur hat niemals so etwas wie eine Aufklärung erlebt, dort dominiert nicht die Vernunft wie bei uns, sondern Tradition, Aberglaube und Überlieferung."

"Er hat sogar noch gefragt," gestand Vanessa leise. "Er hat gefragt, ob es ein Problem gibt, wenn er mich da am Arsch anfasst, und ich habe nein gesagt. Ich wollte nur, dass es vorbei ist, ich habe gar nicht daran gedacht, dass das Ganze ihn anmacht."

"Er hat wohl gedacht, du bist einverstanden, dass das deine Art von Flirt ist."

„Ich habe mir gar nichts dabei gedacht," sagte Vanessa, jetzt wieder den Tränen nahe. "Ich habe geglaubt, das gehört zu seiner Arbeit, obwohl das alles unangenehm war, habe ich ihn machen lassen. Ich dachte, ich kann ihm vertrauen. In all den Jahren, die ich da hingehe und Sachen ändere lasse, habe ich nie an sexuelle Belästigung gedacht. Wie konnte ich nur so blöd sein?"

Jetzt überkam sie das Gefühl, selbst an allem Schuld zu sein. Sie hätte das besser wissen müssen, sich gar nicht in so eine Situation bringen lassen dürfen.

"Hör auf, dir Vorwürfe zu machen. Du kannst doch auch nicht so einfach deine Sozialisierung als Frau der westlichen Kultur ablegen. Bei uns ist es normalerweise kein Problem mit einem Angestellten allein in einem Raum zu sein. Aber in Ägypten ist das eben anders, du musst halt immer auf der Hut sein."

„Aber ich will so nicht leben, immer aufpassen müssen, was ich anziehe, was ich sage, was ich tue, wohin ich gehe," sagte Vanessa und knetete ihre Fingerknöchel, bis sie rot waren und schmerzten.

"Dann musst du auch weggehen," meinte Sammy trocken.

Dieser Satz klang in Vanessas Kopf nach, nachdem sie sich verabschiedet hatte. Sollte sie tatsächlich weggehen? Jetzt gleich? In sechs Monaten gab es am Blue Hole einen Apnoe-Wettbewerb, bei dem sie ihren Rekordversuch unternehmen wollte. Wenn sie Dahab jetzt verließ, musste sie erst einmal einen neuen Ort suchen, wo sie trainieren konnte. Dann wäre die ganze Arbeit des letzten Jahres umsonst gewesen. Sie haßte den Schneider, weil er sie zu einer solchen Entscheidung zwang.

Sie wollte gerne DEN Männern die Schuld geben, aber sie wusste, das war zu billig. Es war nur so, wann immer sie an DIE Männer dachte, dann stieg eine ekelhafte Wut in ihr auf. Da war der Onkel gewesen, der nebenan gewohnt hatte und immer seine Ehefrau anschrie. Er verkündete auch gerne, dass Frauen sich ohnehin nur zum Kochen und Ficken eigneten, während die eingeschüchterte Tante: "Pscht, die Kinder können dich hören," wisperte. Da war der Lehrer gewesen, der bei einer schlechten Note solche Lebensweisheiten wie: „mach dir nichts daraus, du heiratest ja doch!" zum Besten gab. Selbst der geliebte Vater hatte gesagt: „Wozu willst du denn auf die Universität? Das brauchst du doch gar nicht, du bist doch so hübsch!" Auch ihr Freund im College hatte sie als Streberin bezeichnet, wenn sie bei Prüfungen besser als er abschnitt. Ihrer Erfahrung nach waren Männer entweder Egoisten, die versuchten, sie herabzusetzen, oder Muttersöhnchen, die ihr nach dem Mund redeten und keine eigene Meinung hatten. Wenn sie jemanden kennenlernte, der Interesse an ihr zeigte, dann bekam sie sofort das Gefühl, er sei nur an Sex interessiert. Sie traf kaum einmal einen Mann, der ihr nicht dumm oder egoistisch vorkam, und wenn, dann war er verheiratet oder in einer langjährigen Beziehungen. Selbst intellektuell anspruchsvolle Gespräche führe sie kaum mit Männern, während die mit Frauen so viel einfacher und fruchtbarer waren. Sammy hatte einmal vorgeschlagen, sie solle es doch als Lesbe versuchen. Sie hatte ihn spöttisch gefragt, ob es nicht einfacher wäre, wenn er hetero würde, dann wären ihrer beider Probleme gelöst. Daraufhin sah er ein, dass man seine sexuellen Begehrlichkeiten nicht einfach auf ein anderes Geschlecht umschalten konnte. Das war echt Pech, denn schwulen Männer wie Sammy waren meistens sensibler und einfühlsamer als ihre heterosexuellen Genossen. Vanessa wünschte oft, heterosexuelle Männer würde sich bei so manchen Sachen an den Schwulen ein Beispiel nehmen, das fing bei körperlicher Hygiene an und hörte bei aufmerksamen Zuhören noch lange nicht auf.

Vanessa hatte kaum jemals eine langjährige Liebesbeziehung geführt. Sie fühlte selten Sehnsucht nach männlicher oder sogar menschlicher Gesellschaft. Manchmal hatte Vanessa das Gefühl, dort einen Klumpen Teer in der Brust zu haben, wo andere ein Herz hatten. Es war, als hätte sie von klein auf männlichen Chauvinismus inhaliert und all der negative Teer hätte sich angesammelt und langsam ihr Herz abgedrückt und die Seele erstickt. Immer hatte sie sich schmutzig gefühlt, obwohl sie in ihrem Leben nie eine Zigarette oder sonst eine Droge angefasst hatte. Der Klumpen war stetig gewachsen, hatte alles abgetötet, was sie fühlen hätte können.

Kindern wie JP hielt sie noch gut aus. Er hatte bei ihr Schwimmen gelernt und als er älter wurde, nahm sie ihn mit zum Tauchen. Er kam ihr so einsam vor, und sie hatte sich gerne ein wenig um ihn gekümmert, aber selbst er hatte in letzter Zeit angefangen, sie anzustarren, wenn sie sich zum Tauchen umzog, und sie hatte sich von ihm zurückgezogen. Es machte sie jedesmal aggressiv, wenn ein Mann sich demonstrativ in den Schritt griff, wenn sie vorbeiging, dann wollte sie ihm in die Eier treten. Sie wollte jedem Gemüsehändler, der von ihr einen höheren Preis forderte, weil sie Ausländerin war, eine faule Mango an den Kopf werfen und ihm dann mit einer steinharten Ananas den Schädel einschlagen. Sie stellte sich auf einmal vor, sie könnte mit einer Peitsche auf zitternde, nackte Männerleiber einschlagen, ihr Wimmern und ihr Flehen hören, und sich dann endlich einmal stark und überlegen fühlen. Diese Fantasie machte sie ganz schwummrig.

Ein wenig zitternd stand Vanessa von ihrem Schreibtisch auf und ging zum Kühlschrank. Sie holte eine Wasserflasche heraus und setzte sich damit auf das Sofa. Sie trank in kleinen Schlucken das kühle Nass und starrte die gegenüberliegenden Wand an, an der das schöne Bild hing, das Sammy ihr vor seiner Abreise geschenkt hatte. Es war das Werk eines lokalen Malers, der am Strand einen kleinen Laden hatte, und in naivem Stil Wüstenmotive auf Papyrus malte. Dieses Bild war fast einen Meter lang, aber nur vierzig Zentimeter hoch, und zeigte eine von Mond beschienen Karawane, die durch die Wüste zog. Auf blauem Grund wanderten die Schatten von Beduinen und beladenen Kamelen durch Sanddünen und Berge. Das kühle Blau erzeugte eine ruhige und stille Wirkung. Sie liebte dieses Bild, weil Dahab genau diese Wirkung auf sie hatte. Normalerweise. Heute nicht. Heute schien ihr die Hitze unter die Haut zu gehen. Obwohl es jetzt um die Mittagszeit heiß und stickig im Haus war, mochte sie nicht mehr an den Strand und unter Wasser gehen. Sie hatte keine Lust mehr auf ihr Training.

Sie wollte ihren Körper nicht mehr im Badeanzug oder engen Tauchanzug den gaffenden Männern am Strand präsentieren. Allein der Gedanke, der Schneider könnte ihr früher oder später auf der Straße begegnen und sie fragen, wann sie die Hose abholen komme, verursachte ihr Übelkeit. Dahab wäre ein Paradies, gäbe es da nicht diese ägyptischen Männer, die sie nie vergessen ließen, dass sie eine Frau und damit das bevorzugte Objekt ihrer Begierde war. Vanessa verstand auf einmal, warum ägyptische Frauen lieber zu Hause blieben und sich auf der Straße ganz verhüllten. Die Öffentlichkeit war kein angenehmer Ort für sie. Zum ersten Mal seit Jahren sehnte sich Vanessa nach Kanada, wo es klare Spielregeln gab, Männer überaus höflich waren, und eine Frau immer wusste, woran sie war. Vanessa seufzte.

Sie sollte trainieren und schwimmen gehen, stattdessen blieb sie den ganzen langen Nachmittag und Abend auf dem Sofa sitzen. Sie versuchte, in einem Buch zu lesen, doch sie konnte sich nicht konzentrieren, ihre Gedanken kehrten immer wieder zu der Szene beim Schneider zurück und lösten einen Würgreflex aus. Sie wollte nichts essen und fand es angenehm, als ihr Magen zu grummeln anfing. Es war besser hungrig zu sein, als dann alles wieder auszukotzen.

Wahrscheinlich, dachte Vanessa, später am Abend, als sie sich schließlich doch dazu zwang, ein Yoghurt zu essen, wahrscheinlich hat Sammy recht. Ich bin schon zu lange hier, ich muss weggehen. In diesem Moment fiel ihr der Traum ein, den sie am Morgen vor dem Aufwachen gehabt hatte.

Sie war mit ihrer Mutter in einem Strandcafé gesessen, hatte Torte gegessen und eine Cola getrunken. Das war ungewöhnlich, denn beides hatte sie schon seit vielen Jahren aus ihrer Diät gestrichen. Ihre Mutter sah jung aus, fröhlich, so lebendig, das kupferrote Haar war in einem schicken Bubikopf geschnitten, etwas, das ihre konservative Mutter ihren schönen langen Haaren niemals angetan hätte. Im Traum schwärmte Vanessa von ihrem tollen Leben in Dahab, und die Mutter hörte interessiert zu. Dann fragte sie:

„Ist das alles oder willst du noch etwas anderes vom Leben?"

Traum-Vanessa antwortete: Ich weiß nicht.

Mit diesem Satz war sie aufgewacht, ohne sich an die Frage zu erinnern zu können. Sie hatte gedacht, den Rekord zu wollen. Ihr Name sollte auf einer diesen Listen verewigt sein. Sie hatte sich vorgestellt, ihre Eltern wären stolz gewesen, wenn sie in einem Sport, den sie liebte, etwas Besonderes leistete. Aber war das tatsächlich alles, was sie wollte? Was kam danach? Ein weiterer Rekord? Solange, bis es Jüngere und Bessere als sie gab? Auf keinen Fall konnte sie für immer in Dahab bleiben, das war klar. Aber wie lange noch? Bis zum Wettkampf? Diese sechs Monate erschienen auf einmal unendlich lang zu sein. Dann war da auch die Frage, wohin sie gehen sollte. Auf die

Bahamas oder nach Thailand, wo sie weiterhin trainieren konnte? Am liebsten wäre Vanessa schon am nächsten Tag abgereist, sie hätte gerne sofort mit dem Kofferpacken angefangen, doch zuerst musste sie einen konkreten Plan fassen. Vor allem musste sie erst einmal rausfinden, was sie mit dem Rest ihres Lebens anfangen sollte. Das war seit heute dringender denn je geworden.

Umbruch

10. Die Party

Achmed küsste Tamara zärtlich auf die Wange. Sie lächelte ihn an. Wie schön sie aussah! Die blonden, langen Haare bildenden einen goldenen Rahmen für die zarten Gesichtszüge, aus ihren Augen strahlte ihn die Farbe des Himmels an. Wie sehr Gott mich gesegnet hat, dachte er. Dann drehte er sich um und öffnete die knarrende Eingangstür. Sie folgte ihm hinaus auf die staubige Straße und wartete im gelben Schein einer Laterne, bis er die Tür abgesperrt hatte.

„Früher haben wir die Türen nie abgesperrt," sagte er nachdenklich.

„Früher gab es auch nichts zu stehlen. Jetzt haben wir einen Fernseher, Computer, E-Book-Reader und Handys. Vielleicht sollten wir uns einen Hund zulegen," meinte Tamara, "bei vielen Leuten wurde schon eingebrochen."

Ahmed antwortete nicht. Er unterdrückte eine scharfe Erwiderung, weil er wusste, dass sie dann unweigerlich in eine lange und sinnlose Diskussion abgleiten würden, denn ihm würde niemals ein dreckiger Hund ins Haus kommen. Er wollte aber die wunderbare Nähe und Wärme, die sie gerade genossen hatten, nicht zerstören, also hielt er den Mund, steckte den Schlüsselbund in seine Hosentasche und ging los. Sie schritt neben ihm aus, immer noch fröhlich strahlend, und er hatte das Gefühl, ihre Heiterkeit würde auch ihn tragen, ja geradezu über den Boden tanzen lassen. Nach ein paar Schritten griff sie nach seiner Hand, drückte sie sanft und hielt sie fest. Achmed widerstand dem Impuls, ihr seine Hand sofort wieder zu entziehen. Während sie ihm von einem anstrengenden Tauchgast erzählte, der ihr den Tag schwer gemacht hatte, begann Achmed zu schwitzen. Das lag nicht nur an den dreiunddreißig Grad, die dieser Septemberabend als Abkühlung des Tages anbot. Er wünschte, seine nasse Hand wäre ihr unangenehm genug, um loszulassen, aber sie schien es nicht zu bemerken. Oder wollte es nicht. Er konnte spüren, wie sie immer noch von den innigen Gefühlen glühte, die sie vor einer halben Stunde im Bett geteilt hatten. Er war nach Hause gekommen, und sie hatte die Arme um ihn geschlungen. Das führte zu einem turbulenten Tanz, der ihn aus seinen Kleidern und ins Schlafzimmer brachte. Er liebte ihre Verspieltheit, ihre Wildheit, die zarten Linien ihres Körper, die Freude, die er ihr bereiten konnte, und natürlich auch die Freuden, die sie ihm bereitete. Das sich so natürlich anfühlende Ineinandergleiten, ihre Lust und dann der alles übertrumpfende Orgasmus, es war das Paradies auf Erden. Danach hatten sie noch ein wenig gekuschelt, bis es Zeit gewesen war, zu duschen und wieder etwas anzuziehen, um auf die Party bei Sue und David zu gehen.

Er wusste, sie hielt seine Hand, weil sich diese innige Verbundenheit nicht so schnell auflösen sollte. Solange sie auf der ruhigen Straße von ihrem Haus am Strand zum Markt gegangen waren, war es nicht so unangenehm gewesen, ihre Hand zu halten. Doch jetzt gingen sie über den weitläufigen Marktplatz von Assala, auf dem unzählige Menschen in Cafés saßen, in Autos vorbeifuhren oder vor den Geschäften standen und mit Bekannten plauderten. Achmed fühlte sich beobachtet. Unter all den Menschen am Markt gab es sicher einige, die ihn kannten, vielleicht sogar Freunde. Sie würden über ihn lachen und ihn später necken, weil er an der Leine seiner Frau ging wie ein Hund. Achmed riss seine Hand ungestüm los und grüßte damit einen Bekannten, den er an einer Straßenecke entdeckt hatte. Dann steckte er sie in die Hosentasche, griff nach dem Schlüssel und drückte ihn so fest in seine Handfläche, dass es schmerzte. Tamara sah ihn einen Moment lang irritiert an.

"Ich gehe eine Flasche Wein kaufen," sagte sie kühl.

Damit er vermeiden konnte, dass ihn irgendjemand bei dem Alkoholladen stehen sah und falsche Schlüsse zog, sagte er in einem betont neutralen Ton:

"OK, dann kaufe ich Chips und Orangensaft."

Er hatte noch nie in seinem Leben einen Tropfen Alkohol getrunken und er hasste es, wenn Tamaras Mund nach Wein schmeckte. Unglücklicherweise konnte er sie nicht davon überzeugen, das Trinken von Alkohol sein zu lassen.

Mit Schaudern erinnerte er sich an die Nacht des Bombenanschlages vor mehr als einem Jahr, als er nach den schrecklichen Stunden im Krankenhaus nach Hause gekommen war und eine Horde grölender und total betrunkener Ausländer in seinem Haus vorgefunden hatte. Tamara saß mitten unter ihnen. Völlig respektlos angesichts der Toten und Schwerverletzten feierten diese Verrückten eine Party. Selten hatte er sich so weit von Tamara entfernt gefühlt wie in jener Nacht. Glücklicherweise stellte sich bald danach wieder Normalität ein, und sie konnten den Schreck und den Schock hinter sich lassen.

Nachdem ihre Einkäufe erledigt waren, gingen sie nebeneinander her, ohne zu sprechen. Als sie hinter dem Markt wieder in eine ruhigere Straße einbogen, fragte er, wie ihre kommende Arbeitswoche aussah. Tamara antwortete einsilbig, ihr Ton war eindeutig beleidigt, und Achmed wünschte, er könnte das fröhliche Glühen zurückholen. In unbehaglichem Schweigen gingen sie weiter, bis sie vor dem großen Aluminiumtor standen, das den Garten von Sues und Davis Haus abschloss. Achmed läutete an der wackeligen Klingel und es dauerte einige Minuten, in denen sie sich nichts zu sagen hatten und nur der lauten Musik und dem Gelächter lauschten, das vom Grundstück auf die Straße drang, bis David ihnen öffnete. Der frisch gebackene Vater sah erschöpft aus, aber in seinen bestechend blauen Augen lag ein Strahlen, das da seit der Geburt seiner Tochter Leila war. Allerdings war er auch schon einigermaßen high, wie seine schläfrigen Lider bewiesen. Tamara küsste ihn auf die Wangen, was Achmed mit leichtem Stirnrunzeln zur Kenntnis nahm, obwohl er wusste, dass es nichts zu bedeuten hatte. Dann schüttelte er Davids Hand.

"Kommt rein, kommt rein," rief David fröhlich und lud sie mit einer weiten Handbewegung ein, einzutreten. Achmed war noch nie in dem Haus gewesen, das David und Sue vor ein paar

Monaten zusammen bezogen hatten, und staunte, wie groß der Garten war. Das quadratische Stück Land war von einer hohen Mauer umgeben, sodass niemand von der Straße oder einem Nachbarhaus hereinsehen konnte. In der rechten hinteren Ecke standen ein paar alte Palmen und an der Nordseite ein altes Beduinenhaus. Es war ein weißer, quadratischer Bau, ohne Schnörkel oder Verzierungen. Sue hatte die Fensterläden hellgelb und die Eingangstür im Zentrum blau gestrichen, was dem Ganzen eine fröhliche Note gab. Alle Fenster des Hauses waren offen und hell erleuchtet, aber die meisten Leute hielten sich wegen der Hitze im Garten auf, verteilt auf Teppichen, alten Stühlen und allen möglichen Sitzgelegenheiten wie einer umgedrehten Plastiktonne. Als sie David zum Haus folgten, bemerkte Achmed, wie unsicher und nervös er sich fühlte. Fast alle Gäste waren Ausländer, und Achmed sah nur wenige bekannte Gesichter. Sie übergaben David ihre Gastgeschenke, der sie ein wenig ratlos ansah und etwas von "viel zu viel" murmelte. Tamara entdeckte eine Gruppe von Frauen, die es sich auf den Stufen zur Haustür bequem gemacht hatte, unter ihnen ihre besten Freundinnen. Ohne ein weiteres Wort ließ sie die beiden Männer stehen, um hinüber zu gehen und die Frauen zu begrüssen. Achmed hatte das Gefühl, es wäre unpassend, sich als einziger Mann ebenfalls dazuzugesellen, und wusste nicht recht, was er jetzt tun sollte.

"Ich bringe das mal rein," sagte David jetzt. "Die Bar mit den harten Sachen ist im Wohnzimmer und Bier und andere Getränke befinden sich in den Kühlboxen um die Ecke. Sue

sagte, in einer halben Stunde oder so gibt es etwas zu essen."
Achmed nickte abwesend und während David im Haus
verschwand, blieb er einen Moment lang verloren stehen. Dann
drehte er mit betont stoischem Gesicht eine Runde durch den
Garten. Auf alten, wackeligen Stühlen rund um einen
niedrigen, langen Tisch hatte es sich ein Gruppe Taucher
bequem gemacht, von denen Achmed einige kannte. Da saß der
Schweizer Alain, der offensichtlich ohne sein Frau Paula
gekommen war. Achmed nickte ihm zu, er kannte Alain von
einem Tieftauchgang, bei dem er als Sicherheitstaucher
ausgeholfen hatte, aber er kannte ihn nicht gut genug, um sich
der Gruppe anschließen zu wollen. Deswegen schlenderte er
weiter und entdeckte schließlich den halblangen Haarschopf
seines Freunds Amir, der mit einigen Leuten auf dem Teppich
in der großen, mit Palmenblättern bedeckten Pergola saß, die
rechts neben dem Haus stand. Achmed war oft mit Amir
tauchen gegangen und trotz des Standesunterschiedes
betrachtete er ihn als Freund, etwas, das in Kairo, wo Amir
lebte, unmöglich gewesen wäre. Dort würde Achmed höchstens
Amirs Schuhe putzen, aber nie auf der selben Party sein. Als
Amir Achmed bemerkte, winkte er ihn sogleich herbei.
Dankbar für die Geste setzte sich Achmed zu der Gruppe,
akzeptierte eine Cola und lauschte den Gesprächen, die sich
glücklicherweise um normales Sporttauchen drehten und zu
denen er etwas betragen konnte. Währenddessen saß Tamara
mit Vic, Ying und Maike auf den Stufen vor der Eingangstür
des Wohnhauses und nippte an einem Glas Rotwein. Immer

wieder warf sie verstohlene Blicke hinüber zur Laube, wo Achmed sich zu ein paar Leuten gesetzt hatte, die sie nur vom Sehen her kannte. Er blickte kein einziges Mal zu ihr herüber, kein Lächeln, keine Verbindung, gar nichts. Seine Augen suchten sie nicht, sie schien für ihn gar nicht zu existieren. Er hatte sie beleidigt und jetzt ignorierte er sie total. Später würde er so tun, als sei nichts weiter passiert. Es war immer wieder das Gleiche.

Tamara lachte mechanisch über einen von Meikes Scherzen, aber in ihr setzte sich eine Mischung aus Angst und Panik fest. Sie versuchte, sich auf das Gespräch zu konzentrieren, denn Vic sagte gerade etwas über die erfolgreiche Formel für Beziehungen, von der sie in einem Buch gelesen hatte.

„Und wie geht die?" fragte Tamara, um sich abzulenken.

„Also," sagte Vic mit ihrem verschliffenen tschechischen Akzent, der nur im Englischen durchkam, aber kaum zu hören war, wenn sie Deutsch sprach.

„Es gibt fünf Bedingungen, fünf Punkte, wenn die nicht passen, kann eine Beziehung nicht funktionieren. In dem Buch haben sie einen bildhaften Vergleich mit einem Haus gebracht."

„Also, ich sage, Sex und Lachen muss auf jeden Fall dabei sein," unterbrach Maike vorlaut und warf schwungvoll ihre langen braunen Haare zurück.

„Ohne die beiden läuft gar nichts." Triumphierend sah sie in die Runde. Vic warf ihr einen genervten Blick zu und fuhr ungerührt fort.

„Das erste ist Sex bzw. sexuelle Attraktivität und Zufriedenheit beim Sex. Wenn das nicht stimmt, stimmt auch die Basis der Beziehung nicht. Im Buch wurde es als das Fundament beschrieben, auf dem das Haus der Beziehung steht. Funktioniert der Sex nicht, dann hat die Beziehung keinen Untergrund, keine Wurzeln, keine Festigkeit. Das ist aber die elementare Bedingung zum Gelingen einer Beziehung."

Tamara dachte trübsinnig daran, wie gut dieser Punkt mittlerweile zwischen ihr und Achmed funktionierte. Jetzt wollte sie gerne wissen, was die anderen Punkte waren, vielleicht konnte sie so feststellen, was schief lief.

„Aber das ist nur die Basis," erzählt Vic weiter, „der Sex bringt ein Paar nur soweit, der ist vor allem am Anfang wichtig, tragend für den Bestand einer Beziehung ist Respekt. Wenn man aufhört, den anderen zu respektieren und dessen Grenzen überschreitet, dann ist die Beziehung verloren."

Tamara biss sich auf die Lippen. Achmed hatte sie so leidenschaftlich geliebt und dann, als sie über den Markt gegangen waren, da versteckte er seine Zuneigung, so als schäme er sich ihrer.

„Ohne Respekt," sagte Vic, „fällt das Haus früher oder später in sich zusammen, weil es keinen Halt hat."

Tamara warf wieder einen Seitenblick in Achmeds Richtung. Er lächelte und nickte gerade zu den Worten einer jungen Divemasterin, die schon längere Zeit auf ihn einredete. Kein Blick ging zu Tamara. Er musste doch spüren, wie sie ihn ansah, wissen, dass sie ihm vergeben hatte und nun wieder eine Verbindung suchte. Er wusste doch, wie schnell ihr Ärger verflog, wenn er ihr nur ein bisschen entgegen kam. Frustriert wandte sie sich ab und starrte in ihr halbleeres Glas.

„Gemeinsamkeiten sind auch wichtig," meinte Ying, „wenn man nichts gemeinsam macht, hat man nichts, worüber man reden kann."

Vic nickte zustimmend und erklärte, wie in dem Buch gemeinsame Interessen als die Wände beschrieben wurden, die das Haus aufrecht hielten. Ying lächelte zufrieden, ihre dunklen, schrägstehenden Augen leuchteten, und Tamara fragte sich, ob sie mit ihrem neuen Freund Ben mehr Gemeinsamkeiten als den Drogenkonsum hatte. Das war die hervorstechenste Eigenschaft während ihrer langjährigen Beziehung zu Carl, dem Vater ihres Sohnes, gewesen. Der kam jetzt nicht mehr nach Dahab, was gut war, denn Carl fing gerne Streit oder gar eine Prügelei an. Yings Sohn Marvin lief eben vor Vergnügen kreischend mit zwei anderen Kindern durch den Garten und Tamara dachte, dass der Kleine vermutlich ohne den Einfluß seines biologischen Vater besser dran war.

„Das sind drei," rief Maike ungeduldig dazwischen, „was ist der Rest?"

Vic warf ihr den Blick einer nachsichtigen Mutter zu, deren Geduld seit Jahren strapaziert wurde.

„Ein gleichwertiges Intelligenzniveau ist die Einrichtung des Hauses, in der man es sich bequem machen kann und Zeit verbringt."

„Ich weiß nicht," warf Maike ein, „was soll das heißen? Gleichwertige Intelligenz? Wie ist das gemeint?"

„Na, ich denke, ein dummer und ein sehr intelligenter Mensch können keine glückliche Beziehung führen. Der Dümmere wird sich immer unterlegen fühlen, oder?" fragte Tamara.

Vic nickte zustimmend.

„Ja, da spielen auch Respekt und die gemeinsamen Interessen hinein. Wenn es zu große Unterschiede in Bildung, Anschauung und Intelligenz gibt, dann wird immer ein Ungleichgewicht herrschen, das einen der Partner unglücklich macht, weil er sich automatisch unterlegen und machtlos fühlt. Das hält keine Beziehung auf Dauer aus, dann kommt es normalerweise zu Machtspielchen."

„Carl hat immer gedacht, er sei smarter als ich," warf Yin ein, "aber eigentlich war ich die Klügere. Schließlich habe ich ihn rausgeworfen."

Sie leerte ihr Bier mit einer schwungvollen Geste, so als könnte das ihre Aussage bekräftigen.

„Ben ist da ganz anders," fügte sie dann noch hinzu.

„Was fehlt noch?" fragte Tamara, bevor das Thema verloren gehen konnte.

„Lachen, " sagte Vic jetzt. "Wenn man nicht miteinander lachen kann, dann ist das eine traurige und zu einem baldigen Ende verdammte Beziehung."

„Ich hatte mal so eine Beziehung," meinte Maike, plötzlich ein wenig versonnen.

„Das war eigentlich ein netter Mann, aber humorlos und trocken wie Backpapier. Ein typischer Deutscher eben, der hat jeden Satz total ernst genommen, und damit war er bei mir natürlich an der falschen Adresse."

Sie grinste in die Runde. Maikes brüllender und durchdringender Humor war ebenso legendär wie gefürchtet. „Ja," sagte Vic, „miteinander lachen können sind die Fenster und Türen des Hauses, sie führen nach draußen, ins Licht, ins Leben. Es ist das, was das Haus nach außen öffnet, was das Innere lebendig und farbig macht."

„Sag ich doch: Sex und Lachen. Darauf kommt es bei mir an," rief Maike dazwischen. „Das haben Lev und ich auf jeden Fall, über die Intelligenz kann man streiten."

Alle lachten und dachten an den quirligen, kleinen Polen, der bei Maike kaum zu Wort kam und darum seine Intelligenz selten unter Beweis stellen musste. Tamara schielte zu Achmed hinüber und fragte sich, ob ihre Beziehung die fünf Elemente vorweisen konnte? Sie spürte den starken Wunsch, hin zu gehen und ihn zu berühren. Aber was dann? Immer, wenn sie das Haus verließen, zog er sich von ihr zurück, ging in seine eigene kleine Welt, zu der sie keinen Zugang bekam. In der Öffentlichkeit war er wie ein Fremder zu ihr. Ginge sie jetzt hinüber und würde ihn küßen, würde er dann angewidert vor ihr zurückweichen? Sie ärgerlich und vorwurfsvoll ansehen? Das mache man in Ägypten nicht, hatte er ihr erklärt. Das mochte vielleicht stimmen, aber im Grunde genommen war er genau wie Jason. Da war er wieder, Jason, der immer noch ein schmerzender Pfeil in ihrem Fleisch war. Sie waren über drei Jahre lang zusammen gewesen, als Tamara noch in Belgien gelebt hatte. Damals hatte sie ernsthaft angefangen, an Heirat und Kinder zu denken, weil die Beziehung so gut lief. Da war nur die Sache mit der Distanz, die sie beständig ärgerte. Wann immer andere Leute dabei waren, tat er so, als wäre Tamara nicht mehr als eine Bekannte. Solange sie zu zweit waren, konnte er zärtlich, umsorgend, aufmerksam, sogar liebevoll sein, aber er hasste es, wenn sie ihn in der Öffentlichkeit berührte. Es falle ihm schwer, vor anderen Leuten seine Gefühle zu zeigen, das käme eine Art Schwäche gleich, hatte er ihr erklärt. Später fand sie jedoch heraus, dass er in Wirklichkeit Angst hatte, als Eigentum einer Frau betrachtet zu werden. Das hätte sein cooles Auftreten und seine Chancen auf One-night-stands, die er beständig suchte, gemindert. Was, wenn Achmed auch nur eine dumme Ausrede benutzte, um sich seine Möglichkeiten offen zu halten, zum Beispiel mit dieser jungen Divemasterin? Schließlich hatte er Tamara noch nie gefragt, ob sie ihn offiziell heiraten und Kinder haben wollte. Flirtete er jetzt mit dieser Divemasterin? Suchte er wie Jason was Frisches, was Jüngeres, das ihm bestätigte, was für ein toller Kerl er doch war? Sie hatte Angst, dass dies der wirklichen Grund für sein Verhalten war, und sie sich wieder in den selben Typ Arschloch verliebt hatte.

Tamara nippte erneut an ihrem Glas, nur um festzustellen, dass es leer war. Sie stand auf und ging die Stufen hinauf, um sich von der Bar im Wohnzimmer noch mehr Wein zu holen. David hatte die Flasche mit dem australischen Wein, den sie gekauft hatte, zu den anderen alkoholischen Getränken auf die improvisierte Bar am Esstisch gestellt, aber sie war noch nicht geöffnet. Die einzige offene Flasche war ein billiger libanesischer Wein, den Tamara nicht mochte. Sie sah sich um, konnte aber keinen Flaschenöffner entdecken, also ging sie mit dem australischen Wein in die nebenan gelegene Küche, wo sie zu ihrer Überraschung Sue vorfand. Der standen Schweißperlen auf der Stirn, sie hatte das Baby auf dem einen Arm und schwang den Kochlöffel in der anderen Hand. Der längliche und schmale Raum hatte sich durch ihre Kocherei in eine Sauna verwandelt. So großzügig die anderen Räume des Hauses gestaltet waren, so verblüffend klein war die Küche geraten, vielleicht weil die Beduinen lieber auf einem offenen Feuer im Freien kochten. Wie in vielen dieser Beduinenhäusern war die Küche nur minimal ausgestattet. Zwei alte, hässlich dunkelbraune Küchenschränke klammerten sich verzweifelt an schlecht verankerten Schrauben fest, Kochtöpfe und Pfannen hingen an verschiedenen hoch in die Wand eingeschlagenen Haken. Der alte Ofen wurde von einer am Boden stehenden und nackt wirkenden Gasflasche befeuert, gleich daneben hing eine blecherne Spüle ohne Unterbau an der Wand, und der grau gekachelte Boden darunter konnte auch frisch geputzt nicht mehr sauber wirken. Nachdem Tamara die Weinflasche geöffnet und sich und Sue eingeschenkt hatte, stellte sie ihr Glas auf der alten Anrichte ab, der eine Tür fehlte, und nahm Sue das Baby ab. Die Küche war zu schmal, um mehr als eine Person darin arbeiten zu lassen, also blieb sie im Türrahmen stehen, wo ein leichter Luftzug, der durch das Haus ging, ihr etwas Kühlung verschaffte.

„Warum bist du nicht draußen bei deinen Gästen?" fragte Tamara. "Hier ist es heiß wie in der Hölle!"

„Als viel mehr Leute als eingeladen antanzten, reifte in mir die Ansicht, dass Yings Curry nicht alle Leute satt machen würde. Deswegen koche ich Pasta und wärme noch eine tiefgefrorene Linsensuppe auf," sagte Sue pragmatisch und zwinkerte Tamara zu.

„Bei der Hitze? Ich weiß nicht, ob die Leute das tatsächlich essen wollen."

„Kann man ja alles auch kalt essen," meinte Sue schnippisch.

„Dieses Jahr will es einfach nicht kühler werden," meinte Tamara, während sie das Baby auf die Nasenspitze küsste und die strahlend blauen Augen bewunderte, die es von seinem Vater geerbt hatte. Das Kind war in der heißesten Zeit zur Welt gekommen. Sue hatte zwanzig Stunden in den Wehen gelegen, dann mussten sie doch noch nach Sharm gefahren und einen Kaiserschnitt machen lassen. Tamara fragte sich, wie Sue das durchgestanden hatte. In diesem Sommer hatten sie unerträglich Rekordtemperaturen von über 55 Grad gehabt. Aber jetzt hatten sie das Schlimmste überstanden, selbst diejenigen, die es sich leisten konnten, den Sommer in Europa zu verbringen, waren schon zurückgekehrt.

„Es wird nicht mehr lange dauern," meinte Sue, "der Oktober wird sicher fantastisch. Schade, dass wir Ende Oktober nach England fliegen."

"Wie ist der Plan?" fragte Tamara, die wusste, dass David immer einen Plan hatte.

"Zuerst einmal soll Davids Familie Leila kennenlernen."
Sue rollte bedeutungsvoll die Augen und Tamara lachte. Sue
hatte ihr erzählt, dass Davids anspruchsvolle Mutter sehr
unglücklich darüber war, wie ihr einziger Sohn sein Leben in
einem Dritte-Weltland verschwendete, statt als erfolgreicher
Rechtsanwalt Karriere zu machen. Davids Vater, ein Richter,
hatte schon vor langer Zeit die Hoffnung auf einen
erfolgreichen Sohn aufgegeben. Für das Enkelkind waren jetzt
alle dankbar, bestand doch die Möglichkeit, dass das süße Baby
die Enttäuschung auf beiden Seiten verminderte. Die Eltern
hofften, David würde als Vater endlich mehr
Verantwortungsgefühl zeigen und etwas in ihren Augen
Anständiges arbeiten. David wiederum hoffte, seine Eltern
würden ihn endlich mit ihrer Forderung, er sollte sein Studium
beenden, in Ruhe lassen. Er hatte schließlich jetzt eine Familie
zu versorgen, und dazu hatte er ganz eigene Ideen.
"Dann will David Investoren finden, um eine Agentur für
Yogareisen aufzubauen," sagte Sue. "Er glaubt fest daran, dass
das ein gutes Business wird, von dem wir leben können."
Sue unterrichtete seit Jahren erfolgreich Yoga, doch jetzt
schwankte ihr Stimme zwischen Enthusiasmus und Zweifel.
"Das muss gut gehen," sagte sie, "auf jeden Fall, bevor wir ein
zweites Baby bekommen."
"Ein zweites Baby?"
Tamara zog verblüfft die Augenbraue hoch.
"David war doch immer so ein Casanova und Zigeuner. Was
hat diesen Umschwung zu Papabär veranlasst?"

"Ja, unglaublich, nicht? Habe ich dir nie erzählt, wie es dazu kam?" fragte Sue.

Tamara schüttelte den Kopf. Sue überließ die köchelnden Töpfe sich selbst und nahm einen Schluck Wein.

„Also, in jener Nacht, als er zu mir kam und mir seine Liebe erklärte, war er vorher in der Sun Shine Bar. Er überlegte zu der Zeit Dahab zu verlassen und weiter zu ziehen, weil er sich unruhig und unzufrieden fühlte und seine schlechte Laune in schlechtem Bier ersaufen musste. Da kam dieser Junge rein, du weißt schon, Paulas Sohn, JP."

"Ach ja," sagte Tamara und befreite ihre langen Haare aus den klebrigen Babyfingern.

"Den kenn' ich, der war schon als Kind komisch und als Teenager wurde er noch seltsamer, der hatte immer so einen starren, stierenden Blick drauf. Aber den habe ich schon lange nicht mehr gesehen. Wo ist der jetzt?"

"Ich glaube, sie haben ihn nach der Trennung auf ein Internat in der Schweiz geschickt. Die Großeltern haben Geld, die können sich das wohl leisten."

"Das war ein armer Teufel, kaum einer mochte den. Der hing immer so allein in der Bucht rum," sagte Tamara.

"Jedenfalls," sagte Sue, "an dem Abend wurde David bewusst, was für eine arme Sau dieser Junge war. Er saß mit Alain zusammen in der Bar und war schockiert, wie gleichgültig sich der seinem Sohn gegenüber verhielt. Auch Paula nahm kaum Notiz von JP. Das regte David unheimlich auf, er hätte den beiden Egoisten gerne eine reingehauen. Auf einer Party hatte

David einmal gehört, wie Paula sich über die Einschränkungen beklagte, die man mit einem Kind habe. Während der Junge neben ihr saß, sagte sie, dass sie ihn lieber nicht gehabt hätte, aber in Thailand gäbe es eben keine gesetzlich erlaubte und somit sichere Abtreibung. Zwar versicherte sie JP gleich darauf, dass sie ihn liebe und nichts bereue, aber das klang nicht ehrlich. David fand ihre Kommentare schrecklich, und sie bestärkten ihn in der Meinung, dass es besser war, keine Kinder zu haben als sie so zu behandeln. An dem Abend in der Bar lief der Junge bald weg, und David wollte hinter ihm hergehen, weil er dachte, er könnte ihm irgendwie helfen, ihm sagen, dass es besser werde, wenn er älter war und selbst über sein Leben entscheiden konnte. David hatte das Gefühl, der Junge könnte sich vielleicht etwas antun, aber gleich darauf sah er ihn mit einem Mädchen auf der Promenade sitzen und dachte, das Schicksal habe die Sache viel besser geregelt, als er das hätte machen können. David war aber immer noch sehr aufgebracht über das Verhalten von JPs Eltern. Davids Eltern haben sich ähnlich verhalten, die waren immer nur mit sich selbst beschäftigt und hatten kein Einfühlungsvermögen für die Bedürfnisse der eigenen Kinder. Darum wollte David selbst keine Familie haben, sich auf keinen Fall an jemanden binden. In der Nacht dachte er aber: Wenn ich einmal ein Kind habe, dann mache ich das alles ganz anders."

"Na, hoffentlich," warf Tamara an dieser Stelle ein.

Sue stellte ihr Glas auf die Ansicht und wandte sich wieder den Töpfen zu.

"Ich glaube schon," sagte sie, während sie die Tomatensauce kostete. "Die Nacht änderte alles für ihn. Das war ein völlig neuer Gedanke für ihn, dass er eine Familie haben wollte, dass er es besser machen konnte. Auf einmal war ihm klar, sein Leben würde unvollständig bleiben, wenn er sich nicht an jemanden band."

Tamara rollte ihre Augen, erstens um ihr Erstaunen auszudrücken, und zweitens, um das Baby zum Lachen zu bringen. Leila gluckste tatsächlich und verzog den Mund zu einem Grinsen.

"Von da," fuhr Sue fort, "war der nächste Gedanken, an wen er sich binden wollte, wen er sich als Mutter seiner Kinder vorstellen konnte, und das war dann ich. Verrückt, nicht?"

"Total abgefahren. Das ist ja alles wahnsinnig schnell gegangen mit euch beiden. Du warst ja praktisch sofort schwanger."

Tamaras Ton glitt an der hauchdünnen Grenze zwischen Neid und Verachtung für soviel Dummheit entlang, und Sue verteidigte sich sofort.

"Naja, nach vier Monaten wurde ich schwanger. Wir waren so verliebt, dass Verhütung uns nicht wirklich gekümmert hat. Es war uns ja klar, dass wir eine Familie haben wollten. Der Bombenanschlag hatte uns gezeigt, wie schnell das Leben vorbei sein kann, alles kann von einem Moment zum anderen zu Ende sein. Ich war ohnehin schon seit Jahren in ihn verliebt, und er wahrscheinlich auch in mich. Nur wollte er nicht wahrhaben, dass er schon fast vierzig war und seine Perspektive sich geändert hatte. Der Abend in der Bar hat ihm schließlich die Augen geöffnet."

"Und jetzt will er gleich ein zweites Kind?"

Sue lachte.

"Ja, aber das muss warten. Wir wissen kaum, wie wir das hier finanzieren sollen."

Sie deutete mit dem Kinn in Richtung des Babys.

"Nimm dir nur nicht Elvira zum Vorbild," sagte Tamara.

"Warum nicht?"

"Sie ist schon wieder schwanger.“

„Oh Gott, noch eines?“ sagte Sue, „Das wievielte wird das?“

„Das vierte. Sie wollte immer eine große Familie, sagt sie, aber ich glaube eher, ihr Mann will nicht, dass sie verhütet. Jetzt macht sie das Quartett voll.“

„Du meine Güte," meinte Sue.

"Ich weiß wirklich nicht, wo die Frau ihre Energie hernimmt. Drei Kinder, schwanger, Tanzkurse, die ganze Organisation des Zirkus, Haushalt und ein anspruchsvoller Mann. Ich hoffe nur, die klappt eines Tages nicht einfach zusammen.“

„Ich glaube, sie ist glücklich so. Wahrscheinlich funktionieren für sie die fünf Komponenten einer erfolgreichen Beziehung.“

„Von was redest du?“

Tamara erzählt Sue von Vics Buch und worüber sie vorher mit den andern gesprochen hatte. Sue hörte zuerst mit gerunzelter Stirn zu, seufzte dann aber erleichtert und lachte.

„Na, was für ein Glück, dass ich das alles mit David habe, sonst wären Leila und ich in Schwierigkeiten. Ich könnte mir nicht vorstellen, das alles alleine durchzuziehen. Ying war ein paar Jahre lang alleinerziehende Mutter, und ich glaube, da war sie sehr unglücklich. Wenigstens hat sie jetzt Ben, der scheint einen guten Stiefvater abzugeben."

Sues müde Augen liebkosten glücklich das sabbernde Baby in Tamaras Armen, das an diesem Tag seinen dritten Monatsgeburtstag feierte.

„Auch wenn sie einen zur Raserei treiben kann, ist sie doch eine Zuckerschnute, ein Goldengel, aber ich weiß nicht, wie andere Frauen mit zwei oder drei von diesen Monstern fertig werden, ohne den Verstand zu verlieren."

Tamara wackelte mit einen Finger vor den Augen des Babys hin und her. Leila folgte der Bewegung des Fingers aufmerksam, griff dann plötzlich nach ihm und steckte ihn zielstrebig in ihren Mund. Die saugenden Kiefer kitzelten auf der Haut, bissen dann aber überraschend stark zu.

„Au!" rief Tamara mehr aus Verblüffung als vor Schmerz.

„Jetzt siehst du, was ich täglich mitmache," lachte Sue und hackte wie besessen mehr Tomaten für die Sauce klein.

„Und?" fragte sie plötzlich gedehnt und konspirativ lächelnd. „Wie steht es mit deinem häuslichen Glück?"

Tamara seufzte und zuckte mit den Schultern.

„Ich weiß nicht, was ich dir sagen soll, es ist immer dasselbe Lied. Zu Hause ist er so lieb, so zärtlich, so ..." Sie vollendete den Satz mit der Handbewegung, die ausdrücken sollte: du weißt schon. Sue lachte.

„Ja, alles klar."

„Und dann lässt er mich den ganzen Abend links liegen. Es ist, als hätten wir überhaupt nichts miteinander zu tun, als kenne er mich gar nicht. Das macht er immer so, sobald andere Leute dabei sind. Dabei sind wir seit fast vier Jahren ein Paar, jeder weiß doch, dass wir zusammen sind."

„Liebst du ihn?" fragte Sue ernst.

Tamara überlegte kurz. Sie schwang das Baby auf die andere Hüfte und fragte sich, ob sie auch einmal Kinder mit Achmed haben würde. In all den Jahren hatten sie nie darüber gesprochen. Achmed liebte Kinder, das wusste sie, und daher war sie immer davon ausgegangen, dass es früher oder später einfach passieren würde.

„Ja," sagte sie schließlich. „Ich liebe ihn wirklich und ich will so eines da mit ihm haben. Vielleicht werden wir in ein, zwei Jahren zur selben Zeit schwanger," sagte sie augenzwinkernd zu Sue.

Das Baby lachte sie an und brabbelte vor sich hin.

„Das wäre cool," sagte Sue, während sie auf der Suche nach dem Salz durch die Küche wirbelte.

„Wer hätte gedacht, dass wir einmal Küche- und Kindergesprächen führen würden!"

Die Freundinnen plauderten weiter, und Achmed, der eigentlich in die Küche hatte gehen wollen, um sich Wasser zu holen, und dann einem Impuls folgend lauschend neben der Tür stehen geblieben war, wandte sich jetzt ab und ging zurück in den Garten. Er setzte sich nicht mehr zu der Gruppe, die ihn vorher so freundlich aufgenommen hatte. Stattdessen ging er in die weit entfernte und dunkle Ecke des Gartens, wo zwei hohe Palmen schlanke Kurven in den Himmel warfen und der umgefallene Stumpf einer dritten ihm eine Sitzmöglichkeit anbot. Dorthin setzte er sich und zündete eine Zigarette an. Das Feuerzeug zitterte ein wenig in seiner Hand, er sah es mit Erstaunen an. Tamara wollte also ein Kind mit ihm, eine Familie gründen. Er hatte noch gehört, wie Tamara die fünf Punkte für eine gelungenen Beziehung erklärt hatte. Mit Sex, Lachen und Gemeinsamkeiten hatte sie keine Probleme. Intelligenz war so eine Sache, er war nicht dumm, aber natürlich hatte er nicht soviel gelernt wie Tamara, die auf die Universität gegangen war. Sie erzählte und erklärte ihm manchmal Dinge, von denen er nicht gewusst hatte, dass es sie gab. Manchmal erklärte sie ihm auch Dinge, über die er gut Bescheid wusste, zum Beispiel, wenn sie über das Tauchen sprachen, aber er hörte ihr gerne zu, weil sie viele interessante Details wusste. Dieses Wissen machte sie zu einer guten Tauchlehrerin, auch wenn einige seiner Freunde ihren belehrenden Ton anmaßend und arrogant fanden. Sie hatte eben zu allem eine Meinung, und es fiel ihr nicht leicht, eine ihren Ansichten widersprechende Haltung zu respektieren. Tamara hatte nur vor wenigen Dingen Respekt, ihm fiel nur das Meer ein, ja davor hatte sie seit ihrem Tauchunfall Respekt. Aber sie hatte keinen Respekt vor seiner Kultur, von der sie sagte, sie sei rückwärts gewandt und mittelalterlich, und auch nicht vor seiner Religion, die sie als brutal und engstirnig bezeichnete. Selbst seine Sprache fand sie kompliziert, hatte sie sogar als hässlich bezeichnet. In all den Jahren, in denen sie zusammen waren, hatte sie sein Englisch verbessert und korrigiert, aber sich kaum die Mühe gemacht, Arabisch zu lernen. Sie ging davon aus, dass ihre europäische Kultur der seinen überlegen war, und war der Meinung, er solle sich ihr anpassen. Obwohl er nur eine Cola getrunken hatte, war ihm jetzt ein wenig übel, und er fühlte sich schwindelig. Er liebte Tamara, das wusste er, doch welche Zukunft hatte diese Liebe? Er war achtundzwanzig, in spätestens drei Jahren wollte er genug Geld gespart haben, damit er heiraten und ein Familie gründen konnte. Aber wollte er diese Familie mit Tamara? Was für eine Mutter würde sie sein?

Er hatte sich gewünscht, sie würde wenigstens ein bißchen Arabisch lernen, damit sie sich mit seiner Familie unterhalten konnte. Er hätte gerne gewollt, dass sie einmal mit ihm in die Moschee ging, damit sie verstand, wieviel innere Ruhe und Zuversicht ihm das tägliche Gebet an diesem stillen Ort der Gemeinschaft und Brüderlichkeit gab.

Seine Übelkeit verstärkte sich. Tamara verstand sowenig von seinem Land, seiner Kultur und seiner Religion und wollte auch nichts darüber hören. Wie konnte sie dann ein Vorbild für ihre Kinder sein? Sie wollte nicht einmal verstehen, dass Mann und Frau in Ägypten auf keinen Fall Zärtlichkeiten in der Öffentlichkeit austauschten. Das war einfach vulgär. Die Liebe zwischen Mann und Frau war etwas Intimes, etwas Privates, das gehörte ins Haus, aber nicht auf die Straße. Würde er sie auf der Straße küssen, würden die Leute sie für eine

Prostituierte halten. Aber Tamara hörte ihm nicht zu, wenn er versuchte, das zu erklären. Es fiel ihm ohnehin schwer, über solche Dinge zu sprechen. Das tat man einfach nicht, wenn man so wie er von anständigen Eltern zu Ehrfurcht und Anstand erzogen worden war. Darum vermied er solche Themen lieber. Er erinnerte sich gut daran, wie sie ihm nach einigen Wochen Beziehung erklärt hatte, was er im Bett mit ihr machen und was er bitte unterlassen sollte. Allein der Satz: "Kaninchensex kam schon in den Achtziger Jahren aus der Mode," hatte ihm das Blut in den Adern gefrieren lassen. Zugegeben, sie war jetzt glücklich mit dem, was im Bett passierte, aber es war äußerste unangenehm, solche Sachen mit Worten ans Licht zu zerren. Er hasste es, wenn sie bohrte und nachhakte und schmollte und ungehalten war, bis er endlich etwas ihr genehmes von sich gab, oft um des lieben Friedens Willen.

Achmed ließ den Kopf hängen und drückte den Zigarettenstummel mit seinem Schuh im Sand aus. Es war hoffnungslos. Im Grunde seines Herzens wusste er das, doch er konnte sie nicht verlassen. Er würde bei ihr bleiben, bis sie ihn verließ, eines Tages würde sie von ihm enttäuscht sein und von selbst gehen. Er wollte an ihr festhalten, solange er konnte, sie lieben, so gut er konnte. Er liebte selbst ihren gefährlichen Mut. Sie war jemand, der immer bis zum Abgrund ging und dann noch neugierig über die Kante schaute. Mit halbherzigen Sachen gab sich Tamara nicht zufrieden. Egal, wen er später einmal heiraten würde, bis an sein Lebensende würde er süchtig nach Tamaras Lebenslust, ihrer schwungvollen Energie und ihrem Humor bleiben, und gierig nach ihrem biegsamen Körper und nach der Weichheit der langen, blonden Haare und der zarten, hellen Haut. Die Aussicht, das alles früher oder später zu verlieren, machte ihn unsäglich traurig, doch Tränen waren in der Öffentlichkeit, selbst in dieser dunklen Ecke, ebenso unmöglich wie Küsse. Als er aufstand, merkte er, wie sich die ganze Zeit der Schlüssel in der Hosentasche in seine Eingeweide gedrückt hatte, weil er so weit nach vorne gebeugt gesessen hatte. Jetzt war er froh über den nachlassenden Schmerz. Inshallah dachte er. So Gott will. Während er zurück zur Party ging, betete er und versuchte, auf Gottes Weisheit zu vertrauen:

Alle Lobpreisung gebührt Allah, dem Herrn der Welten, dem Allerbarmer, dem Barmherzigen, dem Herrscher am Tage des Gerichts. Dir allein dienen wir und Dich allein flehen wir um Hilfe an. Leite uns den rechten Pfad, den Pfad derer, denen Du gnädig bist, nicht derer, denen Du zürnst und nicht derer, die in die Irre gehen. Amen.

11. Ein Herz für Hope

Konstanze Kehrheim, kurz Coco gerufen, kniff die Augen zusammen und sah über das in der Morgensonne funkelnde Meer hinüber zu den fernen Bergen Saudi Arabiens. Sie lebte schon so lange in Dahab, dass die atemberaubende Schönheit der Landschaft sie nicht mehr bewegen konnte. Jeden Tag sah sie die roten Berge des Sinai, vor denen sich dunkelgrün und dunkelblau das Wasser des Golfs von Aqaba verbeugte und über die sich ein blauweißer Himmel wölbte. Das Licht hatte trotz der frühen Tageszeit keine Weichheit mehr, und Coco trug eine große, dunkle Sonnenbrille, die ihre blauen Augen schützte. Allerdings war nicht die Sonne schuld an ihrem verkniffenen Gesichtsausdruck, sondern Zorn.

Ein ängstliches Kläffen riss sie aus ihren missmutigen Gedanken. Cocos kleiner weißer Spitz, den sie nach ihrem großen Vorbild Marlene Dietrich getauft hatte, kam gelaufen und suchte zwischen ihren Beinen Schutz vor einem Rudel wilder Hunde, die über den Strand bei Eel Garden heranstürmten. Um diese frühe Tageszeit war die Promenade normalerweise menschenleer, nur ein verrückter Tourist joggte vorbei. Coco mochte das Gefühl, den ganzen Strand für sich alleine zu haben, aber sie hasste die herrenlosen Hunde, die sich überall herumtrieben und unkontrolliert vermehrten. Obwohl sie auf diese Weise schon zwei Vorgängerinnen von Marlene Dietrich verloren hatte, schloss Coco sich der landläufigen Meinung an, diese schmutzigen Viecher müssten durch ausgestreutes Gift umgebracht werden.

Automatisch bückte Coco sich und hob unter Ächzen einen Stein auf. Ihr Rücken war nicht mehr so beweglich wie früher und es schmerzte, auf diese Weise an ihr Alter erinnert zu werden. Eigentlich genügte eine angedeutete Wurfbewegung, um das Rudel zu vertreiben, doch sie warf den Stein in der Hoffnung zu treffen und das Aufjaulen von Schmerz zu hören. Meistens verfehlte sie, ihre Augen waren auch nicht mehr die besten, ebenso wenig wie die Koordination der Hände, doch das ignorierte sie, und wenn sie traf, dann genoss sie das kurze Gefühl des Triumphs um so mehr. An diesem Morgen traf sie nicht, und so nahm sie, nachdem die Hunde sich davon gemacht hatten, immer noch schlecht gelaunt ihren Spaziergang entlang der Strandpromenade wieder auf.

Konstanze Kehrheim – in der deutschsprachigen Welt einst Coco, die femme fatal, genannt – hatte vor genau einer Woche die größte Demütigung in ihrer Karriere hinnehmen müssen, ja vielleicht die schlimmste ihres ganzen Lebens. So kam es ihr zumindest vor, und diese Tatsache fraß an ihr wie eine Made an einem Kadaver.

Sie war jetzt fast siebzig Jahre alt und hatte mehr als dreißig Jahre lang Erfolge auf deutschen Bühnen wie auch im Film gefeiert. Sie war einst ein Kassenschlager gewesen, hatte mit Leuten wie Joachim Fuchsberger, Horst Frank oder Romy Schneider gearbeitet und mit ihrem starken Willen gerne Kollegen zur Verzweiflung gebracht. Man hatte ihr Durchsetzungsvermögen gefürchtet, und auch wenn dieses

Fähigkeit niemals für die ganz großen Rollen oder die ganz berühmten Theater gereicht hatte, war sie dennoch eine Künstlerin von Rang. Niemand, wirklich niemand, hätte es wagen dürfen, sie so zu demütigen wie Elvira vor einer Woche, als sie Coco aus dem Zirkus warf.

Vor einigen Jahren hatte eine Gruppe europäischer Frauen einen Kinderzirkus gegründet, der durch Spenden und Freiwilligenarbeit am Leben erhalten wurde. Die beiden Vorstellungen am Ende des Schuljahres zählten zu den wenigen gesellschaftlichen Ereignissen, die man in Dahab besuchen konnte. Seit seiner Entstehung hatte Coco davon geträumt, bei dem Zirkus mitzuarbeiten, natürlich nicht hinter der Bühne wie die anderen freiwilligen Helferinnen, sondern im Scheinwerferlicht. Der Zirkus war zwar eine Kinderei, doch Coco sehnte sich nach dem Applaus des Publikums, eine Droge, die ihr seit dem Umzug nach Ägypten entzogen war. In ihrer Anfangszeit in Dahab hatte sie das Schauspielerinnendasein kaum vermisst, die Veränderung und die neue Liebe waren aufregend genug gewesen, doch nach einiger Zeit wurde das Neue alltäglich, die Liebe wurde im Alltag schal. Wenn man, wie sie, kein Interesse an Tauchen oder Windsurfen hatte, dann gab es in diesem Kaff nichts anderes zu tun, als am Strand zu liegen und sich von der Sonne verbrennen zu lassen. Coco hungerte nach der Aufmerksamkeit einer erwartungsvollen Menge und wollte nach einer inbrünstigen Darstellung geliebt, bejubelt und bewundert werden. Sie kannte keine andere Sehnsucht mehr als die, nicht vergessen zu werden. Das einzige, was Coco sich noch wünschte, war wieder auf der Bühne zu stehen. Sie wünschte es sich so brennend, dass sie ihren Stolz schluckte und alles daran setzte, beim Kinderzirkus mitarbeiten zu dürfen. Wann immer sie Elvira, die Prinzipalin, zufällig auf der Straße traf, verwickelte Coco sie in ein Gespräch, in dem sie dann darauf hinwies, wie sehr doch der Zirkus von ihrer professionellen Hilfe profitieren würde. Aber die dumme Gans brauchte drei Jahre, bis sie Coco zu einer Mitarbeit einlud. Gekonnt zierte Coco sich, verwies auf ihr Alter und ihren Ruhestand, doch bevor Elvira einen Rückzieher machen konnte, nahm sie das Angebot natürlich an.

Vom Ausmaß ihrer Rolle war Coco enttäuscht.

"Pausenfüller," sagte Elvira, "damit wir für die nächste Nummer umbauen können, brauchen wir ein wenig Unterhaltung und Ablenkung."

Coco sah schließlich ein, dass das besser als nichts war. Die Vorstellung, den Clown zu geben, bekam erst dann Glanz, als ihr aufging, wie hervorragend eine Vollgesichtsschminke ihre Falten und die dunklen Tränensäcke verbergen würde. Es war allerdings nicht nach ihrem Geschmack, mit einem Kind arbeiten zu müssen. Immerhin konnte sie Elvira davon überzeugen, ihr Natalina als Partnerin zu geben und nicht Thomas, den Elvira vorgeschlagen hatte. Der schwedische Junge besaß ein bemerkenswertes schauspielerisches Talent und hätte zu leicht die Gunst des Publikums für sich gewinnen können. Die übergewichtige und nicht gerade schlaue Natalina vermochte das auf keinen Fall. Allerdings trieb die Begriffsstutzigkeit der kleinen Russin Coco schnell an den Rand ihrer Geduld. Welche Anweisung sie dem blöden Trampel auch gab, Natalina sah sie nur mit großen Froschschaugen an, bewegte sich todsicher in die falsche Richtung und vergaß, welche Zeile sie als nächstes sagen musste. So kam es, dass Coco sie bei den Proben einmal hierher zerrte, dann wieder dorthin stieß und mehr oder weniger durchgehend in bellendem Befehlston mit ihr sprach. Coco hatte das wiederkehrende Bedürfnis, dem Kind eine schallende Ohrfeige zu geben, allein die Erinnerung an diese sinnlosen Proben ließ sie jetzt so wütend werden, dass sie gegen einen leere Coca-Cola-Dose trat, die jemand vor der Sunshine-Bar weggeworfen hatte. Die blecherne Dose schlug laut scheppernd gegen die niedrige Promenadenmauer. Cocos kleiner Spitz blaffte erschrocken und sprang zur Seite. Coco riss ihn so heftig an der Leine zurück, dass er in die Luft gerissen wurde, auf den Hinterbeinen tänzelte und winselte, weil das Halsband ihm die Kehle zuschnürte. Coco gab ihm wieder mehr Leine, sodass er hechelnd auf seine vier Pfoten zurückkommen konnte. Dann wackelte er vorsichtig mit dem Schwanz und beäugte seine Herrin ängstlich. Doch die hatte den Hund schon wieder vergessen, ihre Gedanken kreisten immer noch um die dumme Natalina.

Die Generalprobe mit dem russischen Mädchen ging mehr schlecht als recht über die Bühne, und danach gab Elvira Coco etliche - wie Elvira wohl dachte - hilfreiche Ratschläge. Coco hörte nicht zu, sondern verlängerte in Gedanken bereits ihren Text um einige Zeilen. Dann war es endlich so weit, dann kam der Abend, an dem sie da draußen stand, dort im Licht der Welt, wo alle Glückseligkeit lag. Dummerweise hatte das Gehirn des russischen Trampels die letzten Änderungen nicht richtig verarbeitet. Natalina irritierte Coco bei diesem wichtigen ersten Auftritt mit ihren Versprechern und Fehlern so sehr, dass Coco das Scheinwerferlicht überhaupt nicht genießen konnte. Nach ihrem Abgang ließ Coco ihre Frustration so lange durch ein sprachliches Donnerwetter an der Kleinen aus, bis Elvira nervös gelaufen kam und um Ruhe bat. Man könne Coco im Bühnenbereich hören, vielleicht sogar im Zuschauerraum, erklärte Elvira atemlos. Coco bezwang sich nur mühsam, ihre Professionalität ließ sie einsehen, dass das Publikum nicht durch ihre Schreierei verärgert werden durfte. Die zweite Nummer verlief jedoch kaum besser als die erste, Natalina brachte kaum ein klares Wort hervor, und als sie endlich hinter die Bühne kamen, zerbrach das Gesicht des Kindes in krampfhafte Zuckungen und Weinen, was Coco immerhin das Gefühl gab, irgendetwas erreicht zu haben.

Als sie zum dritten und letzten Mal auftreten sollten, weigerte sich das Kind auf die Bühne zu gehen. Elvira redete ihr gut zu, doch Natalina schüttelte nur stumm den Kopf. Coco erklärte kurzerhand, das sei sowieso besser, und lief alleine hinaus.

Endlich war sie frei von allen Fesseln, sie spielte beide Rollen sehr gekonnt, wie sie fand, sie bezauberte, sie unterhielt, die Leute lachten, und als ihr der Text ausging, da improvisierte sie einfach weiter, obwohl hinter der Bühne bereits alles fertig war und man darauf wartete, dass sie endlich Schluss machte. Aber es war einfach zu schön, die Hitze des Scheinwerfers auf sich zu spüren, die mächtige Energie zu fühlen, die jedes Publikum - wie beschränkt auch immer - ausstrahlte, die alte Macht zu empfinden, wenn alle den eigenen Worten lauschten. Das war genau das, wonach Coco sich so lange gesehnt hatte. Es fiel ihr wahnsinnig schwer, diesen himmlischen Ort wieder zu verlassen.

Hinter der Bühne war der Traum sofort zu Ende. Natalinas Vater, ein riesiger Russe mit vom Windsurfen prächtig entwickelter Schultermuskulatur stellte sich Coco in den Weg. "Du dumme Weibsbild, was erlauben mein Kind schlecht behandeln!", brüllte er Coco in fehlerhaftem Englisch an. Sein Atem stank so stark nach Schnaps, dass Coco nur angewidert die Nase rümpfen konnte und ihn verächtlich ansah. Ihre seit der russischen Besatzung Deutschlands gefestigte Ansicht, alle Russen seien Säufer und Kulturbanausen, wurde wieder einmal bestätigt. Elvira flatterte als Friedensengel aufgeregt herbei und versuchte zu vermitteln. "Mein Tochter kommen nicht mehr in Zirkus," schrie der Russe weiter und schüttelte drohend die Faust.

"Nein, nein," rief Elvira aufgeregt, "das klären wir, tut mir schrecklich leid, wir werden die Nummer ändern."

"Ja, die Nummer wird sicher besser ohne das dumme Kind," sagte Coco kalt und auf Deutsch, damit nur Elvira sie verstehen konnte. Sie hatte keine Angst vor dem aufbrausenden Russen.

Männer wie der spielten sich nur auf und unternahmen nie etwas, aber man musste den Stier ja nicht unnötig reizen.

Der Russe schnaufte und wollte weiterschimpfen, aber Coco war es leid und ging einfach davon, um sich abzuschminken, wobei sie die vorwurfsvollen Blicke und das Getuschel der anderen Mitarbeiterinnen ignorierte. Die wussten doch gar nicht, was eine wahre Künstlerin ausmachte, nämlich Kompromisslosigkeit. Das war es, was notwendig war, aber diese Provinzgurken würden das nie verstehen.

Zu Cocos maßlosem Erstaunen erklärte eine erschöpfte Elvira nach dem Ende der Vorstellung, Coco sei aus ihrer Verpflichtung entlassen und bräuchte zur zweiten Vorstellung in einer Woche nicht mehr zu kommen. Zuerst dachte Coco, sie hätte nicht richtig gehört, ihr Verstand weigerte sich, den Inhalt von Elviras Worten zu begreifen. Sie fragte mehrmals nach, wie ein Papagei, der nicht anderes zu sagen wusste. Sie sei entlassen? Sie, die sich herabgelassen hatte, ohne Bezahlung in diesem mickrigen Zirkus aufzutreten?

„Das ist ein Kinderzirkus, es geht doch um die Kinder," sagte Elvira immer und immer wieder. Obwohl sie schrecklich unglücklich und verlegen dreinsah, blieb sie beharrlich bei ihrem Entschluss. Schweiß ringelte ihre schweren schwarzen Haare und die großen, dunklen Augen baten um Verzeihung, aber nichts, was Coco sagte, konnte sie umstimmen.

Schließlich verlor Coco die Fassung, fluchte ausführlich, wie es sich für eine kultivierte Dame, wie sie eine war, eigentlich nicht ziemte, aber viel von ihrer Hamburger Herkunft verriet.

Als ihr nichts mehr einfiel, womit sie Elvira beleidigen konnte, ließ sie sie stehen und lief davon, um sich die folgenden drei Tage zu Hause zu verstecken.

Seit diesem unglückseligen Abend hatte Coco unzählige Male die demütigende Szene im Kopf durchgespielt und hin und her überlegt, wie sie Elvira überreden konnte, sie wieder auftreten zu lassen. Aber keine brillante Idee wollte in ihren schmerzenden Kopf kommen. Heute Abend nun war die letzte Vorstellung und sie würde ohne Cocos Brillanz auskommen müssen.

Die Sonne begann jetzt sich in ihre welke, aber immer noch zarte Haut zu graben, und Coco, beim Lighthouse angekommen, ging die Peaceroad hinauf und beeilte sich, nach Hause zu kommen, eine japsende Marlene hinter sich herziehend. Ihr einstöckiges Haus lag zwischen der Bucht und der Peaceroad, früher war das eine ruhige Gegend gewesen, aber jetzt wurde sie zunehmend verbaut und der Verkehr auf der Straße nahm ebenfalls stetig zu. Ihr Haus war einst das einzige mit einem ersten Stock gewesen, von wo man einen schönen Blick auf das Meer und den Strand gehabt hatte. Mittlerweile war es aber von mehreren ähnlich hohen Häusern umringt und es sah alt und vergilbt aus. Der Putz blätterte ab und die Holzläden an den Fenstern hatten einen Anstrich nötig. Froh, zu Hause angekommen zu sein, verschloss Coco sorgsam die schwere Holztür, drehte den Fernseher im Wohnzimmer an und kontrollierte, ob auch alle Fensterläden geschlossen waren, damit die aufkommende Mittagshitze nicht eindringen konnte.

Mit einer Tasse kalten Hibiskustees, den sie sich schon zum Frühstück zubereitet hatte, ging sie in ihr teuer mit dunklen Möbeln eingerichtetes Wohnzimmer und setzte sich auf das breite Sofa. Im Dämmerlicht beleuchtete nur der Fernseher den Raum, aber Coco beachtete gar nicht, was da lief, sondern starrte gedankenverloren vor sich hin.

Sie konnte die seligen Momente, in denen sie allein auf der Bühne gestanden hatte, als alle Augen auf sie gerichtet gewesen waren, nicht aus dem Kopf bekommen. Sie konnte nicht glauben, dass dies tatsächlich ihr letzter Auftritt gewesen sein sollte. Ein rausgeworfener Pausenclown konnte unmöglich der Schlusspunkt ihrer Karriere sein. Sie musste einen Weg finden, um wieder der Mittelpunkt der Erde zu werden, die Achse, um die sich alles drehte.

Der Fernseher plauderte vor sich hin, was sie in der Stille des Hauses als tröstlich empfand, denn der Fernseher war außer dem Hund ihre einzige Gesellschaft. Vor langer Zeit hatte sie in eine kostspielige Satellitenanlage investiert, damit sie auch deutsche Programme empfangen konnte. Auf diesen suchte sie jetzt herum, bis sie einen alten Film fand, der von der Welt erzählte, in der sie selbst noch ein Star gewesen war. Könnte Coco es sich eingestehen, dann müsste sie zugeben, dass sie gehofft hatte, durch die Mitarbeit beim Zirkus wieder ein wenig Anschluss an andere Menschen zu finden, ein Unterfangen, das sie mit zunehmenden Alter immer schwieriger fand. Sie hatte sogar daran gedacht, ihre Auftritte im Zirkus könnten ihr wieder einige Bewunderer bescheren und, ja, ganz ehrlich, daran hatte sie trotz ihres Alters auch gedacht, vielleicht sogar einen Verehrer.

Am Höhepunkt ihrer Karriere in den späten Fünfzigerjahren hatte sie nicht nur als eine sehr schöne und außergewöhnliche Schauspielerin gegolten, sondern auch als eine der erotischsten in ganz Deutschland. Sie gab die engelhafte Jungfrau ebenso gut wie die verruchte Hure, und damals lagen zahllose Männer ihr wortwörtlich zu Füßen. Selbst als sie mit fast fünfzig Jahren auf einen Urlaub nach Ägypten kam, war ihre Ausstrahlung immer noch stark genug, um jüngere Männer anzuziehen.

Bitterkeit stieg in Coco hoch, wenn sie an diese erste Zeit in Dahab dachte. Wie glücklich war sie gewesen, aber auch wie arglos und naiv, denn natürlich verliebte sie sich. Nur wegen eines Mannes blieb sie hier und gab in Deutschland alles auf. An ihn zu denken löste trotz der vielen Jahre, die vergangen waren, immer noch die selben Gefühle aus: Sehnsucht und Hass.

Ihr Mohammed, ach wie lange hatte sie gedacht, ihr Mohammed sei anders als die anderen, von denen sie immer wieder üble Geschichten gehört hatte, und wie lange war sie davon überzeugt gewesen, ihr könnte so etwas nicht passieren, weil, was sie hatte, die wahre Liebe war.

Coco nahm den letzten Schluck von ihrem Tee, stellte die Tasse weg und begann ihre von der Gicht schmerzenden Finger zu massieren. Sie stellte sich gerne vor, wie sie diese Finger um Mohammeds Hals legte und zudrückte, bis er blau anlief und tot umfiel.

Er war Kellner in einem der Restaurants am Strand gewesen und wusste selbst in holprigem Englisch die schönsten Komplimente zu formulieren. Wie hinreißend seine dunklen Augen leuchteten, wenn er sie kommen sah, wie die dichten schwarzen Locken flogen, wenn er sich vor Lachen über ihre scherzenden Worte ausschütten wollte, wie biegsam und gewandt sein junger Körper doch gewesen war. Er machte ihr ganz altmodisch den Hof, und seine Unerfahrenheit im Umgang mit Frauen bezauberte sie ebenso wie seine männliche Glut. Sie vergaß bald, dass er fünfundzwanzig Jahre jünger war, sie fühlte sich selbst um fünfundzwanzig Jahre jünger und konnte einfach nicht die Finger von ihm lassen. Noch vor dem ersten Kuss fragte er sie, ob sie ihn heiraten wolle. Was konnte romantischer sein als unter Palmen sitzend die Farben zu betrachten, die der Sonnenuntergang an die Berge von Saudi Arabien malte, eine halb geleerte, sündteure Flasche Rotwein vor sich auf dem Tisch und Mohammeds glutvolle, schmachtenden Augen, die sie anflehten, seine Frau zu werden! Erst als sie ja gesagt hatte, wagte er es, sie zu küssen, und sie weinte beinahe vor Glück. Am nächsten Tag gingen sie zu einem Anwalt und heirateten dort, damit es ihm gestattet war, in ihrem Haus zu übernachten. Ägyptische Sittenwächter verstanden in dieser Hinsicht keinen Spaß und würden sofort eine Anzeige bei der Polizei machen, wenn sie keinen legalen Ehevertrag besaßen. Mohammed versprach, bald würden sie eine große Hochzeit in der Moschee haben, mit Familie und Empfang, wie es sich gehörte, und dann wäre sie seine Ehefrau nicht nur vor dem Gesetz, sondern auch vor Gott und der Gesellschaft, mit allen Rechten und Pflichten. Dieses kleine Detail vergaß sie aber schnell. Sie war zwar auf dem Papier legal seine Ehefrau, aber das war nur der Status einer legalisierten Geliebten, damit hatte sie keinerlei Rechte, vor allem keine in finanzieller Hinsicht. Ein Unterschied, der ihr erst auffiel, als es zu spät war. Seine Eltern, die als kleine Geschäftsleute in Mansura lebten, lernte sie niemals kennen, sie musste später sogar bezweifeln, dass er seiner Familie je von ihr erzählt hatte.

Sie glaubte lange, alles würde gut werden, auch wenn er launisch und rechthaberisch war. Sie bezahlte seine Tauchausrüstung und seine Ausbildung zum Tauchlehrer, weil er ihr einleuchtend erklärte, von seinem Kellnergehalt könne er eine Ehefrau nicht standesgemäß unterhalten. Tauchen sei eine bessere Karriere als das elendige Dasein als Kellner, wo er praktisch immer arbeiten musste und kaum Zeit mit ihr verbringen konnte. Das wollte sie natürlich, doch leider gab es für die Tauchkurse weder Unterlagen, Bücher noch die Prüfungsfragen auf Arabisch. Wegen seiner schlechten Englischkenntnisse fiel er mehrmals bei der Tauchprüfung durch, und sie musste für jede Wiederholung bezahlen, während er sich gleichzeitig weigerte, mit ihr Englisch zu lernen, das sie mittlerweile recht gut beherrschte.

Damals besaß sie noch genug Geld, sie kaufte sogar das Haus, das sie bis dahin nur gemietet hatte, es war zu der Zeit noch günstig zu haben. Sie richtete es geschmackvoll nach europäischem Standard ein und ließ wuchtige Möbel und schicke Haushaltsgeräte aus Sharm el Sheik und Kairo kommen. Sie erwarb sogar ein Auto, mit dem er stolz herumfuhr und vor seinen Freunden angab. Das Vermögen, dass sie sich durch ihre Schauspielkarriere erwirtschaftet hatte, schmolz sichtlich dahin. Sie finanzierte nicht nur ihre und seine Lebenskosten über Jahre hinweg, sondern kaufte auch, was immer er sich wünschte: eine teure Uhr, einen größeren Fernseher, eine bessere Satellitenanlage oder ein neues Handy. Bevor sie nach Dahab zog, hatte sie sich ausgerechnet, dass sie mit ihrem Vermögen mehr als vierzig Jahre lang bequem im billigen Ägypten leben konnte, doch nun verdampften die Nullen auf ihrem Konto schneller als eine Wasserlacke in der Wüste. Nach fünf Jahren bat er sie um eine größere Investition, damit er Partner in einer neu eröffneten Tauschschule werden konnte. Erst dann, so erklärte er ihr, könne er richtig Geld verdienen, dann könnten sie die große Hochzeit feiern, und er könnte endlich für sie sorgen, so wie es sich gehörte. Es war nicht alles, was sie noch besaß, aber doch der größte Teil, und sie gab es ihm in Vertrauen darauf, dass er von nun an für alles aufkommen würde. Aber kaum hatte er das Geld und seine Zukunft gesichert, fing er an, sich abscheulich zu benehmen. Er nörgelte an allem herum, was sie tat, ob es nun das Essen war, das sie kochte, oder die Sauberkeit des Hauses. Er machte ihr Vorwürfe über ihre frivole Kleidung, während es ihn früher nie gestört hatte, wenn ihre Knie oder Ellbogen unbedeckt waren. Er wollte nicht, dass sie weiterhin im Bikini am Strand lag, denn seine Freunde würden ihn deswegen auslachen und sagen, er habe seine Frau nicht unter Kontrolle. Eines Abends kam es zu einem fürchterlichen Streit, als sie sich ein Glas Wein zum Essen einschenkte. Das fand er plötzlich unerträglich und mit seinen religiösen Vorstellungen unvereinbar. Als sie ihn daran erinnerte, wie er früher selbst gern Wein getrunken hatte, schlug er sie ins Gesicht. Sie fiel hin und blieb benommen am Boden sitzen, während er aufgebracht aus dem Haus stürmte. In diesem Moment riss in Coco der Liebesfaden. Ihr Vater hatte sie als Kind regelmäßig geschlagen, ebenso wie ihr erster Ehemann. Mit dreißig hatte sie sich nicht nur scheiden lassen, sondern auch ihrer Tochter zuliebe geschworen, das nie wieder mit sich machen zu lassen. Diese Versprechen gab sie auch für Mohammed nicht auf. Nachdem ihr Kopf wieder klar geworden war, stand sie auf, ging zur Kommode, in der die Ehepapiere lagen, nahm sie heraus und zerriss sie ohne Zögern. Damit waren sie geschieden. Danach ging sie ein neues Schloss kaufen, mit dem sie das alte ersetzte, und stellte einen Koffer mit Mohammeds Sachen vor die Tür. Am nächsten Tag waren der Koffer wie auch Mohammed verschwunden. Anfangs war sie noch froh über diesen lautlosen Abgang, doch als er einige Monate später mit einer jungen, ägyptischen Ehefrau nach Dahab zurückkehrte, erkannte Coco, dass er es auf einen Rauswurf angelegt hatte. Sie versuchte, mit ihm über das geborgte Geld zu sprechen, doch er wimmelte sie mit Lügen ab und verlangte schriftliche Beweise, die sie natürlich nicht erbringen konnte. Mit zusammengebissenen Zähnen verfolgte sie, wie er mit ihrem Geld Tauchschulbesitzer wurde, später auch ein Hotel und eine Reiseagentur eröffnete, während sie nur inständig beten konnte, ihn möge früher oder später die gerechte Strafe Gottes treffen. Es war einfach nicht fair, dass er in Luxus schwelgte, während sie für den Rest ihres Lebens von einer kleinen Rente leben musste, die ihr nicht einmal Besuche in Deutschland erlaubte, geschweige denn eine Rückkehr.

Eine Sondermeldung im deutschen Fernsehen unterbrach ihre bitteren Erinnerungen.

„So eben erreicht uns die Nachricht eines Amoklaufes in einem Internat in Basel. Ein siebzehnjähriger Schüler eröffnete dort mit einer Pistole das Feuer auf seine Mitschüler und Lehrer und letzten Meldungen zufolge tötete er mindestens sechs Menschen, bevor er von der Polizei erschossen wurde. Mehr Informationen bringen wir Ihnen in Kürze."

Coco setzte sich kerzengerade auf und starrte auf den Bildschirm, der kurz die Außenfassade einer Schule vor dem Hintergrund der Alpen zeigte, bevor das Programm fortgesetzt wurde. Sie sah den Film nicht mehr, sondern war von einer Vision erfasst. Eine Idee hatte sie durchzuckt, und auf einmal sah sie sich in der Hauptrolle eines spektakulären Dramas. Sie wusste, was auf die Nachricht des Amoklaufes folgen würde: Tagelange Analysen, Betroffenenstellungnahmen und Expertenmeinungen, die versuchten zu erklären, wie so etwas geschehen konnte, und warum der Junge es getan hatte. Zeitungen, Radio und Fernsehen würden den Amoklauf bis ins kleinste Detail zerlegen und alle Einzelheiten im Leben des

Jungen hervorkehren und sich fragen, ob sie mit der Tat in Zusammenhang stünden. Was für ein Medienereignis aber würde es erst sein, wenn jemand so berühmter wie sie eine solche Tat verübte? Spektakulär, dachte Coco. Der Junge wäre schnell vergessen, man würde nur mehr über sie berichten, man würde ihre alten Filme zeigen, vielleicht sogar einen Film über ihr Leben drehen. Natürlich würde sie sich nicht erschießen lassen wie der dumme Junge, sondern dafür sorgen, dass sie festgenommen wurde. Als ältere Frau und Ausländerin sollte sie selbst in einem ägyptischen Gefängnis eine Sonderstellung bekommen, und die deutsche Botschaft würde ihr einen guten Anwalt verschaffen. Sie könnte allein mit Interviews für die deutschen Medien ein Vermögen machen, und dann in aller Öffentlichkeit eine Überstellung nach Deutschland verlangen. Nach ihrer frühzeitigen Haftentlassung könnte sie dort bleiben und müsste nie mehr in das staubige Ägypten zurückkehren. Aufgeregt sprang Coco auf und begann nervös im Zimmer auf und ab zu gehen. Mit einem Schlag eröffneten sich in ihrem Kopf unglaubliche Möglichkeiten.

Ein großer Schauprozess konnte es werden, über Wochen hinweg würde das Medieninteressen an ihr bestehen bleiben. Sie konnte auf zeitweilige Unzurechnungsfähigkeit plädieren und während der Gefängnisstrafe ihre Autobiografie schreiben. Vor ihrem geistigen Auge sah Coco sich geschmackvoll gekleidet und mit Richter und Geschworenen spielen wie Marlene Dietrich in dem Film "Zeugin der Anklage". Genau so einen Auftritt brauchte sie, das sollte die letzte große Rolle ihres Lebens sein, nicht die des von allen verlachten und entlassenen Zirkusclowns.

Beseelt von ihrer Idee lief Coco durch das Haus und begann in Kästen und Kisten nach dem Revolver zu suchen, den Mohammed bei seinem überstürzten Abgang nicht hatte mitnehmen können. Er war immer paranoid gewesen, hatte von der israelischen Gefahr gefaselt, die den Sinai bedrohe, und dass er in der Lage sein müsse, sie zu beschützen. Coco war in ihrer Jugend selbst eine ausgezeichnete Schützin gewesen und hatte nichts gegen eine Waffe im Haus einzuwenden gehabt. Schließlich wurde sie in einem Koffer fündig, der mit alter Kleidung und anderen Habseligkeiten Mohammeds vollgestopft war. Mit dem Gefühl, nach ihrem Schicksal zu greifen, zog sie den Revolver heraus und strich mit dem Daumen sanft über das warme Metall. Er wog schwer in ihrer Hand, sie würde mit beiden Händen schießen müssen, doch bei einem vollen Magazin sollte es kein Problem sein, die Ziele zu treffen, sagte sich Coco.

Nachdem sie die Waffe gereinigt und geölt hatte, was ihr das beruhigende Gefühl gab, ruhig und methodisch vorzugehen, zog Coco sich stilvoll und doch bequem an und schminkte sich sorgfältig. Vielleicht würde man gleich nach der Tat Aufnahmen von ihr machen, und sie musste dann so vorteilhaft wie möglich aussehen. An das Menschenerschießen selbst dachte Coco kaum, ihre Gedanken beschäftigten sich viel mehr mit dem Danach, vor allem mit ihrem Auftritt vor Gericht. Dort würde sie glaubwürdig darstellen, wie Elvira sie aus Neid auf ihren Erfolg aus dem Zirkus geworfen hatte, und wie sie dadurch – verbunden mit all dem anderen Leid, das sie über die Jahre in Ägypten erlitten hatte – die Nerven und die Kontrolle über ihre Handlungen verloren habe. Sie würde einfach behaupten, sich an nichts mehr vor der Tat erinnern zu können, sie sei unter Schock gestanden, so konnte sie sicher die Sympathien des Richters und der Geschworenen gewinnen, die ganz klar erkennen mussten, wer hier das eigentliche Opfer war.

Ausgesprochen gut gelaunt verließ Coco mit der Waffe in der großen Handtasche gegen Abend ihr Haus. Sie stieg in ihr mittlerweile sehr altes und klappriges Auto und fuhr hinüber zur Lagune, wo im weitläufigen und grünen Garten des Lagoon Hotels das Zirkuszelt zwischen den Palmen aufgestellt war. Auf dem Kiesweg stand ein kleiner Tisch, bei dem schon eine Reihe von Leuten anstand, um ihre Eintrittskarten zu kaufen. Coco stellte sich hinten an und war aufgeregt wie vor jedem großen Auftritt, aber ihre eiserne Disziplin und Professionalität halfen ihr, äußerlich ruhig zu wirken.

Sie zahlte brav wie die anderen Zuseher, fühlte sich nur kurz von diesem Akt gedemütigt, grinste dann trotzig in das verblüffte Gesicht von Anna, die den Kassendienst übernommen hatte, und sagte nicht einmal 'Guten Abend' zu ihr. Mit erhobenen Haupt ging Coco danach hinüber zum Zirkuszelt, das eigentlich nur eine viereckige Stahlkonstruktion war, die man mit einem dicken Stoff überspannt hatte. Es gab nicht einmal eine richtige Bühne, man hatte nur ein Drittel des

Zeltes durch eine Schnur abgetrennt und auf diese Weise den Bühnenbereich markiert. Der Zuschauerraum bestand zuvorderst aus einer Reihe von Teppichen, auf denen Kissen lagen, dahinter standen mehrere Reihen von Stühlen und schließlich eine zweistufige Holzkonstruktion, auf die man Bänke gestellt hatte, um erhöhte Sitzreihen zu schaffen. Coco kümmerte sich weder um die verächtlichen oder ungläubigen Blicke, die sie trafen, noch um das angeregte Geflüster hinter ihrem Rücken. Sie war zu begeistert von ihrer Rolle als einsame Rächerin, als dass sie sich persönlich betroffen gefühlt hätte. Mit etwas Mühe erklomm sie die erhöhten Sitzreihen und setzte sich auf die linke Seite, von wo sie einen guten Einblick in den Bühnenbereich hatte und nicht fürchten musste, ein Zuschauer könnte ihr in die Schusslinie geraten.

In der Menge der hineinströmenden Zuschauer bemerkte sie Mohammed, der trotz des Fettansatzes um den Bauch und im Gesicht immer noch gut aussah. Seine Frau trug natürlich ein Kopftuch, und die kohlgeschwärzten Augen wirkten müde. Ständig bemühte sie sich, die zwei lebhaften Töchter unter Kontrolle zu halten, während Mohammed sich mit Freunden und Geschäftspartnern unterhielt. Coco warf einen hämischen Blick auf den prall hervorstehenden Bauch von Mohammeds Frau und war sich sicher, Gottes Strafe bestand darin, auch dieses Kind ein Mädchen werden zu lassen. Die Familie ließ sich vorne rechts auf einem der Teppiche nieder, was Coco ein wenig bedauerte, denn damit saßen sie außerhalb ihres Schussfeldes. Das Zelt füllte sich immer mehr mit Menschen,

Kinder schrien und lachten, Frauenstimmen beruhigten, Männer dozierten, Gesprächsfetzen auf Arabisch, Englisch, Deutsch und Russisch trafen auf ihre Ohren, doch Cocos Geist nahm nichts davon wahr. Sie überlegte, wann strategisch der beste Zeitpunkt für ihren großen Auftritt wäre. Sollte sie bis zum Ende warten, wenn alle aufstanden und klatschten? Nein, das dauerte ihr zu lange, außerdem gab es dann zu viel Unruhe im Zelt. Sollte sie auf Elviras großen Auftritt mit der Frauentanzgruppe warten? Aber auch diese Nummer kam erst spät in der zweiten Hälfte. War es gleich nach der Pause besser? Aber dann hätten etliche Zuschauer, die ihre Kinder früh zu Bett bringen wollten, das Zelt schon verlassen, und Coco wollte vor vollzähligem Publikum auftreten.

Sie hatte noch keine Entscheidung getroffen, als das Licht ausging, die Musik einsetzte, und die Leute still wurden. Die Show begann mit den Kindergartenkindern, die in ihren Sternenkostümen auf der Bühne durcheinander purzelten und mit viel Ohs und Ahs und Applaus bedacht wurden. Coco dachte neidisch, wie man in diesem Alter nichts weiter zu tun brauchte, als putzig und niedlich auszusehen, um der Liebling des Publikums zu sein. Sie beschloss schließlich, mit ihrem dramatischen Auftritt auf die etwas älteren Schulkinder zu warten, bis zur fünften Nummer, wenn der russische Trampel mit der Jongliernummer und auch Elvira auf die Bühne kamen.

Elvira musste dran glauben, das stand fest. Solle es auch Natalina erwischen, die aus reinem Trotz Cocos Auftritt versaut und ihren Rausschmiss verursacht hatte, dann war das nur gerecht. Coco beschloss, systematisch von links nach rechts zu schießen und so viele Menschen wie möglich treffen. Ein wenig Sorgen machte ihr, wie schnell sich alle bewegten, doch sie schob diesen Gedanken beiseite und rief sich stattdessen Marlene Dietrich in dem schlichten und doch vornehmen Kostüm als Zeugin der Anklage ins Gedächtnis. Sie brauchte jetzt diese eiskalte Sicherheit und Überlegenheit, und was Marlene Dietrich konnte, das konnte Coco schon lange. Als die Musik zur fünften Nummer begann, lief die Gruppe der acht- bis zehnjährigen Kinder in bunten Kostümen in den Bühnenbereich, Elvira und ihre Helferinnen verteilten Jongliermaterial, und schon flogen Bälle und Kegel mehr oder weniger koordiniert durch die Luft. Wie in ihrem selbst geschriebenen Drehbuch vorgesehen, stand Coco jetzt auf und zog die Waffe aus der Tasche. Das war ihr großer Auftritt, vielleicht der größte, den sie jemals gehabt hatte, von nun an konnte sie niemand mehr ignorieren, von diesem Moment an gehörte die Aufmerksamkeit der Welt nur ihr. Sie hielt den Revolver mit beiden Händen fest, hob ihn in Schussposition und zielte. Der Knall des ersten Schusses war ohrenbetäubend und die Wucht des Rückstoßes hätte Coco beinahe von der erhöhten Reihe geworfen, doch sie fing sich und sah, wie Elvira zu Boden stürzte und Blut hervorspritzte. Getroffen. Ein rasendes Gefühl der Macht ergriff Coco. Jetzt hatte sie alles in der Hand, Leben und Tod, Lachen und Weinen, Schicksal und Zufall, beinahe hätte sie triumphierend geheult, doch sie riss sich zusammen, konzentrierte sich auf ihre Aufgabe und schoss erneut. Der kleine Trampel wurde umgerissen. Waren nach dem ersten Schuss alle verstummt und nur die Musik hatte ungerührt weiter geplärrt, so setzten jetzt entsetzte Schreie und hysterisches Weinen ein. Coco nahm das nur wie durch dicke Watte von Ferne wahr. Sie konzentrierte sich auf ihr nächstes Ziel, ein davonlaufendes Kind in einem knallgelben Kostüm, sie krümmte den Finger, doch bevor sie abdrücken konnte, packten zwei kräftige Hände ihre Fußknöchel von hinten und rissen ihr die Füße weg. Der Schuss löste sich, aber im Fallen ließ Coco instinktiv den Revolver los, um sich beim Aufprall abstützen zu können. Ihr Kopf schlug gegen die Kante des Reihenaufbaus, dann sie landete auf dem Boden. Benommen, aber noch bei Bewusstsein, blieb sie liegen und konnte nicht verstehen, was geschehen war.

Womit Coco nicht gerechnet hatte, war die unbeherrschbare Gewalt, die Eltern freisetzten, wenn sie ihre Kinder bedroht sahen. Coco hatte auch nicht daran gedacht, wie viele der ägyptischen Männer im Publikum einen ausgesprochen harten Militärdienst abgeleistet hatten und keine Angst vor einer alten Frau mit einer Schusswaffe empfanden. Sie hatte nicht einkalkuliert, dass Ägypten nicht Deutschland war, wo man vielleicht die Aufgabe, sie aufzuhalten, der Polizei überlassen hätte. Hier besaßen die Leute kein Vertrauen in die Polizei und griffen ohne viel Überlegung zur Selbstjustiz. Am Boden liegend trat jeder in Reichweite auf Cocos Körper ein, Stöcke, Füße und Bretter wurden eingesetzt, um ihr die Knochen zu brechen und Organe zu zerquetschen. Niemand kam auf die

Idee, die Meute aufhalten zu wollen. In den letzten Minuten ihres Lebens begriff Coco, wie falsch alles gelaufen war. Die letzte Rolle ihres Lebens war tatsächlich die eines Clowns gewesen, der Kinder zum Weinen brachte. Das kränkte sie mehr als alles andere.

Ihr letzter Gedanke jedoch gehörte Marlene Dietrich. Nicht der Schauspielerin, sondern dem Spitz. Coco hoffte inständig, jemand würde Mitleid haben und sich des unschuldigen Tieres annehmen.

Elvira erlitt einen Oberschenkeldurchschuss, der ohne Komplikationen heilte. Sie konnte nach wenigen Monaten wieder tanzen und weiter den Zirkus leiten. Natalina bekam einen Streifschuss an der Schulter ab, wurde aber nicht weiter ernsthaft verletzt. Allerdings betrat sie für den Rest ihres Lebens nie wieder einen Zirkus. Der dritte Schuss ging in die Decke und verletzte niemanden.

In den deutschen Medien berichtete nur eine kleine Notiz von der seltsamen Tat und dem Tod der beinahe vergessenen Schauspielerin. Der Amoklauf des Schülers in Basel wurde ebenfalls schnell von anderen Katastrophen und Sensationen aus der Berichterstattung verdrängt.

Konstanze Kehrheims letzter Wunsch ging in Erfüllung. Ihr Hund wurde auf die Straße gesetzt und fiel einer Gruppe von Beduinenkindern in die Hände. Diese machten sich einen Spaß daraus, dem hübschen Tier Stricke um alle vier Pfoten und den Hals zu binden und dann gleichzeitig nach allen Seiten zu ziehen, bis er in der Luft hing und erbärmlich heulte. Vanessa, eine kanadische Freitaucherin, die auf dem Weg nach Hause war, bemerkte das grausame Spiel der Kinder und vertrieb sie mit lautem Geschrei. Die Beduinenkinder liefen lachend davon, ließen aber die Stricke los, und der kleine Hund stürzte zu Boden, wo er heftig hechelnd und zuckend liegen blieb. Die junge Frau löste die Stricke von den Beinen und dem Hals des Hundes und redete beruhigend auf ihn ein. Es machte sie fassungslos, wie gefühllos Kinder sein konnten, und die Szene bekräftigte ihren Entschluss, das Land so bald wie möglich in Richtung Bahamas zu verlassen. Als der kleine Spitz ihr dankbar die Hand leckte und zu zittern aufhörte, beschloss sie, ihn zu behalten, und als Zeichen für eine bessere Zukunft für sie beide nannte sie ihn Hope.

12. Der Strohhalm zuviel

Tamara schob die für den nächsten Tag fertig gepackte Tauchkiste an ihren Platz im Regal, setzte sich dann in den alten Plastiksessel neben dem Tisch und starrte aus dem großen, halbrunden Fenster, das als Tresen und Rezeption für die Tauchschule diente, hinaus in den Garten des Sunshine-Hotels. Sie war müde, aber zufrieden, und weil weit und breit keiner zu sehen war, schwang sie die Beine auf den Tresen und verschränkte die Hände hinter dem Kopf. Alle Tauchschüler und Gäste waren in ihre Hotels zurückgekehrt. Amir, der ägyptische Divemaster, räumte hinten im Kompressionsraum auf, und sie konnte die Seele baumeln lassen. Es war ein guter Tag gewesen, schöne, ruhige Tauchgänge, angenehme Leute, keine Katastrophen, keine Probleme. Ihr Anfängerkurs war zu Ende, alle drei Schüler hatten ihre Prüfung bestanden und würden morgen mit Amir ihre ersten Tauchgänge als zertifizierte Open-Water-Taucher machen. Und sie würde endlich einen Tag frei haben.

Die Tauchschule des Sunshine-Hotels, wo sie jetzt schon fast zwei Jahre als führende, meistens auch einzige Tauchlehrerin arbeitete, war nicht sehr groß. Die Rezeption war gleichzeitig der Geräteraum, in dem die Tauchanzüge hingen, und die Flossen, Taucherbrillen und Tarierwesten in Regalen verstaut waren. Der Kompressorraum dahinter diente gleichzeitig als Stauraum für die Tauchflaschen. Dann gab es noch ein kleines Büro, in dem sie auch die Tauchvideos für die Kurse zeigte, weil sie keinen eigenen Unterrichtsraum hatten. Für den theoretischen Unterricht nutzen sie die überdachte Galerie hinter der gegenüberliegenden Bar, wo einige Tische und Holzsessel standen. Umgeben von Jasmin- und Hibiskusstauden konnte sich Tamara kaum einen schöneren Arbeitsplatz vorstellen.

Sie mochte die kleine, weitgehend stressfreie Tauchschule, und man mochte sie, weil sie neben Deutsch und Englisch auch auf Französisch, Flämisch und Holländisch unterrichten konnte. Ihr Haus am Strand lag mit dem Rad keine zehn Minuten vom Tauchcenter entfernt, und sie ging eigentlich nur noch in die Bucht, um mit Freundinnen in dem neuen Thai-Restaurant zu essen oder um etwas Spezielles im großen Gazahla-Supermarkt auf der anderen Seite der Brücke einzukaufen. Weiter rein nach Mashraba war sie schon seit Monaten nicht gekommen, in der Lagune war sie schon seit Jahren nicht mehr gewesen. Sie hatte da nichts zu tun und war auf diese Weise davor gefeit, Achmed oder seiner neuen Freundin zu begegnen, die jetzt in einem Haus irgendwo in Mashraba wohnten.

Während Tamara versonnen die gegenüberliegende Wand der Bar anstarrte, bemerkte sie einen Schmetterling, der aufgeregt vor dem blühenden Oleanderbusch an der gegenüberliegenden Wand hin und her flatterte. Er war orange und hatte kleine schwarze Punkte, eine Art, die Tamara noch nie gesehen hatte. Erstaunt stand Tamara auf und setzte sich im Schneidersitz auf den breiten Tresen, um ihn besser beobachten zu können. Sie konnte sich nicht erinnern, wann sie zum letzten Mal einen

Schmetterling gesehen hatte. Was zu Hause in Belgien eine hübsche Normalität war, kam hier in Ägypten schon einer Sensation gleich. Der Schmetterling wirkte wie aus einer anderen Welt, er passte nicht in das Bild von Strand und Wüste, in Tamaras Vorstellung gehörte er auf eine grüne Wiese. Während das kleine Tierchen Nektar trank, schlug es langsam mit den Flügeln, vielleicht um sich Kühlung zu verschaffen. Auch heute war es wieder sehr heiß. Tamara wischte sich ständig, ohne es überhaupt zu bemerken, Schweiß von der Stirn. Auch jetzt griff sie automatisch nach ihrer Wasserflasche und trank, ohne den Schmetterling aus den Augen zu lassen. Der schwang sich gerade zu höheren Gefilden auf, flatterte über den Fahrradständer und setzte sich dann neben das Schild "The Furry Cup", das über dem Eingang der Bar hing. Tamaras grinste über diesen Ruheplatz. Die meisten englischen Touristen fanden den Namen amüsant, falls sie ihn überhaupt bemerkten, während die Leute aus Dahab dem aussagekräftigen Bild kaum je Aufmerksamkeit schenkten. Woher der Ausdruck stammte und dass Méret Oppenheim in den 60er Jahren mit ihrem Kunstobjekt „Die haarige Tasse" Furore gemacht hatte, wusste vermutlich nicht einmal Kurt, der australische Besitzer der Bar. Was er für eine originelle Idee gehalten hatte, setzte sich mangels Verständnis als Namen nicht durch, jeder nannte das Pub einfach nur die Sunshine-Bar. Der Schmetterling wanderte langsam über die rötlichen Steine der Granitwand, vermutlich verbrannte er sich die winzigen Füßchen an der immer noch glühenden Oberfläche. Die Sonne stand schon tief, aber die Steine hatten die Hitze des Tages gespeichert. Es war unverändert schwül. Die Außenmauern der Bar erweckten zwar den Anschein, sie seien wie alte Beduinenhäuser aus massiven Granitsteinen erbaut worden, in Wirklichkeit aber waren sie wie alle Neubauten aus billigen Betonziegeln, und danach mit flachen, rostbraunen Granitplatten verkleidet worden. Massive Wände hätten das Innere im Sommer kühl und im Winter warm gehalten, doch diese Bauweise bot keinen derartigen Schutz, sie waren nur protziger Schein, wie alles in Ägypten, zumindest Tamaras Meinung nach.

Jetzt flatterte der Schmetterling in Richtung Pool, vielleicht um dort seinen Durst mit Chlorwasser zu stillen. Tamara wollte wissen, wohin er flog, und wollte ihn, wenn nötig, vor einem Untergang im Pool retten. Es war sowieso Zeit, den Laden dicht zu machen. Die Sonne war schon fast untergegangen, und auch wenn Vic erst in einer halben Stunde aus ihrer Yogastunde kommen würde, konnte Tamara sich bis dahin mit einem Bier in der Bar abkühlen. Sie schaltete den Computer ab und wies den Divemaster an, alles abzuschließen. Dann nahm sie ihre Tasche, verließ die Tauchschule, doch bevor sie in die Bar ging, warf sie noch einen suchenden Blick um die Ecke in Richtung Pool, um den Schmetterling zu finden. Alles, was sie sah, war ein halber Schmetterlingsflügel, der im Maul einer streunenden Katze steckte. Ägypten macht alles Schöne kaputt, dachte Tamara wütend, und der Zorn fegte ihre eben noch so friedliche Stimmung weg. Es war Zeit für einen Drink.

Tamara trat durch die torähnliche Eingangstür in die leere Lounge. Die ehemalige Terrasse war vor einigen Jahren durch einen Holzüberbau mit schrägem Dach in einen zusätzlichen Raum verwandelt worden. Wo es früher Beduinenteppiche und Kissen gegeben hatte, standen jetzt bequeme, breite Bambusstühle und einige Holzbänke mit dicken Kissen, was einen gewissen kolonialen Schick erzeugte. Die großen, halbrunden Fenster ließen viel natürliches Licht herein, das den eigentlichen Barraum wegen der kleinen Fenster kaum erreichte. Normalerweise war das hier ein guter Feierabendplatz, um ein paar Bier zu trinken, jetzt aber machte es die Hitze unmöglich, sich an einem der pflanzenumrankten Fenster niederzulassen. Der sonst fast ständig wehende Wind, der Tamara auch schon mal gewaltig auf die Nerven ging, hatte an diesem Tag kein Zeichen von sich gegeben, es blieb nur die Rettung in eine künstliche Abkühlung. Früher hatte Tamara Klimaanlagen gehasst, aber derartige Geräte lernte man nach ein paar Sommern in Dahab lieben.

Sie stieg die zwei Stufen hinauf, die zur großen, halbrunden Eingangstür führten, genoss beim Eintreten den kalten Luftschwall, der es leichter machte zu atmen, und sah sich drinnen um. Bei besonderen Sportereignissen wie großen Rugby- oder Fußballmatchen, erlaubten sich die Fans schon am frühen Nachmittag die ersten Biere, jetzt aber war kaum jemand da. Nur die üblichen Verdächtigen, die dringend Alkohol zur Entspannung nach der Arbeit benötigten. An der Bar lehnten zwei russische Surflehrer, die Tamara vom

Sehen kannte. Dann saß da noch Alain an einem der Stehtische, die gegenüber vom Eingang standen. Er verzerrte sein Abendessen, Steak mit einer großen Ladung Pommes frittes, und spülte das mit mehreren Flaschen billigen Biers hinunter. Ägyptisches Bier besaß einen geringeren Alkoholgehalt als europäisches und entbehrte auch weitgehend jeden Weizen- oder Hefegeschmack, daher brauchten die guten Trinker etliche davon, wenn sie keine Lust hatten, nach Hause zu gehen, um dort leere Wände anzustarren. Seit seiner Trennung von Paula war Alain fast jeden Abend in der Bar. Das dicke, rosa Schwein, das hinter ihm an die Wand gemalt war und Glück verhieß, brachte ihm offensichtlich keines. Wie die meisten Frauen, denen er hungrig hinterher sah, hielt Tamara sich so weit wie möglich von ihm fern und ging eilig zur Bar, die in einem langen Bogen von der rechten hinteren Ecke bis zur Toilettentür auf der gegenüberliegenden Seite verlief. Die Wand hinter der Bar wurde von einem großen halbrunden Fenster dominiert, das im Gegensatz zu den anderen Fenstern aus einem bunten Glasmuster bestand und die Bar in schummriges Licht tauchte. An den Wänden hingen zwischen den Regalen mit der üblichen Sammlung von harten Spirituosen blasphemische Maria- und Jesusbilder und provokante Sprüche, die Kurts Verachtung für menschliche Dummheit jedem mitteilte, der sie bemerken wollte.
Tamara bestellte sich ein Bier und ging, nachdem sie es bezahlt hatte, mit schnellen Schritten und ohne Alain eines Blickes zu würdigen oder ihn zu grüßen, zu ihrem Lieblingsplatz in eine

der beiden höher gelegenen Sitzecken auf der anderen Seite der Bar. In den Nischen standen je drei Bänke mit dunkelblauer Polsterung und ein niedriger, dreieckiger Tisch aus dunkelgebeiztem Holz. Sie mochte diese Ecke, denn von hier aus konnte sie überblicken, was in der Bar vorging und wer hereinkam. Tamara warf sich erleichtert auf eine Bank, nahm einen großen Schluck aus der Flasche und holte ihr Buch aus der Tasche.

Als Vic eine Weile später die Bar betrat, war diese für Freitagabend bereits gut gefüllt.

Vics breites, so typisch slawisches Gesicht wirkte entspannt und die grünen Augen verklärt, als sie sich aufseufzend neben Tamara auf die Bank fallen ließ.

"Na," fragte Tamara, "Nirvana gefunden?"

"Ach ja, es war so schön. Komm doch mal mit zum Yoga, dann siehst du, wie gut das tut. Sue ist eine tolle Lehrerin."

Tamara erinnerte sich daran, in welche komischen Körperhaltungen Sue sich verbiegen konnte, als sie noch alle zusammen in einem Haus gewohnt hatten, und Sue im Wohnzimmer geübt hatte.

"Nein," wehrte Tamara ab, "das ist nichts für mich, dieses ganze tiefe Atmen und sich in verrückte Stellungen verdrehen. Ich entspanne mich lieber unter Wasser."

Sie sprachen Deutsch, weil beide diese Sprache selten benutzten und auch um gegebenenfalls über Anwesende lästern zu können. Die Bar wurde nur selten von deutschsprachigen Leuten frequentiert.

"Ich habe zwei linke Füße und keinerlei Flexibilität," fügte sie hinzu.

"Aber wir machen Yoga, um flexibler zu werden, das ist keine Vorbedingung," meinte Vic und schüttelte lachend ihre Haare frei von dem Gummi, der sie für die Yogastunde zu einem Pferdeschwanz zusammengebunden hatte. Sie hatte brünettes, dichtes Haar, das ihr bis auf die Schultern fiel. Vic war ein schrecklich fröhlicher Mensch, sie lachte praktisch immer und zeigte dabei ihre niedlichen Grübchen. Tamara bemerkte, wie Alain interessiert herübersah. Männer fanden Vic oft interessant, weil sie so hübsch und feminin war. Keiner wusste, dass Vic lesbisch war, und selbst wenn sie es gewußt hätten, hätte das ihr Begehren nur noch mehr angestachelt.

Die beiden Frauen tauschten einen wissenden Blick aus und hofften, der Mann wäre nicht so dumm, auf einen Schwatz herüberzukommen und sich eine Abfuhr zu holen.

Aber in diesem Moment wälzte sich ein ganz anderes Problem in Form der massigen Gestalt von Nasser durch die Eingangstür. Tamara, die jetzt mit dem Rücken zur Tür saß, bemerkte ihn zuerst nicht, aber Vic konnte den Barraum überblicken und sah ihn sofort.

„Achtung," sagte sie leise, „Nasser ist gerade hereingekommen."

Sofort versteifte sich Tamaras ganzer Körper, und sie sah Vic mit einer Mischung aus Anspannung und Panik an.

„Was macht er?" fragte sie

"Er geht zur Bar," sagte Vic, „er hat ein paar Kunden im

Schlepptau, offensichtlich will er mit denen den Tag begießen."
Tamaras Hand zitterte, als sie nach ihrer Flasche griff. Obwohl
so viel Zeit vergangen war, kehrte die Wut mit unverminderter
Kraft zurück. "Er hat gesehen, dass wir hier sind," informierte sie Vic. "Und
er grinst dämlich. Sie setzen sich zu Alain."
Tamara dreht vorsichtig den Kopf gerade so weit, dass sie die
Gruppe aus den Augenwinkeln beobachten konnte. Ihr war, als
stünde ihre Haut in Flammen.
Nasser war erst Ende dreißig, aber schon jetzt konnte man
wegen des vielen Fetts zwischen Schultern und Kopf kaum
mehr einen Hals erkennen. Die schwarzen Augen wirkten wie
Stecknadelköpfe, die zwischen den Fettwülsten hervorglänzten.
Er hatte feine und weibisch geschwungene Lippen, die immer
zu einem süffisanten Lächeln verzogen waren. Tamara fragte
sich, woher sie wohl auf der Stelle ein Messer bekommen
konnte, um dem Arschloch die Kehle durchzuschneiden.
Nasser war Schuld daran, dass Achmed sie verlassen hatte, und
sie konnte auch Achmed nicht verzeihen, dass der immer noch
für diesen Mistkerl arbeitete. Nasser hatte vor Kurzem eine
zweite Tauchschule in einem der großen Hotels in der Lagune
aufgemacht, wo Achmed jetzt den Posten des führenden
Tauchlehrers innehatte.
"Ich habe morgen auch frei," sagte Vic, bemüht Tamara
abzulenken. "Wollen wir etwas unternehmen?"
"Was denn?", fragte Tamara angespannt. Sie vermied es in
Richtung der Gruppe zu blicken, allein Nassers Stimme, die

durch die Hintergrundmusik klang, ließ sie vor Zorn erbeben. Die Möglichkeiten der Frauen, ihre Freizeit entspannt zu gestalten, waren begrenzt. Tamara konnte seit ihrem Tauchunfall nicht mehr zum Spaß tauchen gehen, sie musste so oft wie möglich dem Wasser fern bleiben.

"Mit dem Fahrrad ans Blue Hole fahren?", frage Vic.

Tamara ließ verächtlich Luft zwischen den Lippen herausschießen.

"Du kannst das ja locker machen," sagte sie, aufgebrachter als beabsichtigt. "Du hast ein super Fahrrad aus Israel. Mit meinem klapprigen chinesischen komme ich doch gegen den Wind kaum an. Nein, das macht keinen Spaß."

"Windsurfen magst du auch nicht," sagte Vic, ohne erkennbare Reaktion auf Tamaras Ausbruch. "Dann lass uns im Nirvana frühstücken und ein bisschen schwimmen gehen," schlug sie ungerührt vor.

Auch diese Idee konnte Tamara nicht sonderlich begeistern. Die vielen jungen Ägypter, die in den letzten Jahren auf der Suche nach gutbezahlter Arbeit nach Dahab gekommen waren, stammten meist aus kleinen Dörfern und Städten. Sie waren an den Anblick von Frauen in Bikinis nicht gewöhnt, starrten hemmungslos und versuchten allzuoft, ein Gespräch anzufangen. Selbst Großstädte wie Kairo und Alexandria waren mittlerweile so konservativ geworden, dass auch dort immer mehr Frauen Kopftücher und lange Mäntel trugen. Tamara fühlte sich jetzt oft wie eine Pornodarstellerin, wenn sie im Bikini am Strand lag.

"Weiß nicht," sagte sie gedehnt. Als sie vor zehn Jahren zum ersten Mal als Urlauberin nach Dahab gekommen war und Achmed ihr das Tauchen beigebracht hatte, war das alles noch ganz anders gewesen. Damals lebten nur wenige Ägypter hier, und die Beduinen waren seit der israelischen Besatzung in den 70er Jahren an nackte Körper am Strand gewöhnt. Achmeds schüchterne Flirtversuche hatten Tamara gerührt, seine bewundernden Blicke, wenn sie im Bikini da stand, sogar angemacht. Er war überaus höflich, ganz im Gegensatz zu den meisten Männern, ägyptisch oder europäisch, die gerne den Macho gaben. Achmed hatte es kaum gewagt, ihr in die Augen zu sehen. Später erzählt er ihr, sie sei erst die zweite Frau gewesen war, mit der er überhaupt geschlafen hatte. Tamara hatte diese Urlaubsaffäre zuerst nicht ernst genommen, doch als er sie bat, wiederzukommen und mit ihm zu leben, begriff sie das als Wink des Schicksals. Zu Hause in Belgien hatte es nichts gegeben, was sie zurückgehalten hätte. Ihre langjährige Beziehung mit Jason war eben erst gescheitert. Er hatte sie um Geld für ein neues Auto gebeten, sie wollte jedoch vorher die fünftausend Euro zurück, die sie ihm für eine Stereoanlage, seinen Anteil an der Anzahlung für die gemeinsame Wohnung und andere Sachen geborgt hatte. Jason fand eine andere Lösung, nämlich eine neue Frau, die ihm frischverliebt gerne das Auto finanzierte. Besonders gemein war, dass er Tamara dann aus der gemeinsamen Wohnung warf. Er konnte das machen, weil der Mietvertrag sowie der Kredit auf seinen Namen liefen. Ihr Geld sah Tamara nie wieder, sie hatte nichts

Schriftliches in der Hand, das ihn als Schuldner auswies, und sie hätte sich keinen Anwalt leisten können, um vor Gericht zu gehen. Dem Geld trauerte sie viel länger nach als Jason. Was hätte sie damit hier in Dahab anfangen können! Schlimm war auch gewesen, gedemütigt wieder bei den Eltern einzuziehen und sich immer wieder aufs Neue anhören zu müssen, wie dumm sie gewesen sei, dem Mann einfach so zu vertrauen. Angesichts dieser Umstände war die Chance, in Ägypten mit einer neuen Liebe ein ganz anderes Leben anzufangen, ungemein verlockend, und sie stürzte sich mit großer Begeisterung in dieses Abendteuer.

Ihre Eltern borgten ihr etwas Geld, und innerhalb eines halben Jahres machte sie alle Tauchkurse einschließlich des Divemasters, was ihr dann Arbeitsmöglichkeiten verschaffte. Dieses Jahr war ihr glücklichstes, sie bekam wegen ihrer Vielsprachigkeit leicht Arbeit, liebte das Tauchen und Achmed. Nach einem Jahr war sie sich ihrer Beziehung so sicher, dass sie mit Achmed zusammen in ein schönes, altes Haus direkt am Strand zog. Sie lebten billig und genügsam und träumten von einer gemeinsamen Zukunft im Tauchbusiness. Er verdiente sich seine Tauchkurse durch die Arbeit in Husseins Tauchschule, wo er Flaschen füllte, putzte und Sachen reparierte. Vic und Laura, die auch dort arbeiteten, wurden Tamaras engste Freundinnen, und für eine Weile war alles eierhonigkuchenschön.

Sie verliebte sich so richtig in Achmed, als er kein Geld von ihr annehmen wollte, das sie anbot, um seine Tauchkurse zu finanzieren. Sein Stolz ließ das nicht zu, und es dauerte fast fünf Jahre, bis auch Achmed endlich Tauchlehrer war und besser bezahlte Arbeit bekam. Aber während dieser Zeit war er nicht unzufrieden mit dem, was er hatte.

"Flaschen füllen und Kompressor reparieren ist immer noch viel besser als auf dem Feld zu schuften," sagte er.

Tamara konnte es kaum glauben, als Achmed ihr erzählte, er habe mit zehn die Schule verlassen müssen, um zu Hause auf den Feldern zu arbeiten. Der Vater war lange krank gewesen, der ältere Bruder schon nach Kairo gegangen, um dort Geld zu verdienen, das er der Familie schicken konnte. Achmed und seine Mutter mussten das Land bestellen, bis sein jüngerer Bruder alt genug dazu war. Dann konnte auch Achmed weggehen und schickte ebenfalls etwas von seinem mageren Gehalt nach Hause, damit die Schwestern eine Aussteuer bekamen und Essen und Medikamente angeschafft werden konnten. Als der Vater schließlich starb, mussten die drei Söhne das Auskommen der Mutter und der beiden Schwestern sicherstellen, denn das kleine Stück Land allein konnte sie nicht ernähren.

Einmal nahm Achmed Tamara mit zu seiner Familie nach Oberägypten, und was sie dort erlebte, erstickte jeden Wunsch im Keim, diese Erfahrung zu wiederholen. Sie hatte nicht gewusst, dass eine derart rückständige Welt angesichts von Internet, Atombomben und Mondflügen überhaupt noch existierte.

Die vierköpfige Familie lebte in einem kargen Zwei-Zimmer-

Haus aus Lehm, dessen Boden nur aus gestampfter Erde bestand. Alle schliefen auf dem Boden der Küche, damit Achmed und Tamara das einzige Bett und das Schlafzimmer für sich haben konnten. Achmeds Mutter war eine freundliche, aber völlig erschöpfte Frau, die zwanzig Jahre älter aussah, als sie tatsächlich war. Sie hatte acht Kinder geboren, drei davon begraben und jeden Tag ihres erwachsenen Lebens auf dem Feld verbracht. Im Dorf wurde Tamara bestaunt wie ein seltenes Juwel. Die Leute kamen auf die Straße gerannt, um ihre helle Haut zu berühren oder das lange, blonde Haar anzufassen. Manche Kinder versteckten sich vor ihr, weil sie sie für einen Dämon hielten. Die Leute starrten in ihre azurblauen Augen, deren Farbe sie bisher nur aus Filmen oder von Plakaten gekannt hatten.

Eine der Schwestern nahm Tamara mit in den Hamman, das öffentliche Bad, wo die Frauen schwitzen und sich wuschen. Die Ägypterinnen staunten sehr darüber, dass auch ihre Schamhaare dunkelblond waren und ihre Haut zwar hell, aber von der Sonne verbrannt war.

"Du musst mehr auf dich achten und aus der Sonne bleiben," sagte eine alte Frau und tippte mit knochigen Fingern auf Tamaras braungebrannte Beine. Als die Schwester das notdürftig übersetzt hatte, nickte Tamara lachend und dachte daran, wie oft Touristinnen, die im Winter kalkweiß aus Europa kamen, ihren goldbraunen Teint bewunderten. Die Ägypterinnen hatten andere Begehrlichkeiten. Sie wollten so helle Haut wie möglich. Unverbrannte, weiße Haut zeigte, dass man reich war und nicht auf dem Feld arbeiten musste, wo es keinen Schutz vor der gnadenlosen Sonne gab. Tamara wurde auch unumwunden gefragt, warum sie da unten nicht rasiert und ob sie denn beschnitten sei. Bei all den Haaren konnten die Frauen, die schamlos gafften, das nicht selbst herausfinden. Tamara hörte mit Entsetzen, dass alle Frauen im Dorf beschnitten waren, und diese waren ihrerseits entsetzt über die verschämte Mitteilung von Achmeds Schwester, dass Tamara immer noch ihre Klitoris besaß. Die alte Großmutter wackelte warnend mit dem Finger und sagte, unbeschnittene Frauen seien immer untreu. Das übersetzte Achmeds Schwester erst nach einigem Zögern, und Tamara dachte, sie hätte etwas falsch verstanden. Aber Achmed erzählte ihr später lachend, man hätte ihn deswegen vor einer Ehe mit der blonden Ausländerin gewarnt und angeboten, sie jetzt zu beschneiden, falls es ihm tatsächlich ernst mit ihr sei. Das Angebot ließ Tamara erschauern, und sie war froh, als sie wieder nach Dahab zurückkehrten, wo diese ägyptische Realität keinen Platz hatte, zumindest nicht in Tamaras kleiner, glücklichen Welt.

Mit den Jahren aber veränderten sich die Dinge unmerklich. Laura und Hussein wurden ein Paar, und bald war Laura schwanger. Vic verbrachte die Sommer immer öfter in Europa oder fuhr für mehrere Monate nach Asien. Achmed bekam ein gutes Angebot von Nasser, der einen großen Tauchshop am Leuchtturm besaß, und dort gab es auch oft Arbeit für Tamara.

Das war finanziell gut, doch während Hussein ihr Freund gewesen war, kehrte der Egozentriker Nasser ständig wichtigtuerisch den Chef heraus, dem man Respekt erweisen musste, damit er sich bedeutsam fühlen konnte. Er stammte aus einer reichen Kairoer Familie, war aber der dritte oder vierte Sohn, und damit in der Familienhierarchie offensichtlich nicht weiter wichtig. Vermutlich gerade deswegen ging er davon aus, andere Leute seien ihm untertan, vor allem, wer für ihn arbeitete, hatte seinem Verhalten nach kaum mehr Rechte als ein Leibeigener.

Seine Entscheidungen - so sinnlos sie zeitweise auch waren - durften nicht diskutiert und schon gar nicht kritisiert werden. Er war knausrig und versuchte überall zu sparen, um mehr Gewinn für sich herauszuschlagen. Immerhin erlaubte er Tamara, Achmed ohne Bezahlung zum Divemaster auszubilden. Trotz seiner stumpfsinnigen Geschäftsführung liefen die Geschäfte in diesen Jahren ausgesprochen gut. Ende der Neunziger Jahre hatte sich die ägyptische Regierung endlich dazu durchgerungen, Geld in die Infrastruktur des Sinais zu stecken und den Tourismus zu fördern. Nach der Jahrtausendwende profitierte auch Dahab davon, Straßen wurden asphaltiert, zahlreiche neue Häuser gebaut, Hotels sprangen an jeder Ecke aus dem Boden wie frisch gesäte Schösslinge. Es lebte sich sehr gut in Dahab, eine richtige Goldgräberstimmung brach aus.

Tamara und Achmed begannen, sich nach einem geeigneten Stück Land umzusehen, das sie kaufen konnten, um dort eine eigene Tauchschule eröffnen zu können. Wie hoffnungsvoll waren sie gewesen, jung und optimistisch, aber dann ging eines nach dem anderen schief. Zuerst bekam Tamara die Dekompressionkrankheit, vermutlich weil sie zu viel getaucht war und nicht genug Pausen gemacht hatte. Sie trug keinen dauerhaften Schaden davon, durfte sich danach aber fast sechs Monate lang nicht dem Druck unter Wasser aussetzen. Bitter akzeptierte sie die Arbeit an der Rezeption der Tauchschule, und musste sogar noch froh sein, den Sommer über arbeiten zu können, wenn wegen der großen Hitze von bis zu fünfzig Grad kaum Touristen nach Dahab kamen. Es war schrecklich langweilig, in der Tauchschule rumzuhängen, immer freundlich auf dieselben Kundenfragen zu antworten und den ganzen Tag Nassers Launen ertragen zu müssen. Obwohl er genug Geld hatte, um sich neben dem protzigen Auto, der Villa am Strand und einer Ehefrau auch jede Prostituierte leisten zu können, betrachtete er Frauen generell als willige Gespielinnen seiner Gelüste. Tamara hörte Geschichten von anderen Mädchen, die er angemacht und angefasst hatte, und auch ihr gegenüber machte er öfters schlüpfrige Witze und zwinkerte ihr verschwörerisch zu, selbst in Achmeds Gegenwart. Wenn Tamara sich über dieses Verhalten beschwerte, dann riet Achmed ihr, sich weniger freizügig zu kleiden und im Tauchcenter nicht im Bikini herumzulaufen. Würde sie sich mehr wie eine ägyptische Frau kleiden, dann würde Nasser sie auch respektieren und in Ruhe lassen, meinte Achmed. Tatsächlich zog Tamara von da den Taucheranzug nur mehr in der Toilette an, obwohl es dort heiß und eng war. Sie trug nur noch einteilige Badeanzüge und darüber weite unförmige Klamotten, die ihre schlanke Figur verhüllten. Achmed sagte, das würde ihm auch besser gefallen, auf Nassers Verhalten hatten diese Maßnahmen jedoch keinen Effekt.

Ungefähr vier Monate nach ihrem Tauchunfall saß Tamara an einem ruhigen Tag an der Rezeption und starrte, ruhelos mit dem Fuß wippend, hinaus auf die Bucht. Die wenigen Tauchkunden, die sie hatten, waren unter Wasser, und Nasser saß in seinem Büro und gab sich beschäftigt. Wahrscheinlich spielte er irgend ein Ballerspiel am Computer oder zog sich einen Porno rein. Als Nasser Tamara zu sich ins Büro rief, war sie richtiggehend froh über die Ablenkung.

Sie schlurfte nach hinten in das Zimmer, wo er mit einem riesigen Schreibtisch und einem Chefsessel sein Territorium markiert hatte. In einem schmalen Regal standen Tauchbücher und graue Aktenordner, die er sicher niemals anfasste. Er selbst saß überraschenderweise auf dem kleinen Sofa, das an der rechten Wand stand. Mit einer Hand deutete er auf das Tablett mit einer Teekanne und zwei schon mit Minztee gefüllten Gläsern, die auf dem niedrigen Tisch standen.

"Setz dich doch," sagte er und winkte sie zu sich. Sie zwängte sich neben ihn auf das Sofa, es gab keinen anderen Stuhl, und der gigantische schwarze Schreibtischstuhl war tabu, dort durfte nur Nasser selbst sitzen. Er hatte tatsächlich einmal einen ägyptischen Divemaster hinausgeworfen, weil dieser sich einen Moment darauf gesetzt hatte, um ein paar Unterlagen im

Schreibtisch zu suchen. Das schicke Ding, das aus Kairo geliefert worden war, gab öfters Anlass zu gehässigen Bemerkungen hinter Nassers Rücken. In diesem Moment wäre Tamara froh gewesen, wenn er wie sonst immer dort gesessen hätte und nicht neben ihr. Er schwitzte und das roch nicht gut. Tamara hatte einen feinen Geruchssinn und bemühte sich, nicht angewidert die Nase zu verziehen.

"Wie geht es dir?", fragte Nasser leutselig und reichte ihr ein Glas.

"Gut," antwortete Tamara, nippte ein wenig an dem Tee und stellte das Glas sofort wieder zurück. Der Tee war für ihren Geschmack viel zu süß.

Sie fragte sich, worauf das Ganze wohl hinauslaufen sollte. Manchmal diskutierten sie Pläne für das nächste Jahr oder Änderungen an der Webseite, aber das letzte Meeting war erst ein paar Tage her, also hatte Tamara keine Ahnung, was Nasser im Sinn haben konnte.

"Na, bald kannst du ja wieder tauchen gehen," sagte Nasser breit grinsend und tätschelte gönnerhaft ihr Knie.

"Noch zwei oder sogar drei Monate," meinte Tamara trübsinnig und zog ihre Beine zur Seite. Sie musste regelmäßig in die Druckkammer von Dr. Adel zur Kontrolle, und er hatte diese Prognose gestellt.

"Der Arzt hat gesagt, auf keinen Fall früher."

"Ja, die Ärzte," sagte Nasser unaufmerksam, "die wissen immer alles besser."

"Dafür haben sie studiert," sagte Tamara spitz und hoffte, er würde endlich zur Sache kommen.

"Du bist eine sehr schöne Frau," sagte Nasser jetzt und beugte sich zu ihr hinüber. Tamara wich instinktiv zurück, alleine schon, um dem Geruch von Bohnen, Tabak und Schweiß zu entkommen.

"Ah ok, gut danke," sagte sie verwirrt.

Seine Hand landete wieder auf ihrem Knie, diesmal blieb sie aber liegen, und die Finger gruben sich fester in ihr Fleisch.

"Du bist ein richtiges Zuckerstück," schnurrte er, und sein Gesicht kam noch näher, offenbar in der Absicht, sie zu küssen. Tamara stieß ihn zurück und sprang auf.

"Bist du verrückt?", schrie sie, "was machst du da?"

Er sah sie aus den kleinen Schweinsäuglein spöttisch an und stand auf.

"Nun hab dich nicht so," meinte er herablassend, "Du gibst es doch jedem, der es will. Also, warum nicht auch mir?"

Tamara sah ihn fassungslos an, für einen Moment konnte sie gar nicht begreifen, was hier ablief. Erst als er einen Schritt auf sie zu machte, wurde ihr klar, dass er es ernst meinte.

Sie wirbelte herum, doch noch bevor sie die Türklinke in der Hand hatte, war er schon hinter ihr und umschlang sie mit seinen fetten, überraschend kräftigen Armen. Eine Hand landete zielsicher auf ihrer Brust, die andere hielt sie an den Hüften fest. Im nächsten Moment spürte sie schon seine Lippen an ihrem Nacken, seine Zähne bohrten sich in ihre Haut.

Rasende Panik ergriff Tamara. Sie riss an seinen Händen und wand sich hin und her, aber er nutze sein Gewicht und seine

Kraft aus, um sie gegen die Wand zu drücken, ein Hand fuhr schon hinunter zwischen ihre Beine.

"Kleine Raubkatze," sagte er halb ärgerlich, halb amüsiert. Tamara war, als müsste etwas in ihr reißen, eine Explosion von Kraft, damit sie diese kettengleiche Umklammerung sprengen konnte. Sie dachte immer noch: das darf nicht wahr sein, das darf nicht wahr sein und dann: das hier darf auf keinen Fall passieren. Sie schlug jetzt verzweifelt auf ihn ein, hieb mit dem freien Ellbogen nach ihm, schimpfte wüst auf Englisch, Belgisch und Deutsch, und versuchte, von ihm wegzukommen. Das stachelte ihn noch mehr an. Er stieß seine Hüften gegen sie, sodass sie seinen harten Schwanz spüren konnte. Er hatte sie schon fast ganz herumgedreht und versuchte jetzt, ihr Gesicht zu küssen, seine massige Gestalt schien sie einfach unter sich zu begraben. Eine Hand packte ihren dicken Zopf und zog brutal ihren Kopf nach hinten. Sie schrie vor Entsetzen und Schmerz auf, zugleich aber explodierte in ihr der Wille, dies nicht geschehen zu lassen. Sie schrie weiter, so laut sie konnte, und verstand nicht, warum ihr keiner zu Hilfe kam. Sie kämpfte mit Leibeskräften gegen ihn an, ihr Toben schien ihn nicht weiter zu beeindrucken, bis sie anfing, voller Panik zu kratzen und zu beißen.

"Hör auf damit, du blödes Weib," rief er aufgebracht und musste ihren Zopf loslassen, um sie abzuwehren. Plötzlich bekam sie ein Knie frei und rammte es, so fest sie konnte, gegen seinen steifen Schwanz.

Er brüllte auf, ließ sie los und krümmte sich zusammen, die

Hände schützend über seinen Geschlechtsteilen verkrampft. Sie stieß ihn so fest von sich, dass er zu Boden stürzte, unwillig die Hände von seinem Schwanz zu nehmen, um den Sturz abzufangen. Einen Moment lang überlegte sie, auf den am Boden liegenden Mann einzutreten, aber dann erfasste sie die Angst, er könnte noch einmal Oberhand gewinnen und dann mit ihr machen, was er wollte. Stattdessen riß sie die Tür auf und stürmte davon.

"Verdammte Hure!", hörte sie ihn hinter sich brüllen.

Tamara raste aus dem Tauchcenter, über die in der Hitze leer daliegende Promenade den Strand entlang Richtung Assala, bis sie keuchend vor ihrem Haus stand. Erst hier fiel ihr ein, dass alle ihre Sachen im Tauchcenter waren, darunter auch ihr Schlüssel und ihr Telefon. Sie lief weiter zu Vic, die nur zwei Straßen weiter hinten wohnte und glücklicherweise zu Hause war. Vic zog die weinende und um Luft ringende Tamara rasch ins Haus und hörte sich den hysterischen, von vielen Schluchzern unterbrochenen Bericht an.

"Das hätte er sich nie getraut, wenn Achmed hier wäre," japste Tamara am Ende angekommen. Doch Achmed war für drei Tage mit einer Tauchsafari in Ras Abu Galum, einer Oase nördlich von Dahab.

"Ich habe keinen Schlüssel, kein Geld, gar nichts," weinte Tamara.

"Dann gehe ich jetzt hin, und versuche deine Sachen rauszuholen," bot Vic an.

Obwohl Tamara Angst hatte alleine zu bleiben, ließ sie Vic

gehen.

Die hatte das Glück, Linda zu treffen, die gerade von einem Übungstauchgang ihres Openwater-Kurses in der Bucht zurückkehrte. Linda erklärte sich sofort bereit, Tamaras Tasche herauszuschmuggeln. Sie war eine Dahabveteranin, die schon viel gesehen und erlebt hatte, und sie bewerkstelligte es, Tamaras Sachen zu finden, ohne von dem jammernden Nasser gesehen zu werden. Der saß im Beduinencafe, hielt die Hände auf einen Eisbeutel über seinen Schritt gepresst und stieß wüste Verwünschungen aus.

"Die Hure kann was erleben, wenn ich sie erwische," hörte Vic Nasser jammern, "Zuerst macht sie mich an und dann macht sie auf schüchtern. Na, wenn ich die erwische, der zeig' ich, was man mit solchen Weibern anstellt."

"Der ist völlig durchgeknallt," berichtete Vic Tamara, als sie wieder zu Hause ankam. „Es ist besser, du bleibst erst mal hier und lässt dich ein paar Tage nicht blicken, zumindest bis Achmed wieder da ist. Nasser ist außer sich, der kann gefährlich werden."

Am Abend, als Achmed vom Tauchen in die Oase zurückgekehrt war und wieder Handyempfang hatte, rief Tamara ihn an. Er war erschüttert über das, was sie ihm erzählte, meinte dann aber, er könne die Safari nicht abbrechen und sofort zurückkommen. Das würde die Kunden verärgern, und Nasser noch mehr auf die Palme bringen, wenn er Geld verlor.

„Vic hat recht," sagte er, „bleib bei ihr. Wir regeln das, wenn ich zurück bin."

Tamara stellte sich vor, er würde dann mit ihr zur Polizei gehen und ihr helfen, eine Anzeige gegen Nasser zu erstatten.

Als er endlich nach drei entsetzlichen Tagen nach Dahab zurückkehrte, bot er ihr aber keine derartige Unterstützung an, sondern sagte auf ihre Aufforderung hin nur:

"Wir können nicht zur Polizei gehen und ihn anzeigen. Das bringt gar nichts. Du weißt doch, wie das hier funktioniert. Nasser kennt da jeden Polizisten und drückt denen einfach ein paar Scheine in die Hand. Die schreiben dann einen Bericht, in dem steht, dass du ihn provoziert und verletzt hast. Die werden dir an allem die Schuld geben."

"Das können die doch nicht machen," rief Tamara entrüstet, "er hat versucht, mich zu vergewaltigen."

"Dein Wort steht gegen seines, und er hat großen Einfluss. Es ist besser, wenn wir uns still verhalten."

"Wie meinst du das?" fuhr Tamara ihn an. "Du kannst doch nicht so tun, als sei nichts passiert!"

Achmed sah gequält aus. Er war sichtlich wütend, wirkte aber auch hilflos.

"Du verstehst das nicht," sagte er bitter, „Du bist deinen Job schon los und wirst Schwierigkeiten haben, einen anderen zu finden. Selbst wenn ich kündige, sorgt Nasser dafür, dass ich nirgendwo in Dahab arbeiten kann, nur damit ich seinen Ruf nicht schlechtmachen kann."

"Du bist doch kein Sklave!" schrie Tamara wütend. „Du musst zu mir stehen!"

„Ich habe keine Wahl," sagte Achmed zwischen zusammengebissenen Zähnen. „Ich muss auch an meine Familie denken, die haben nichts zu essen, wenn ich diese Arbeit verliere."

„Und was ist mit mir? Gehöre ich nicht zu deiner Familie," schrie Tamara. Er sah sie traurig an und sagte nur, Stillhalten sei die einzige Möglichkeit, um glimpflich davonzukommen und nicht alles zu verlieren, wofür sie jahrelang gearbeitet hätten. Nasser sei durch ihre Abwehr und den Tritt ohnehin genug bestraft.

"Es ist ja nicht viel passiert. Besser, wir vergessen das Ganze," sagte Achmed.

"Nicht viel passiert?" fauchte Tamara. „Was würdest du tun, wenn er mich tatsächlich vergewaltigt hätte? Auch den Mund halten und den Kopf in den Sand stecken?"

Achmed gab keine Antwort, er sah nur gequält zu Boden. Sie stritten tagelang. Er wollte die Angelegenheit so schnell wie möglich hinter sich lassen, und sie wollte, dass Nasser bestraft wurde. Achmed meinte, wenn sie sich einen Mann wie Nasser zum Feind machten, dann hätten sie in Dahab keine Chance mehr. Nasser habe eben Einfluss, gegen ihn könnten sie niemals gewinnen. Tamara konnte das nicht akzeptieren. Ihr Hass wuchs ins Grenzenlose, als Achmed zwar ihre Tauchausrüstung nach Hause bringen konnte, doch ihren noch ausstehenden Lohn nicht ausgezahlt bekam. Nasser ließ ausrichten, Achmed könne froh sein, seinen eigenen Job zu behalten, schließlich habe das blöde Weibsbild ihn beinahe zum Invaliden gemacht.

In den nächsten Wochen, die Tamara ohne Arbeit zu Hause sitzen musste, wuchs ein Groll in ihr, der sich kaum mehr beherrschen ließ. Sie fuhr Achmed bei jeder Gelegenheit an und machte gemeine Witze, die seine Männlichkeit oder seinen Mut verunglimpften. Achmed sah immer unglücklicher drein und schlief bald auf dem Sofa im Wohnzimmer. Die Schreiduelle wurden lauter und länger und brachen jetzt bei Anlässen wie einem schmutzigen T-Shirt, das am Boden lag, oder einem nicht abgewaschenen Teller aus. Eines Tages fragte sie ihn ohne besonderen Anlass, ob sie ihre Kinder als Christen oder als Moslems erziehen würden. Er sah sie mit großen, verständnislosen Augen an.

„Als Moslems natürlich," sagte er dann mit einer gewissen Entrüstung im Ton.

"Wieso natürlich?" fragte sie aufgebracht. "Habe ich in der religiösen Erziehung unserer Kinder nichts zu sagen?"

"Dir ist das doch überhaupt nicht wichtig, du glaubst an gar keinen Gott," sagte er bitter.

"Wir könnten unsere Kinder atheistisch erziehen und sie dann selbst entscheiden lassen, wenn sie alt genug sind," schlug Tamara vor.

"Im Islam vererbt sich die Religion über den Vater. Meine Kinder werden muslimisch sein und gottesfürchtig erzogen werden," sagte Achmed so ruhig und bestimmt, dass ihr klar wurde, darüber würde es keine Diskussion geben.

"Meine Kinder? Was meinst du mit meinen Kindern?" rief

Tamara erzürnt.

Achmed holte tief Luft und sagte dann langsam:
"Der Islam achtete andere Buchreligionen wie das Judentum
oder das Christentum, du könntest deinen Glauben behalten,
wenn wir heiraten und Kinder haben würden. Das Problem ist
doch, dass du an keinen Gott glaubst. Du bist keine gläubige
Christin und übst deinen angestammten Glauben nicht aus.
Ganz ehrlich, ich kann mir dich nicht als die Mutter meiner
Kinder vorstellen, weil du sie nicht gottesfürchtig erziehen
würdest."
Tamara dröhnte der Kopf. Religion? Glaube an Gott? Was
sollte der Schwachsinn? Im Zimmer herrschte Schockstille. Die
Küchenuhr tickte unverdrossen vor sich hin. In Nachbars
Garten krähte ein Hahn. Auf der Straße knatterte ein Moped
vorbei. Tamara hörte die murmelnden Geräusche des
schläfrigen Dorfes und dann explodierte sie in diese Stille
hinein.
"Aber eine Gottlose zu ficken, das erlaubt dir dein Glaube
schon. Du bist nicht besser als Nasser, du hast mich einfach
jahrelang für Sex benutzt, bis du genug Geld zusammen hast,
um eine folgsame Ägypterin zu heiraten, die dir unzählige
muslimische Kinder gebären kann. Du bist wie all die anderen
Arschlöcher! Ich habe euch so satt, so satt!"
In ihrer Wut war sie zuerst aufgesprungen, sank dann aber
wieder weinend auf ihren Stuhl zurück.
Achmed schob den seinen zurück und stand langsam auf.
"Ich liebe dich," sagte er in einem unsäglich traurigen Ton,

"aber du verstehst meine Welt überhaupt nicht, und ich habe die Hoffnung verloren, dass du das jemals tun wirst." Tamara wollte ihn weiter anschreien, all den aufgestauten Zorn irgendwie herauslassen, aber ihr fehlten die Worte.

Sie blieb auch stumm, als er einen großen Rucksack mit seinen Sachen packte und das Haus verließ. Es gab nichts mehr zu sagen.

Mit ihrer Voraussage, er würde eine Ägypterin heiraten, behielt sie nicht recht. Achmed war jetzt mit einer Engländerin zusammen, die ihn schon ein paar Mal mit nach Europa genommen hatte. Es ging die Rede, dass sie bald heiraten wollten, was nur bedeuten konnte, dass entweder Kinder geplant waren, oder er um ein Visum für England ansuchen wollte. Tamara begegnete ihm selten, nur wenn sie zufällig an den selben Tauchplatz gefahren waren, und dann taten sie so, als würden sie einander nicht kennen.

Auch auf Nasser traf Tamara kaum, er verkehrte normalerweise in einer völlig anderen Dahab-Welt. Darum war es um so überraschender, dass er jetzt in der Sunshine-Bar saß und all diese furchtbaren Erinnerungen in Tamara wachrief.

Vermutlich waren seine Gäste reiche Ägypter aus Kairo oder Alexandria, die sich in Dahab austoben wollten, weil hier auch für sie die landesüblichen Regeln nicht galten oder leichter ignoriert werden konnten. Mittlerweile stand schon eine ganze Reihe von Bierflaschen auf ihrem Tisch.

Das fette Arschloch saß breitbeinig und selbstzufrieden da und lachte laut. Dieses Lachen ging Tamara durch Mark und Bein.

Er hatte gut lachen. Er konnte einfach so das Leben anderer Leute kaputtmachen und darüber lachen. Er konnte Frauen begrabschen, soviel er wollte, sie sogar vergewaltigen, und keiner würde ihn jemals dafür zur Rechenschaft ziehen. Keine konnte sich gegen ihn zur Wehr setzen, er konnte pfeifen, wann immer er wollte, und Menschen wie Achmed mussten springen und zur Unterhaltung des Meisters Salto schlagen.

"Drink nicht so schnell," sagte Vic warnend und legte ihre Hand auf Tamaras, die gerade ihr drittes Bier in einem Zug geleert hatte.

"Dieses gottverdammte Schwein," sagte Tamara jetzt sehr laut, der Alkohol machte ihre Gedanken schwammig und ihren Blick unscharf. Der quälende Schmerz darüber, Achmed verloren zu haben, wich jetzt der scharfen Klinge eines unbezähmbaren Zorns. Der war viel leichter auszuhalten. Warum? Warum? rumorte es in ihrem Kopf und trieb sie an. Alles war durch Nasser kaputt gegangen. Seit Achmed gegangen war, lebte sie von einem Tag zum anderen, ohne an die Zukunft zu denken oder eine zu planen. Die Jahre vergingen in Dahab so rasch, man bemerkte es kaum, und sie wollte über nichts und niemanden nachdenken, sie wollte nur dieses elende Schwein bestrafen.

"Willst du noch was trinken?" fragte Tamara und stand abrupt auf.

Vic sah sie unsicher an.

"Ein Bier?", sagte sie dann mit einem fragenden Unterton.

Tamara nickte und marschierte mit stolz erhobenen Haupt quer durch die Bar zur Theke ohne die Männergruppe und deren neugierigen Blicke zu beachten. Ihre blonden Haare schwangen wie ein goldener Vorhang über ihren Rücken und wie immer drehten sich alle Köpfe nach ihr um. Sie war die Meerjungfrau, die der Liebe wegen ihren Fischschwanz aufgegeben hatte und jetzt auf zwei sagenhaft schönen Beinen in Richtung Bar segelte.

Sie bestellte ein Bier und ein Gin Tonic, das mit einem Strohhalm und einen kleinen, bunten Schirm kam, bezahlte, nahm die Gläser und drehte sich um. Jetzt sah sie direkt zu dem Tisch, wo Nasser saß. Er blickte hoch und entblödete sich, ihr zu zuzwinkern, ja er hob sogar grüßend sein Glas. Da stürmte sie auf ihn los, bremste vor seinem überraschten Gesicht gerade noch ab und schüttete dann mit einem triumphierenden Schrei das Gin Tonic in sein Gesicht. Erschrocken sprang er auf, brüllte und rieb sich die vom Alkohol brennenden Augen. Sein Barhocker kippte nach hinten weg und schlug mit einem lauten Knall am Boden auf. Der Strohhalm war im Ausschnitt seines Hemdes steckengeblieben, was Tamara unglaublich komisch fand. Sie begann zu lachen und schüttete jetzt die Flasche Bier über ihn aus. Zu ihrer eigenen Überraschung ging er nicht auf sie los, sondern machte einen Satz nach hinten, wollte dem Strom von schäumenden Alkohol entkommen, und stolperte hastig in Richtung Tür. Tamara lachte triumphierend und feuerte die leere Bierflasche hinter ihn her. Sie zersprang mit einem lauten Knall neben seinem Kopf an der Wand. Nasser schrie entsetzt auf und stürzte die beiden Stufen zur Lounge hinunter. Entzückt klatschte Tamara in die Hände. Er rappelte sich vom Boden hoch und lief tatsächlich davon. Vic sprang herbei und rief:

"Bist du verrückt geworden? Was machst du denn?"

"Das hat er verdient!", sagte Tamara zufrieden.

Auch der Barkeeper kam angelaufen und stellte fest, dass Tamara keine weitere Gefahr für irgendjemanden darstellte. Sie stand nur da und lachte. Dann drehte sie sich zu der Gruppe von Männern um, die immer noch wie festgefroren auf ihren Barhockern saßen und sich unter ihrem herausfordernden Blick duckten.

„Ihr trinkt da mit dem größten Arschloch von Dahab. Das solltet ihr wissen," erklärte Tamara und stemmte herausfordernd die Fäuste gegen ihre Taille.

"Wir gehen besser," sagte Vic und zog Tamara am Ellbogen mit sich zur Tür hinaus, ihre beider Taschen hielt sie schon in der Hand. Der Strohhalm lag zerdrückt zwischen Eiswürfeln in einer kleinen Lacke.

"Ach, das hat so gut getan," sagte Tamara zufrieden und ließ sich von Vic hinaus ziehen. Nasser war zum Glück weit und breit nicht zu sehen. Er hatte tatsächlich den Schwanz eingezogen und war heim zu Mutti gelaufen. Tamara warf die Arme gegen den Himmel und rief:

"So gut habe ich mich seit Jahren nicht gefühlt! Morgen redet ganz Dahab von Nassers Blamage, das wird super!"

Dann lachte sie, als hätte jemand einen besonders guten Witz gemacht.

"Hoffentlich bereust du das nicht," sagte Vic zweifelnd.

Epilog

13. Dahab-Tagebuch

20.12.2010

Endlich wieder da. Nach dem langweiligen Sommer in Mallorca und dem stressigen Herbst zu Hause in Prag bin ich endlich wieder in meinem geliebten Dahab. Ich kann umsonst in Maikes Haus wohnen, weil sie über Weihnachten und Neujahr ihre Familie in der Schweiz besucht und erst Ende Jänner zurückkommen will. Was für ein Glück! Sie und Lev haben sich vor einer Weile getrennt, und jetzt brauchte sie jemanden, der ihre Haustiere versorgt. Ihr Hund und die beiden Katzen sind total pflegeleicht und sehr lieb. Das Haus ist ideal, ein Neubau mit einem richtigen Dach und einem gepflegten Garten. Maike hat es geschmackvoll eingerichtet, mit einem Einkommen aus der Schweiz kann man sich in Dahab tatsächlich eine kleine Villa leisten.

Ich habe schon meine Runde durch die Divecenter gemacht und alle wissen lassen, dass ich wieder verfügbar bin. Es gibt wenig Neues, Dahab ist wie immer out of space and time. Schon nach ein, zwei Tagen ist es, als sei ich nie weg gewesen, als existiere der Rest der Welt gar nicht. Das Treiben der Welt da draußen wirkt hier absurd und nicht real, so wie Dahab von Europa aus auf einem fernen Planeten zu sein scheint. Verbindung zu großen Welt habe ich nur durch das Internet, ich höre Nachrichten und Podcasts, damit mir der Kontakt zur Realität nicht ganz verloren geht. Eine traurige und doch so wenig überraschende Nachricht ist die, dass sich in Tunesien ein Gemüsehändler selbst verbrannt hat. Obwohl er Arbeit hatte, verdiente er nicht genug, um ausreichend Nahrung für seine Familie zu kaufen. Der Mann war so verzweifelt, dass er sich mit Benzin übergoss und angezündete, damit die Menschen auf sein Leid aufmerksam werden. Schrecklich! Sein Schicksal hat viele Leute erschüttert. Der Mann liegt jetzt im Krankenhaus und kämpft um sein Leben, während es auf den Straßen von Tunis zu Protesten und Demonstrationen kommt. Der arme Mann ist bei Weitem nicht der Einzige, dem es so schlecht geht, dass der Tod als bessere Wahl erscheint. Überall sind die Preise gestiegen, sogar Grundnahrungsmittel wie Reis sind in letzter Zeit so teuer geworden, dass sich die Ärmsten immer weniger kaufen können. Ich habe gehört, dass viele arme Familien in Ägypten von hundert Euro im Monat leben müssen, vier- oder fünfköpfige Familien haben soviel für einen Monat wie ich alleine in einer Woche verbrauche. Spekulanten haben die Preise so hochgetrieben, dass auch hier wieder viele Leute hungern. Wenn einen die eigenen Kinder hungrig anschauen, treibt das Menschen wie den tunesischen Gemüsehändler zur Verzweiflung. Das Einzige, was sie tun können, ist auf die Straßen zu gehen, aber weit werden die Leute mit friedlichen Protesten nicht kommen. Alte Potentaten wie Zine el-Abidine Ben Ali, der Tunesien seit 23 Jahren regiert, lassen Aufstände des Volkes immer schnell niederschlagen, schließlich haben sie das Geld, um Waffen und Panzer aus Deutschland und den USA zu kaufen. Solchen Leuten ist es doch gleich, wie schlecht es der Bevölkerung geht. Die wollen nur an der Macht bleiben und sich noch mehr bereichern. Präsident Mubarak macht seit dreißig Jahren in Ägypten genau dasselbe. Er regiert diktatorisch mit Hilfe eines Ausnahmezustandsgesetzes und der Unterstützung des Militärs. Weil er Frieden mit Israel hält, halten ihm die USA und Europa die Stange. Als es vor ein paar Jahren Hungeraufstände gab, wurden die sofort niedergeprügelt, und Journalisten, die darüber berichten wollten, verhaftet oder vertrieben. So gehen Diktatoren mit dem Problem einer unzufriedenen Bevölkerung um. Nichts wird sich daran ändern.

3.1.2011

Nach den heftigen Weihnachts- und Neujahrsparty gibt es endlich Arbeit für mich. Nicht viel, aber da ich keine Miete zahlen, ist das ok. Im schlimmsten Fall könnte ich sogar ohne Einkommen hier überwintern, ich habe genug Geld in Mallorca verdient. Trotzdem ist es mir lieber, wenn sie mich dafür bezahlen, unter Wasser zu gehen. Das Riff am Lighthouse hat sich über den ruhigen Sommer ein wenig erholt, die große gelbe Fächerkoralle am Eingang erstrahlt wieder im alten Glanz und voller Leben. Das Rote Meer ist soviel besser als das Mittelmeer, hier gibt es ein richtiges Korallenriff, obwohl es über dem Wendekreis liegt. Natürlich ist es nicht so üppig wie in den Tropen, aber es gibt schöne Barrakudaschwärme, Riffbarsche, jede Menge Rotfeuerfische und mit etwas Glück auch Schildkröten und manchmal sogar einen Walhai zu sehen. Ich bin so froh, wieder da zu sein. Es ist immer ein bisschen wie nach Hause in ein für den Rest der Welt verlorenes Paradies zu kommen. Auch wenn es nicht mehr ganz so ist wie früher. Mir fehlt Laura, aber immerhin sind Sue und Tamara noch da. Ich treffe sie morgen.

Schade ist nur, dass Sue zur Zeit kein Yoga unterrichtet. Sie ist wieder schwanger, aber diesmal geht es ihr nicht gut damit. Sie muss viel ruhen, hat sehr wenig Energie. Vor zwei Tagen bin ich zu ihrer Vertretung, einer jungen Polin, in die Yogaklasse gegangen, aber ich mag nicht, was die da macht. Ich vermiss die schönen Yogastunden mit Sue.

18.1.2011

Mannomann, das war vielleicht eine Nacht. In Tschechien wäre das alles ganz normal gewesen, keiner würde sich über so einen heftigen Regen beunruhigen, aber hier bringen schon zehn Minuten Wassersturz alles durcheinander. Um drei Uhr früh begann es zuerst zaghaft zu tröpfeln, aber dann ging bei Morgengrauen ein Hagel nieder. Das war so laut, so etwas habe ich hier noch nicht erleben. Der Hund, der sich vor Blitz und Donner unter dem Bett versteckt hatte, kam nur zögernd wieder hervor, ich hörte ihn seufzen wie einen Menschen. Als es hell wurde, starrte ich ungläubig in den weißen Garten, alles war mit Eis bedeckt. Hagelkörner sind hier in der Wüste wie der Fisch, der Fahrrad fährt, um ein altes Sprichwort abzuwandeln. Nur ist das eine ein absurdes Gedankengebäude und das andere Realität vor meinen Augen.

Mit der aufgehenden Sonne zogen die schweren

Gewitterwolken weiter nach Saudi Arabien, und als ich dann mit dem Hund am Strand spazieren ging, bot sich immer noch ein fantastisches Schauspiel: die blassroten Berge, der dunkelblaue Himmel, das hellgrüne Riffdach, weiter draußen war das Meer fast schwarz, und darüber leuchteten immer noch Blitze auf. Weiterhin hing die Drohung einer Sintflut am Himmel, und ich konnte die biblischen Geschichten von Moses, der hier durchgezogen ist und das Meer teilte, auf einmal lebhaft nachvollziehen.

Die Leute begannen gleich mit den Aufräumungsarbeiten. Am Weg vom Strand nach Hause sah ich überall Teppiche über den Gartenmauern hängen und Leute auf ihren Flachdächern arbeiten. Die meisten sahen erschöpft und gerädert aus. Sie haben vielleicht schon Stunden damit verbracht, Wasser von den Dächern zu schieben, damit sich keine größeren Pfützen bilden können, durch die das Wasser dann tagelang ins Haus tropft oder die gar das Dach eindrücken. Was für ein Glück, dass Maikes Haus trocken ist. Ich erinnere mich gut daran, als ich vor einigen Jahren zusammen mit Sue in dem alten Beduinenhaus in Assala wohnte und ein Gewitter von nicht einmal einer halben Stunden alles überflutete. Danach lebten wir drei Tage lang mit einem tropfenden Dach, das Wasser klatschte in alle verfügbaren Töpfe, Schalen und Kübel. Das war eine Art Naturfolter, ich konnte kaum schlafen. Welcher Luxus ist dagegen Maikes Haus, ordentlich gebaut, ein dickes Betondach und Fenster, die fest schließen. Die Leute in Westeuropa wissen gar nicht, wie gut sie es haben. Dort sind wasserdichte Dächer, asphaltierte Straßen und kakerlakenfreie Wohnung eine Selbstverständlichkeit, dort haben selbst arme Leute fließendes Warmwassser. Von so etwas können die meisten Ägypter nur träumen.

Eine Touristin, die nächste Woche nach Dahab kommt, schrieb eine E-mail an das Tauchcenter und fragte, ob der Regen bis zu ihrer Ankunft wohl aufhören würde. Wir lachten uns krumm. Schon am Nachmittag konnten wir wieder am Strand liegen und mussten uns mit Sonnencreme einschmieren. Sogar im Jänner ist Sonnengarantie kein leeres Wort, und die Leute brauchen die Sonne dringend, um all die Teppiche, Polster und Matratzen wieder trocken zu bekommen.

20.1.2011
Das war wieder ein toller Tag. Ich saß heute mit Ying gemütlich im Nirvana, und wir wärmten uns mit indischem Chai und einer Hühnerrolle auf. Das indisches Restaurant ist wirklich eines der besten in der Bucht und jetzt im Winter ideal, weil es windgeschützt ist. Der Abstecher in die Bucht war eigentlich nicht geplant, aber Ying rief an und lud mich ein. Da ich keine Arbeit hatte, sagte ich gerne zu. Ich ging mit einem langarmigen, schwarzen T-Shirt aus dem Haus und kaufte dann im Secondhandladen am Lighthouse noch rasch ein ärmelloses, weil es heißer war als gedacht. Wenn man so in der Bucht hängt, kann man sich richtig wie im Urlaub fühlen, ein Urlaub, der gefühlsmäßig nie endet, zumindest wenn man sich ein paar Wochen lang hier aufhält.

Allerdings erlebte ich zum ersten Mal, dass über Politik diskutiert wurde. Die Gespräche drehen sich sonst immer nur um Tauchen, Arbeit oder Fußball. Jetzt reden sie plötzlich über Tunesien und die Aufruhr, die sich in andere nordafrikanische Ländern ausgebreitet hat. Der tunesische Gemüsehändler starb ein paar Tage nach Neujahr an seinen schweren Verbrennungen, und die Demonstrationen in Tunesien verwandelten sich in einen Volksaufstand. Vor einer Woche floh Präsidenten Ben Ali aus dem Land. Das hat alle überrascht, wahrscheinlich auch die Tunesier selbst.

Die Leute sagen, die tunesische Revolution werde vor allem durch sozialen Medien wie Facebook und Twitter getragen, und dieser Funke könnte jetzt auf die ganze arabische Welt überspringen. Das Aufbegehren ist schon so groß, dass die Regime nicht mehr einfach Nachrichten zensurieren, Journalisten verhaften und Kameras beschlagnahmen können. Jeder mit einem Smartphone kann heutzutage Informationen ins Netz stellen, und die verbreiten sich dann rasend schnell. In Algerien gibt es auch schon seit zwei Wochen Unruhen, und selbst hier in Ägypten liegt eine seltsame Spannung in der Luft. Das Gerücht geht um, am 25. würde es in Kairo zu einer großen Demonstration kommen. An diesem Tag wird der „Tag der Polizei" gefeiert, die tolle, ach so beliebte Polizei feiert sich selbst, vor allem mit Lobreden darüber, was für gute Dienste sie nicht leisten. Nur im Internet findet man die Nachricht, dass zwei Polizisten im Juni letzten Jahres in Alexandria den bekannten Blogger Chaled Said zu Tode geprügelt haben, und das ist nur ein schrecklicher Fall von vielen. Den "Tag der Polizei", der sogar ein offizieller Feiertag ist, empfinden die meisten Leute als blanken Hohn, weil nichts korrupter und unberechenbarer ist als die ägyptische Polizei. Jetzt wird im Internet dagegen Stimmung gemacht, es soll ein „Tag des Zorns" werden. Kommen tatsächlich viele Menschen zu den Demonstration, dann könnte der Funke des sogenannten arabische Frühling tatsächlich auf Ägypten überspringen. Das würde mich überraschen, aber vielleicht ändert sich endlich einmal etwas an dem tristen Leben der Bevölkerung.

Dann aber, als eine schmale, dunkle Flosse aus dem Wasser auftauchte, waren alle politischen Diskussionen vergessen. Freudenschreie gingen durch die Bucht, und Finger zeigten hinaus aufs Meer. Alle Leute am Strand hielten ihre Blicke gebannt auf die Wasseroberfläche gerichtet und jedes Mal, wenn der elegante Körper aus dem Wasser auftauchte, ging ein begeistertes Ahh durch die Menge. Dann entdeckten wir noch eine ganz kleine Flosse, und uns wurde klar, dass die Delphinmutter mit ihrem Kind wieder zu Besuch war. Wir schnappten uns sofort Taucherbrillen und Flossen und ab ging es ins doch recht kalte Wasser. Die Delphine waren so schön und schnell und ab und zu schienen sie aus lauter Freude am Leben in die Luft zu springen. Der Babydelphin war einfach entzückend, ein so junges Tier habe ich noch nie gesehen. Ich hielt es nur eine halbe Stunde im Wasser aus, dann wurde es mir ohne Tauchanzug zu kalt, und ich ging raus. Die Delphinshow ging aber noch zwei Stunden lang weiter, glücklicherweise schien es die Delphine nicht weiter zu stören, dass sie von begeisterten Schnorchlern, Tauchern und Freitauchern verfolgt wurden. Was für ein wunderschönes Schauspiel, nicht einmal in Dahab ist das alltäglich.

21.1.2011

Gestern Abend ging ein eiförmiger Mond gelb wie ein Dotter über Saudi Arabien auf. Er hing wie ein riesiger Lampenschirm über den Bergen und warf eine safranfarbene Bahn auf das stille Wasser. Die Luft war klar, und der Mond erschien so nah, mir war, als müsse ich nur die Hand auszustrecken, um einen der Mondkrater berühren zu können. Obwohl ich auf dem Weg zu einem Nachttauchgang war und eigentlich keine Zeit hatte, blieb ich eine Minute lang ehrfürchtig stehen und bewunderte die Szenerie. Es war einfach bizarr, die fahlen Berge, das silbrige Wasser und die goldene Mondbahn, unwirklich schön. Wie im Dschungel von Sumatra oder an den tropischen Strände der Malediven kann ich nicht begreifen, wie die Welt so fantastisch schön sein kann und die Menschen nichts Besseres zu tun haben, als sie kaputt zu machen.

Nach dem Tauchgang, der ruhig verlief, ging ich mit ein paar Leuten in die Sunshine-Bar, um ein Bier zu trinken. Da klingelte das Telefon, und Tamara war dran, völlig aufgelöst, hysterisch. Sie wurde verhaftet und sitzt jetzt im Gefängnis in Nueiba. Ihr wird Schwarzarbeit vorgeworfen. Wir haben alle wie verrückt herumtelefoniert, versucht einen Anwalt zu finden, der ihr helfen kann, aber im Moment können wir nichts für sie tun. Einfach schrecklich.

23.1.2011

Tamara ist immer noch im Gefängnis, wir wissen nicht ein noch aus. Sie hat kein Geld für einen guten Anwalt, und ich kenne hier auch keinen, der ihr helfen könnte. Wir hoffen, die belgische Botschaft unternimmt etwas, wenigstens sind die jetzt informiert. Ich mag mir gar nicht vorstellen, wie es ihr da ergeht. Ich hoffe nur, die Frauengefängnisse sind besser als die Männergefängnisse, wir haben Schlimmes von denen gehört. Folter und Prügel sollen dort auf der Tagesordnung stehen. Hoffentlich hilft Tamara, dass sie Ausländerin ist. Natürlich ist klar, dass Nasser das veranlasst haben muss. In diesen unsicheren Zeiten hat er offensichtlich endlich einen Weg gefunden, sich an Tamara zu rächen. Vor einem halben Jahr hatte sie ihm ein Bier über den Kopf geschüttet, um sich für die versuchte Vergewaltigung zu rächen. Danach hatte sie große Probleme, Arbeit zu finden. Der Besitzer der Sunshine-Tauchschule hatte sie auf Nasser Druck tatsächlich rausgeworfen, aber sie hat nicht aufgehört, lautstark über das Arschloch zu schimpfen. Wir wissen nicht, wie es ihr geht, ihr Telefon ist aus, und wir kennen niemand in Nueiba, der zum Gefängnis gehen könnte, um nach ihr zu sehen.

28.1.2011

Angekündigte Revolutionen finden nicht statt. Zumindest nicht in Ägypten. Am 25. kam es zwar in allen ägyptischen Städte zu großen Demonstrationen, in Kairo allein sollen 20.000 Menschen den zentralen Tahrir-Platz besetzt halten, aber in der folgenden Nacht vertrieb die Polizei die Demonstranten mit Tränengas und Prügel, viele wurden verletzt, einige Leute sogar getötet. Jetzt sind die Menschen eingeschüchtert, auch wenn es in den letzten Tagen zu weiteren, wenn auch vergleichsweise kleinen Demonstrationen und Kundgebungen gegen Mubarak gekommen ist.

Heute, eine Woche später, soll es wieder eine große werden, es wurde der „Freitag der Wut" ausgerufen. Die Demonstrationen sollen nach dem Mittagsgebet losgehen und selbst in Dahab war am Vormittag eine gespannt Aufmerksamkeit zu spüren. Kurz vor Mittag waren auffallend wenige Menschen unterwegs. Vor der großen Moschee, die an der Ausfahrtsstraße in Mashraba gleich bei der Brücke liegt, steht ein Polizeiwagen, die paar Polizisten spazieren wachsam herum. Ich bin mit dem Rad herumgefahren, um zu sehen, ob was los ist. Am Morgen wurde nämlich das Internet abgedreht und auch das Mobilfunknetz in Kairo und anderen großen Städten ist abgeschaltet. Kairo ist angeblich hermetisch abgeriegelt, keine Information dringt von dort nach außen. In dieser aufgerührten Atmosphäre vergeht die Zeit des Mittagsgebet, aus den Lautsprechern der Moschee klingt es wie jeden Freitag, doch alle wartet auf das Danach. Danach kommt nichts. Es ist nur gespenstisch still. Die wenigen Autos hupen seltener als sonst, so als wollten sie keine Aufmerksamkeit erregen. Es gab eine Anweisung, zu Hause zu bleiben, und offensichtlich richten sich die meisten Leute danach. Eine Stunde nach dem Ende des Freitagsgebets war immer noch alles ruhig. Wenn es Demonstrationen und Aufstände gegeben hat, dann hören wir vermutlich erst morgen davon. Dahab ist wie immer out of this world, wir leben in einem anderen Universum. Bei uns funktionieren sogar noch die Telefone.

29.1.2011

Und dann findet der Aufstand doch statt. Als das Internet heute Morgen immer noch nicht funktionierte, nahm ich an, dass die Situation unverändert ist. Kein Internet zu haben, macht mich allmählich nervös, ich rufe ständig Leute an, um an Informationen zu kommen. Laura in Kairo kann ich weiterhin nicht erreichen, die Leitungen dorthin sind immer noch tot. Auf der Straße erzählt man sich, es habe in allen großen Städten Demonstrationen gegeben und wieder viele Tote.

Nachdem ich das gehört hatte, lief ich nach Hause und rief meine Mutter an. Glücklicherweise ist das noch möglich. Sie hat durch das Fernsehen eine bessere Informationsquelle als ich, aber sie konnte mir nicht viel mehr sagen, nur dass die Demonstrationen anscheinend überall weitergehen. Sie flehte mich an, nach Hause zu kommen, aber ich versicherte ihr, dass ich in Sicherheit bin.

Maikes Satellitenanlage empfängt glücklicherweise den englischsprachigen Sender Al-Jaziera, und die Nachbarn kommen vorbei, um sich bei mir die Nachrichten anzusehen. Es ist schrecklich, nicht zu wissen, was tatsächlich los ist.

Heute wurde berichtet, tagsüber sei es in Kairo ruhig geblieben, es gäbe keine größeren Demonstration und keine weiteren Toten. Der Tahrir-Platz ist anscheinend immer noch von einer riesigen Menschenmenge besetzt. Die Leute wollen nicht nach Hause gehen, bis Mubarak zurücktritt. Das tut der natürlich nicht, aber er reagiert immerhin, er hat die Regierung umgebildet. Kein Mensch nimmt das ernsthaft als Zeichen einer Veränderung oder Verbesserung.

Es ist kaum zu glauben, das ich wieder mitten in einer Revolution gelandet bin, vor allem, weil man in Dahab kaum etwas davon bemerkt. Das war 1989 in Prag bei der Samtenen Revolution ganz anderes. Da war ich zwar noch ein Kind, aber ich bekam sehr gut mit, dass etwas Besonderes vor sich ging. Werden wir so eine Revolution erleben oder eine blutige wie die russische von 1917? Das ägyptische Volk wurde immer nur schikaniert, ausgenutzt und niedergemacht, viel zu viele Leute hier müssen sich Sorgen darüber machen, ob morgen genug zu essen für alle da ist, sie kennen weder Demokratie noch gleiche Rechte für alle. Dass sie jetzt aufstehen und das fordern, ist unglaublich, das ist aufregend, aber auch beängstigend. Am schrecklichsten ist diese Ungewissheit, man kann nichts in Erfahrung bringen, was tatsächlich vor sich geht. Bis zum Abend klingelt mein Telefon nicht, was immerhin bedeutet, dass es keine weiteren schlimmen Nachrichten gibt. Ich gehe mit dem Hund spazieren und genieße meinen freien Abend mit einem Buch. Ich versuche, nicht an die verrückte Welt da draußen und an einen möglichen Bürgerkrieg zu denken.

30.1.2011

Morgens wachte ich auf, und es war wieder so gespenstisch still. Normalerweise liebe ich die Ruhe in Dahab, aber um diese Zeit sollte es nicht ganz so still sein. Es fahren keine Autos, keine Hupe vertreibt Kinder, Kamele oder Ziegen von der Straße, sonst hupt doch immer irgendwo jemand. Ist das die Stille vor dem Sturm? Ich gehe wie immer mit dem Hund an den Strand, doch dieses Mal stecke ich mein Handy ein, für den Fall, dass mich jemand anruft. Da es ein neues Smartphone ist, könnte ich damit auch Photos machen, falls etwas passiert. Kaum ein Mensch ist auf der Straße, zum ersten Mal fühle ich richtige Angst und bin froh, ins Haus zurückzukommen. Das Internet geht immer noch nicht. Dann rief mich endlich Laura aus Kairo zurück, die Telefonnetze funktionieren wieder. Sie erzählte mir, es sei zu Plünderungen gekommen, die Geheimpolizei wiegle Leute auf, und die reguläre Polizei habe sich in die Kasernen zurückgezogen. Nichts werde mehr bewacht oder geregelt. Sie rät mir, nicht alleine im Haus zu bleiben und den Fernseher immer anzulassen. Ihr Stimme klingt jetzt nicht nur weinerlich wie sonst immer, sondern panisch. Sie erzählt eigentlich nie, was wirklich los ist, darum war das um so bemerkenswerter. Sie versucht jetzt, für sich und die Kinder Flugtickets nach Europa zu bekommen. Ich vermute, sie fühlt sich mit den drei Kindern in dem Wohlstandsghetto isoliert und hat Angst, weil sie soviel alleine zu Hause ist. Hussein ist bei den Demonstrationen, aber er will nicht, dass sie mitkommt. Er könnte jederzeit verhaftete oder sogar getötet werden. Sie hält das nicht mehr aus und will nur weg. Dass es ihr so ernst ist, löst auch bei mir Panik aus. Ich habe nicht einmal die Telefonnummer der tschechischen Botschaft in Kairo und ich kann auch nicht im Internet nachsehen. Nach einigem Herumtelefonieren erreiche ich Amir, der mir die Nummer einer Tschechin geben kann, die für die Botschaft arbeitet. Sie verspricht mir, dass ich kontaktiert werde, sollte es zu einer Evakuierung kommen.

Ich mag nicht alleine zu Hause bleiben und gehe Ying besuchen, die mit dem Kleinen alleine ist, weil ihr Freund gerade in England ist. Auch Ying ist schrecklich nervös und raucht eine Zigarette nach der anderen.

„Ich habe gehört, dass es in Sharm gebrannt hat," erzählte sie mir. "Ist ja nur gut, dass die Beduinen von Dahab vernünftig sind. Salam kam mich gestern besuchen und erzählt, Beduinen aus dem Nord-Sinai hätten in der letzten Nacht versucht, nach Dahab zu kommen, um hier zu plündern. Die Beduinen-Stämme im Süden sind aber seit jeher mit denen im Norden verfeindet, und die Dahab-Beduinen wollen sich von denen da oben nichts kaputt machen lassen. Sie haben alle Straßen und Wüstenwege dicht gemacht, keiner kann ohne ihre Erlaubnis oder Wissen rein oder raus."

Das finde ich beruhigend, und ich bin den Beduinen ebenfalls dankbar. Es erklärt auch, warum so wenige Leute auf der Straße sind, und das Dorf irgendwie verlassen wirkt, auch wenn wieder Kinder auf der Straße spielen und Ziegen herumlaufen. Die ägyptische Polizei ist auch hier aus dem

Straßenbild verschwunden, selbst am Lighthouse, wo sonst immer zwei, drei Polizisten herumsitzen, findet sich keiner mehr.

Ich beschließe, Geld abzuheben, um für den Fall der Fälle genug Bares zu haben und einige Vorräte wie Nudeln und Thunfischdosen einzukaufen. Man weiß ja nie, und ich will vorbereitet sein. Die Geldautomaten geben noch Geld aus, während die Banken heute geschlossen blieben. Auf der Straße vor dem Sunshine-Hotel treffe ich Anna und Anil, die Besitzer des Hotels. Sie sind gut informierte Leute und versuchen mich zu beruhigen. Alles nur Gerüchte, sagten sie, in Sharm sei gar nichts passiert, und alle Checkpoints würden vom Militär gesichert. Ich bin nicht sicher, ob das nicht auch nur ein Gerücht ist.

In der Bucht sieht es aus wie immer. Touristen liegen am Strand und braten in der Sonne. Die Restaurants haben geöffnet. Aber ich sehe auch viele ernste Gesichter, und von den Einheimischen hängt praktisch jeder am Telefon. Informationen, Nachrichten, Fakten sind jetzt das Wichtigste, um die Situation einschätzen zu können. Ich treffe Sue und David im Nirvana. Sue hat einen guten Tag, sie konnte nicht nur das Bett verlassen, sondern auch das Haus, aber sie sieht sehr mitgenommen aus. Die Sonne schien ihr gut zu tun, und die kleine Leila krabbelte fröhlich im Sand herum.

„Wir fliegen früher als geplant nach England," sagte Sue angespannt. „Es ist mir einfach zu unsicher, und ich wollte das Kind sowieso dort bekommen. Wir hoffen, in einigen Monaten beruhigt sich die Lage wieder. Dann kommen wir zurück. Ich hoffe nur, dass diese Geburt leichter wird als die erste. Nach der Schwangerschaft …"

Ich erzählte ihr, dass die zweiter Geburt meiner Schwester ganz einfach verlaufen sei, und das scheint sie getröstet zu haben. Ihre Yogareiseagentur läuft gut, aber eine Revolution würde bewirken, dass keiner mehr Urlaub in Ägypten machen möchte. David sagte, er plane nach Marokko und Thailand zu expandieren, damit sie nicht allein von der Situation in Ägypten abhängig sind. Typisch David, immer hochfliegende Pläne.

Wieder zu Hause packe ich eine Tasche mit dem Notwendigsten und lege Geld und Pass griffbereit auf den Küchentisch. Maike rief an und teilte mir mit, sie hätte auf Grund der dringenden Bitten ihrer Familie ihren Rückflug verschoben, in absehbarer Zeit käme sie nicht zurück. Wir diskutieren, was mit ihren Haustieren geschehen soll, falls ich weg müsste, und wir sind ein wenig ratlos. Wenn ich evakuiert werden, dann sicher auch alle anderen Ausländer. Maike hat keine ägyptischen Freunde, die sich um den Hund annehmen würden. Den Katzen kann ich jede Menge Trockenfutter hinstellen, damit können sie wochenlang überleben und dann Mäuse und Vögel fangen. Aber ich wüsste nicht, was ich mit dem Hund machen sollte. Mitnehmen geht nicht, er hat keine Impfungen und keinen Chip, der ihm die Einreise nach Europa erlauben würde. Wir schließen das Gespräch mit "wird sicher nicht so schlimm werden." Manchmal ist es besser, den Kopf in den Sand zu stecken, damit man ihn nicht ganz verliert. Aber ich gehe immer noch arbeiten, alles läuft weiter, ungeachtet dessen, dass gerade eine Welt zusammenbricht. Meine Tauchschülerin erscheint tatsächlich zur ausgemachten Zeit, doch während ich von Nullzeit und Druckverhältnissen rede, merke ich, wie meine panischen Gedanken abschweifen, Szenarien durchspielen oder Erinnerungen an Gespräche und Informationsfetzen abrufen. Es fällt mir schwer, mich zu konzentrieren. Nach der Arbeit rief meine Mutter an und bat mich wieder, sofort heimzukommen. Die Berichterstattung im Fernsehen ängstigt sie. Ich versicherte ihr, dass es mir gut geht und die Botschaft informiert sei, sodass ich im Notfall evakuiert werden könne. Das beruhigte sie nicht, aber ich kann ihr nicht helfen. Es erscheint mir im Moment wirklich das Sicherste, in Dahab zu bleiben.

Hier gibt es keine Demonstrationen oder Unruhen. Ginge ich nach Taba oder Sharm, hätte ich keine Ahnung, was dort weiter geschieht, ich könnte in weiß Gott was reingeraten. Auch kenne ich dort keinen, der mir vielleicht helfen könnte. Ich telefoniere wieder mit Amir, der in Downtown Kairo in der Nähe des Innenministeriums wohnt. Er versicherte mir, es sei gar nicht so schlimm in der Stadt, wie es in den Medien dargestellt werde.

„Es hat nur wenige Plünderungen gegeben," erzählte er. „Auch um das Innenministerium herum ist es jetzt ruhig. Ich bin heute ohne Schwierigkeiten von Downtown nach Zamalek zu meiner

Mutter gefahren. Das ist alles nur Panikmache, eine gezielte Desinformation der Regierung, damit die Leute Angst haben und weiterhin Mubarak und seinen Sicherheitsapparat unterstützen. Die Geheimpolizei hat versucht, Leute zu Plünderungen aufzuwiegeln, die haben sogar Strafgefangene freigelassen, damit die rauben und plündern. Aber das hat nicht funktioniert, weil die Leute sich selbst helfen und Bürgerwehren bilden. Ich patrouilliere jetzt auch jede Nacht mit Freunden in unserer Nachbarschaft. Mubarak ist einfach verrückt, aber wir protestieren weiter, friedlich und zivilisiert, wir werden gewinnen."

Amir ist einer von diesen jungen gebildeten Ägypter der Mittelschicht, die diese Revolution tragen. Ich finde das sehr tapfer von ihm, aber ich hoffe auch, dass er die ganze Geschichte unbeschadet übersteht. So viele sind schon im Gefängnis oder im Krankenhaus oder auf dem Friedhof gelandet. Immerhin arbeitet Amirs Bruder für irgendein Ministerium, der kann ihm sicher helfen, sollte Amir verhaftet werden. Ich traue mich nicht, ihn um Hilfe für Tamara zu bitten. Er hat soviel um die Ohren. Seine Mutter ist schwer krank, und er engagiert sich weiterhin in der Revolution gegen den Willen seiner Familie. Ich kann ihm nicht noch mehr aufhalsen.

Erst nach einer Weile fällt mir auf, dass es halb drei Uhr nachmittags ist, und ich den ganzen Tag noch nichts gegessen habe. Mir war in der ganzen Aufregung einfach nicht danach. Ich hole mir etwas Humus aus dem Kühlschrank und esse ihn mit Brot und Tomaten. Dabei überlege ich, ob es nicht vielleicht besser wäre, noch mehr Vorräte zu horten. Viel bekomme ich nicht hinunter, aber das Essen beruhigt mich ein wenig. Dann geht mir auf, wie dankbar ich sein muss, dass ich mein Leben lang genug zu essen hatte. Ich weiß gar nicht, wie das ist, hungrig zu Bett gehen zu müssen und nicht zu wissen, ob man am nächsten Tag genug zu essen bekommt. Es muss furchtbar sein, so zu leben. Wir in Europa wissen gar nicht, wie das ist, so etwas begreift man erst, wenn man in einem Land wie Ägypten lebt.

Keiner kann sagen, wie es weitergeht. Wenn Mubarak außer Landes flieht, gibt es dann Chaos und Bürgerkrieg? Kann er sich an der Macht halten und wird mit harter Hand durchgreifen? Wieviele Menschen werden dann sterben? Oder bleibt die Situation wochenlang im Ungewissen und kommt es zu Versorgungsengpässen? Der Gedanke lässt mich nicht los, ich gehe auf den Markt und kaufe alles, was sich länger hält, Kartoffeln, Reis und Nudeln, Gemüse in Dosen, Haltbarmilch. Die Zukunft, auch meine, ist ein offenes Feld. Ich kann nur hoffen, dass es zu keinem Flächenbrand kommt. Soll ich auch abhauen? Aber im Moment kann ich nicht einmal einen Flug hier raus buchen, das Internet ist immer noch blockiert. Ich habe Mühe einzuschlafen. Zu viele Gedanken, zu viel Paranoia. Immer noch keine Nachricht von Tamara.

31.1.2011
Ein normaler Tag, kann man das sagen? Gesprächsthema

Nummer eins sind die Ereignisse in Kairo, aber heute gibt es nicht viel zu berichten. Die Demonstrationen gehen weiter, abgeschwächt, aber trotzdem, und Mubarak bildet weiter die Regierung um, was natürlich keinerlei Effekt hat, weil die ohnehin keine politische Macht hat. Die hat Mubarak und das Militär, die kontrollieren alles, auch die Wirtschaft.

Die Banken sind weiterhin geschlossen, es heißt, dem Staat gehe das Geld aus, weil jeder, der kann, seine Konten leerräumt. Ein Generalstreik soll ausgerufen werden und eigentlich gibt es ab drei Uhr eine Ausgangssperre, aber keiner in Dahab hält sich daran. Es ist auch keine Polizei da, die sie durchsetzen könnte. Wir leben immer mehr in einem machtleeren Raum, seltsam abgehoben, noch mehr out of space als sonst.

Der Tourismus kommt zum Erliegen, und das blockierte Internet tut sein übriges, um die wirtschaftliche Situation zu verschlechtern. Ich telefoniere jeden Tag mit meinen Eltern, einfach um zu hören, was die europäischen Medien über Ägypten berichten. Mein Vater erzählt, in den Nachrichten hätten sie gesagt, Mubarak ließe die Demonstranten aushungern. Werden die Ägypter angesichts von Brot- und Benzinmangel kuschen oder erst recht auf die Barrikaden gehen, wird alles in der Hölle eines Bürgerkrieges enden?

01.02.2011
Heute kam es zum „Marsch der Millionen". Tatsächlich gingen soviele Menschen wie noch nie in allen Städten des Landes auf

die Straße, und sie forderten lautstark die Abdankung Mubaraks. Das Militär hat versprochen, sich neutral zu verhalten. Unter dem Druck der Demonstranten auf den Straßen machten sie das Internet wieder auf. Es wurde klar, dass sich die Massen mit so einem Verbot nicht behindern lassen, die können auch ohne Internet große Demos organisieren. Diese fünf Tage ohne eine Verbindung nach draußen waren wirklich gespenstisch, das ist wie eine Nabelschnur in die Welt, die wir nicht mehr unterbrechen können.

03.02.2011

Wer dieses Regime kennt, hätte sich gewundert, wenn der Aufstand gewaltlos über die Bühne gegangen wäre. Mubarak schickte gestern Schlägertruppen und Polizeikräfte auf den Tahrir-Platz, um die dort immer noch demonstrierenden Leute für ihre Anmaßung zu bestrafen, demokratische Reformen zu fordern. Hoffentlich waren Hussein oder Amir nicht unter den Opfern. Es tut mir in der Seele weh, an all die Menschen zu denken, die verletzt und vielleicht getötet werden, weil sie mehr Demokratie, Rechtssicherheit und bessere Verteilung des Reichtums fordern. Eine so gerechte Forderung in einem Land, in dem zehn Prozent der Bevölkerung neunzig Prozent des Eigentums besitzt. Wie traurig, dass ein paar reiche Familien das Leben von Millionen armer Leute bestimmen können, und dass diese reichen Leute kein Gewissen haben, das ihnen sagt, die Welt wäre besser und sicherer, wenn alle Menschen zumindest genug zu essen hätten. Die meisten Ägypter wissen nicht, wo sie genug Essen für den nächsten Tag hernehmen sollen, und sie können ihre Kinder auf keine Schule schicken, während die Superreiche in bombastischen Villen wohnen und sich allen möglichen Unsinn leisten können. Natürlich ist dem Land nicht geholfen, wenn Mubarak einfach verschwindet. Das ganze System gehört geändert, die Polizei neu strukturiert und das Verdrehen der Gesetze muss unterbunden werden. Die Polizei hat seit dreißig Jahren willkürlich gehandelt, da werden Wölfe nicht plötzlich Lämmer. Die müssen erst lernen, dass ihre Aufgabe in erster Linie darin liegt, die Bürger zu beschützen und nicht sie zu malträtieren, wie es ihnen gerade einfällt. Sich an Recht und Ordnung zu halten, haben die Leute hier in den letzten dreißig Jahren verlernt.

Gestern sprach Mubarak im Fernsehen davon, die Regierungszeit eines Präsidenten zeitlich beschränken zu wollen, was mich zu einem bitteren Lachen veranlasste. Sein Angebot, im September abzutreten, ist lächerlich, weil es sowieso sein Plan war, bei den Wahlen im September seinen Sohn als Nachfolger zu installieren, damit alles so bleibt, wie es war. Die Demonstranten gehen angesichts solcher Absurditäten nicht heim. Sie wollen eine grundlegende Veränderung, eine neue Gesellschaft, ein gerechteres System und eine Zukunft, für die es sich zu leben lohnt. Ich verstehe nur zu gut, warum Ludwig XVI. 1789 einen Kopf kürzer gemacht wurde. Die Gründe waren dieselben, ein paar wenige

Reiche hatten alles, und die Masse der Menschen konnte nur mehr schlecht als recht überleben. Welch ein Armutszeugnis für die Menschheit, dass sich in mehr als zweihundert Jahren so wenig verändert hat.

Keine Nachricht von Tamara.

04.02.2011

Freitag! Die Gerüchteküche besagt, dass es heute wieder zu großen Demonstrationen kommen wird. Ich rufe Laura in Kairo an und erwische sie gerade noch am Flughafen, sie ist dabei, mit den Kindern das Land zu verlassen.

„Zu gefährlich," sagte sie aufgebracht. „Ich wurde verhaftet, weil ich ein paar Fotos gemacht habe, dabei stand ich nur daneben, als ein kleiner Demonstrationszug vorbei ging. Sie haben mir die Kamera weggenommen und furchtbar beschimpft, sie haben gesagt, ich sei eine ausländische Spionin. Auf einmal versuchen sie, den Ausländern Schuld an den Unruhen zu geben. Es war entsetzlich, Hussein sagt, ich hätte Glück gehabt, nicht auch noch vergewaltigt worden zu sein. Er hat mich mit einem superteuren Anwalt nach drei Stunden herausgeholt und alle sagen, es sei sicherer, wenn ich fürs Erste zurück nach England fliege. Es war einfach schrecklich!"

Laura weinte eine Weile, und ich wusste nicht, was ich sagen sollte, um sie zu trösten. Sie ist so aufgeregt, dass sie nicht einmal nach Neuigkeiten von Tamara fragt. Ich hätte ihr auch nichts sagen können.

Bevor Laura auflegt, rät sie mir noch, auf jeden Fall zu Hause zu bleiben und die Straßen zu meiden. Obwohl ich von ihrer Geschichte schockiert bin, mache ich das auf keinen Fall. Es ist schon auffallend, wie man von seiner eigenen Situation automatisch auf die Situation der anderen schließt. Sie denkt, ich sei in ebensolcher Gefahr wie sie, weil sie die letzten zehn Tagen in Anspannung und Angst verbracht hat, während mich nur Nachrichten aus zweiter Hand und aus dem Fernsehen aufwühlen. In Kairo würde ich auch nicht auf die Straße gehen, doch in Dahab werde ich in einer halben Stunde am Strand liegen, schwimmen gehen und mit Ying über ihre Party zum chinesischen Neujahr plaudern, während in Kairo – keine fünfhundert Kilometer entfernt – Revolution gemacht wird. Wir sagen gerne, Dahab sei ein Platz, wo sich vor allem verrückte Leute wohlfühlen, die sonst in kein anderes Schema passen, aber allmählich bekomme ich das Gefühl, dass Dahab normal ist und der Rest der Welt durchgeknallt. Vorläufig bleibe ich, solange ich Arbeit und zu essen habe, aber die Unsicherheit nagt an mir.

Jetzt warten wir wieder. Freitag! Was wird passieren? Wie viele Menschen müssen heute leiden und sterben, nur weil einige fette Bonzen glauben, ein Recht auf ihre Privilegien zu haben? Wie immer ist es diese Ungerechtigkeit, die mich zur Verzweiflung treibt. Und da sitze ich nun in diesem wunderschönen Garten, der jeden Tag gegossen werden muss, der Hibiskus blüht, es riecht frisch und grün, und ich schreibe verzweifelte Worte ins Tagebuch. Es ist ein warmer Tag mit leichtem Südwind, und ein paar vereinzelte Wolken ziehen über den Himmel. Ein perfekter Tag für den Strand. Da gehe ich jetzt auch hin und vergesse für ein paar Stunden Revolution, Blut und Tod. Hatten wir tatsächlich erst vor ein paar Wochen Besuch von den Delphinen? Es scheint ein anderes Leben gewesen zu sein.

05.02.2011

Gestern war auf einmal die Polizei in Dahab wieder sichtbar. Polizeiwagen standen auf der Straße, und auf der Promenade wanderten einige Polizisten gemächlich auf und ab. Heißt das, dass die Staatsmacht wieder ans Ruder gelangt ist? Die Männer sind vielleicht ein wenig nervöser, aber sonst ist in Dahab keine Veränderung zu bemerken.

Es fällt mir auf, dass meine Freunde und Verwandten in Europa viel panischer reagieren als die Leute in Dahab. Jeder von uns hat Anrufe von besorgten oder sogar verzweifelten Eltern, die uns zum sofortigen Verlassen des Landes auffordern. Die Leute „draußen" haben nur das Bild, das ihnen die Medien vermittelt, und sie sehen nur Gewalt, brennende Autos, weinende und sterbende Menschen. Wir können gelassener sein, unser Alltag geht einfach weiter wie bisher. Ich nehme so kleine Zeichen wie die immer noch vorbeikommende Müllabfuhr und die staatliche Wasserlieferung, die heute pünktlich wie jeden Freitag gekommen ist, als Hinweis darauf, dass die Situation in Ägypten nicht wirklich kritisch ist, oder ich tatsächlich um mein Leben fürchten muss. Aber ich bin sicher, meine Eltern schenken den Neuigkeiten der Abendnachrichten mehr

Glauben als meinen Versicherungen, in Dahab drohe mir keine Gefahr. Kleinen, humorvollen Sachen und Comics bringen mich zum Lachen und nehmen etwas von der Anspannung. Auf einem Flyer, den jemand auf Facebook gepostet hat, findet man zum Beispiel die Sachen angegeben, die man auf eine Demonstration mitbringen sollte. Darunter sind ein Kochtopfdeckel als Kopfschutz, eine Schwimmbrille als Schutz vor Tränengas und eine Rose, die man den Polizisten als Zeichen der Friedfertigkeit überreichen kann. Ich wünschte, solche Dinge hätten mehr Wirkung.

06.02.2011

Dann hatte ich plötzlich Tamara am Telefon. Mit völlig fremder Stimme erklärt sie mir, dass sie gerade in ihrem Haus sei und einen Koffer packen dürfe. Man hätte sie vor die Wahl gestellt, unbestimmte Zeit auf einen Prozess zu warten oder sofort ausgewiesen zu werden. Man werde sie in den nächsten Flieger nach Brüssel setzen. Sie bat mich, sofort zu kommen, damit ich ihren Schlüssel nehmen und ihre Sachen aus dem Haus bringen kann. Sie darf nur ein paar Klamotten mitnehmen und auch nicht wiederkommen. Ich bin natürlich sofort hingerast. Sie sah schrecklich aus, völlig abgemagert, die Haare filzig und schmutzig, ihre Augen hohl und irgendwie verloren.

Sie bewegt sich wie ein Zombie, total ruhig und total neben sich stehend. Schon seit Achmed sie verlassen hatte, war sie irgendwie verloren gewesen, aber jetzt ist sie völlig weggetreten. Sie gab mir den Schlüssel, eine Umarmung, und dann brachten die Polizisten sie weg. Ich blieb fassungslos zurück und konnte nur anfangen, Kisten und Koffer zu packen und alles in Maikes Haus zu tragen. Immerhin kam Ying vorbei, die mir half und auch einiges bei sich einlagerte. Weiß der Teufel, was jetzt mit der Taucherausrüstung, dem Hausrat und den Möbeln geschehen soll.

Es ist schrecklich, sich klar zu machen, wie leicht man hier unter die Räder geraten kann. Man braucht Geld und gute Beziehungen, um es zu irgendetwas zu bringen. Kein Wunder, dass die jungen Ägypter dieses verkrustete System endlich aufbrechen wollen. Sie wollen nach ihrem Können und nach ihren Fähigkeiten bezahlt und bewertet werden, und nicht danach, wen man kennt und aus welcher Familie man stammt. Nur eine Veränderung der politischen Zustände kann die Lage für die Mehrheit der Ägypter verbessern. Die wollen doch nur, was für uns in Europa so normal ist: genug zu essen, die Kinder in eine ordentliche Schule schicken und ein Dach über dem Kopf, das nicht unter einem plötzlichen Regenguss zusammenbricht oder von einem Sturm weggerissen wird. Die wollen auch mal ein Stück von dem saftigen Kuchen abhaben und nicht nur so vor sich hindarben, ohne Hoffnung auf eine bessere Zukunft. Wer keine Hoffnung hat, verzweifelt und wird ganz leicht zum Terroristen. Da braucht man sich nur das Beispiel Gaza-Streifen ansehen. Es wundert mich nicht, dass sich die jungen Leute so leicht radikalisieren lassen, die haben doch keine Zukunft und keine Hoffnung. Die kennen nichts als

Elend und Hunger und können sich nur auf den Tod freuen.

08.02.2011

Die Demonstrationen in Kairo gehen in geringerem Maße weiter, doch sie gehen weiter, obwohl es wieder viele Tote und Verletzte gab. Das System Mubarak inszenierte Gegendemonstrationen und schickte wieder Schlägertruppen auf Pferden und Kamelen gegen die Leute, die den Tahrir immer noch besetzt halten. Ein Umsturz wird immer realistischer. Manche Leute sagen, dann würden die Religiösen die Macht übernehmen, aber ich schließe mich der vorherrschenden Meinung an, dass die Muslimbrüder in der Zukunft keine allzugroße politische Rolle spielen werden, obwohl sie in der Vergangenheit die einzigen waren, die sich um die Armen gekümmert haben. Ägypten ist wie viele arabische Länder in den letzten zwanzig Jahren durch den Einfluss von Saudi Arabien konservativer und fundamentalistischer geworden. Petrol-Islam nannte es Amir einmal. Sein Vater hat da auch gearbeitet und konservative Ideen mit nach Hause gebracht, erzählte er mir. Aber kein Mensch bezeichnet das, was hier abgeht, als islamische Revolution, so wie damals im Iran, wo die Religion als Vehikel für den Umsturz benutzt wurde. Allerdings frage ich mich, ob die breite Masse, die kaum Schulbildung hat, oder die vielen Analphabeten überhaupt begreifen, was die Jugend am Tahrir will?

Wir leben in Dahab abgehoben wie auf einem anderen Stern.

Gerade gibt es ein paar schöne, heiße Tage, an denen das Thermometer mittags bereits auf dreißig Grad steigt. Tauchen ist eine helle Freude. Es ist so heiß, dass der Hund, dem Wasser sonst abgeneigt, freiwillig ins Meer geht, um sich abzukühlen. Mit einem neuen, sehr dünnen Neoprenanzug, den ich mir nach der Delphinshow gekauft habe, um für die nächste Gelegenheit gerüstet zu sein, gehe ich mehrmals schwimmen, erfreue mich an den bunten Fischen, die so unbeteiligt von Leid und Freud ihrer Futter- und Partnersuche nachgehen. Wie gut man da unten alles von der Oberfläche vergessen kann. Die Freiheit im Wasser, mit kräftigen Zügen durch die Wellen ziehen, dann abtauchen und sich leicht und unbeschwert fühlen. Das Meer ist nie selbstverständlich geworden, in all den Jahren nicht. Sollte ich einmal nicht mehr am Meer leben können, dann würde ich mich immer danach sehnen.

11022011

Eine magische Zahl. Es ist unglaublich. Es ist tatsächlich geschehen. Mubarak ist zurückgetreten. Nach gerade einmal achtzehn Tagen Revolution. Wer hätte gedacht, dass solch ein altes System derart leicht zu erschüttern ist? Niemand hat damit gerechnet, dass Mubarak so schnell aufgibt. Ich dachte, die Demonstrationen würden noch wochen- oder monatelang weitergehen, bevor sich etwas Entscheidendes ereignet. Doch die unglaubliche Solidarität des ägyptischen Volkes, gespeist von einer tiefen Verzweiflung, ist bemerkenswert. Endlich können sie auf etwas stolz sein, das benötigt diese Nation dringend. Doch kaum ist dieses Ziel erreicht, beginnen die Sorgen und Ängste. Was kommt jetzt? In Dahab blieb es nach der umwerfenden Nachricht erstaunlich ruhig. Keiner feiert so wie in Kairo und anderen Städten, die Leute trauen sich nicht. Das mag daran liegen, dass so viele Leute weggegangen sind, dass so viele Ausländer hier leben, die sich nicht weiter für Politik interessieren, oder vielleicht daran, dass Dahab erstaunlich Mubarak-freundlich ist. Die Beduinen haben jetzt Angst, sie denken, jede Veränderung sei eine Veränderung zum Schlechten. Da leben sie lieber mit einem Unterdrücker, den sie kennen. So schlimm war Mubarak doch gar nicht, heißt es plötzlich. Haben sie schon vergessen, wie damals nach den Bombenanschlägen vielen Beduinen unrechtmäßig ins Gefängnis geworfenen und gefoltert wurden? Zwei sind sogar gestorben. Aber sie haben Angst vor dem Neuen, das Unbekannte ist immer beunruhigend.

13.02.2011

Von mehreren Seiten höre ich nun, dass die Beduinen in Dahab sehr besorgt über den Abgang Mubaraks sind. Alles ist offen, alles neu, und auch verwundbar und fragil. Ich wünsche den Ägyptern so sehr, dass ihre Situation besser wird, aber ich weiß auch, dass erst einmal eine Zeit großer Verunsicherung kommt. Das ist nicht gut für den Tourismus. Die Revolution und die Geschichte mit Tamara haben mich stark verunsichert. Mubarak mag zwar weg sein, aber diese Sache ist nicht ausgestanden. Irgendwie hat sich eine komische Stimmung aus

Aufregung und Angst breitgemacht, und sehr viel Misstrauen. Wem kann man noch trauen, wem was sagen, was kann gegen einen verwendet werden? Auf einmal machen sich alle Sorgen und keiner gibt es zu. Was mit Tamara passiert ist, hat alle schockiert. Wir wissen, jedem von uns könnte es jederzeit genauso ergehen.

Heute morgen bin ich aufgewacht und wusste auf einmal, dass meine Zeit hier vorbei ist. Gerade habe ich einen Flug auf die Malediven gebucht. Dort beginnt in einem Monat die neue Saison und mir wurde ein guter Job in einem Tauchcenter angeboten. Also bleibe ich noch drei Wochen in Dahab. Den Ausschlag gab Maikes Anruf gestern, sie plant in ein oder zwei Wochen zurückzukommen.

Es ist schon komisch, aber dieses Mal weiß ich nicht, ob ich nächsten Winter wieder nach Dahab zurückkommen will. In den letzten Jahren war das immer klar, und obwohl ich hoffe, dass sich die Lage in Ägypten verbessern wird, spüre ich doch, dass etwas zu Ende gegangen ist. Sue ist weg, Laura auch, und viele andere Leute sind abgehauen und werden nicht wiederkommen.

Politik und Realität sind zu nahe an Dahab herangerückt. Es ist keine isolierte Oase mehr, wo man das Leben und sich selbst vergessen kann, wo das Leben nach ganz eigenen Gesetzen abläuft. Was immer in Kairo oder sonst wo in der arabischen Welt geschieht, beeinflusst jetzt auch dieses kleine Dorf am Ende der Welt.

Was immer die Zukunft für die Menschen in Ägypten bringt,

ich weiß, die Berge und das Meer werden immer so unverrückbar majestätisch bleiben, wie sie es seit Jahrtausenden sind. In ihrem Angesicht ist das menschliche Drama lächerlich und nichts, nicht einmal die zerstörungswütigen Menschen mit all ihrem Plastikmüll und Atomwaffen, können dieser Schönheit etwas anhaben. Wenn man irgendwo die Begriffe Ewigkeit und Stille begreifen kann, dann hier am Sinai. Moses hat uns davon erzählt. Mal sehen, was die Zukunft diesem Land bringt. Mein altes Dahab wird für immer in meiner Erinnerung und in den Geschichten, die wir uns erzählen, lebendig sein.